JULES VERNE
1828 ~ 1905

沙皇的信使

〔法〕儒勒·凡尔纳／著　　周国强／译

人民文学出版社

Jules Verne
Michel Strogoff
根据法国奥摩尼布斯出版社2002年版本译出

图书在版编目(CIP)数据

沙皇的信使/(法)凡尔纳著;周国强译.—北京:人民文学出版社,2016
(再读儒勒·凡尔纳)
ISBN 978-7-02-011534-1

Ⅰ.①沙… Ⅱ.①凡… ②周… Ⅲ.①长篇小说—法国—近代 Ⅳ.①I565.44

中国版本图书馆CIP数据核字(2016)第069863号

责任编辑　王瑞琴
装帧设计　刘　静
责任印制　史　帅

出版发行　人民文学出版社
社　　址　北京市朝内大街166号
邮政编码　100705
网　　址　http://www.rw-cn.com

印　　刷　三河市鑫金马印装有限公司
经　　销　全国新华书店等

字　　数　220千字
开　　本　710毫米×1000毫米　1/16
印　　张　20.75　插页3
印　　数　1—8000
版　　次　2016年8月北京第1版
印　　次　2016年8月第1次印刷

书　　号　978-7-02-011534-1
定　　价　29.00元

如有印装质量问题,请与本社图书销售中心调换。电话:010-65233595

# 目 录

第 一 部

第1章　新宫的欢庆活动 …………………………… 001
第2章　俄罗斯人和鞑靼人 ………………………… 011
第3章　米歇尔·斯特罗哥夫 ……………………… 021
第4章　从莫斯科到下诺夫哥罗德 ………………… 028
第5章　一份包括两个条款的法令 ………………… 042
第6章　大哥和小妹 ………………………………… 052
第7章　顺伏尔加河而下 …………………………… 058
第8章　逆卡马河而上 ……………………………… 067
第9章　篷篷车日夜兼程 …………………………… 075
第10章　乌拉尔山里的雷暴雨 ……………………… 085
第11章　困境中的旅行者 …………………………… 095
第12章　一次挑衅 …………………………………… 107
第13章　责任高于一切 ……………………………… 120
第14章　母与子 ……………………………………… 130
第15章　巴拉巴的沼泽地 …………………………… 142
第16章　最后的努力 ………………………………… 151
第17章　一节节经文和一首首歌 …………………… 163

第 二 部

第 1 章　一个鞑靼人的军营 …………………… 172
第 2 章　阿尔希德·约利伟的一个姿态 …………… 182
第 3 章　以牙还牙 …………………… 198
第 4 章　凯旋入城 …………………… 210
第 5 章　睁大了眼睛看看吧,看吧! …………… 220
第 6 章　大公路上的朋友 …………………… 229
第 7 章　横渡叶尼塞河 …………………… 241
第 8 章　一只横穿公路的野兔 …………………… 252
第 9 章　大草原上 …………………… 264
第 10 章　贝加尔湖和安加拉河 …………………… 275
第 11 章　两岸之间 …………………… 285
第 12 章　伊尔库茨克 …………………… 295
第 13 章　沙皇的信使 …………………… 304
第 14 章　十月五日至六日晚 …………………… 314
第 15 章　结局 …………………… 324

第 一 部

第1章 新宫的欢庆活动

"陛下,新到的电报。"

"从哪儿来的?"

"托木斯克。"

"这个城市之后的线路断了吗?"

"从昨天开始就断了。"

"从现在起,将军,每隔一个小时,你就给托木斯克发一份电报,有关情况,随时向我报告。"

"是,陛下。"基索夫将军答道。

这是在深夜两点,新宫的欢庆活动正进行得热火朝天的时候,沙皇陛下和基索夫将军的谈话。

在这个晚会上,普莱奥博拉津斯基团和普劳夫斯基团的乐队不停地演奏着他们保留曲目中最佳的波尔卡舞曲、玛祖卡舞曲、苏格兰舞曲和华尔兹舞曲。一对对男女舞者不断增加,在这座宫殿各个华丽的大厅里翩翩起舞。新宫拔起在离"老石头房子"几步远的地方,老房子里曾经上演过那么多悲剧事件;那晚,它们的记忆苏醒了,成为回响着这些四对舞曲的动机。

况且,宫廷大元帅在执行他的职司中有得力的左辅右弼。大公们和他们的副官、值日侍从、宫廷官员,就能主持和组织舞会。一身钻石的大

公爵夫人、梳妆女官，打扮得花枝招展，勇敢地为旧"白石城"的军民高官们的夫人做出榜样。因此，当《波洛涅兹舞曲》的前奏响起的时候，各阶层的来宾都加入了这种有节奏的漫步。如此庄严，如此隆重，使这种漫步带上了国舞的重要意义，装饰着层层花边的长裙和挂满了勋章绶带的军服交相辉映，在有诸多镜子反射的上百个花枝吊灯的光照下，给人以视觉的冲击。

这是一个令人眼花缭乱的场面。

再者，新宫所有的大厅中最美的主厅为这个高层人士和衣着耀眼的贵妇们组成的行列提供了和他们的华贵相称的环境。富丽堂皇的穹顶，点缀着因为历时长久而略略黯淡的镀金点，就像熠熠闪光的星空，被染成暖色调的紫红色锦缎窗幔门帘，漂亮的皱褶柔曼起伏，它们在墙角处被沉重的织物截然隔断。开在半圆拱腹上修成圆形的大窗洞镶着玻璃，把大厅照得如同白昼的灯光透过玻璃照射出去，淡淡的水汽使之柔和，照在外面显得像大火的反光，不容分说地切割着笼罩在这辉煌灿烂的宫殿上达数个小时的黑夜。这种光和影的对照吸引着一些来宾的注意，这些来宾并非必须加入舞蹈的行列。当他们伫立在窗前的时候，他们能够隐约瞥见把庞大的黑影投向这里那里的夜色中的钟楼。在雕栏玉砌的阳台下面，他们看到甚多哨兵肩上平抗着枪支，在默默地走动，他们戴着尖尖的头盔，头盔顶上的小鹰徽在投射到外面的灯光下如一绺绺火焰。他们还听到巡逻队踩在石板地上整齐的脚步声，也许比舞者们走在大厅地板上的节奏还准确。不时地有哨兵的呼喊声从一个哨所传到另一个哨所，有时还有军号吹响，夹杂在乐队的和声里，把它嘹亮的呼声抛进一片和谐之中。

再往下，新宫正面所对，在窗户投射出去的圆形光柱上突显出一些深色的块垒。它们是顺流而下的船舶，几盏舷灯摇曳的灯光照射在河面上，河水淹没了平台下面的第一层屋基。

舞会最主要的人物，即举办这次欢庆活动的、基索夫将军称呼其为陛下的这个人，只是简单地穿着卫队轻骑兵军官的制服。这不是他故意装出来的，而是出于一个不怎么讲究外表的人的生活习惯。因此，他的衣着和麇集在他周围的华丽的服饰恰成对比。在大多数时候，他出现在身穿华贵的闪闪发光、耀人眼目的高加索军服的骑兵大队中，在他的格鲁吉亚人、哥萨克人、累斯沃斯人组成的卫队护卫下，他也是这样。

这位要人，身材魁梧，神态和蔼可亲，面容平静，然而，眉宇间显现出忧虑。他从一群人走到另一群人，可是，很少与人交谈，甚至，不管是对年轻客人快乐的笑谈，还是对高官或代表欧洲各主要国家来到他身边的外交使团比较严肃的话语，他似乎都不甚在意去听。这些善于鉴貌辨色的政客中有两三个——专事见风使舵的人——确信在东道主的脸上看到了忐忑不安的征兆，他们不知道是什么原因，但也没有一个人敢于冒昧询问。总之，卫队轻骑兵军官的意向，毫无疑问的是无论如何也不要让这位君王心中牵挂的事情扰乱了欢庆活动，而且，由于他是罕见的君王之一，几乎所有的人都甚至打心眼里唯命是从，舞会的乐趣便一刻也不能受到影响。

此时，基索夫将军还在等着这位枪骑兵军官下令让他退下，他刚呈上托木斯克的来电，可后者却一直默不作声。他接过电报，看了后，脸色变得更加阴沉。他的手甚至还下意识地摸到剑柄上，然后，举起来，捂在眼睛上。仿佛强烈的光线刺伤了他的眼睛，他试图在黑暗中细细自省。

"这么说，"他把基索夫将军带到窗洞前，接着说道，"我们从昨天起就失去了和我大公兄弟的联络了？"

"失去联络了，陛下，而且，恐怕不久，电报也过不了西伯利亚边界了。"

"可是，阿穆尔和雅库茨克各省及贝加尔湖区各省的军队已经接到了立即开往伊尔库茨克的命令了。"

"这道命令是通过我们还能发到贝加尔湖那一头的最后一份电报下达的。"

"至于我们和叶尼塞斯克、鄂木斯克、塞米巴拉汀斯克、托博尔斯克各督区政府，从敌人入侵以来，始终还保持着直接联络？"

"是的，陛下，我们的电报能够到达那儿，而且我们肯定，就是现在这

个时候,鞑靼人也还没有推进到额尔齐斯河和鄂毕河的那一头。"

"关于叛徒伊凡·奥加莱夫的情况,我们还没有一点消息吗?"

"一点都没有。"基索夫将军答道,"警察局长还不能确定他有没有越过边界。"

"把他的体貌特征立即发给下诺夫哥罗德、彼尔姆、叶卡捷琳堡、卡西莫夫、秋明、伊希姆、鄂木斯克、埃拉木斯克、考利文、托木斯克和所有还能收发报的电报站!"

"陛下的谕旨立即执行。"基索夫将军答道。

"这一切必须严守秘密!"

接着,将军打了个表示遵从的手势,鞠了一躬,他先是混在人群中,然后很快离开大厅,他的走没有引起任何人的注意。

至于那位军官,他好一阵子待在那里出神,当他返回分散在各个大厅各个角落的军人和政客群里的时候,他的脸色已经完全恢复了曾失去一时的镇定。

然而,导致卫队轻骑兵军官和基索夫将军做出这番简短交谈的严重事件,并不如他们所以为的那样不为人知。人们在正式场合,就连在非正式场合都没有提到它,确实,既然,没有谁的嘴巴被"奉命"缝起来,可还是有几位上层人物多多少少得到了发生在边界那一头的事件的确切情报。总之,他们也许知道一些,他们之间,甚至在外交使团成员之间都没有谈及的这件事,却有两位来宾,既不穿制服,又没有勋章的来宾,却在新宫的这次接待会上低声议论着,他们看上去像似收到了相当确切的信息。

怎么,这两个极为普通的凡夫俗子,他们是通过怎样的渠道,在怎样的应酬中,得知那么多要人、高官显爵只是隐隐有些怀疑的事情的?这一点谁都说不清楚。难道他们有先知先觉的天赋吗?他们比别人多一个感官,能让他们看到局限于凡胎肉眼的地平线以外的地方?难道他们有特别的嗅觉,能让他们发现最隐秘的新闻线索吗?多亏了这种在他们身上已经成其为自然的习惯,靠信息为生,以信息为生命,他们的自然本性难道已发生了变化?人们真愿意接受这样的想法。

这两位，一个是英国人，另一个是法国人，两个人都长得又高又瘦。法国人好像来自普罗旺斯，一头法国南方人的棕色头发；英国人红棕色头发，像似兰开夏的绅士。盎格鲁-诺曼底人，刻板、沉着、冷漠，不大有动作，也少言寡语，仿佛受弹簧的控制，弹簧每隔一定时间放松一下，他才说句话，打个手势。而高卢罗马人则相反，他好动、活跃，发表高见的时候嘴唇、眼睛、双手统统用上，他能用二十种方法来表达自己的思想，而他的对话者却似乎只有那一种，一成不变地镌刻在他脑子里的那种。

再不善观察的人都会因为这些显眼的不同之处感到惊讶。然而，善于根据相貌判断性格的人，稍稍仔细看一看这两位外国人，便能清楚断定他们生理上的不同特征：如果说法国人"全凭眼睛"，那么英国人则是"全凭耳朵"。

确实，这一个的视觉器官在使用中得到了特别的改进。他视网膜的敏感度恐怕就像魔术师一样地快捷，能在迅速的切牌动作中，或者仅仅是在别人都看不出来的塔罗牌戏布局中，认出他要的那张牌来。因此，这个法国人已经达到了人称"眼睛的记忆力"的最高境界。

英国人则相反，他的机能仿佛专事听和听见。当他的听觉器官注意到一个人的嗓音时，他便再也忘不了它了，哪怕过去十年、二十年，他都能从一千个人中间认出它来。他的耳朵肯定不像动物的耳朵那样，有巨大的耳郭，还能转动；但是，既然学者们验证了，人类的耳朵只是"几乎"一动不动，我们就有权利肯定上述英国人的耳朵竖起、扭曲、侧转，以对博物学家来说不大显露形迹的方式，在力求听清楚那些声音。

应该提请注意的是，在这两个人身上，这种视觉和听觉功能的提升，确是大大有助于他们的职业，因为，英国人是《每日电讯报》的通讯记者，而法国人则是……的通讯记者。哪家报纸或是哪几家报纸，他不说。而当有人问起他这个问题的时候，他开玩笑似的回答说他和"他的堂姐玛德莱娜"通讯呢。这个法国人，表面上轻浮，实际上，具有很强的洞察力，他精明着呢。他顺嘴的胡诌，也许正是为了掩盖他想了解什么情况的欲望。他从不暴露自己，就连他的滔滔不绝也都是用来掩饰他的缄口不

语。也许可以说，他比他的《每日电讯报》的同行都更守口如瓶，更审慎。

这两个人之所以作为记者参加了7月15至16日晚间在新宫举办的欢庆活动，是为了让他们的读者尽可能多地获得信息。

当然，他们俩对自己在新闻界的使命都十分热爱，他们就像白鼬，喜欢投身于寻踪追迹，搜寻意料之外的消息，为了成功，什么都吓不倒他们，什么都不能使他们气馁。他们沉着冷静，具有职业人士的真正的勇气。这两位猎取信息行业中的真正的障碍赛马骑手，他们跨越一道道栏杆，淌过一条条河流，以纯种赛马无与伦比的热情跳过浅草障碍斜坡，宁愿死也要"第一个"到达！

再者，他们的报社付酬的时候也绝不吝啬——迄今为止，钱可是促使他们获取信息的最可靠、最迅捷、最完美的因素。这里还应该说一句，他们俩不管是谁，出于荣誉，都不会爬到个人隐私的墙上去偷窥或偷听，只有在关系到政治或社会利益的时候，他们才采取行动。总之一句话，他们做的是几年来大家所谓的"政治和军事上的重大新闻报道"。

只是，当我们密切关注他们的活动时，我们会发现，他们观察和评价事件，尤其是事件的后果时，"各有各的方法"，大多数时候，他们对待的方式也很特别。不过，他们干得出色，钱就多，什么时候都不辞辛劳，为此责难他们就不够厚道了。

法国通讯记者叫阿尔希德·约利伟。英国通讯记者叫亨利·博伦特。他们受命在自己的报纸上报道新宫的这场晚会，刚在这里第一次相遇。他们性格上的不合拍，加上职业方面的一定程度的相互猜忌，必然会导致他们感情上的格格不入。然而，他们却并不互相躲避，相反却力求揣测对方就当日新闻的感受。总之，只是两个猎人，他们在同一块土地上，同样的禁猎区里狩猎。这一个缺乏的东西，有可能从另一个那里得到，他们的共同利益要求他们保持在互相看得见听得到的范围内。

所以，那天晚上，他们同处在窥伺之中。确实，空气中有什么值得期待的东西。

"只要这里是野鸭子经过的地方，"阿尔希德·约利伟对自己说，"就值得放上一枪!"

就这样,舞会上,基索夫将军出去后不一会儿,两位记者便聊上了,谈话从互相打探开始。

"说实在的,先生,这个小聚会还挺让人高兴的!"阿尔希德·约利伟脸上挂着可亲的神情说道,他觉得以这句显然法国式的话语进入谈话很合适。

"我已经发电文回去:富丽堂皇!"亨利·博伦特冷冷地答道。他用上这个词,专门用来表达一个联合王国公民的某种赞誉。

"不过,"阿尔希德·约利伟补充道,"我觉得同时还应该向我堂姐说明……"

"您的堂姐?……"亨利用惊讶的口气打断他的同行说道。

"是的……"阿尔希德·约利伟接着说,"我的堂姐玛德莱娜……我跟

"说实在的,先生,这个小聚会还挺让人高兴的!"

她通讯啊！我的堂姐,她喜欢精确、迅速地得到消息！……所以,我觉得该向她说明,在这场欢庆活动中,君主的脸上仿佛被什么乌云蒙住了。"

"我倒是觉得他容光焕发。"亨利·博伦特答道,大概是想掩盖他对这个问题的想法。

"那当然,您在《每日电讯报》的栏目里让他'容光焕发'了!"

"正是。"

"您还记得,博伦特先生,"阿尔希德·约利伟说,"1812年在扎克莱发生的事情吗?"

"我记得很清楚,就像我当时在场一样,先生。"英国记者答道。

"那时,"阿尔希德·约利伟接着说道,"您知道,在为欢迎亚历山大皇帝举办的欢庆活动进行到一半的时候,有人向他禀报,拿破仑率领法国军队的前锋刚过涅门河。然而,尽管这条可能让他付出帝国的代价的消息极其严重,皇帝却没有离开晚会,他不让自己透露出稍多一些的不安……"

"当基索夫将军告诉我们的东道主,边界和伊尔库茨克之间的电报线刚被切断的时候,他并没有因此显露出什么来。"

"啊,您知道这个细节?"

"我知道。"

"至于我,要我不知道也难啊,因为我最后一份电报一直发到了乌丁斯克。"阿尔希德·约利伟有点得意地强调说。

"而我的那份只是一直到克拉斯诺亚尔斯克。"亨利·博伦特用一样得意的语气说道。

"那么,您也知道给尼古拉耶夫斯克各路军队的命令已经发出去了?"

"知道,先生,同时还给托博尔斯克督区政府的哥萨克发出了集结令。"

"这都千真万确,博伦特先生,这些措施我也都知道,请相信我可爱的堂姐从明天起就能知道这方面的事情了!"

"完全和《每日电讯报》的读者们一样,约利伟先生,他们也会知道的。"

"就是啊！当我们看到这里发生的一切！……"

"当我们听到这里所说的一切！……"

"一场有趣的战斗需要跟踪报道啊,博伦特先生!"

"我将跟踪报道,约利伟先生。"

"那我们就有可能在一片也许没有这个大厅的地板那么可靠的土地上再见了!"

"没这么可靠,是的,可是……"

"可是,也没这么滑溜!"阿尔希德·约利伟答道,在他的同行往后退步差一点滑跤的时候,他把他抓住了。

说到这里,两位记者分手了。他们还因为知道自己没被对方拉开距离而满意。实际上,这是他们俩共同的游戏。

即在此时,与主厅毗邻的大厅门全都打开了。各个大厅里都摆了几张巨大的餐桌,餐桌上摆满了珍贵的瓷器和黄金餐具。中间那张桌子是留给王子们、公主们和外交使团的成员们的,桌子上一件来自伦敦作坊的金银制品,闪闪发光。在这件无价之宝的周围,花枝吊灯的光照下,闪烁着上千件令人爱不释手的餐具,全都见所未见地出自塞弗尔的瓷器①厂。

新宫的来宾们走向各个大厅用宵夜。

此时,基索夫将军刚回来,他迅速走向卫队轻骑兵军官。

"怎么样?"后者急急问道,就像他第一次见到将军的时候那样。

"电报已经无法到达托木斯克了,陛下。"

"立即派一名信使前去!"

军官离开主厅,走进临近一个宽敞的房间。这是个工作室,位置在新宫角上,室内简简单单地陈设着一些旧橡木家具。墙上悬挂着一些画,其中有好几幅油画签有贺拉斯·韦尔内②的名字。

军官急急打开窗子,仿佛他的肺叶里缺少氧气,他走上一个宽敞的阳

---

① 塞弗尔陶瓷最早产于十八世纪,享誉全球。
② 贺拉斯·韦尔内(1789—1863),法国画家,擅长大型军事全景画和运动题材画。

台,呼吸着美丽的七月之夜散发出来的纯净空气。

在他眼前,加强了防御的圆形围墙沐浴在如水的月光中,围墙里矗立着两座大教堂、三座宫殿和一个军火库。围墙外面明显地勾画出三个镇。卡泰格洛、贝洛伊格洛、曾利亚诺伊格洛,巨大的欧洲人、鞑靼人或中国人的居住区,区里高耸着炮楼、钟楼、清真寺的尖塔,三百座教堂绿色的圆屋顶,上面竖着银质十字架。一条弯弯曲曲的小河,河面上这里那里反射出月亮的光芒。所有这一切构成一幅由五颜六色的房屋拼成的奇特的镶嵌画,铺开在方圆十法里的广阔框架里。

这条河便是莫斯科河,这座城市便是莫斯科,在这个加强防御的围墙里的便是克里姆林宫;而那位交叉着双手的卫队轻骑兵军官,隐隐约约听着建在莫斯科旧城上的新宫传来的声音的沉思者,便是沙皇。

军官急急打开窗子,走上一个宽敞的阳台,呼吸着美丽的七月之夜散发出来的纯净空气。

第2章 俄罗斯人和鞑靼人

如果说沙皇——正值他为军政当局和莫斯科主要知名人士举办的晚会达到热火朝天的时候——如此突然地离开了新宫的主厅,那是因为在乌拉尔边界的那一边发生了一些极为严重的事件。情况已经确凿无疑,可怕的入侵正试图把西伯利亚各省从俄罗斯治下挖走。

亚洲部分的俄罗斯,也就是西伯利亚,幅员达五十六万法里,居民人数二百万。它和欧洲部分的俄罗斯以乌拉尔山脉为界,从乌拉尔山脉一直延伸到太平洋沿岸。南面毗邻突厥斯坦和大清帝国,它们和俄罗斯之间的边境线相当不确定。北面,从喀拉海到白令海峡是北冰洋。它划分为多个总督督区和省份,它们是托博尔斯克、叶尼塞斯克、伊尔库茨克、鄂木斯克、雅库茨克。它包括有两个区,鄂霍茨克区和康恰特卡区,还拥有两个目前受莫斯科管辖的国家,吉尔吉斯和朱克茨①。

这片广袤的大草原,从西往东横跨一百一十经度,既被用作关押罪犯的地方,又被用作奉沙皇敕令驱逐的人们的流放之处。

两位总督代表沙皇在这片广阔的土地上行使最高权力。一个在东西伯利亚的首府伊尔库茨克,另一个西西伯利亚的首府托博尔斯克。两个西伯利亚以叶尼塞河的支流朱娜河为界。

在这些广阔无边的大平原上,有的地方称得上极为富饶,却没有一条铁路线从中穿过。没有一条铁道通往那些珍贵的矿区,它们使这些一望无际的西伯利亚地带地下比地上更富裕。在那里旅行,夏季坐马拉的篷

---

① 在西伯利亚东北部,靠渔猎为生,似爱斯基摩人。

篷车或无篷车,冬季坐雪橇。

唯一的通讯联络,却是电力通讯,靠一根电线连接着西伯利亚东西两侧的边界,这根线长达八千多俄里(8536公里)。它从乌拉尔山出来,一路经过叶卡捷琳堡、卡西莫夫、秋明、伊希姆、鄂木斯克、埃拉木斯克、考利文、托木斯克、克拉斯诺亚尔斯克、下乌丁斯克、伊尔库茨克、威尔科内-奈尔琴科、斯特林克、阿尔巴辛、波拉戈夫斯坦克斯、拉德、奥劳木斯卡娅、亚历山德罗夫斯柯耶、尼古拉耶夫斯克,从一头发到另一头一个词六卢布十九戈比。从伊尔库茨克,一个分叉连接蒙古边界上的基亚特卡,从那儿电报站可以把电报转发到北京,用时十四天,一个词三十戈比。

正是这条拉在叶卡捷琳堡和尼古拉耶夫斯克之间的线,先是在托木斯克前面的那部分被切断,四小时后托木斯克和考利文之间的那段也被切断了。

因此,沙皇在基索夫将军第二次前来向他禀报时,只是回答了一句:"立即派一名信使前去!"

沙皇一动不动地站在他办公室的窗前,不一会儿,掌门官又一次打开他的房门,警察总长出现在门口。

"进来吧,将军,"沙皇用生硬的语气说道,"把你知道的伊凡·奥加莱夫的情况告诉我。"

"这是个极其危险的人物,陛下。"警察总长答道。

"他的军衔是上校?"

"是的,陛下。"

"这是个很聪明的军官?"

"非常聪明,可是桀骜不驯,而且有狂妄的野心,天不怕地不怕。他早就投身于秘密阴谋活动,正是在那个时候大公殿下革去了他的官职,然后将他放逐到了西伯利亚。"

"那是在什么时候?"

"两年前。流放半年后,出于陛下的隆恩他得到赦免,回到了俄罗斯。"

"那么,从那个时候起,他没有再去西伯利亚?"

"去了,陛下,他又去了西伯利亚,只是这一回是自愿去的。"警察总长答道。

接着,他稍稍压低嗓门补充道:"过去有一段时期,陛下,只要是发配去了西伯利亚,就永远回不来了!"

"那么,只要我在世,西伯利亚就是个能去能回的地方!"

沙皇有权力说这样的话,因为他经常出于仁慈让俄罗斯律法显得善于宽恕。

警察总长一声不吭,然而,很明显,他并不赞成不彻底的做法。在他看来,任何由宪兵押送过了乌拉尔山脉的人就永远都不应该让他们再越过这道山岭。然而,在新皇治下却不是这样,警察总长真心诚意地为此感到惋惜!怎么?除了普通法犯罪之外的罪行再也没有了无期徒刑!怎么?政治流放犯人还可以从托博尔斯克、雅库茨克、伊尔库茨克回来!说实在的,习惯于从前由绝不宽恕的沙皇敕令做出独裁决断的警察总长,对现下的治理方式实在不敢苟同!然而,他没有吱声,等待着沙皇再次问他。

问题马上就提出来了。

"那个伊凡·奥加莱夫,"沙皇问道,"去西伯利亚各省转了一圈,目的不明地转了一圈之后,是不是第二次回到了俄罗斯?"

"他回来了。"

"而从他回来后,警局便失去了他的踪迹?"

"没有,陛下,因为一个被判了刑的人从他得到赦免之日起才真正地成了危险人物!"

沙皇的眉头皱了皱。也许,警察总长会为他的言辞过分之处感到害怕——尽管他固执己见,至少,这和他对君主的无限忠诚一样不可动摇;然而,沙皇还是不屑于他对国内政策所提出的迂回的建议,继续简短地提出他那一连串问题:

"最后一次发现伊凡·奥加莱夫在哪儿?"

"在彼尔姆督区。"

"哪座城市?"

"在彼尔姆。"

"他在那里干什么?"

"他仿佛无所事事,而他的行动也没什么可疑之处。"

"他也没有受到上层警局的监视?"

"没有,陛下。"

"他什么时候离开的彼尔姆?"

"三月份。"

"去了哪儿?……"

"不知道。"

"从那时候起,你们就不知道他的行踪了?"

"不知道。"

"那好,我却知道!"沙皇答道,"一些不署名的报告没有经过警察厅直接送到了我这儿,而从现在发生在边界那头的事件来看,我完全有理由相信这些报告是真实的!"

"请您明示,陛下,"警察总长说道,"伊凡·奥加莱夫插手了鞑靼人的入侵吗?"

"是的,将军,我这就来告诉你你所不知道的事情吧。伊凡·奥加莱夫离开彼尔姆督区以后,越过了乌拉尔山脉。他迅速进入西伯利亚,去了吉尔吉斯平原,在那里,他企图煽起游牧民族的暴动,并且很有成效。接着,他继续南下一直到自由的突厥斯坦。在布卡拉部、科坎部和昆都孜部,他找到了他们的头领,这些头领正准备把他们的鞑靼人部落抛入西伯利亚各省,挑起对俄罗斯帝国的亚洲部分全面的入侵。这次行动已经秘密策划好了,现在像雷击般地突然爆发,西西伯利亚和东西伯利亚之间的道路和通讯联络全部被切断了!而且,伊凡·奥加莱夫报仇心切,企图谋害我兄弟的性命!"

沙皇越说越激动,疾步走来走去。警察总长在旁边一言不答,但他心里在想,这要是在俄国皇帝绝不赦免流放者的年代,伊凡·奥加莱夫的诡计是绝不可能实现的。

时间在一点点流逝,而在这段时间里,总长一直保持着沉默。然后,他走近倒在一把软椅上的沙皇。

"陛下,"他说,"您恐怕已经下旨尽快击退这次入侵了吧?"

"是的,"沙皇答道,"最后那份电报还能到达下乌丁斯克,这份电报应该已经让叶尼塞斯克、伊尔库茨克、雅库茨克三个督区和阿穆尔地区、贝加尔湖地区的军队有所行动。同时,彼尔姆和下诺夫哥罗德的军团,以及边界上的哥萨克正急行军赶往乌拉尔山脉,可不幸的是他们要好几个星期后才能和鞑靼人的纵队对阵啊!"

"而陛下的兄弟,大公殿下此时正孤立无援地待在伊尔库茨克督区,被切断了和莫斯科的直接联系?"

"正是。"

"可他通过最后的那几份电报应该知道,陛下做出了什么部署,他能

"请您明示,陛下,"警察总长说道,"伊凡·奥加莱夫插手了鞑靼人的入侵吗?"

从距伊尔库茨克最近的那些督区期待得到怎样的救援?"

"他知道,"沙皇答道,"可他却不知道是伊凡·奥加莱夫,这个反叛者,将同时扮演卖国贼的角色,这个人还和他有不共戴天的个人仇怨。伊凡·奥加莱夫便是在大公那里第一次失宠,最严重的是大公并不认识这个人。因此,伊凡·奥加莱夫的计划是前往伊尔库茨克,名义是为大公效力,以取得他的信任,在鞑靼人将围困伊尔库茨克的时候,连同我的兄弟一起交出城市,我兄弟的性命直接受到了威胁。这便是我从那些报告中得知的情况,这些情况大公全然不知,现在得让他知道!"

"那么,陛下,得派一名机智、勇敢的使者。"

"我等着。"

"得让他赶紧,"警察总长补充道,"请允许我多说一句,陛下,西伯利亚这个地方可是反叛活动最猖獗之地!"

"将军,你是想说,那些流放人员会和入侵者狼狈为奸吗?"沙皇大声问道,在警察总长的暗示前,他克制不住自己了。

"请陛下恕罪!……"警察总长结结巴巴地说,因为这确实就是他不安和疑虑的心理导致的想法。

"我更相信流放人员是爱国者!"沙皇接着说。

"在西伯利亚,除了政治流放者还有其他犯人呢。"警察总长答道。

"罪犯啊!哦!将军,那些人我就交给你处理了!他们是人类的渣子。他们不属于任何国家。可是,暴乱,或者应该说是入侵,针对的不是皇帝,而是俄罗斯,是这个国家,流放者们没有完全失去重见的……他们将重见的国家!……不,一个俄罗斯人绝不会和鞑靼人串通一气来削弱莫斯科的力量,哪怕只是一个小时!"

沙皇相信那些因为他的政策而暂时远离的人们的爱国心,他是对的。作为他司法根基的宽恕,当他能够亲自使之生效的时候,在从前那么可怕的沙皇敕令的执行过程中,他采用的一次次大幅度减刑,为他保证了他不可能出错。然而,鞑靼人的入侵即便没有这个有力的因素的支持,形势还是一样的严峻,因为,值得担心的是吉尔吉斯有很大一部分人会加入

"请陛下恕罪！……"警察总长结结巴巴地说。

入侵者的行列。

吉尔吉斯人分成三个部落,大部落,小部落和中部落,拥有约四十万"帐篷",相当于二百万人口。在这些部落里,有的是独立的,有的或者承认俄罗斯的君权,或者承认基发部、科坎部和巴卡拉部的君权,也就是臣服于突厥斯坦的最可怕的首领。中等部落最为富裕,同时也最为重要,他们的驻地在萨拉苏河、额尔齐斯河、伊希姆河上游、哈迪桑湖和阿克撒卡尔湖之间的整个地区。大部落占有位于中等部落东面的各个地区,一直延伸到鄂木斯克和托博尔斯克督区。因此,如果这些吉尔吉斯人加入了暴乱,他们将入侵俄罗斯的亚洲部分,而且,首先隔断叶尼塞河以东的西伯利亚。

这些吉尔吉斯人在战争艺术上确实缺乏经验,他们无非是一些夜行的盗贼,劫掠一下沙漠商队,而不是攻击正规军队。就像列夫琴先生说过

的那样:"一个密集的阵线或者一个正规步兵方队便足以抵御比他们人数多十倍的吉尔吉斯乌合之众,只消一门大炮就能摧毁一大群人的队伍。"

行,可还得有这个方队到达暴乱地点啊,而火炮离开俄罗斯各省驻地去那儿还有二三千俄里呢。然而,除了连接叶卡捷琳堡和伊尔库茨克的那条直达公路,所有的大草原往往布满沼泽,不那么容易通行,而等到俄罗斯军队能有足够的力量驱逐鞑靼人部落的时候,好几个星期都过去了。

鄂木斯克是西西伯利亚军事组织的中心,其使命是让吉尔吉斯人不敢妄动。那里便是不完全臣服的游牧民族的极限,他们曾不止一次地进犯,而在作战部,人们有充分的理由肯定,鄂木斯克已经受到严重的威胁。军事驻地,也就是从鄂木斯克一直到塞米巴拉汀斯克分段设立的哥萨克兵站线,恐怕已经有好几个地方被突破。然而,令人担心的是,治理吉尔吉斯各个区域的"大苏丹",会自愿或不自愿地接受和他们一样是穆斯林的鞑靼人的领导,在奴役导致的仇恨上更增添了希腊正教和穆斯林之间宗教对立的宿怨。

确实,很久以来,突厥斯坦的鞑靼人,主要是布卡拉部、科坎部和昆都孜部的鞑靼人,既通过武力,又加以劝说,软硬兼施企图使吉尔吉斯各部落脱离莫斯科的统治。

稍说几句关于那些鞑靼人的情况。

鞑靼人主要指的是两个不同的人种,高加索人种和蒙古人种。

高加索人种,阿贝尔·德·雷缪萨①说,他们"被视作我们这个人种的美的典范,因为世界所有的民族都来自于他们",他们集中在同一个名称下——土耳其人和波斯渊源的本地人。

纯蒙古人种包括蒙古人、满族人和西藏人。

当时威胁俄罗斯帝国的鞑靼人属高加索人种,他们主要居住在突厥斯坦。这个地域广阔的国家划分为各个州,由一些可汗治理,从而产生部落或汗国的名称。主要的汗国有布卡拉、基发、科坎、昆都孜等。

---

① 阿贝尔·德·雷缪萨(1788—1832),法国汉学家。

那时候,最重要,也是最可怕的汗国便是布卡拉。俄罗斯和它的头领们已经打过好几次仗了,这些头领出于个人利益,也为了把另一种桎梏强加到吉尔吉斯人的身上,便支持他们向莫斯科统治闹独立。这个部当前的头领是菲奥法尔可汗,他正在步前人的后尘。

这个布卡拉部从北到南介于三十七和四十一纬度之间,从东到西则介于六十一到六十六经度之间,面积约一万平方法里。

这个州的人口达二百五十万居民,拥有一支六万人的军队,战时可扩充三倍,还有三千骑兵。这个地方十分富裕,有品种繁多的动植物和矿产,还因为巴尔赫①、奥科伊和梅马奈赫的加入,领土得到了扩大。它拥有十九座重要城镇。布卡拉城被围绕在长达八英里②的城墙内,城墙上建有防卫工事,这座光辉的城市因为阿维森纳③和十世纪其他学者而享有盛誉,被视作穆斯林科学中心,并列入中亚最著名的城市之中。撒马尔罕④城,城里有帖木儿⑤的陵墓和那座守卫着一块蓝石的宫殿,每一位新可汗登位前都要来这块蓝石上坐一坐,蓝石由一座十分坚固的城堡保护。卡尔希⑥,这座城市有三重城郭,位于滋生乌龟和蜥蜴的沼泽地之间的一片绿洲上,几属不可攻克。恰尔朱伊,有近两万居民守卫。最后还有卡塔库尔干、努拉他、吉扎、派坎德、卡拉库尔、库扎尔等等。这些难以用武的城市形成了一个总体。因此,这个孤立在大草原上,有群山护卫的布卡拉部,确实是个可怕的州,使俄罗斯不得不用重兵对抗。

然而,那时在鞑靼当政的是野心勃勃凶狠残暴的菲奥法尔。在其他可汗——主要是科坎可汗和昆都孜可汗,这些专事劫掠的残暴的武士,随时准备投入与鞑靼人的本性十分接近的行动的武士们——的支持下,在

---

① 现为阿富汗的一个省份,以农业为主。
② 一英里等于1609米。
③ 阿维森纳(980—1037),伊斯兰哲学科学中最有影响的人物。因其在学术上的巨大影响和权威,东方尊之为"卓越的智者",西方则尊之为"最杰出的医生"。
④ 撒马尔罕,乌兹别克斯坦城市名。
⑤ 帖木儿(1336—1405),信仰伊斯兰教的突厥人征服者,以残暴著称。他的陵墓是伊斯兰艺术的珍品。
⑥ 乌兹别克斯坦城市名。

指挥着整个中亚各个部落的头领们的帮助下,他带头发起了这次入侵,伊凡·奥加莱夫则是这次入侵的灵魂。这个卖国贼,受失去理智的野心和仇恨所驱使,部署了整个行动,从而切断了西伯利亚大公路。确实,他要是以为能够切割莫斯科帝国,那可真的是疯了!在他的煽动下,埃米尔①——布卡拉的可汗们自封的头衔——带着他的各个部落越过俄罗斯边境。他们侵入塞米巴拉汀斯克督区,在这里的哥萨克人数太少,不得不在他们面前后退。他们到巴尔喀什湖,然后更向前推进,一路上带着吉尔吉斯的老百姓。抢劫、破坏,把臣服的收录麾下,把反抗的掳作因徒,他们从一座城市转到另一座城市,后面跟着东方君主哩哩啦啦一大堆劳什子,可以称之为他的行宫,他的女人们和奴隶们——这一切便随着一个现代成吉思汗的恬不知耻的狂妄行进。

这位埃米尔此时在哪儿?在入侵的消息传到莫斯科的时候,他的人马已经到了什么地方?俄罗斯军队应该退到了西伯利亚的哪一点?人们无法知道。通信联络已经中断。考利文和托木斯克之间的线路已经被鞑靼军队的侦察兵破坏了,还是埃米尔已经到达了叶尼塞斯克各省?整个的下西西伯利亚是不是已经被卷入战火?暴乱是不是已经延伸到了东部各地区?人们无法知道。唯一不惧冷热,既不怕冬天的严寒,又不怕夏天的酷暑,能像闪电般快速飞行的元素,电流,已经不能在大草原上传播了,因此,也已经不可能把伊凡·奥加莱夫叛变导致的威胁告知被封闭在伊尔库茨克的大公了。

有可能取代被切断的电讯的唯有信使。这个人必须在一定的时间内跑完从莫斯科到伊尔库茨克之间的五千二百俄里(5523公里)。为了穿过反叛者和入侵者的行列,他得同时发挥出可以说是超凡出众的勇气和智慧。既有头脑又有勇气才能成功!

"我能找到这个既有头脑又有勇气的人吗?"沙皇思忖。

---

① 阿拉伯语,即王子、亲王或酋长之意。

第3章　米歇尔·斯特罗哥夫

皇帝办公室的门很快被打开了,掌门官通禀基索夫将军求见。

"信使呢?"沙皇急切地问道。

"他来了,陛下。"基索夫将军答道。

"你找到需要的人了?"

"我敢为他向陛下担保。"

"他曾在宫中值班?"

"是的,陛下。"

"你认识他吗?"

"我们私交不错,他有好几次成功地完成了艰难的任务。"

"在国外吗?"

"也在西伯利亚。"

"他是哪儿人?"

"西伯利亚人,鄂木斯克的。"

"他沉着冷静,机智勇敢吗?"

"是的,陛下,别人可能失败的任务他都能完成,他有成功所需要的全部条件。"

"他的年龄?"

"三十岁。"

"他身体强壮吗?"

"陛下,他能够忍受寒冷、饥饿、干渴、疲劳,直至最后的极限。"

"他有铁铸的身体吗?"

"是的,陛下。"

"还有心?……"

"金子般的心。"

"他叫什么名字?……"

"米歇尔·斯特罗哥夫。"

"他做好了出发的准备吗?"

"他在卫兵室等候陛下的旨意。"

"让他来吧。"沙皇说。

不一会儿,信使米歇尔·斯特罗哥夫走进皇帝的办公室。

米歇尔·斯特罗哥夫个头高大,健壮,宽肩,宽阔的胸膛。他神色坚毅的脸上呈现出高加索人种所有俊美的特点,他的四肢十分匀称,就像安设在机械上的杠杆,尽可不差分毫地完成力气活。这个帅气结实的棒小伙,

不一会儿,信使米歇尔·斯特罗哥夫走进皇帝的办公室。

体格健美,身强力壮,他不愿意的时候谁都不容易让他移动,因为他把两只脚放在哪儿就像在那儿生了根。他的脑袋,上部呈方形,前额宽阔,一头浓密的卷发,戴上莫斯科军帽的时候总是掖不住一绺绺发卷。他平时的脸色苍白,只是在心跳加快,动脉血管里的血液流通加剧飞上红晕时,脸色才稍稍好看一些。他有一双深蓝色的眼睛,直率的目光正视前方,持久不变,在微微抽动的眉弓肌肉下炯炯有神的双眸,说明他具有超人的勇气,按照善于看面相的人的说法是"英雄们的那种不怒自威的勇气"。他的因为鼻翼而宽大的鼻子下面有一张匀称的嘴巴;双唇稍稍突出说明他是个慷慨善良的人。

米歇尔·斯特罗哥夫是个生性果敢的人,他办事当机立断,不会因为犹豫不决咬指甲,不会因为踌躇不定掏耳朵,也不会因为难下决心跺脚。他少言寡语,动作也极有分寸,站立时岿然不动,就像士兵站在长官面前;然而,他走路的时候,步履潇洒自如,动作清楚麻利,这既证明他有自信,又表现出他内心坚强的意志力。他属于那种仿佛总能"牢牢把握机会"的人,脸上显现出不得不干的神态,心中同时已筹划定当了。

米歇尔·斯特罗哥夫身穿一套漂亮的军服,很像枪骑兵军官作战时穿的那种,皮靴、马刺、半紧身长裤、裘毛镶边的皮大衣,棕褐底色上镶着黄色的饰带。在他宽阔的胸前闪烁着一枚十字章和好几枚勋章。

米歇尔·斯特罗哥夫隶属于专门的沙皇信使队,在精英队里他还是个军官。这一点尤其在他的行为举止、面部表情上,在他的全身上下都能感觉得到,而沙皇也毫无困难地便看出来,这是个"善于执行命令的人"。他具有俄罗斯最值得称道的长处之一,按照著名小说家屠格涅夫①的说法,这种长处能引导他登上莫斯科帝国最高的位置。

确实,如果还有人能穿越被侵占地区,冒着千难万险,克服重重障碍,完成从莫斯科到伊尔库茨克的旅程的话,这个人便是米歇尔·斯特罗哥夫。

有一个情况十分有利于完成他的计划,米歇尔·斯特罗哥夫对他将要

---

① 伊凡·屠格涅夫(1818—1883),俄国著名作家,作品有《罗亭》《贵族之家》《前夜》《父与子》等。

穿越的区域了如指掌,他懂那些地方的民族语,不只是因为他曾经去过那儿,而且还因为他本身就是西伯利亚人。

他的父亲,老彼得·斯特罗哥夫,十年前去世了,就住在鄂木斯克市,位于同名的督区,而他的母亲,玛尔法·斯特罗哥夫,眼下还住在那儿。令人生畏的猎手便是在鄂木斯克省和托博尔斯克荒野的大草原上,按照民间的说法,"严格地"带大了他的儿子米歇尔。彼得·斯特罗哥夫借以为生的职业是猎户。不管是冬天,还是夏天,不管是赤日炎炎,还是冷到零下五十度的冰雪天气里,他都要奔波在变得坚硬的平原上,在落叶松和桦树上,冷杉林里垂直张开猎网,设置陷阱,用猎枪窥伺小猎物,用钢叉和尖刀对付大猎物。大猎物不是别的,至少是西伯利亚大熊,凶残可怕的猛兽,个头不亚于它们北冰洋的同类。彼得·斯特罗哥夫杀死过三十九头以上的大熊,也就是说,第四十头倒在了他的刀下——而按照俄罗斯的狩猎传说,有几个猎手幸运地杀死了三十九头大熊,却在第四十头前面倒下了!

因此,彼得·斯特罗哥夫已经超过了这个极限,自己却没有受到丝毫损伤。从此时起,他的儿子米歇尔就开始一次不落地陪他一起去打猎了。他背着"拉夹提那",也就是钢叉,前去帮助他只带着一柄尖刀的父亲。十四岁的时候,米歇尔·斯特罗哥夫单独杀死了他的第一头熊,这还算不了什么。然后,他剥下了熊皮,把这头庞然大物的皮拖到距离好几俄里的家里,这便说明了孩子的力气不同凡响。

这种生活让他得益匪浅,到了成人的年龄,他便能无所畏惧,抗得住寒冷、炎热、饥饿、干渴和疲劳了。他像北部地区的雅库特人,成了铁打的汉子。他能够二十四小时不吃东西,连续十个晚上不睡觉,在大草原上为自己建起防身之处。在那种地方,换上别人,早就冻僵了。他天生灵敏,在白茫茫的平原上受特拉华人①本能的引导,浓雾迷漫遮挡住了整个地平线,甚至在高纬度地区,极地之夜延续数天,他都能在别人寸步难行的地方找到自己的路。他父亲所有的秘诀他都知道。他学会了凭借几乎察觉

---

① 北美印第安人。

不出的征象辨别方向，冰针投出的方位，树木细小枝杈的布局，地平线极限发出的一缕缕微光，森林里草地上留有的足迹，空中传来隐隐约约的声音，远处的轰鸣，雾天里飞过的鸟群，对善于辨认的人来说便是千百个路标的千百个细枝末节。再者，就像在叙利亚河水里淬火的大马士革军刀，他经过了冰天雪地的淬炼，炼出了钢铁般的体魄，就像基索夫将军所说。而且，千真万确，他还有一颗金子般的心。

对母亲的爱是米歇尔·斯特罗哥夫唯一的情感，玛尔法老太太始终不肯离开在额尔齐斯河畔鄂木斯克的斯特罗哥夫家的旧居，她和老猎人在那里共同生活了那么久。当儿子离开她的时候，她的心情是那么沉重，儿子答应她只要有可能就回来看她——他不折不扣地实践了这个承诺。

米歇尔·斯特罗哥夫二十岁的时候被指定进入沙皇信使队，为俄罗斯皇帝效力。这个西伯利亚的小伙子大胆、机智、勤勉、操行端正，最开始在一次去高加索出差中表现极为与众不同，当时那地方不好走，沙米尔①有几个喜欢惹是生非的继承人起兵闹事；接着，又一次很重要的使命让他跑到了俄罗斯亚洲部分的最远的边界，堪察加的彼得罗巴甫洛夫斯克。在这些长途跋涉中，他展现出极为难得的优点，冷静、谨慎、勇敢，得到了头领们的赞许和庇护，使他被迅速提拔起来。

至于他经过遥远的差旅后应该享有的假期，他绝不忽略，全部用在老母亲身上——哪怕远隔上千俄里，哪怕寒冬腊月使路上无法通行。然而，这是第一次，米歇尔·斯特罗哥夫马不停蹄地从帝国南方回来，没有去见老母亲，三年了，就像三个世纪啊！按规矩，过几天就能放他的假了，他也已经做好了去鄂木斯克的准备，即在此时，出现了我们知道的情况。米歇尔·斯特罗哥夫被带去觐见沙皇，对于皇帝想让他干什么，他一无所知。

沙皇先是没有跟他说话，凝望了他一会儿，用洞察幽微的目光打量他，而米歇尔·斯特罗哥夫则待在那儿纹丝不动。

---

① 沙米尔（1797？—1871），塔吉斯坦和车臣地方穆斯林山民领袖。他为了建立一个独立国家，率部对高加索地区的俄军展开大规模进攻，屡败屡战，成为传奇英雄。

接着,沙皇大概对自己的观察感到满意了,转身回到办公桌边,并示意让警察总长在那里坐下,他低声让警察总长记录一封只有几行的信函。

信记录完毕,沙皇非常仔细地又读了一遍,然后签署,在他的名字前加上"Byt posé mo",意思是"此乃朕意",完全按照俄国皇帝们神圣的格式。

接着,他把信纸插进信封,用皇帝的徽号封了口。

沙皇抬起头,对米歇尔·斯特罗哥夫说让他上前来。

米歇尔·斯特罗哥夫往前走了几步,一动不动地站着,准备回答问题。

沙皇面对着他,望着他的眼睛。然后,用简短的语气问道:

"你的名字?"

"米歇尔·斯特罗哥夫,陛下。"

"你的军衔?"

"沙皇信使队上尉。"

"你熟悉西伯利亚?"

"我是西伯利亚人。"

"你出生在?……"

"鄂木斯克。"

"你在鄂木斯克有亲人吗?"

"有,陛下。"

"什么亲人?"

"我的老母亲。"

沙皇中断了一会儿他的一系列问题。给米歇尔·斯特罗哥夫看他手里的那封信:"这是一封信,"他说,"是我要让你去送的。你,米歇尔·斯特罗哥夫,必须把它交到大公手里,不能交给任何别人。"

"我一定送到,陛下。"

"大公在伊尔库茨克。"

"我去伊尔库茨克。"

"可你得穿过反叛分子暴乱、鞑靼人入侵的地区,他们会有意截获这封信。"

"我一定能过去。"

"你尤其要提防一个叛徒——伊凡·奥加莱夫,你可能在路上遇到他。"

"我会提防他的。"

"你会经过鄂木斯克吗?"

"这正是我要走的路,陛下。"

"你要是去看你的母亲,就有可能被认出来。你不能去看你的母亲!"

米歇尔·斯特罗哥夫迟疑了一秒钟。

"我不去看她。"他说。

"你向我发誓,无论如何,你都不能承认你是谁,你去哪儿!"

"我发誓!"

"米歇尔·斯特罗哥夫,"这时,沙皇把那封信交给年轻的信使,说道,"拿上这封信吧,它关系到整个西伯利亚的存亡,也许还牵涉到我兄弟大公的性命。"

"这封信将交到大公殿下的手里。"

"这么说,你肯定能过去?"

"我肯定能过去,除非人家把我杀了。"

"我需要你活着!"

"我会活着的。"米歇尔·斯特罗哥夫答道。

沙皇对米歇尔·斯特罗哥夫做出的简洁的答复和他表现出的平静的信念显然感到满意。

"那就去吧,米歇尔·斯特罗哥夫,"他说,"为了上帝,为了俄罗斯,为了我兄弟,也为了我,去吧!"

米歇尔·斯特罗哥夫行了个军礼,当即走出皇帝的办公室,几分钟后,他离开了新宫。

"我相信,你的手气不错,将军。"沙皇说道。

"我也相信,陛下,"基索夫将军答道,"陛下可以肯定,米歇尔·斯特罗哥夫将做到一个好汉能够做到的一切。"

"这确实是一条汉子。"沙皇说。

第4章 从莫斯科到下诺夫哥罗德

　　从莫斯科到伊尔库茨克,米歇尔·斯特罗哥夫将要穿越的距离是五千二百俄里(5523公里)。在电报线还没有在乌拉尔山脉和西伯利亚东部边境之间拉起来的时候,急件由信使递送,最快的信使从莫斯科到伊尔库茨克也得跑上十九天。然而,这只是特例,穿越亚洲部分的俄罗斯一般要四五个星期,尽管这些沙皇的使者可以使用任何交通工具。

　　作为一个不畏寒暑的人,米歇尔·斯特罗哥夫更愿意在严酷的冬季出行。冬季,他可以在整个行程用上雪橇。这样,在被大雪铺平的广阔的大草原上,各种交通工具固有的困难就部分地减少了。再没有需要渡过的江河。到处是冰冻的地面,雪橇在上面滑行又快又方便。也许,这个时期,还会有一些自然现象令人害怕,例如,经久不散的浓雾,极度的寒冷,可怕的大雪暴,这种旋转的雪暴有时竟至能笼罩整个商队,导致车毁人亡。还有的时候,受饥饿驱使的狼群成千上万遍布原野。可他情愿冒这样的危险,因为,在这冰天雪地的隆冬季节,鞑靼入侵者们更愿意龟缩在城市里,他们的游兵散勇也不会跑到草原上来,任何军旅行动都无法实施,米歇尔·斯特罗哥夫便比较容易过去。然而,天气和时间都由不得他选择。不管什么情况,他都得接受,都得出发。

　　因此,形势便是这样,米歇尔·斯特罗哥夫清楚地预测到了,他做好了应对的心理准备。

　　首先,他不能再利用平常一个沙皇的信使享有的优势。甚至,在他经过的路上,还不能让人怀疑到他的这个身份。在被侵占的地方,到处都有间谍。他被认出来了,他的任务就受到了影响。所以,基索夫将军给了他一大笔钱,应该够他旅途使用,并且,在一定程度上给予他方便,除此之外,没有给他任何带有"皇命差遣"批注的书面命令,这在平时可是极佳的开门"芝麻"。他只是给米歇尔带上一份"博达洛社那"。

这份博达洛社那授予名字叫尼古拉·科尔巴诺夫的商人,住在伊尔库茨克。它允许尼古拉·科尔巴诺夫,在需要的时候有一人或数人陪伴,并且还特别批注,即使在莫斯科政府禁止所有国民离开俄罗斯的情况下,此证依然有效。

博达洛社那只是份允许使用驿站马匹的证书,而米歇尔·斯特罗哥夫也只能在不会让人怀疑到他的身份的情况下才可使用,也就是说,他还在欧洲的时候。这便导致,一旦到了西伯利亚,也就是说,当他穿过各个暴乱的省份时,他在驿站里就不能作为主人行事,不能比别人优惠,让人给他配备马匹,也不能为私人用途征用交通工具了。米歇尔·斯特罗哥夫绝不能忘记,他不再是一名信使,而是一个从莫斯科前去伊尔库茨克的普普通通的商人,而作为商人,他必须适应一般旅行可能出现的任何情况。

不被发现地过去——还得尽快——然而,过去,这才是问题所在。

三十年前,一个有身份的旅行者,他的护卫队伍至少得有二百哥萨克骑兵,二百步兵,二十五名巴斯克骑士,三百头骆驼,四百匹马,二十五辆大车,两艘可携带的船和两门火炮。这便是西伯利亚之旅所必需的物资准备。

而他,米歇尔·斯特罗哥夫,既不会有火炮,又不会有骑士和步兵,更没有拉大车的牲口。可能的时候,他坐车或者骑马,需要步行的时候,就只能靠两条腿了。

最初的一千四百俄里(1493公里),也就是从莫斯科到俄罗斯边界这段路,不会出现任何困难。火车、邮车、汽轮、各个驿站提供的马匹,谁都可以使用,因此沙皇的信使也能利用。

就这样,7月16日早晨,米歇尔·斯特罗哥夫除去了身上所有的军服的痕迹,就穿着一般的俄罗斯服装,一件紧身衣,俄罗斯农民传统的腰带,宽大的短裤,腿弯紧束的靴子,背上他的旅行袋,便去了火车站,准备搭乘第

一班火车。他没有带任何武器,只是在腰带里藏了一把左轮手枪,口袋里掖一把既像菜刀又像土耳其弯刀的宽刃刀,用这些家伙,一个西伯利亚猎人足以剖开一头熊的肚子而不伤及它珍贵的裘皮。

莫斯科火车站汇集了相当多的旅客。俄罗斯的火车站还是人们常去的聚会的地方,至少看别人动身的人和真正动身的人一样多。那里就像是一个装满新闻的小钱袋。

米歇尔·斯特罗哥夫乘坐的那列火车将把他送到下诺夫哥罗德。那时候联结莫斯科和圣彼得堡的火车到那儿为止,再从那儿前往俄罗斯边界。这条路长四百俄里(426公里),火车要跑十来个小时。到达下诺夫哥罗德后,米歇尔·斯特罗哥夫再看情况,或者走公路,或者坐伏尔加河上的汽船,尽最快速度到达乌拉尔山。

因此,米歇尔·斯特罗哥夫就像个并不为他的生意担多大心事的正当的有产者那样,舒舒服服地靠在他的角落里,力求用打盹儿来消磨时光。

然而,由于车厢里不只是他一个人,他只能睁一只眼闭一只眼地睡着,两只耳朵还在听。

实际上,吉尔吉斯部落暴乱和鞑靼人入侵的消息并不是丝毫没有泄漏出去。出于偶然而成为他的旅伴的乘客们议论着,只是说话无不有点谨慎。

这些旅客和火车上的大多数乘客一样,都是赶往著名的下诺夫哥罗德交易会的商人。这必然是个十分混杂的人群,包括犹太人、土耳其人、哥萨克人、俄罗斯人、格鲁吉亚人、蒙古西部人等,但他们几乎都讲俄语。

就这样,商人们议论着当时在乌拉尔山脉另一头发生的严重事件的得失,他们似乎在担心这些事件会导致俄罗斯政府采取某些限制性措施,尤其是在与边界接壤的省份——这些措施必然地会给贸易带来损伤。

应该指出,这些唯利是图的人只是从他们的利益受到威胁的角度来看待战争,也就是看待对造反的镇压和对入侵的斗争的。只要有一个穿着军服的普通士兵在场——我们知道军服的影响力在俄罗斯有多么大——,便足以钳制这些商人的舌头。然而,在米歇尔·斯特罗哥夫所在

米歇尔·斯特罗哥夫舒舒服服地靠在他的角落里,力求用打盹儿来消磨时光。

的那个小包厢里,没有任何征兆表明有军人存在,而沙皇的信使必须微行,他当然就不能暴露行迹了。

因此,他只是听着。"据说商队的茶叶看涨。"一个波斯人说。这个人从他卷毛羔皮里子的帽子和被磨损的宽皱褶棕色长袍上就能认出来。

"哦!茶叶丝毫不用担心跌价,"一个阴沉着脸的犹太老人说,"在下诺夫哥罗德集市上的茶叶很容易就被发送去了西方,遗憾的是布卡拉①的地毯就没这么好了。"

"怎么!您还等着布卡拉发货过来?"波斯人问他。

"不,从撒马尔罕发来,因而它只能是更危险!能指望从基发一直到中国边境的可汗们暴乱的地区发来的货物啊!"

---

① 乌兹别克斯坦城市名,也就是前面提到的菲奥法尔可汗的所在地。

"行！"波斯人答道，"如果说地毯到不了，那么，我估计，汇票就更到不了了！"

"那利润呢，以色列的上帝啊！"小个子犹太人嚷嚷，"您就一点也不指望了吗？"

"您说得在理，"另一个旅客说，"中亚的产品在市场上很可能紧缺，撒马尔罕的地毯和羊毛、油脂、东方的披巾都一样啊。"

"嗨！小心了，大叔！"一个俄罗斯旅客脸上挂着嘲弄的神色答道，"您要是把披巾和油脂混装，它们会被油迹沾得一塌糊涂的！"

"您觉得这很好笑啊！"那个商人尖刻地反驳，他不大欣赏这样的玩笑。

"嗨！等他们扯着自己的头发，往头上撒灰。"这个旅客回答道，"这改变得了事物的进程吗？不！它也改变不了商品的行市啊！"

"看得出来您不是个商人！"小个子犹太人提醒道。

"确实不是，可敬的亚伯拉罕的传人！我不卖啤酒花，不卖鸭绒，不卖蜂蜜、石蜡，不卖大麻籽、咸肉、鱼子酱、木材、羊毛，不卖饰带、大麻、亚麻，不卖摩洛哥皮，不卖毛皮！……"

"可您总要买这些东西吧？"波斯人打断这位旅客的品名表问道。

"尽可能地少，而且仅仅为了我个人的消耗。"这一个眨巴着眼睛答道。

"他是个爱逗乐的人！"犹太人对波斯人说。

"要不，就是个间谍！"波斯人压低了嗓门答道，"我们得防着点儿，不该说的再也别说了！目前这种时候，警察绝不会手软，我们又不太清楚跟什么人在一起旅行！"

在车厢的另一头，大家讲商业产品的时候不多，讲得多一些的是鞑靼人的入侵及其造成的恶劣后果。

"西伯利亚的马匹全都被征用了，"一位旅客说道，"中亚各省之间的交通将变得十分困难！"

"能不能确定，"他的邻座问他道，"吉尔吉斯人的中部落跟着鞑靼人一起闹起来了？"

"听说是这样,"那位旅客压低了嗓门答道,"可谁能够夸口说自己了解那地方的什么事儿啊?"

"我听说军队在边界上集中。顿河的哥萨克已经集结在伏尔加河,他们将前去对抗造反的吉尔吉斯人。"

"如果吉尔吉斯人顺着额尔齐斯河而下,去伊尔库茨克的公路就靠不住了!"邻座答道,"况且,昨天,我曾想给克拉斯诺亚尔斯克发了一份电报,结果没能过去。只怕用不了多久鞑靼人的纵队就会把东西伯利亚给孤立起来了!"

"总之,大叔,"第一个对话者又说道,"这些生意人有理由为他们的买卖和结算担心啊。马匹被征用之后,他们就会征用船只、车辆、所有的交通工具,一直到你不可能在整个帝国的土地上移动一步为止。"

"我很担心下诺夫哥罗德的交易会收场的时候不会像开张的时候那么红火了!"第二个对话者摇着脑袋答道,"俄罗斯领土的安全和完整是压倒一切的。生意毕竟只是生意!"

如果说,在这个小间里,特有的谈话主题不大变动,那么,在别的车厢里,这种变动也不大;可是,任何一个旁观者都会在交谈者之间交流的言谈中注意到那种极端的谨慎。当他们偶尔小心翼翼地涉足时事的时候,他们绝不会进而议及莫斯科政府的意向,并加以评说。

这是在列车头上一节车厢里有一位旅客准确无误地注意到的。这位旅客——显然是个外国人——睁大了眼睛观看着,提出许多许多问题,得到的却尽是些支吾搪塞的回答。他冒着旅伴们的大不韪放下车窗玻璃,一刻不停地把身子探出窗外,不放过右侧地平线上的每个视点。他询问每个最不足道的地方的地名,它们的发展方向,做什么生意,有什么工业,居民人数,男女人口的平均死亡率,等等,而这一切,他都记录在一个已经写得满满的小本子上。

这个人便是通讯记者阿尔希德·约利伟,他之所以提出那么多毫无意义的问题,那是因为他希望在这些问题导致的诸多回答中能发现什么"对他的堂姐来说"有趣的事情。然而,这也在合情合理之中,人们把他当成

了间谍,在他面前只字不提与当前事件搭边的看法。

他发现自己就鞑靼人入侵问题无法有所斩获,便在小本子上写下:

> 旅客们极其谨慎。就政治问题很难使之松口。

即在阿尔希德·约利伟细心记录他的旅途印象的同时,和他一样登上这列火车,作同一目的的旅行的同行,在另一节车厢里也展开了同样的观察工作。那一天,在莫斯科火车站,两个人没有遇上,他们都不知道对方也动身去考察战争的舞台了。

只是哈利·博伦特很少开口说话,但听了很多,没有引起旅伴们像对阿尔希德·约利伟那样的怀疑。从而也没被当成间谍,而他的邻座们在他面前无拘无束地谈论着,甚至任由自己超出他们本性的谨慎所能允许的界限。因此,《每日电讯报》的通讯记者才能观察到目前那些事变让前往下诺夫哥罗德的人们有多么担心,以及和中亚的贸易在过境时受到何等程度的威胁。

所以,他在小本子上毫不犹豫地记录下了再也不能比此更准确的观察意见:

> 旅客们极为不安。他们关心的都是战争,他们毫无拘束地议论战事,这种自由堪让伏尔加河到维斯图拉河①之间的人们惊讶。

《每日电讯报》的读者少不了和阿尔希德·约利伟的"堂姐"一样得到准确的信息。

再者,由于哈利·博伦特坐在火车行进方向的左边,他看到的那部分地区地势相当地起伏不平,他也不费心去看看右边的情况,那里是一马平

---

① 维斯图拉河,又称维斯瓦河,波兰最大的河流,也是波罗的海水系最大的河流。从伏尔加河到维斯图拉河即指俄罗斯的欧洲部分。

川,他少不得带着英国人的泰然自若,加了一句:

"从莫斯科到弗拉基米尔山峦连绵。"

然而,很明显,面临这些严重事件,俄罗斯政府,即使在帝国内部都采取了严厉措施。暴乱没有越过西伯利亚边界,可是在和吉尔吉斯地区紧邻的伏尔加河各省,人们还是担心恶劣的影响会产生的后果。

确实,警察们还没有找到伊凡·奥加莱夫的踪迹。这个叛贼为报私仇居然引狼入室,他已经到了菲奥法尔可汗的身边,还是在下诺夫哥罗德督区策划反叛?这个督区目前的人众可是鱼龙混杂。在汇集大市场的这些波斯人、亚美尼亚人、卡尔梅克人里,有没有他的同伙,负责煽起国内的动乱?所有这些假设都是可能的,尤其是在俄罗斯这样的国家里。

确实,这个幅员广阔的国家,面积达一千二百万平方公里,不可能像欧洲各国那样的清一色民族。在组成俄罗斯的各个民族之间,肯定存在着各种矛盾。俄罗斯的领土,包括欧洲部分、亚洲部分和美洲部分①,东西方向从东经15°延伸到西经130°,跨幅近二百度,南北方向从北纬38°到北纬81°则跨越了四十三度。人口七千万,讲三十种不同的语言。其中,斯拉夫人种无疑占大多数,它包括俄罗斯人、波兰人、立陶宛人、库尔兰人。另外,还应该加上芬兰族人、爱沙尼亚人、拉普人、切列米思人、楚瓦什人、彼尔姆人、德国人、希腊人、鞑靼人、高加索各部族、蒙古游牧部落、卡尔梅克人、萨摩耶得人、堪察加人、阿留申人,我们不难理解,一个如此广阔的国家的统一是很难维护的,它之所以能够存在只能是时间的作用加上历代政府的睿智所致。

不管怎样,伊凡·奥加莱夫还是逃脱了种种搜捕,而且,很可能,他已经投奔了鞑靼军队。可是,在火车停靠的每一个车站,检查人员都要上车检查每一个旅客,迫使他们接受细细的查询,因为,按照警察总长的命令,他们是在搜索伊凡·奥加莱夫。政府确实相信这个叛贼还没能离开俄罗

---

① 美洲部分指阿拉斯加,当时属俄罗斯,1867年,美国以720万美元的价格向俄国买下了这块土地,合2美分一英亩。

斯的欧洲部分。一名旅客显得可疑，他得去警局说说清楚，而在这个时候，火车开走了，不管怎样，火车是不会等迟到者的。

俄罗斯警察都非常专断，想跟他们讲什么道理门儿都没有。警局雇员穿着带军阶的制服，他们就像军人似地行动。况且，不服从一个君主下达的旨意说什么都没用，而这位君主还有权在他的敕令抬头冠上下列格式：

朕，奉天承运，所有俄罗斯城邦，莫斯科、基辅、弗拉基米尔和诺夫哥罗德的皇帝和独裁者，喀山、阿斯特拉罕沙皇，波兰沙皇，西伯利亚沙皇，托里德的切尔松尼斯二十四世沙皇，普斯科夫领主，斯摩棱斯克、立陶宛、沃利尼亚、波多利亚和芬兰的大亲王，爱沙尼亚、利沃尼亚、库尔兰和塞米加里、比亚里斯托克、卡雷利亚、伊乌格里、彼尔姆、维亚卡、保加利亚和其他多国的亲王，下诺夫哥罗德、切尔尼戈夫、里亚山、波咯斯科、罗斯托夫、雅罗斯拉夫尔、比洛采尔斯克、乌多里、奥波多里、孔蒂尼亚、维捷布斯克、姆茨斯拉夫等领土的领主和大亲王，极北各地区的统治者，伊维利亚、卡塔里尼亚、格鲁吉尼亚、卡巴尔吉尼亚、亚美尼亚等国领主、切尔凯斯各亲王、山岭和其他地方的亲王的世袭领主和宗主，挪威的继承人，石勒苏益格-荷尔斯泰因、斯托尔马恩、迪特马申和奥尔登堡公爵。

这一位确实是个强大的君主，他的纹徽是一只双头鹰，抓着一根权杖和一个球，周围围着诺夫哥罗德、弗拉基米尔、基辅、喀山、阿斯特拉罕、西伯利亚的盾形纹章，环绕在圣安德烈神品级项链里，上面还戴一顶王冠。

至于米歇尔·斯特罗哥夫，他符合规定，所以摊不上警局措施带来的种种麻烦。

火车在弗拉基米尔站停靠几分钟——这几分钟对《每日电讯报》的通讯记者来说，从物质和精神两个方面，就这个俄罗斯的旧都做一个十分完整的概述似乎已经足够了。

在弗拉基米尔站又有新的旅客上这列火车。其中有个姑娘来到米歇尔·斯特罗哥夫所在的那个小间。

在沙皇的信使对面有一个空位子。

姑娘把一只有点寒碜的红皮旅行袋放在身边,那好像就是她的全部行李,然后坐下。她垂下双眼,看都没看一眼偶然与她相遇的旅伴们,准备做这次还将持续几个小时的旅程。

米歇尔·斯特罗哥夫禁不住仔细打量了一番他的新邻座。由于她坐的位子与火车行进逆向,他甚至提议把自己的位子换给她,她可能更愿意坐在他的位子上。可她微微一躬,谢绝了。

这姑娘大概有十六七岁,相貌长得是那种十分迷人,具有斯拉夫人的纯净和清秀——略带严肃的典型。再过几年,她的五官会最后定格,这种典型的趋势与其说是漂亮,不如说是天生丽质。她头上扎一条方巾似的包头巾,包头巾下露出浓密的金灿灿的柔发。她的双眸是棕色的,目光无限的温柔。有点瘦削苍白的脸上一个笔直的鼻子,鼻翼轻轻翕动。她的

这姑娘大概十六七岁,相貌长得十分迷人。

嘴巴线条十分秀美，但是它仿佛很久都没有露出过微笑了。

年轻的女旅客瘦高个儿，她身上穿着一件宽大的、十分朴素的皮外衣，由此可以估摸出她的身材。虽然这是个"非常年轻的女孩"，她纯洁无瑕的表情，高高的前额，脸蛋下部明确的轮廓却能让人感到她具有强大的精神力量，这个细节逃不过米歇尔·斯特罗哥夫的目光。很明显，这位姑娘过去已经经历过痛苦，而未来对她恐怕也不是阳光灿烂；然而，他也一样确信，她会努力奋斗，她已经下定了决心继续向生活中的困难做斗争。她的意志力肯定很强，而且经久不衰，她始终显得沉着冷静，即使在一个男人都可能会屈服或者暴躁的处境下。

以上便是这位姑娘乍一上来给予米歇尔·斯特罗哥夫的印象，鉴于他本人就属于这种坚毅的天性，对这种面相特色的印象也就特敏感，他一方面相当细心地观察了他的女邻座，一方面注意不要因为他目光凝注过久而让人感到唐突。

年轻的女旅客衣着朴素，但极其干净。她不富裕，这是很容易看出来的，但是，在她的衣服上找不到一丝被忽略的地方。她全部的行李都装在一只上锁的皮革旅行袋里，由于没地方搁，她便把它放在腿上。

她穿着一件深色长皮袄，无袖，领口优雅地系一条蓝色的花饰带。皮袄下穿一条半短裙，也是深色的，蒙着一条长至脚踝的连衣裙，下摆皱褶上镶着色泽也不很醒目的花边。精工制作的低筒皮靴鞋底相当厚，仿佛就是为了出门长途跋涉选择的，穿在她脚上，她的脚很小。

米歇尔·斯特罗哥夫从衣服的某些细节上仿佛看出利沃尼亚的裁剪特色，他想他这位女邻座应该来自波罗的海的那些省份。

可是，这个姑娘要去哪里呢？在她这个年龄，父亲或者母亲的支持，哥哥的保护可以说是必不可少的呀？她真的经过很长的旅程，来自俄罗斯西部的省份吗？她只是要去下诺夫哥罗德，或者她旅行的目的地还在帝国东部边界的那一头？有什么亲人，或者朋友在火车抵达的地方等着她吗？或者恰恰相反，更可能的是在那座城市里，她将如同在这列火车上一样孤立无援，那里好像并没有一个人——这是她应该意识到的——会关心她？这一点非常可能。

确实，在孤独中养成的习惯非常明显地表现在这位年轻的女旅客的为人处世方面。她如何走进车厢，她如何为旅途作准备的方式，她没有引起周围多大的骚动，她注意不打扰不妨碍别人，这一切说明她有独立生活的习惯，并且凡事靠她自己解决。

米歇尔·斯特罗哥夫颇有兴致地观察着她，然而，十分克制，并不寻求机会和她说话，尽管火车到达下诺夫哥罗德还有好几个小时。

只是有一次，坐在姑娘旁边的那个旅客——那个不小心把披巾和油脂混装在一起的商人——昏昏欲睡，那颗大脑袋左右摇摆，威胁到他的邻座，米歇尔·斯特罗哥夫相当不客气地唤醒他，让他明白，他该注意分寸，坐端正了。

那个商人生性粗鲁，对"爱管闲事的人"嘀嘀咕咕。然而，米歇尔·斯特罗哥夫不肯随和的目光盯了他一眼，于是，那个昏昏欲睡的人便靠向另一边。米歇尔帮年轻的女旅客解除了不舒服的尴尬。

姑娘望了一会儿年轻人，目光中流露出无声的谦恭的谢意。

然而，这时出现了一件事情，使米歇尔·斯特罗哥夫对姑娘的性格有了个正确的观念。

在离开下诺夫哥罗德车站十二俄里的地方，铁路有一个急转弯，火车遭到很猛烈的撞击，然后有一分钟时间，它跑在路堤的斜坡上。

旅客们多少有些跌跌撞撞，大叫大喊，晕头转向，车厢里一片混乱，这便是最初产生的反应。大家可能害怕发生了什么重大车祸。因此，火车还没有停下，车门便被打开，惊慌失措的旅客就想着离开车厢，去路上寻求庇护。

米歇尔·斯特罗哥夫最初想到的是他的女邻座。然而，就在同车厢的旅客们叫喊着，推推搡搡跳出车外的时候，姑娘泰然自若地坐在她的位置上，脸色只是稍稍有些变白。

她在等待。米歇尔·斯特罗哥夫也在等待。

她没有做出一点点想要下车的举动。他也没有动弹。

两个人都无动于衷。

"性格够坚强的!"米歇尔·斯特罗哥夫想道。

危险很快就解除了。有一节货车的轮箍断裂造成了最初的撞击,然后,列车停住了,可是,就差那么一点,它就从路堤上面冲进一个坑洼。车子因此晚点一个小时。最后,道路清理出来了,列车继续前行,晚上八点半钟到达下诺夫哥罗德车站。

在旅客们谁都没有下车之前,警局的检查人员就出现在车厢门口,检查每一个旅客。

米歇尔·斯特罗哥夫出示他那个颁发给尼古拉·科尔巴诺夫的博达洛社那。因此,他没有遇上麻烦。

至于车厢里的其他旅客,他们全都是到下诺夫哥罗德的,他们全都没什么可疑之处,这对他们是幸运的。

旅客们多少有些跌跌撞撞,大叫大喊,晕头转向,车厢里一片混乱。

那个姑娘,她出示的不是护照,因为俄罗斯已经不需要护照了,而是一个盖上了特殊印鉴的许可证,似乎性质很特别。

检查员仔细看了看许可证,然后又仔细检查了证件上载明其体貌特征的女孩:

"你是里加①人?"他问。

"是的。"姑娘回答道。

"你要去伊尔库茨克?"

"是的。"

"从哪条路走?"

"走彼尔姆公路。"

"好的,"检查员答道,"记住要到下诺夫哥罗德警察局签证。"

姑娘一躬身表示知道了。

听到这一问一答,米歇尔·斯特罗哥夫既感到惊讶,又油然而生怜悯之心。什么?这个女孩子独自一人居然要去遥远的西伯利亚?而且,除了平时可能遭遇的险情之外,还得加上一个被入侵、正发生暴乱的地方可能遇上的种种艰难险阻!她怎么到得了那里?她会出什么问题啊?

查完后,车厢门才全部打开,然而,还没等米歇尔·斯特罗哥夫向她走出一步,这位利沃尼亚姑娘就第一个下了车,消失在车站月台熙熙攘攘的人群之中。

---

① 里加,拉脱维亚首府。

第5章　一份包括两个条款的法令

下诺夫哥罗德位于伏尔加河和奥卡河的交汇处,是同名督区的首府。米歇尔·斯特罗哥夫到这里就不能再坐火车了,因为那时,铁路还没有延伸到这座城市的那一头。因此,随着他继续前行,能用的交通工具便变得不那么迅速,继而又不那么可靠了。

下诺夫哥罗德平时有三万至三万五千居民,这时在这里的人口达到了三十万,也就是它常住人口的十倍。所以出现如此增长是因为在这个城里举办历时三个星期的著名的交易会。以前从这个商品的集散活动中得益的是马卡列夫,可是,从1817年起,交易会搬到了下诺夫哥罗德。

因此,这座平时相当萧索的城市此刻却异常热闹。欧亚两洲十个不同人种的商人在商品交易的作用下到此称兄道弟。

尽管米歇尔·斯特罗哥夫走出火车站的时候已经不早,在下诺夫哥罗德包括的被伏尔加河分隔两边的两个镇上还汇聚着许多人,其中地势较高的那个镇建造在陡峭的山岩上,有一个在俄罗斯被称作"克里姆勒"的那种堡垒防守。

如果说米歇尔·斯特罗哥夫不得不在下诺夫哥罗德住下,他还是不那么容易找到一家旅馆,甚至一个比较像样些的客栈。那里已是人满为患。然而,由于他不可能当即就走,因为他得坐伏尔加河上的汽船,他还是得寻找一个栖身之处。只是在这之前,他想确切了解一下开船时间。他去了航行在下诺夫哥罗德和彼尔姆之间的轮船的公司办公室。

在那儿,让他很不高兴的是,他得知"高加索"号——这是跑那条路的汽轮的名字——要到第二天中午才起航去彼尔姆。等待十七个小时啊!

这对一个如此急迫的人来说实在恼火,可他还是得忍耐。他忍耐,因为他从不毫无意义地怨天尤人。

况且,在目前的处境下,并没有一辆车子,一辆马拉的篷篷车或无篷车,轿式马车或驿站的有篷双轮轻便马车,或者是一匹马能更快地把他送到或者是彼尔姆,或者是喀山。所以,最好还是等着汽轮起航——这种比其他任何交通工具都快速的轮船将帮他追回失去的时间。

所以,米歇尔·斯特罗哥夫就这样走在城里,并不担蛮大心事地寻找着能让他过夜的客栈。去哪儿过夜确实不是很放在他心上,要不是饥饿折磨着他,他真会在下诺夫哥罗德的马路上一直逛到天亮。他在寻觅的与其说是一张床铺,不如说是一顿晚餐。然而,他在康斯坦丁堡市的招牌下,这两样东西都找到了。

在这里,客栈主为他提供了一个相当合适的房间,家具不多,但里面既不缺圣母像,也不缺某些圣徒像,这些像都有金色的布料做框子。一只浸泡在浓奶油里的嵌酸肉糜的鸭子,大麦面包,炼乳,绵白糖拌桂皮,一罐在俄罗斯十分普遍的像似啤酒的克瓦斯当即给他端了上来,他可吃不了那么多就饱了。他吃饱喝足了,比他的邻桌吃得好,他的邻桌是个分裂派"老教徒",此人立愿节欲,把土豆抛置在菜碟里,不让往茶里放糖。

晚餐吃完后,米歇尔·斯特罗哥夫没有上楼去他的房间,他机械地重又去城里散步。然而,此时虽然仍在暮色苍茫之中,街上的人群却已经消散,渐渐不见人影,大家回了各自的住处。

坐了整整一天火车之后,米歇尔·斯特罗哥夫该休息了,他为什么不好好地去躺在床上?他难道还在想曾当了他几小时旅伴的那位利沃尼亚姑娘?无所事事了他便往这上面想。他在担心,迷失在这喧闹城市里的姑娘,会不会被人欺负?他担心得不无道理。他是否希望遇上她,并且,需要的话,挺身而出担当护花使者吗?不。遇上她很难。至于保护她……凭什么呀?

"她孤独一人,"他对自己说,"在这些流浪汉们中间举目无亲!而现下的危险和未来她将遭遇的艰难险阻相比还算不上什么呢!西伯利亚!

伊尔库茨克！我为了俄罗斯，为了沙皇身冒险境，她也将去冒这九死一生的危险，她，为了……为了谁？为了什么？她获得了准许越过边界！而那边正闹暴乱呢！鞑靼帮正驰驱在大草原上！……"

米歇尔·斯特罗哥夫不时止步，思索一下。

"也许，"他想道，"她作这次旅行的想法是在发生入侵之前产生的吧！也许她本人还不知道形势的变化！……这不可能啊，那些商人就曾在她面前议论西伯利亚的骚乱……她听了没显出惊讶的样子啊……她甚至没让人作任何解释……那就是说她都知道，可她知道了还去啊！……可怜的姑娘！……驱使她这么做的动机得有多强大！可是，她再勇敢——她无疑很勇敢，她的体力也吃不消这一路奔波啊，而且，且不说这些艰难险阻，她肯定承受不了这般旅行的艰苦和劳顿！……她绝对到不了伊尔库茨克！"

米歇尔·斯特罗哥夫始终信步而行，由于他十分熟悉这座城市，找到回去的路在他不是难事。

走了将近一个小时，他在一条背靠大木棚子的长凳上坐下，那是个很大的广场，上面有许多这样的木棚子。

他在那里刚坐五分钟，便有一只手使劲儿搭到他肩上。

"你在这儿干什么？"一个男人的粗嗓门问他道。这个人个子很高，米歇尔没看到他走过来。

"我休息一会儿。"米歇尔·斯特罗哥夫答道。

"你是不是打算在这张凳子上过夜？"那个人又问道。

"是啊，如果这对我合适的话。"米歇尔·斯特罗哥夫顶了他一句，那口气对一个他应是的普通商人而言有点过于强硬。

"那就走近些让我看看你是什么人吧！"那个人说道。

米歇尔·斯特罗哥夫想起他首先必须谨慎，本能地往后退却。

"你没必要看我。"他答道。

说着，他沉着地让对话者和自己保持十来步的距离。

这时，仔细观察之下，他觉得和自己打交道的好像是个波希米亚人，

"你在这儿干什么？"一个男人的粗嗓门问他道。这个人个子很高儿，米歇尔没看到他走过来。

在所有的集市上都能遇到的那种流浪汉，和这种人接触不管在肉体上，还是在精神上都会让人感到不自在。接着，在开始变得越来越浓重的阴影里，比较仔细地观察后，他瞥见木棚边有一辆很宽敞的四轮运货马车，通常被吉卜赛人和茨冈人①用作他们的流动寓所，这种人在俄罗斯很多，哪里有几个戈比可赚便赶往哪里。

这时，那个波希米亚人往前走出两三步，他正准备更直接地质问米歇尔·斯特罗哥夫，木棚门打开了。一个女人，几乎看不清楚长什么样儿的女人疾步上前，用一种相当生硬的方言，米歇尔·斯特罗哥夫听出来是夹杂着蒙古话和西伯利亚话的语言说：

---

① 这里要说明一下，对于吉卜赛人，不同地域有不同的叫法，英国人称他们为吉卜赛人，法国人称他们为波西米亚人，俄罗斯人称他们为茨冈人。本书几个叫法都在使用，原著如此，译文只好如此。

"又是个间谍！随他去吧,快来吃饭,饼要凉了。"

米歇尔·斯特罗哥夫禁不住为人家赏赐给他的这个身份微微一笑,他就特别害怕间谍啊!

然而,波希米亚人用同样的语言,尽管他的口音和那个女人的口音迥然不同,回答了几句,它们的意思是：

"你说得对,桑加尔！况且,我们明天就要走了！"

"明天?"女人低声还嘴,口气里显出有点吃惊。

"是的,桑加尔,"波希米亚人答道,"明天,老爷子将亲自送我们……去我们想去的地方！"

说到此,男人和女人进了木棚子,然后关上了门。

"行嘛！"米歇尔·斯特罗哥夫想道,"这些波希米亚人,在我面前说话的时候,要是不愿意让我听懂,我建议他们还是用另一种语言为好！"

作为西伯利亚人,我们交代过,米歇尔·斯特罗哥夫在大草原上度过了他的童年,从鞑靼到北冰洋的人们使用的语言他几乎都听到过。至于在波希米亚人和他的女伴之间所说的那些话,其确切意思他并不很在乎。这跟他能有什么关系？

时间已经很晚了,他考虑该回客栈去休息一会儿了。回去路上,他沿着伏尔加河往前走。河水消失在数之不清的船舶的浓影里。大河的流向使他辨认出他刚离开的是什么地方。那些大货车和木棚子汇集占据的大广场正是每年下诺夫哥罗德交易会最主要的集市——这便说明了为什么这里聚集起了世界各地赶来的街头艺人和波希米亚人了。

一个小时后,米歇尔·斯特罗哥夫便有些不安地在一张俄罗斯人用的床上睡着了,这种床对外国人来说似乎太硬,第二天,7月17日,天色大亮他才起来。

还得在下诺夫哥罗德待五个小时。除了像前一天那样穿大街过小巷,在这个城市里他还能干些什么来打发这个早晨呢？早餐一结束,关上他的旅行袋,去警察局签证他的博达洛社那,剩下的就是出发了。可是,他不是那种太阳晒到屁股了才起床的人。他起了床,穿上衣服,小心翼翼地把那封盖了皇帝纹章的信揣进紧身内衣里面的口袋里,在衣服上束紧皮带。然后,他关上旅行袋,把它固定在背上。做完了这些事情,由于他不想再回康斯坦丁堡,并且打算就在伏尔加河边,船码头附近用餐,便结了账离开了客栈。

出于小心,米歇尔·斯特罗哥夫先去了汽轮办公室,问清楚"高加索"号是否肯定在预定时间起航。这时,他第一次想到,既然那个利沃尼亚姑娘将取道彼尔姆,那么,很可能,她的计划也是搭乘"高加索"号了,在这种情况下,米歇尔·斯特罗哥夫少不得又会和她同路。

带有像莫斯科那样方圆两俄里的克里姆林宫似的上城,这时候无人光顾。连总督都已经不住在那儿了。可是上城有多么萧瑟,下城就有多么热闹!

米歇尔·斯特罗哥夫从由船只搭成的浮桥上过了伏尔加河,这座桥有哥萨克骑兵看守,他到了前一天曾闯入的那个波希米亚人的宿营地。那地方比举办下诺夫哥罗德交易会的市区更靠近城外,与这个交易会相比之下,莱比锡的那个根本无法相提并论。在伏尔加河的对面,一片广阔的平原上,建起了总督的临时官邸,交易会期间,这位高官便奉命住在那里,这个交易会由于构成成分复杂,无时无刻不在的监督便不可或缺了。

当时,在这片平原上盖满了木屋,它们呈对称状排列,房屋之间留有宽阔的道路,方便人群在那里的流通。由大小不一、形状各异的木棚子组成的一定的集结地构成了一个不同的区域,用于专门类别的交易。那里有铁器区、裘皮区、羊毛区、木材区、织物区、干鱼区,等等。有几栋房子用的材料实属异想天开,有的用茶砖,还有的用一方方的咸肉,也就是说用业主零售给顾客的商品样品。多少带点美国式的奇特的广告啊!

在这些大道上,或者沿着这些林荫道走去,太阳已经高高地升起在地平线上,因为,那天早上,不到四点太阳就升起来了,麇集的人群已经相当可观。俄罗斯人、西伯利亚人、德国人、哥萨克人、土库曼人、波斯人、格鲁吉亚人、希腊人、奥特曼人、印度人、中国人,欧亚各国人不寻常地混合,交谈、讨价还价、高谈阔论、弄虚作假。所有卖的买的仿佛全都堆积到这个

广场上来了。挑夫、马匹、骆驼、驴子、船舶、大货车，所有用来搬运商品的也都集中在这块交易会的场地上。裘皮、宝石、绸缎、印度的开司米、土耳其地毯、高加索的武器、土麦那或伊斯帕罕的织物、第比利斯的铠甲、商队的茶叶、欧洲的铜器、瑞士的钟表、里昂的天鹅绒和丝织品、英国的棉布、车辆制造用品、水果、蔬菜、乌拉尔山脉的矿产、孔雀石、天青石、香料、香水、药材、木材、柏油、缆绳、动物角、南瓜、西瓜，等等，所有印度、中国、波斯的产品，里海和黑海的产品，美洲和欧洲的产品，统统汇拢到地球的这一点上来了。

这是一场运动，一种激励，一群熙熙攘攘的人，一片嘈嘈杂杂的声音，让人难以一言道尽，当地下层的老百姓是感情喜欢外露的人，在这一点上，外国人也不逊色。这里有来自中亚的商人，他们用了一年时间护送他们的商品，穿过这些广阔的大平原，还得至少一年才能再见到他们的商铺和账房。最后，这便是下诺夫哥罗德交易会的重要意义，在那里进行的交易额不低于两亿卢布。

其次，在广场上，这座临时城镇的各个区之间，麇集着千姿百态的江湖卖艺人：小丑和杂技演员，以他们乐队的喧哗声和用以渲染的喊叫声让人震耳欲聋。从山里来的波希米亚人给不断更新的观众、看热闹的人看相算命，津加罗人或茨冈人——这是俄罗斯人对吉卜赛人的称呼，他们是古代科普特人的后裔——唱着他们十分华丽的乐曲，跳着他们极有特色的舞蹈。民间剧团的演员们演出适合于成群涌来的观众口味的莎士比亚的剧目。然后，训熊者们，在长长的大马路上，让他们四条腿的平衡技巧演员自由自在地溜达，展览的动物在驯兽者带尖刺的鞭子或烧红的棍子刺激下发出阵阵嘶哑的咆哮声。最后，在中央大广场的中心，被四层热情的音乐爱好者们团团围住的一个"伏尔加船夫"合唱团，像坐在他们的船甲板上那样席地而坐，在乐队指挥的指挥棒下模仿划船动作，这个指挥十足就是这条臆想的小船的舵手！

奇特而迷人的习俗啊！黑压压地盘旋着放飞的鸟群，这是人们用笼子带来的，按照下诺夫哥罗德经年不变的惯例，善良的人们发自慈悲心理用几个戈比交换，看守打开囚笼放出囚徒，成百上千只小鸟发出欢快的啁啾声振翅高飞。

这便是这片平原的景象,这便是往常下诺夫哥罗德著名的交易会持续六个星期应有的景象。然后,这闹翻天的时期一过去,广阔无边的喧哗声便神奇地消失了,上城恢复了它的官样面孔,下城则又陷入平素的单调乏味。而这许许多多来自欧洲或中亚的商人也再没有一个人留下,既没有还有什么东西要卖的卖主,也没有还有什么东西要买的买主。

这里,还应该加以说明的是,在这次下诺夫哥罗德的大卖场上,英国和法国摆出了它们代表现代文明的最与众不同的产物——哈利·博伦特先生和阿尔希德·约利伟先生。

确实,两位通讯记者来了这里寻找印象,他们用上了本来会浪费掉的几个小时,因为,他们也将搭乘"高加索"号离去。

他们俩正是在交易会场地上相遇的,他们并不为此感到很惊讶,因为正是同样的本能引导他们走上了同样的道路。然而,这一回,他们没有交谈,仅仅只是相当冷淡地互相打了个招呼。

阿尔希德·约利伟生来是个乐天派,况且,他仿佛也觉得凡事的发生没什么不妥之处,出于幸运,他找到了吃饭和睡觉的地方。他在小本子上草草记下了对下诺夫哥罗德市特别真诚的一些印象。

相反,哈利·博伦特花了好大的劲儿没找到用晚餐的地方,不得不睡在露天。他便从完全不同的角度来看待这些事物了,他酝酿写一篇批评文章,竭力抨击一座客栈主们拒绝接待只求给予"精神和物质上"盘剥的旅客的城市!

米歇尔·斯特罗哥夫一只手插在口袋里,另一只手拿一个欧洲甜樱桃木杆的长烟斗,仿佛是个最无关痛痒、不急功近利的人。然而,从他眉头肌肉的抽搐中,一个善于观察的人很容易便能看出,他勉强克制着不耐烦的心情。

近两个小时以来,他奔走在这座城市的大街小巷,最后无不让他又回到了这片交易场地。穿行在人群间,他看到来自邻近亚洲地区的商人确实显得神色不安。交易明显受损。江湖艺人、小丑和平衡技巧表演者在他们的棚子前闹出很大的动静,这是可以想象得出的,因为这些可怜的家

伙在商业行为中没有任何风险,可是,从事大宗买卖的商人却拿不定主意和中亚的客户谈生意,鞑靼人入侵把那个地方搅乱了。

还有一个现象,也是应该注意到的。在俄罗斯的所有场合都有穿军服的人出现。士兵们很乐意混杂在人群中间,而在下诺夫哥罗德,交易会期间,警察习惯性地正需要他们的帮助,大量的哥萨克,肩上扛着长矛,在三十万外国人麇集的地方维持秩序。

然而,那一天,大集市上却没见到哥萨克和其他军人的影踪。也许,预见到即将开拔,他们奉命留在军营里吧。

然而,如果说没见到士兵,军官却并不少见。从前一天起,副官们便从总督官邸出来,奔向各个地方。可见,一次不寻常的行动,唯有事件的严重性才能解释得清的行动正在进行中。成倍增加的传令兵在该省公路上飞奔,他们或者来自弗拉基米尔方向,或者来自乌拉尔山脉方向。和莫斯科或彼得堡的来回电报一刻不停。离西伯利亚边界不远的下诺夫哥罗德的形势显然要求采取严格的措施。人们忘不了,十四世纪的时候,这个城市曾两度被那些鞑靼人的祖先占领,而现在,鞑靼人又被野心勃勃的菲奥法尔可汗带入了吉尔吉斯大草原。

有一个高层人士和总督一样繁忙,这个人便是警察局长。他和他的视察员们负责维持秩序,接待申诉,监督执行法规,完全没有空闲的时候。行政办公室夜以继日地被人们围着,来人有本市居民,也有欧洲或亚洲的外国人。

这时,中心广场上传开了传令兵刚把警察局长叫去总督府的消息,米歇尔·斯特罗哥夫正好在那里。据说,莫斯科来了一份重要电报,导致局长急急赶去。

就这样,警察局长去了总督府,马上,仿佛是出于普遍的预感,传开了一条消息,说是即将采取出乎一切预料,完全不同于寻常的严厉措施。

米歇尔·斯特罗哥夫听着四面来风,以便需要的时候可以用上。

"交易会马上要关闭了!"有一个人嚷嚷道。

"下诺夫哥罗德团刚接到开拔的命令!"另一个人答道。

"据说鞑靼人兵临托木斯克!"

"警察局长来了!"四面八方的人在喊。

一阵轰雷般的喧哗声猛然响起,然后渐渐消散,接下来是鸦雀无声。大家无不预感到政府有什么严重的事情要通告。

警察局长在他的卫兵前导下刚离开总督府,一队哥萨克兵陪伴他前来。他们用撞击让人排好顺序,下手凶狠,受者只能忍耐。警察局长来到中心广场的中间,大家看到他手里拿着一份电报。

这时,他朗声宣读以下通告:

第一条,禁止任何俄罗斯臣民以任何理由离开本省。

第二条,命令所有亚裔外国人在二十四小时内离开本省。

警察局长来到中心广场的中间,大家看到他手里拿着一份电报。

第6章　大哥和小妹

这两条措施会让私人利益遭受巨大的损失，局势却说明它们完全正确。

禁止任何俄罗斯臣民离开本省。如果伊凡·奥加莱夫还在省内，就能阻止他，至少使之前去和菲奥法尔可汗会合极为困难，从而使鞑靼头领少一个可怕的帮凶。

命令所有亚裔外国人在二十四小时内离开本省。这也就是让那些来自中亚的商人离得远远的，同样还有那一伙伙交易会聚集起来的波希米亚人、吉卜赛人和茨冈人，他们和鞑靼人、蒙古人多少有些意气相投。有多少人就有多少间谍，驱逐他们肯定是事态所必需的。

然而，我们也很容易理解，这两道雷电落到下诺夫哥罗德头上，对于这个城市的打击，令其遭受的损失更深重于其他城市。

就这样，因为生意上的事情而需要去西伯利亚边界那边的国民再也不能离开本省，至少是暂时的吧。这是法令第一款所明文规定的，不允许有任何例外。任何个人利益都得在国家利益面前让步。

至于法令第二款，它所包含的驱逐令也是不容商量的。它并不涉及其他外国人，只涉及亚裔，而这些亚裔商人便只能把他们的商品重新打包，走上他们来的时候走过的路了。至于那些江湖艺人，他们人数众多，要到达最近的边界也就是要走一千俄里左右的路程，对他们来说这只是短暂的苦难。

所以，开始时，对这不合常理的条款扬起一片不满的嗡嗡声，一声绝望的尖叫，在场的哥萨克兵和警察很快就把它们平息了。

也几乎就在这个时候，可以称作从这片平原上搬走的行动开始了。张挂在棚铺前的篷布叠起来了,活动舞台一块块拆了下来,跳舞唱歌停了下来,吆喝声听不见了,火熄灭了,走钢丝的绳子解掉了,这些流动寓所的患喘息症的老马从马厩回来,套上了车辕。警察或士兵手执鞭子或棍棒催促行动迟缓的人,他们随心所欲地拉倒帐篷,即使可怜的流浪汉们还没有离去。显然,在这些措施的作用下,天黑之前,下诺夫哥罗德的这个广场就能清空,继喧闹之后的将是荒漠般的寂静。

而且,还得再说一次——因为,这也是这些措施必然导致的恶劣后果——对受到驱逐令直接打击的流浪人群,就连西伯利亚大草原也是禁地,他们得往南过里海,然后,或者去波斯,或者去土耳其,或者去突厥斯坦大平原。乌拉尔和各个山脉的岗哨,仿佛构成了那条大河在俄罗斯边界上的延伸,不允许他们过去。因此,这便是他们在能够踏上自由的土地之前必须跋涉的上千俄里。

就在警察局长宣读法令的时候,米歇尔·斯特罗哥夫为不自觉地出现在他脑海里的一个对照感到震惊。

"把这条驱逐亚裔外国人的法令,"他想道,"和那晚两个波希米亚人之间的谈话相对照,好奇怪的巧合啊!那个老头儿说,'老爷子将亲自送我们去我们想去的地方!'而'老爷子',那便是皇帝啊!民间提到他的时候都是用的这个称呼!这些波希米亚人怎么可能预见到会对他们采取这个措施呢?他们是怎么事先知道的呢?他们想去哪儿?我觉得,这是些可疑人物,政府的这条法令对他们不是限制,反而被他们利用!"

然而,这个想法固然十分正确,却因另一个能把其他种种从米歇尔·斯特罗哥夫的脑子里排斥出去的想法截然打断。他忘记了那些茨冈人,忘记了他们的可疑之处,忘记了法令的宣读发生的巧合……因为他突然想起了那位利沃尼亚姑娘。

"可怜的孩子!"他仿佛不由自主地说出口来,"她再也过不了边界了!"

确实,小女孩来自里加,她是利沃尼亚人,因此,她就是俄罗斯人,她便不可能走出俄罗斯的领域!在新措施下达前发给她的许可证显然不再

有效。所有去西伯利亚的道路都对她无情地封闭了，而且，不管她去伊尔库茨克的理由是什么，从此时起，她都被禁止前往。

这个想法紧紧缠绕在米歇尔·斯特罗哥夫的心头。最初，他隐隐约约感觉到在绝不影响他的重要使命所要求做到的前提下，他也许有可能给这个勇敢的女孩些许帮助，这个想法也合他的心意。他，精力充沛，身体健壮的男子汉，走在条条道路他都熟知的地方，他知道将要面临什么样的危险；不能不承认，这些危险对一个年轻姑娘会多么可怕。因为她要去伊尔库茨克，走和他一样的路，她将不得不像他那样冒险穿过入侵的部落。而且，如果说，极为可能，她只准备了正常情况下旅行所必需的东西，那么，目前的变故将使之不仅更危险，而且更昂贵。这段旅程让她怎么可能完得成呢？

"那好！"他对自己说，"既然她取道彼尔姆，我要不遇上她恐怕也是不可能的。这样，我就能在她不知不觉中监护她，而且，她看上去跟我一样急着要去伊尔库茨克，她不会导致我片刻耽搁。"

一个想法会导致产生另一个想法，迄止此时，米歇尔·斯特罗哥夫想到的都是要完成一个善举，帮人家一个忙。他脑子里刚产生一个新的想法，这个想法以另一个面貌出现。

"实际上，"他对自己说，"我需要她可能更甚于她需要我啊。她的在场对我是有用的，有利于消除别人对我的种种怀疑。单身一人行走在西伯利亚大草原上，人们比较容易猜到这个人就是沙皇的信使。相反，如果有这个姑娘陪伴在身边，在众人眼里，我更像博达洛社那上面写的尼古拉·科尔巴诺夫了。因此，应该让她陪着我！我要不惜一切代价地找到她！她不大可能昨晚上就找到车子离开了下诺夫哥罗德。那就让我找找她，愿上帝指引着我！"

米歇尔·斯特罗哥夫离开了下诺夫哥罗德的大广场，广场上因执行放逐措施而产生的喧闹声，此时达到了顶峰。被放逐的外国人的抗议声，对他们行为粗暴的警察和哥萨克的吆喝声，这种嘈杂难以形容。他寻找的那个女孩不可能在这儿。

早上九点钟。汽轮要到十二点才开。因此,米歇尔·斯特罗哥夫还有两个小时左右可用来寻找他想请来当旅伴的姑娘。

他重又穿过伏尔加河,跑遍了河那边的地区,那里的人群稀少多了。他可以说是一条街一条街地搜寻,搜遍了上城搜下城。他走进教堂,这个人们哭泣、痛苦的自然庇护所。哪儿都没见到那个利沃尼亚姑娘。

"可是,"他一再对自己说,"她不可能已经离开了下诺夫哥罗德。我们还是继续找找!"

米歇尔·斯特罗哥夫就这样逛荡了两个钟头。他不停地走着,不觉得疲劳。他跟着一种不容置辩的感觉,这种感觉容不得他多想。他白忙活了一阵。

这时,他想到了姑娘也许还不知道这条法令,但是,这种情况不大可能,因为这样的一个旱地霹雳响得不可能有人没听到。很显然,她关心任何一点来自西伯利亚的消息,怎么可能不知道总督采取的措施,如此直接地打击到她的措施呢?

然而,最后,她要是真的不知道,她就会在几小时后跑到船码头去,到那时,会有个警察粗暴地不让她通行!无论如何,米歇尔·斯特罗哥夫得在此之前见到她,有了他,她就能避免这个挫折。

可是,他的搜寻劳而无功,他很快就丧失了找到她的全部希望。

这时已经十一点了。米歇尔·斯特罗哥夫,尽管在别的任何情况下这都是不必要的,想到了去警察局长办公室递呈他的博达洛社那。那条法令跟他显然没有关系,因为这种情况早已让他预见到了,可是他想要肯定不会有任何问题阻止他离开这座城市。

为此,米歇尔·斯特罗哥夫又得回伏尔加河的另一边,去警察局长办公室所在的那个区。

那里已经是人山人海,因为,如果说外国人奉命必须离开这个省份,他们便少不了要办理离开所必需的某些手续。少了这个预防措施,有的俄罗斯人,多少和鞑靼人的行动有些牵连的,就有可能化妆出逃,越过边界——这是法令想要阻止的。他们把你驱逐出境,而你还得得到允许才能离去。

就这样,街头艺人、波希米亚人、吉卜赛人、茨冈人,夹杂在来自波斯、土耳其、印度、突厥斯坦、中国的商人们中间挤得警察局大院和所有的办公室水泄不通。

大家都很急,因为交通工具会由于这群被驱逐的人变得特别难找,而这事儿动手迟了就很可能在规定期限里离不了这座城市——这样,他们便有可能遭到总督手下的粗暴干预。

米歇尔·斯特罗哥夫凭着他手肘的力量左支右挡,才得以穿过大院。然而,进办公室后再要挤到警员窗口又是一件难以完成的事儿。不过,他在一名检查员耳朵边说的一句话,外加为此给几个卢布,威力甚大,让他得以从中通过。

这名警员把他带进候见室以后,前去报告一名高级警员。

因此,米歇尔·斯特罗哥夫不用久等就办妥了警察局的手续,能自由行动了。

等候中,他环顾四周。他看到什么了啊?

那儿,在一张凳子上,与其说坐着不如说瘫着一位姑娘,她正处于无言的绝望中。尽管他几乎看不清姑娘的脸,只看到她勾勒在墙壁上的侧影。

米歇尔·斯特罗哥夫没有搞错,他刚刚认出了那个利沃尼亚姑娘。

她不知道总督的法令,来警察局办公室办理她许可证的签署手续!……也许,她得到过去伊尔库茨克的许可,可是,法令十分明确,现在取消了以前所有的准许,去西伯利亚的道路便对她封死了。

米歇尔·斯特罗哥夫很高兴终于找到了她,他向姑娘走去。

姑娘望了他一阵子,认出曾同车的旅伴,脸上掠过短暂的光彩。她本能地站起身,就像溺水的人抓到一块木板,正要请求他的帮助……

这时,那个警员过来碰了碰米歇尔·斯特罗哥夫的肩膀。

"局长等您。"他说。

"好的。"米歇尔·斯特罗哥夫答道。

他没和从前一天起找得好苦的姑娘说一句话,也没有打手势,怕累及她和他自己,便跟着警员穿过密集的人群。

利沃尼亚姑娘看着这个唯一可能帮助她的人消失,重又倒在凳子上。

过去不到三分钟,米歇尔·斯特罗哥夫重又在一名警员的陪同下出现在厅里。

这时,他走近利沃尼亚姑娘,并且,向她伸出了手,说:

"妹子……"

她懂了!她站起身来,仿佛有什么突如其来的启迪不容她稍有迟疑!

"妹子,"米歇尔·斯特罗哥夫又说道,"我们已经得到批准继续我们的伊尔库茨克之旅了。走吧?"

"哥,我跟着呢。"姑娘答道,说着,把她的手放进米歇尔·斯特罗哥夫的手里。

两个人离开了警察局。

那儿,在一张凳子上,与其说坐着不如说瘫着一位姑娘,她正处于无言的绝望中。

第7章　顺伏尔加河而下

中午十二点不到一些,汽轮的钟声吸引了许多人来到伏尔加河的码头上,其中既有要走的人,也有本想走的人。"高加索"号的锅炉烧到了足够的压力。它的烟囱不再冒出轻烟,而排气管头上和阀门盖上则笼罩着白色的蒸汽。

不用说,警察监督着"高加索"号起航,对旅客中不符合离开这座城市的要求条件的人显得毫不容情。

许多哥萨克士兵在码头上来回走动,准备给予警察大力支持,然而,他们完全不用介入,事情进行得毫无障碍。

最后一声钟声敲响,规定时间已到,缆绳便松开了,汽轮强有力的轮子用它们铰接的叶片拍打着河水,"高加索"号迅速滑行在组成下诺夫哥罗德的两个镇之间。

米歇尔·斯特罗哥夫和利沃尼亚姑娘已经上了"高加索"号,上船的时候,他们没有遇到任何困难。我们知道,颁发给名叫尼古拉·科尔巴诺夫的这份博达洛社那允许这位大批发商在西伯利亚旅途中有人陪伴。因此,这是兄妹俩在皇家警察的保护下进行的旅行。

两个人坐在船尾,望着被总督的法令搅得天翻地覆的城市迅速逝去。

米歇尔·斯特罗哥夫什么都没跟姑娘说,他没有问她,他等着她开口,如果她应该开口的话。姑娘急于离开这座城市,如果没有这位意外的保护者从天而降的介入,她就得举步维艰地留下来了。她什么都没说,但是,她的目光在代她表示谢意。

伏尔加河,古人称之为雷哈河,被视作全欧洲最重要的河流,流长不少于四千俄里(4300公里)。它相当不卫生的上游部分河水,在下诺夫哥罗德因为奥卡河的加入得到改善,奥卡河是伏尔加河的支流,从俄罗斯中部脱颖而出,流速湍急。

人们相当正确地把俄罗斯的江河渠道整个儿比作一棵大树,它的枝杈伸向帝国的四面八方。伏尔加河便是这棵大树的树干,它的根部在里海的滨海地带四处张开,分成根须似的在七十个地方入海。从特维尔督区的瑞耶夫镇开始,也就是说它的大部分河道可以通航。

在彼尔姆和下诺夫哥罗德之间,从这个城市到喀山之间的三百五十俄里(373公里)这段路,航运公司的船只航行速度相当快。因为,这时,汽轮是在伏尔加河上顺流而下,航行速度是船舶本身的速度加上河水的流速。可是,当它们到达喀山不到一点的卡马河河口时,它们不得不离开大河,进入支流,这时便成了逆流而上,直至彼尔姆。"高加索"号尽管动力强大,总的算下来,航速达不到每小时十六俄里。再算上在喀山停留一个小时,从下诺夫哥罗德到彼尔姆的航行差不多需要六十到六十二小时。

再者,汽轮上的安排十分妥善,旅客们按照自己的条件,或者经济状况,住三个不同等级的舱房。米歇尔·斯特罗哥夫刻意在头等舱定了两个房间,这样,他年轻的女伴,只要高兴,就能回自己房里独处。

"高加索"号上三教九流的旅客十分拥挤。相当数量的亚洲商人断定最好是马上离开下诺夫哥罗德。在汽轮留作一等舱的地方,可见穿着长袍、戴着烟囱帽的亚美尼亚人,从锥形帽上就能认出来的犹太人,穿着民族服饰的富裕的中国人,他们的长袍蓝色、紫色或黑色,非常宽大,前后开衩,长袍外再套一件宽袖长袍,那式样令人想到神甫们穿的衣服,还有仍然裹着他们民族头巾的土耳其人,戴方帽子、腰上就系一根绳子的印度人,他们中有几个被专门称作"希卡布里",他们手中掌握着中亚的全部买卖,最后,还有穿着靴子的鞑靼人,靴子上系有五颜六色的饰带,他们胸前还挂着刺绣护甲。所有这些大宗批发商都不得不把他们的许许多多行李堆在底舱或甲板上,其运费肯定得花掉他们一大笔钱,因为,按照规定,每个人随身携带的行李是二十磅。

在"高加索"号的前部聚集的旅客比较多,不仅有外国人,还有俄罗斯人,法令不限制他们返回本省的城市。

他们中间有戴着小帽或大盖帽的庄稼汉,他们穿着小方格衬衣,外面套一件皮袄;有伏尔加河流域的农民,他们蓝色的长裤塞在靴子里,穿着用一根绳子收紧的粉红色衬衣,头上戴一顶扁平的大盖帽或毡帽。有几个女人身穿花布连衣裙,外面还套一个色彩鲜艳的围裙,一条红花方巾裹着头。他们主要是三等舱的旅客,非常幸运,漫长的返程前景并不令他们操心。总之,这部分甲板人头簇拥。所以,汽轮后部的乘客很少到这十分复杂的人群里来涉险,前部的位置就标在围壁通道的前面。

此时,"高加索"号便以它的桨片全速行进在伏尔加河两岸之间。它和许多船只相交。它们在拖轮的牵引下逆水而上,船上运载着各种各样的商品,前去下诺夫哥罗德。然后,还有一长列一长列的木排,长得像大西洋里没完没了的马尾藻行列,还有装得满满的平底驳船,水淹得很低,一直淹到了船沿。现在航行没用了,交易会刚刚开张就被突然宣布解体。

伏尔加河的两岸,在汽轮尾流波的惊扰下,飞起黑压压的野鸭群,它们发出震耳欲聋的叫唤声飞走了。在稍稍远一些的地方,那些干燥的平原上,周围长着桤木、柳树、欧洲山杨,中间散落着几头深红色的母牛,一群群的棕毛绵羊,挤成一堆堆的大量黑白两色的猪和猪崽。

有几块地上稀稀拉拉种着荞麦和燕麦,一直延伸到半耕种半荒芜的山坡背景,然而,要说值得注意的地方,这儿丝毫没有。在这一片单调乏味的景象里,寻觅景点的画家的笔找不到任何可供他再现的东西。

"高加索"号开出后两小时,利沃尼亚姑娘对米歇尔·斯特罗哥夫说:

"哥,你去伊尔库茨克?"

"是的,妹子,"年轻人答道,"我们俩是同路。因此,我走哪儿,你就走哪儿。"

"明天,哥,你就能知道我为什么离开波罗的海海滨去乌拉尔山的那一边了。"

"我什么都不问你,妹子。"

"你什么都会知道的，"姑娘答道，她的唇边挂着伤心的微笑，"做妹妹的什么都不应该瞒着哥哥。可是今天，我做不到！……疲劳、绝望都把我整垮了！"

"你想去你房间里休息吗？"米歇尔·斯特罗哥夫问道。

"是的……是的……等明天……"

"那就走吧……"

他迟疑着没把话说完，好像想用他的女伴的名字结束，可他还不知道她叫什么。

"娜佳。"说着，她向他伸出手去。

"走吧，娜佳，"米歇尔·斯特罗哥夫答道，"有用得着你哥尼古拉·科尔巴诺夫的地方别客气。"

说着，他把姑娘送往为她在后舱订下的房间。

米歇尔·斯特罗哥夫回到甲板上，他很想听到一些可能能够帮助他调整行进路线的消息。他混进旅客人群里，听着，但绝不加入谈话。再说，即使偶尔有人问起他，他不得不回答的时候，他也只是以大宗批发商尼古拉·科尔巴诺夫的身份出现，"高加索"号把他送回边界，他可不想让人知道他带有特殊许可，准许他在西伯利亚旅行。

汽轮运载的外国旅客能够说的无非是当前的那些事件，法令和它的后果。这些可怜人刚从穿越中亚的旅途劳顿中恢复过来，便发现自己不得不打道回府，如果说他们没有公然发泄心中的愤懑和失望，那是因为他们不敢。掺杂着尊敬的恐惧拦住了他们。可能有警察局的检查员，奉命监督旅客，秘密登上了"高加索"号，最好还是管住自己的嘴巴，驱逐，再怎么说，也比送进某个要塞关起来好。因此，在这些人群中，大家要么就噤若寒蝉，要么就说些不咸不淡的话，很少能从中得到什么有用的信息。

然而，如果说，米歇尔·斯特罗哥夫在这一边一无所得，甚至，不止一次，人们在他靠近的时候便闭嘴不说了——因为，人家不认识他——，他的耳朵却为一个不在乎人家听没听见的嗓门感到惊讶。

那个快乐的嗓门讲的是俄语，但带着外国腔，而他的对话者，比较收

敛一些,回答他的也是这样的语言,讲的也不是母语。

"怎么,"前者说道,"我在莫斯科的皇家欢庆晚会上见过您,在下诺夫哥罗德也见过您。怎么,您也在这条船上?"

"正是在下。"后者冷冰冰地回答。

"好啊,实话实说,我没想到您跟我跟得那么紧,接踵而至啊!"

"我没有跟着您,先生,我走在您的前面!"

"前面!前面!那就算我们并驾齐驱吧,至少,就像检阅中的两名士兵,而且,只是暂时的,您要是同意的话,说好了,我们谁也不超过谁!"

"相反,我必将超过您。"

"我们走着瞧,等我们到了战火纷飞的舞台再说,可在这之前,真见鬼!让我们先当旅伴。将来,我们有的是时间和机会成为对手!"

"敌人。"

"敌人,行!在您的话语里,亲爱的同行,有一种让我听了特别舒服的精确性。和您在一起,至少,我心里有数!"

"哪儿有什么问题吗?"

"毫无问题。因此,现在该我请求您允许我明确指出我们互相的处境了。"

"请您明示。"

"您这是和我一样前往……彼尔姆?"

"跟您一样。"

"那么,很可能,您将从彼尔姆去叶卡捷琳堡,因为这是最好走最可靠的能让人越过乌拉尔山脉的道路啊?"

"很可能。"

"一旦过了边界,我们就到了西伯利亚,也就是说,进了被入侵的地区。"

"我们将到达那儿!"

"那么,到那时,也仅仅在那个时候,才该说'各人管自己,上帝为大家'……"

"上帝为我！"

"上帝为您，就您一个人啊！很好啊！可是，在这之前，我们还有一个礼拜中立时期，而且，这一路上，新闻肯定不会从天而降那么多，那就让我们当朋友，一直到我们重新变成对手。"

"敌人。"

"是的！很正确，敌人！可是，在这之前，让我们协力行动，不要互相撕咬！再者，我向您承诺，为我自己保留我所看到的一切……"

"我也将保留我听到的一切。"

"说定了？"

"说定了。"

"您的手？"

"在这儿。"

于是，第一个对话者伸出五指张开的手握住第二个对话者冷冰冰地向他伸出的两根手指头，使劲儿摇了摇。

"对了，"第一个说，"我就在今天早上，十点十七分，给我堂姐发去了那道法令的正文。"

"我十点十三分就发给了《每日电讯报》。"

"好极了，博伦特先生。"

"太好了，约利伟先生。"

"我会以同样的方式报复的！"

"这可不容易！"

"还是可以试试！"

说到此，法国通讯记者亲热地向英国通讯记者敬礼告辞，后者以完全英国式的僵硬动作，点头还礼。

两位新闻猎取者，总督的法令与他们无关，因为他们既不是俄罗斯人，也不是亚裔外国人。所以，他们能够离去，他们之所以一起离开了下诺夫哥罗德，是因为同样的本能驱使他们勇往直前。所以，很自然，他们用上了同样的交通工具，走上了同一条路，奔向西伯利亚大草原。旅伴、

朋友或敌人,在"狩猎开始之前",他们还有一个星期。到那时就看谁的本事大了!阿尔希德·约利伟主动接近,哈利·博伦特再怎么冷淡,也接受下来了。

不管怎样,那天晚餐时,始终是那么开放,甚至有点饶舌的法国人和始终不爱交往,始终装得一本正经的英国人坐在同一张餐桌边干杯,喝着六个卢布一瓶、用附近出产的丰富的新鲜桦树液酿成的克里格酒。

听着阿尔希德·约利伟和哈利·博伦特像这样聊天,米歇尔·斯特罗哥夫对自己说:

"这是两个守不住秘密的怪人,我在路上很可能还会遇上他们。我觉得还是谨慎为好,得和他们保持距离。"

利沃尼亚姑娘没来吃晚饭。她在房里睡觉,米歇尔·斯特罗哥夫也不想去叫醒她。因此,夜色降临,她没有再出现在"高加索"号的甲板上。

悠长的黄昏带来了热得喘不过气来的白天后旅客们贪婪期盼的凉爽气息。时间已经不早了,大多数人却都不想回船舱或房间。他们躺在长凳上,惬意地呼吸着因汽轮的航速加大而起的那一点微风。每年这个时期在这个纬度,天空只是在夜晚和早晨之间暗一下,让舵手穿行在伏尔加河上来来去去的小船间十分轻松。

然而,从十一点到深夜两点,只有一弯新月,天色几乎完全黑了。这时,甲板上的旅客几乎全都睡着了。只有桨片有规律地拍打河面的声音打破这一片寂静。

一种隐隐约约的不安使米歇尔·斯特罗哥夫无法入眠。他来回走着,但始终在汽轮的后部。而有一次,他走过了轮机房,来到了留给二等和三等舱旅客使用的部位。

那里,旅客们都睡了,不只有睡在长凳上的,还有的睡在大小包裹上,甚至直接睡在甲板上。只有值班水手还站在前艏楼上。左舷和右舷的舷灯射出的两道光,一绿一红,斜向照亮了汽轮两侧。

他得小心一点儿,免得踩到横七竖八随意躺倒的睡眠者。他们大多数是庄稼汉,习惯于睡在恶劣的环境里,有甲板上的木地板对他们就足够了。然而，真要有靴子不小心把他们踢醒了，他们恐怕也不会笑脸相待。

因此，米歇尔·斯特罗哥夫小心地恐怕碰撞到别人。他往汽轮尽头走去，就想借稍微多走几步驱散睡意。

就这样，他来到了甲板前部，就在他登上前艏楼的梯阶时，他听到附近有人说话。说话声仿佛来自一群裹着披肩和被子的旅客，因为在阴影里而难以辨认。然而，有时候，汽轮烟囱滚滚的浓烟里会升起一绺绺暗红色的火焰，点点火星仿佛在人群中奔跑，像似灯光下成千上万的闪光片突然被点亮了。

米歇尔·斯特罗哥夫正要朝别处走去，这时，他更清晰地听到用那种奇怪的语言说出的几句话，这种语言在那晚的集市场地就曾使他听着惊讶。

他本能地想到要听一听。于是便躲在艏楼的阴影里，他不会被发

一种隐隐约约的不安使米歇尔·斯特罗哥夫无法入眠。

现。至于要看清楚说话的旅客，这对他也是不可能的。因此，他也只能侧耳倾听。

他们最初交谈的那几句话完全不重要——至少对他而言——但是让他听出来那一男一女两个声音正是他在下诺夫哥罗德听到过的。从此时起，他加倍警惕。确实，他曾听到几句对话的这些茨冈人，现在和他们的同族一起遭到了驱逐，也不可能不在"高加索"号船上。

幸亏他听了下去，因为他相当清楚地听到了这用鞑靼方言说的一问一答："据说，已经有个信使从莫斯科出发去伊尔库茨克了！"

"据说是的，不过，这个信使不是到得太迟，就是到不了！"

听到这个答复，米歇尔·斯特罗哥夫禁不住打了个哆嗦，这句话如此直接地冲他而来。他试图认清楚刚才讲话的这一男一女是否正是他怀疑的那两个人，可那时天色太黑，他无法如愿。

几分钟后，米歇尔·斯特罗哥夫没被发现，他回到了汽轮后部，他双手抱着脑袋在一边坐着。旁人会以为他睡着了。

他没有睡，也不想睡。他不无忧虑地思索着这个问题：

"究竟谁知道我已经出发，又是谁对这件事很感兴趣呢？"

第8章　逆卡马河而上

第二天，7月18日，早上六点四十分，"高加索"号到达喀山码头，从码头到城里有七俄里。

喀山位于伏尔加河和喀山卡河的交汇处，是督区的重要城市和希腊正教总主教教区，同时还是大学所在地。这个"古柏尔尼"人口构成复杂，有切雷米申人、摩尔多瓦人、楚瓦什人、沃尔索科人、维故里齐人、鞑靼人，鞑靼人保持了较多的亚洲人特性。

尽管码头离城市相当远，还是有一大群人急急赶到码头上来。他们是来打探消息的。那个省的总督制定了和他下诺夫哥罗德的同僚一样的法令。码头上可见穿着短袖皮里子长袍的鞑靼人，他们的尖顶宽边帽让人联想到传统小丑皮埃罗戴的帽子。还有的身上裹着宽袖长外套，头上戴着无边小圆帽，像似波兰犹太人。有几个女人胸前装饰着金属箔，头上顶着羊角面包似的上翘的冠形发饰，三五成群地在议论。

有几名警察局的官员混在人群里，一些哥萨克手握长矛维持秩序，为仔细检查完了的"高加索"号的上下两类旅客开辟出通道。他们一部分是驱逐令中规定的亚洲人，另一部分是几个在喀山到站的庄稼汉家庭。

米歇尔·斯特罗哥夫神色相当淡漠地观望着这来来往往的景象，这在汽轮刚停靠上的任何码头都能看到。"高加索"号在喀山停留一个小时，给轮船添加燃料所必需的时间。

至于下船，米歇尔·斯特罗哥夫想都没想。他不愿意把利沃尼亚姑娘一个人留在船上，她还没有出现在甲板上。

两位记者一大早就起来了，像所有勤勉的猎人一样。他们下船来到

岸边各顾各混进人群。米歇尔·斯特罗哥夫瞥见一头是哈利·博伦特,他手里拿着小本子,用铅笔勾勒某些个家伙或者记录观察,另一头是阿尔希德·约利伟,他相信自己的记忆力什么都不会忘记,就满足于说话。

在俄罗斯的整个东部边界已有消息传开,说是暴乱和入侵规模宏大。西伯利亚和帝国间的通讯已经极其困难。这便是米歇尔·斯特罗哥夫没有离开甲板所听到新登船的客人说起的情况。

然而,尽管这些话引起了他由衷的不安,它们却也激起他不可抗拒的欲望,他要去乌拉尔山脉那一头看看,亲自判断那些事件的严重性,以便能躲开种种可能出现的情况。就在他正想找一个喀山的本地人打听确切消息的时候,他的注意力突然被吸引到了另一个方向。

在那些离开"高加索"号的旅客中,米歇尔·斯特罗哥夫认出了昨天还在下诺夫哥罗德的集市场地露过面的那群茨冈人。那儿,在汽轮甲板上,有把他当成间谍的那个波希米亚老头儿和女人。和他们一起,也许还是在他们的领导下,有二十来名十五至二十岁的舞女和女歌手,裹着低劣的被单以遮蔽她们缀闪光片的短裙。他们正在下船。

这种裙子在初升的太阳光照耀下闪烁着,使米歇尔·斯特罗哥夫回想起前一天晚上注意到的奇特印象。正是这些过着放荡生活的人们,她们的金属片,当汽轮的烟囱吐出火焰的时候,在黑暗中闪闪发光。

"显然,"他想道,"这群茨冈人在甲板上待了一天,晚上才跑到艏楼下蜷缩着睡觉。看来,这些波希米亚人想尽可能少露面,可他们这种人惯常并不是这样的啊!"

这时,米歇尔·斯特罗哥夫已不再怀疑直接关系到他的那句话是从这个邪恶的群体中发出来的了。这个在轮船微光里闪闪发光的群体,就有那个茨冈老头儿和他用蒙古人的名字桑加尔称呼的女人。那个对话就是在他俩之间进行的。

就在那群波希米亚人正要下船一去不复返的时候,米歇尔·斯特罗哥夫不自觉地朝汽轮舷门走去。

老波希米亚人便在那儿,他姿态谦恭,不太符合他的同类们放任自流的天性。我们竟可以说他是在竭力躲避,而不是力求吸引别人的目光。他那顶被世界各地的太阳烤煳了的质量低劣的帽子,深深地压在他满布皱纹的脸上。他的驼背拱起在一件旧粗布罩衣里,尽管天气很热,他还把这件罩衣紧紧裹在身上。他穿着如此寒碜的服装,让人很难看出他的身材和长相。

在他身边,茨冈女人桑加尔三十来岁,棕色皮肤,体格健美,一双十分漂亮的眸子,金发,摆着一副傲慢的姿态。

在这些年轻的舞女中,有好几个长得特别漂亮,在他们这个人种里堪称典型的佼佼者。茨冈女子一般都很引人注目,不止一个俄罗斯大领主,他们和英国人一起公开主张以另类为荣,毫不犹豫地在这些波希米亚女人中选择了自己的妻子。

她们中有一个在低声哼哼一首节奏古怪的歌曲,前面的那几句歌词可以翻译成:

> 珊瑚在我棕色皮肤上闪光,
> 黄金簪子插在我的发髻上!
> 我要去寻找我的财富
> 去……的地方。

那个笑容满面的女孩也许还在哼哼她的歌曲,但是米歇尔·斯特罗哥夫没有再往下听。

他真的觉得这个叫桑加尔的女人正神情诡异地注视着他。仿佛这个波希米亚女人想要把他的相貌永不磨灭地镌刻在脑子里。

然后,过了几分钟,等那老头儿和他那帮人离开了"高加索"号,桑加尔才最后一个下船。

"这便是波希米亚人的放肆之处!"米歇尔·斯特罗哥夫对自己说,"她难道已经认出我就是在下诺夫哥罗德被她当成间谍的那个人了?这些该死的茨冈女人长着一双猫的眼睛!她们黑夜里都能看得很清楚,而这一个很可能还知道……"

米歇尔·斯特罗哥夫真的觉得这个叫桑加尔的女人正神情诡异地注视着他。

米歇尔·斯特罗哥夫想跟踪桑加尔和她那群人，可他克制住了。

"不行，"他想道，"不能莽撞行动！如果我让人逮捕这个算命老头儿和他那一帮子人，我的身份就可能暴露。况且，他们已经下了船，等他们越过边界，我早就已经跑得离乌拉尔山远远的了。我很清楚，他们可以走喀山到伊希姆的公路，可是那条路上没有交通工具，而用三匹西伯利亚好马拉的篷篷车肯定能跑在波希米亚人的大货车前面！行了，科尔巴诺夫朋友，放心吧！"

况且，这时候，茨冈老头儿和桑加尔早已消失在人群中了。

如果说喀山被称之为"亚洲之门"没错。如果说这座城市被视作西伯利亚和布哈林所有贸易转口的中心，这是因为有两条公路从这里开始，构成穿过乌拉尔山脉的通道。然而，米歇尔·斯特罗哥夫非常明智地选择了走彼尔姆、叶卡捷琳堡和秋明的这条路。这是一条邮政大公路，由国家出资维持的驿站供应充足,而且,它从伊希姆一直延伸到伊尔库茨克。

确实,第二条路——米歇尔·斯特罗哥夫刚才想到的那条——可避免去彼尔姆绕一个小圈子,同样连接喀山和伊希姆。它经过叶拉布加、明斯林斯克、拜尔斯克、斯拉图斯特,在那里离开欧洲,然后,走切拉宾斯克、夏德林斯克和库尔加纳。那条路,即便它稍微近一些,这点好处却因为途中没有驿站、路面维护情况糟糕和罕见村落完全地被抵消了。米歇尔·斯特罗哥夫有理由相信自己做出的选择是正确的,那些波希米亚人看来很可能走喀山到伊希姆的第二条公路,他完全能够在他们之前到达。

一小时后,"高加索"号船头的钟声敲响了,它在召唤新旅客上船,也召唤暂时下船的旅客回来。这时是早上七点钟。燃料刚刚装载完毕。锅炉铁板在蒸气压力下颤动。汽轮准备起航。

从喀山去彼尔姆的旅客已经上船,在他们的位置上安顿好了。

这时,米歇尔·斯特罗哥夫注意到两位记者中,只有哈利·博伦特回到了汽轮上。

阿尔希德·约利伟会不会落下?

然而,就在解缆绳的时候,阿尔希德·约利伟奔跑着出现了。汽轮已经离开码头,码头上的跳板也已经抽掉,可这点小事儿难不倒阿尔希德·约利伟,他像个小丑似的一跃而起,落在"高加索"号的甲板上,几乎扑进他朋友的怀里。

"我以为'高加索'号要丢下您开走了。"博伦特说,那神情五味杂陈。

"没事!"阿尔希德·约利伟答道,"我尽可用我堂姐的钱,租一条船,或者去驿站租马,二十戈比一俄里,赶上您。还能怎么办?从码头到电报局够远的!"

"您去电报局了?"哈利·博伦特问道,他的嘴唇当即抿了起来。

"我去了!"阿尔希德·约利伟答道,脸上带着他最可爱的微笑。

"那么,到考利文的线路始终都畅通?"

"这我就不知道了,但是,我可以向您确认,比如,从喀山到巴黎的线路还在运行!"

"您发了份电报……给您的堂姐?"

"迫不及待。"

"您得到了什么消息?……"

"是这样,我的大叔,"阿尔希德·约利伟答道,他学俄国人说话加了这个称呼,"我是个好孩子,我不愿意有什么东西瞒着您。鞑靼人,在菲奥法尔可汗的率领下,过了塞米巴拉津斯克,并且顺额尔齐斯河而下。您就好好利用一下吧!"

怎么!一条如此重大的新闻,他哈利·博伦特居然不知道,而他的对手,完全可能是从喀山的某个居民口中得到的这条消息,当即便发送到了巴黎!英国报纸被拉开了距离!因此,哈利·博伦特双手背在身后,跑到汽轮后部去坐着,再没有说一句话。

早上十点钟光景,利沃尼亚姑娘离开了她的房间,登上甲板。

米歇尔·斯特罗哥夫朝她走去,向她伸出了手。

"你瞧,妹子。"他把她带到"高加索"号船头上,对她说道。

那地方的景色也确实值得留心一看。

这时,"高加索"号正走在伏尔加河和卡马河的交汇点。它在大河上顺流而下了四百多俄里后,即将离开这条大河而进入它的重要支流,逆流航行四百六十俄里(490公里)。

在这个地方,两条河颜色稍有不同的河水混合到了一起,而且,卡马河在左岸,就像奥卡河穿过下诺夫哥罗德后在右岸起到的作用那样,用支流清澈的河水净化大河。

这时,卡马河敞开怀抱,两岸绿荫葱茏,景色迷人。几点白帆游弋在波光粼粼的美丽的水面上。植有欧洲山杨、桤木,有时还有高大的橡树的山坡以和谐的线条封闭地平线,中午强烈的光线在有些点上使之与天尽头粘连在一起。

然而,自然界的这些美景仿佛并不能分散利沃尼亚姑娘的心思,哪怕只是一分一秒。她只看到了一样东西,她要到达的目的地,而卡马河,对她来说,只是一条能让她比较容易到达那里的道路。远眺东方,她的两眼闪烁着异常的光芒,就像她要用目光穿透那不可穿透的地平线似的。

娜佳把手放在她旅伴的手里,不一会儿,朝他转过身来,问他道:

"我们离莫斯科有多远了?"

"九百俄里!"米歇尔·斯特罗哥夫答道。

"七千分之九百!"姑娘喃喃道。

几下钟声宣布午餐时刻到了。娜佳跟随米歇尔·斯特罗哥夫前去汽轮餐厅。她一点都不想碰外加的冷盘,比如鱼子酱,切成小片的鲱鱼,在俄国犹如在瑞典或挪威一样,按照北方各国的习俗,有帮助开胃的加茴香的黑麦烧酒。娜佳吃得很少,也许就像一个手头很紧的贫家姑娘那样。因此,米歇尔·斯特罗哥夫觉得自己该满足于女伴够用的菜单,也就是说,吃点儿"库巴特",一种用蛋黄、大米和肉糜做的馅饼,嵌鱼子酱的红菜,饮料就喝点茶。

因此,这一餐既不花时间,又不费钱,两个人在餐桌边坐下不到二十分钟就吃完了,米歇尔·斯特罗哥夫和娜佳一起返回"高加索"号的甲板。

他们在后部坐下,然后,娜佳没说开场白,压低了嗓门,用只有他一个人能听到的声音说道:

"哥,我是一个流放者的女儿。我叫娜佳·菲道尔。我母亲在里加去世才一个月,我去伊尔库茨克找我父亲,和他一起过流亡生活。"

"我也要去伊尔库茨克,"米歇尔·斯特罗哥夫答道,"我要把娜佳·菲道尔平平安安交到她父亲手里,我觉得这是上天对我的恩宠。"

"谢谢,哥!"娜佳答道。

说着,米歇尔·斯特罗哥夫告诉她,他取得一份特批的去西伯利亚的博达洛社那,在各地的俄罗斯当局,没有任何理由能阻止他的行程。

娜佳对此没有多问。在和这个淳朴、善良的年轻人天赐的相遇中,她看到的只是能到达父亲身边的办法。

"我有过,"她对他说,"一份许可证,准许我前往伊尔库茨克,可是下诺夫哥罗德总督的法令让它失效了,要没有你,哥,我就离不开你找到我的那个城市;没说的,我会死在那儿。"

"你一个人,娜佳,"米歇尔·斯特罗哥夫答道,"你一个人,竟敢冒这么大的风险横穿西伯利亚大草原啊!"

"这是我该做的,哥。"

"难道你不知道这个地方,外族入侵,暴乱四起,已经变得无法通行了吗?"

"我离开里加的时候还不知道鞑靼人入侵,"利沃尼亚姑娘答道,"到了莫斯科以后我才听到了这条消息!"

"尽管这样,你还继续往前走?"

"这是我该做的。"

这句话概括了勇敢的利沃尼亚姑娘的个性。这是她应该做的,为了尽责,娜佳绝不迟疑。

接着,她讲到她的父亲,华西里·菲道尔。他是里加受人尊敬的医生。他行医颇有成就,幸福地和家人生活在一起。可他加入了一个国外的秘密组织,此事被证实后,他接到命令被流放伊尔库茨克,给他送来这道命令的宪兵即时把他送出了边界。

华西里·菲道尔只来得及拥抱他已经身患重病的妻子,他的也许很快就会无所依靠的女儿。他为这两个心爱的人哭泣,他走了。

两年来,他住在这个东西伯利亚的首府,并且,在那里继续行使他医生的职业,只是几乎没有收益。然而,如果他妻子和女儿能在他身边的话,他也许还是能像一个流放者能够做到的那样,感到幸福。可是菲道尔太太已经十分虚弱的身体无法离开里加。丈夫走后二十个月,她在女儿的怀里咽了气,留下几乎没有任何经济来源的女儿孤苦一人。这时,娜佳·菲道尔申请并很容易地获得了俄罗斯政府的批准,去伊尔库茨克找她的父亲。她给父亲写了信就出发了。她只有刚够她在这漫长的旅途上使用的东西,可她还是毅然上路了。她做她所能做的!……其余的就听天由命吧。

在这段时间里,"高加索"号逆水而上。天色已经暗下来了,空气中携带着令人惬意的凉爽。锅炉里烧着松木,无数火星逸出汽轮的烟囱,艏柱劈开河水发出汩汩声,其中不时夹杂着从阴影中的卡马河右岸传来的狼群的嗥叫。

第9章　篷篷车日夜兼程

第二天,7月18日,航行在卡马河上的"高加索"号,停靠它的终点站彼尔姆码头。

以彼尔姆为首府的这个督区是俄罗斯帝国最大的督区之一。它横跨乌拉尔山脉,延伸到了西伯利亚的土地上。大理石采石场,盐田,白金和黄金矿以及煤矿在那里大规模开发。与此同时,鉴于彼尔姆的地理位置,它虽然成了一等城市,却很缺乏吸引力,这个城市很脏,满是污泥,没有任何生活资源。对于从俄罗斯去西伯利亚的人,缺乏起居设备他们还不怎么在乎,因为,他们来自内地,带着所有的必须物品。可是,对于从中亚各地区来的人,经过漫长而又劳累的跋涉,他们恐怕更愿意这个位于亚洲边界上的帝国的第一座欧洲城市,能有好一些的供应。

旅客们在彼尔姆卖掉他们的车子,这些车子因为横跨西伯利亚大平原漫长的奔波多少有些损坏。从欧洲去亚洲的人,在开始好几个月的旅程之前,也是在那儿,夏天购买车辆,冬天购买雪橇。

米歇尔·斯特罗哥夫已经定下了他的行程规划,剩下的便只是付之实施了。

那里有一个邮车站,邮车能相当迅速通过乌拉尔山脉,可是局势所使,这个车站已经解体。即使它还在,米歇尔·斯特罗哥夫既想要走得快,又不愿依靠别人,他也不会去找邮车。他不无道理地宁肯买一辆车,从一个驿站到另一个驿站,通过多给些小费,就能激起当地被称作"耶姆施克"的驿站马车夫的积极性。

麻烦的是,由于对亚裔外国人采取了那些措施,大批旅客已经离开彼

尔姆,导致了交通工具奇缺。因此,米歇尔·斯特罗哥夫不得不满足于别人不要的破烂货。至于马匹,只要沙皇的信使还不是在西伯利亚,就可以毫无危险地出示他的博达洛社那,驿站站长会优先为他的车套上马。然而,接下去,一旦出了俄罗斯的欧洲部分,他就只能指望卢布的威力了。

可是,用这些马来套哪类车呢?

无篷马车干脆就是一辆敞开的大货车,有四个轮子,这种车的制作完全用的木头。车轮、车轴、车钩销、车身、车辕,全部就地取材,构成无篷马车各不同零件的连接则靠粗绳子。没比这更原始的了,没比这更不舒服的了,但是,路上一旦出了差池,也没比这更容易修复的了。俄罗斯边界上不缺冷杉,而车轴则自己在森林里长着呢。特别邮件便用无篷马车传递,被称作"贝雷克拉诺娃",对这种车,什么样的路都是好路。应当承认,有时候,车辆连接断了,车身后部陷进了泥潭,它的前部,架在两个轮子上,照样跑到了驿站——而这样的结果仍然算是不错的了。

米歇尔·斯特罗哥夫很可能只好使用无篷马车了,要不是运气好让他发现了一辆篷篷车。

其实,这种篷篷车也不是车厢制造业技术进步的最高成果。它和无篷车一样没有弹簧。由于没有铁,木头便不吝使用了。然而,它装在车轴两头的轮子相隔八九英尺,保证它走在经常是高低起伏、崎岖不平的路上仍然比较平稳。挡泥板保护旅客免得沾到路上的污泥,皮革制作的车顶篷十分扎实,它可以放下,甚至几乎密封地合上,使人在夏日炎炎或起狂风时坐在车里不那么难受。况且,篷篷车也和无篷车一样牢固,一样容易修理,另外,它也不大会让它后部的受损车身落在大路上。

再者,米歇尔·斯特罗哥夫也是煞费苦心细细搜索才发现了这辆篷篷车,极可能在彼尔姆全城都已经找不到第二辆了。尽管如此,他还是做了个样子,一丝不苟地讨价还价,以演好他伊尔库茨克普通商人尼古拉·科尔巴诺夫的角色。

娜佳跟着她的伙伴一起去奔波找车。尽管两个人的目的不同,他们却一样急于到达目的地,因此,一样地急于出发。可以说是一种同样的意愿使他们不辞劳苦。

"妹子,"米歇尔·斯特罗哥夫说,"我真想为你找到一辆比较舒服的车子。"

"哥,你别跟我这么说,需要的话,哪怕步行,我也要去找我的父亲!"

"我不怀疑你的勇气,娜佳,可是有些劳苦是一个女孩所承受不了的。"

"不管有多辛苦,我承受得了,"姑娘答道,"你要是听到从我嘴巴里说出一句怨言,就把我丢在路边,一个人继续赶你的路去!"

半小时后,米歇尔出示了他的博达洛社那,三匹驿马便套在了他的篷篷车上。这些牲口一身长毛,就像长着细腿的狗熊。它们小小的个子,但是,性格热烈,是西伯利亚种。

半小时后,三匹驿马便套在了米歇尔的篷篷车上。

驿站马车夫是这样套马的——最大的那匹套在两根长长的车辕之间，车辕前端有一个半圆形的被称作"杜佳"的箍，箍上挂着缨子和铃铛。剩下那两匹只是用绳子拴在篷篷车的脚蹬上。另外，没有鞍辔，只有一根细绳子用作马缰。

米歇尔·斯特罗哥夫和利沃尼亚姑娘都没带什么行李。他们俩一个是要尽快赶路，另一个经济条件比贫乏更贫乏，导致他们没有大包小包碍手碍脚。这种情况倒是幸运，因为，篷篷车里装了行李就无法载人。它的建造只够带上两名旅客，还不算车夫，后者只能靠平衡功夫奇迹般地待在他狭小的位置上。

况且，马车夫在每个驿站都要换。第一段路程负责驾车的是个西伯利亚人，和他的马匹一样，他浑身长毛不比马儿少，长头发，前额上剪得齐齐的，帽檐上翘，系一条红色腰带，穿一件军大衣，打着皇家字母的纽扣上交叉着饰带。

带着挽具来的马车夫首先用审视的目光看了一眼两位篷篷车旅客。没有行李啊！——有的话他能把它们往哪儿塞？因此，看来油水不大。他含义十分丰富地噘了噘嘴。

"乌鸦，"他说，并不顾忌被人听到，"六个戈比一俄里的乌鸦！"

"不！雄鹰，"米歇尔·斯特罗哥夫答道，他完全听得懂马车夫们的暗语，"你听清楚了，是雄鹰，九个戈比一俄里，外加小费！"

回答他的是一声快乐的响鞭。"乌鸦"在俄国的驿站马车夫用语里指的是又穷又吝啬的旅客，在农家驿站，他们只给两三个戈比一俄里。"雄鹰"指的是在高价前不迟疑的旅客，还不算出手大方的小费。所以，乌鸦就别指望能像皇家大鸟那样飞得快了。

娜佳和米歇尔·斯特罗哥夫当即在篷篷车里坐好了。车厢里还带了一些不占位置的食物，留着以备路上耽搁时，能让他们坚持到下一个驿站，驿站在国家监管下陈设舒适。车顶篷拉上了，因为中午的太阳热辣辣的，篷篷车在三匹马牵引下卷起飞扬的尘土离开了彼尔姆。

车夫驾驭他那些牲口的办法，对于不惯于这种行为方式的俄罗斯和西伯利亚之外的所有人来说,肯定是十分新奇的。确实,那匹辕马,比它的同类略微大一些,调节着步伐,不管是上坡下坡,它都沉重不变地保持着大步小跑,步履十分匀称。另外两匹似乎只知道奔跑,以各种各样可笑的方式发奋努力。况且,车夫并不打它们。最多挥舞他的鞭子发出一连串清脆的响声激励它们一下。但在它们很听话、很自觉地拉车的时候却给它们滥加称谓,还不算用上了圣徒的名字,叫得它们怪里怪气的!被他用作缰绳的那根细绳子对半烈性的畜生起不到一点作用,可是"纳波拉佛",向右,"纳莱佛",向左,带着喉音说出的这些词比缰绳、笼头都管用。

根据情况变化,看看他对它们有多少亲切的叫法吧!

"跑起来,我的小白鸽!"车夫反复喊道,"跑起来啊,可爱的小燕子!飞吧,我的小灰鸽子!勇敢些,我左边的表弟!加油,我右边的大叔!"

可是,当脚步慢下来的时候,同样也有那么多侮辱性的,敏感的畜生

篷篷车在三四马牵引下卷
起飞扬的尘土离开了彼尔姆。

似乎都能够听懂其含义的词语!

"跑起来啊,魔鬼的蜗牛!该你倒霉了,鼻涕虫!我要活剥了你的皮,乌龟,你在另一个世界都得受苦受难!"

不管这样的驾车方式结果如何,它们需要车夫有一副好嗓门更胜于需要他们的臂力,篷篷车在公路上飞驰,每小时消掉十二至十四俄里。

米歇尔·斯特罗哥夫习惯了这种类型的车子和这种模式的旅行。不管是颠簸,还是晃荡都不能使他不适。他知道一辆俄罗斯套车不会避开石头、车辙、泥坑,不会避开倒下的树和公路上被雨水冲刷成的细沟。这是他生来就能适应的。他的女伴却可能因为篷篷车的颠簸受伤,可她没有抱怨。

旅程刚开始的时候,被全速带走的娜佳一直没有说话。接着萦绕在她脑子里的只有一个想法——到达,到达。

"我计算过,哥,"她说,"从彼尔姆到叶卡捷琳堡有三百俄里。我没有弄错吧?"

"你没弄错,娜佳,"米歇尔·斯特罗哥夫答道,"等我们到达叶卡捷琳堡的时候,我们已经在乌拉尔山的另一面山坡的山脚下了。"

"从山里穿过去要多少时间?"

"四十八小时,因为我们是日夜兼程,娜佳,我说我们日夜兼程,"他补充道,"因为我一刻都不能停留,我得不停不停地赶往伊尔库茨克。"

"我不会拖你后腿的,哥,不会的,一个小时都不会,我们要日夜兼程。"

"好啊,娜佳,那么,只要鞑靼入侵能让我们自由通过,我们不用二十天就能到那儿了!"

"你走过这段路了吗?"娜佳问道。

"好几次了。"

"如果是冬季,我们会更快,更可靠,是不?"

"是的,尤其是更快,可是寒冷、冰天雪地会让你吃够苦头!"

"那有什么!冬季是俄罗斯人的朋友。"

"没错,娜佳,可是要抗住这种友谊得具有多么强健,能经受任何考验的体格啊!我经常遇到西伯利亚大草原上的气温降到零下四十几度!尽管我穿着驯鹿皮衣服,可我的心还是像结了冰似的,两只手冻得抽筋,两只脚穿了三双羊毛袜还冻僵了!我见到过我拉雪橇的马儿身上结了厚厚的冰块,它们呼出来的气在鼻孔上冻结了!我看到过我水壶里的烧酒变成了坚硬的石头,用刀子都切不动!……可我的雪橇跑得像风暴一样快!在被垫平的、白皑皑的、一望无际的原野上不再有任何障碍!再也不需要找浅水处涉水的河流!再也没有需要坐船摆渡的湖泊!到处都是坚冰,公路任我行,路况可靠!可是,它的代价是得受多大的苦楚啊,娜佳!这只有那些没有回来的人,很快就被大风卷起的雪掩埋了尸体的人才说得清楚啊!"

"可是,哥,你回来了呀。"娜佳说。

"是的,可我是西伯利亚人,一点点大的时候,我跟我父亲去打猎,就习惯了这种艰苦的考验。而你呢,娜佳,当你对我说,寒冬挡不住你,你会孤身一人出发,准备向西伯利亚恶劣的气候环境做斗争,这时候,我仿佛看到你迷失在冰天雪地里,倒下,再也起不来了!"

"你有过几次在冬天穿过大草原?"利沃尼亚姑娘问道。

"三次,娜佳,当时我去鄂木斯克。"

"你去鄂木斯克干什么?"

"看我母亲,她在那儿等着我呢!"

"而我,我要去伊尔库茨克,我父亲在那儿等着我呢!我要给他带去我母亲的遗言!这也就是告诉你,哥,什么都阻止不了我前往!"

"你是个孝顺的孩子,娜佳,"米歇尔·斯特罗哥夫答道,"上帝会给你指出方向!"

这一天,篷篷车在每个驿站交替更换的车夫驾驭下跑得很快。大山里的雄鹰不会因为这些公路上的"雄鹰"而感到自己的名字被辱没。给买一匹马付出的高价,还有慷慨赏给的小费,使两位客人得到极其特别的尊重。也许驿站长官们会觉得费解,法令公布后,一个年轻人带着他妹妹,

显然两个都是俄罗斯人,竟能奔走在对别人都关上大门的西伯利亚地区,可是,他们的证件是合乎规定的,他们有权过去。所以,里程标杆迅速地闪到了篷篷车的后面。

再者,走在从彼尔姆到叶卡捷琳堡公路上的也不是只有米歇尔·斯特罗哥夫和娜佳两个。在最初的几个驿站,沙皇的信使就获悉有一辆车跑在他们前面。可是,既然马匹少不了他的,他对此也就不特别在意了。

这一天里,他们只是为了用餐停下几次,篷篷车便在此时休息一下。驿站里能找到吃的和住的。况且,即使没有驿站,俄罗斯农民的家里也一样好客。在那些大同小异的村子里,有他们白粉墙绿屋顶的小教堂,旅行者敲谁家的门都可以。门儿会为他们打开。庄稼汉会笑脸相迎,向客人伸出手来。人们会给他面包和盐,把茶饮放在火上,宾至如归。为了让客人住下,这一家人情愿挪地方。远方来客,他就是大家的亲人。是上帝把

这一天,篷篷车在每个驿站交替更换的车夫驾驭下跑得很快。

他送来的。

晚上,米歇尔·斯特罗哥夫到达驿站的时候,出于本能询问驿站长官,在他们前面那辆车过去几个钟头了。

"两个钟头,大叔。"驿站长官答道。

"那是一辆轿式马车吗?"

"不,是一辆无篷车。"

"几位客人?"

"两位。"

"速度很快?"

"雄鹰!"

"赶快让人套车。"

米歇尔·斯特罗哥夫决定一小时都不停,整夜赶路。

天气依然很好,只是让人觉得空气变沉闷了,空气里渐渐充满了电。头上没一片云遮隔星光,地下仿佛升起一种温热的水汽。令人担心山里会出现雷暴,这是很可怕的。米歇尔·斯特罗哥夫惯于识别气候征兆,他预感到即将有一场本原①间的斗争,这使他放不下心来。

这一夜过去了,没出什么事情。尽管篷篷车颠得厉害,娜佳还是睡了几个小时。篷篷车的顶篷收起一半,让人呼吸到一点令人窒息的气压下肺叶渴望的空气。

米歇尔·斯特罗哥夫守了一整夜,他信不过那些车夫,这些人太喜欢在驾驶座上睡着了,不能在驿站里丢一个小时,也不能在路上丢一个小时。

第二天早上八点光景,乌拉尔山脉的轮廓初现在东方。然而,这道分割俄罗斯的欧洲部分和西伯利亚的重要山脉,离他们还有相当大的距离,要到白天结束前才能到达那儿。因此,山间的道路必须得晚上通过了。

在这一天里,天空始终乌云密布,所以,气温稍稍让人能够忍受一些,

---

① 古代哲学家认为土、水、风、火是组成宇宙一切物体的四个本原,以此解释种种自然现象。

然而，这显然是雷雨欲来的前奏。

也许，面对如此景象，比较谨慎的做法是不要连夜进山。这也正是米歇尔·斯特罗哥夫将做的，若不是时间不容许他等待的话。然而，在最后一个驿站，当车夫让他注意大山深处的几声响雷时，他只是对他说：

"我们前面一直有一辆无篷车吧？"

"是的。"

"它现在超出我们多久？"

"一小时左右。"

"走吧，如果我们明天早上能到叶卡捷琳堡，给三倍的小费！"

第10章 乌拉尔山里的雷暴雨

乌拉尔山脉在欧亚之间横亘三千俄里（3200公里）。人们以乌拉尔这个名字称呼它,这个词来自鞑靼语,或者按照俄语命名,称之为波亚斯,两个名字都取得正确,因为它们在这两种语言里的词义都是"腰带"。它起始于北冰洋,结束于里海。

这便是米歇尔·斯特罗哥夫从俄罗斯去西伯利亚需要穿越的地方,我们说过,走的是从彼尔姆到位于乌拉尔山脉东坡的叶卡捷琳堡的公路,他做得很聪明。这条用于整个中亚贸易转口的道路好走又稳妥。

如果不出什么事故的话,用一晚上穿过这些山足够了。不幸的是隆隆的雷声已经响起,预示着大气的特殊状况即将使十分可怕的雷暴降落人间,电压已经强到了这种程度,它只能通过强烈的电闪雷鸣才能得到释放。

米歇尔·斯特罗哥夫尽可能让他的小女伴坐舒服了。一阵狂风便很容易掀掉的车顶篷用绳子在后面和车顶上进一步加固。另外,出于谨慎,驾车的马套索加了一副,车轮毂辘的轴肩里垫了麦秸,既能保证车轮坚固,又能减弱黑咕隆咚的夜晚难以避免的撞击。最后,篷篷车前部和后部的车轴本来只是简单地钉在车厢上,现在在前后车轴上加了一根横木连接,横木用螺栓螺帽固定。这根横木取代了轿式马车里悬在弯管上的连接前后轴的弧形杆。

娜佳在她车厢里面的位子上坐得稳稳当当,米歇尔·斯特罗哥夫就坐在她旁边。完全放下的车顶篷前面悬挂着两块帘子,它们在一定程度上能为乘客挡一挡风雨。

两只大灯笼固定在车夫座位的左侧,把它们泛黄的灯光依稀斜照在路面上。如果说它们谈不上能驱散黑暗,它们却是车子位置的标识,至少在与迎面而来的车辆交会时能避免相撞。

我们看到,所有的措施都采取了,遇上这种危险重重的夜晚,这些措施采取得恰到好处。

"娜佳,一切准备就绪。"米歇尔·斯特罗哥夫说道。

"出发。"姑娘答道。

这道命令向车夫发出了,篷篷车驰上乌拉尔山脉的第一道坡。

那时是八点钟,太阳即将落山。然而,在这个纬度上,虽然黄昏持续时间颇长,天色却已经很黑了。浓重的水汽仿佛使穹庐低垂,还没有一丝风把它们吹走。可是,如果说水汽从地平线的一头到另一头纹丝不动,从天顶到天底的情况则并非如此,它们和地面的距离明显地在缩小。这些水汽中有几块散发出一种磷光,肉眼看上去绷成六十至八十度的弓形。那些区域仿佛和地面渐渐接近,它们在收紧它们的网,以至把大山紧紧地网住,仿佛上面有什么飓风把它们从上往下驱赶。而公路往上爬,爬向这大块大块的乌云,已经非常浓密,几近于凝结点的乌云。用不了多久,公路和水汽就会融合一体,如果到这个时候云还不变成雨,浓雾就会让篷篷车无法前进而不冒掉入悬崖的危险。

然而,乌拉尔山脉的高度极为一般。它们最高的山峰不超过五千英尺。见不到终年积雪的现象,西伯利亚冬季堆积在山顶上的冰雪,在夏季的太阳光照下便全部融化了。花草和树木长到它们应有的高度。就像铁矿和铜矿的开采一样,宝石矿的开采也需要相当大一批工人的参与,因此,被称作"杂窝地"的村子屡见不鲜,而被那些峡道穿过的公路,驿车也很好走。

然而,好天气和明亮的光线下好走的路,到自然现象之间激烈争斗,再到人被卷入这场争斗中时,它便变得艰难重重、危机四伏了。

已曾经历过这种情况的米歇尔·斯特罗哥夫知道大山里的雷暴雨是怎么一回事儿,也许,他有理由觉得,这种气象和冬季以无可比拟的强暴肆虐草原的暴风雪一样令人生畏。

出发的时候，天还没有下雨，米歇尔·斯特罗哥夫掀起了保护篷篷车内部的皮帘子，他望着前方，观察着道路两侧，灯笼摇曳的微光在那里投下奇形怪状的影子。

娜佳双手交叉，一动不动地也在观望，但是没有探出身去，她的同伴却把半个身子探出车外，既审视着天，又审视着地。

周围的大气绝对平静，可却是预示着危险的平静。空气中尚且没有一个分子在移动。仿佛快被窒息的大自然都不再呼吸，它的肺叶，也就是那些阴沉浓厚的乌云，因为什么原因萎缩了，不能继续起作用了。就听得篷篷车轮子压过碎石路面的咔咔声，车子轮辘辘和木板的咿呀声，气喘吁吁的马匹大口的吸气声，以及它们的马蹄铁践踏在火星四溅的石头上发出的达达声，其他什么声音都没有。

况且，这条路上阒无人迹。篷篷车在这个隐伏着重重危险的夜晚，乌拉尔山间狭隘的小道上，没碰上一个步行者、一个骑马的人或者一辆车子。树林里不见烧炭人的烟火，开采场地没有矿工的帐篷，矮树林下看不到一个偏僻的小村子。就因为这些理由，便不能允许在这种情况下越过山脉的时候有一点犹豫或耽搁。米歇尔·斯特罗哥夫没有犹豫。这在他是不可能的。可当时——这一点开始怪怪地引起了他的注意——坐着无篷车，跑在他的篷篷车前面的旅客是何许人也，有什么重大的理由促使他们如此不谨慎？

米歇尔·斯特罗哥夫就像这样观察了一段时间。十一时左右，闪电开始照亮夜空，并且接二连三不再停息。从它们即明即灭的亮光中，可见丛集在公路各个点上的高大的松树影子显现和消失。接着，当篷篷车擦过路边，乌云间的爆燃又会照亮深渊。不时地，车轮子下发出比较沉闷的滚动声，说明它正碾过架在裂隙上没有整平的厚木板桥，隆隆的雷鸣声仿佛是从它下面传来的。况且，没多久，空间也充满了单一的嗡嗡声，这种声音在高空中爬升，变得越发低沉。在这些声音里夹杂着车夫的叫喊和感叹，对着他那些可怜的畜生，一会儿甜言蜜语，一会儿骂骂咧咧，空气的沉

闷比道路的艰难更使它们疲惫不堪。就连车辕上的铃铛都已经不能让它们打起精神来了,它们的腿不时地还会发软打滑。

"我们什么时候能到山口顶上啊?"米歇尔·斯特罗哥夫问车夫。

"半夜一点钟……如果我们能到达的话!"马车夫晃着脑袋答道。

"你说,朋友,你不是第一次在山里遇上暴风雨,是吧?"

"不是,上帝保佑,但愿这一次不会是我的最后一次!"

"你怕了吗?"

"我不怕,可我跟你再说一次,你不该急着赶路的。"

"我留下来会更不应该。"

"跑起来啊,我的灰鸽子们!"车夫没有接茬,他在这儿不是来讨论问题,而是来听从指挥的。

此时,远远地传来一片颤动声,就像成千震耳欲聋的尖啸穿越迄止此时尚且平静的大气。一道耀眼的闪电,几乎马上就是一声可怕的暴雷。米歇尔·斯特罗哥夫隐隐瞥见一个山顶上弯曲下来的高大的松树。狂风肆虐,可它还只是在扰乱大气上层。几下干脆的声音说明有几棵古树,或者因为扎根不牢,没能抗住飓风的第一波攻击。一大批被折断的枝干滚滚穿过公路,吓人地跃过山岩,消失在篷篷车前两百步的左侧悬崖下。

马匹骤然停下。

"走啊,我漂亮的小白鸽们!"车夫喊道,在隆隆的雷声中打着响鞭。

米歇尔·斯特罗哥夫抓住娜佳的手。

"睡吧,妹子。"他说道。

"不,哥。"

"做好一切准备。暴风雨来了!"

"我准备好了。"

米歇尔·斯特罗哥夫刚来得及把篷篷车的皮帘子放下。

阵风闪电般迅猛刮来。

车夫从他的位置上跳下来,冲到马匹的前面,把它们拉住,因为灭顶之灾正威胁着全部车驾。

确实,一动不动的篷篷车此时正停在一个公路转角,狂风便是从这个转角刮起来的。因此,必须让车子顶风而行,要不然,走偏了道,它不可避免地会被倾覆,并且掉进紧靠道路左侧的深邃的崖底里去。马匹在迎面吹来的一阵阵狂风推拒下直立起来,它们的驾驭者怎么都难以让它们平静。他的嘴巴里友好的称谓紧接着不堪入耳的恶骂,怎么都不见效。不幸的畜生们被一阵阵放电照得什么都看不见了,像大炮轰鸣似的暴雷又让它们恐惧。它们都要扯断缰绳逃跑了。车夫已经制御不住他的套车了。

即在此时,米歇尔·斯特罗哥夫一跃跳下篷篷车,前去帮助车夫。米歇尔有天生罕见的力量,不无困难地终于控制住了马匹。

然而,愤怒的阵风此时更是变本加厉。这地方的公路呈漏斗状扩大,

不幸的畜生们被一阵阵放电照得什么都看不见了,像大炮轰鸣似的暴雷又让它们恐惧。它们都要扯断缰绳逃跑了。

让狂风往里面直涌,就像在汽船上迎风设置的通风管里那样。与此同时,一大批石头和树干从坡上滚落。

"我们不能停在这儿。"米歇尔·斯特罗哥夫说。

"我们也不会老停在这儿的!"车夫嚷道,他吓坏了,对着大气层可怕的移动使出吃奶的劲儿绷直身子,"狂风很快就会把我们送到山底下去,而且走的是最短的路!"

"抓住右边的马,胆小鬼!"米歇尔·斯特罗哥夫喊道,"我担保左边这匹不出问题!"

又一阵狂风袭来打断了米歇尔·斯特罗哥夫的话。他和马车夫不得不把身子弯得快贴着地面,免得被风吹倒。然而,尽管有他们的努力,还有被他们扯得迎风直立的马儿的努力,车子还是往后倒退了好些路,要不是有一根树干把它拦住,它就会冲出公路去了。

"别怕,娜佳!"米歇尔·斯特罗哥夫大声喊道。

"我不怕!"利沃尼亚姑娘回答,她的声音里没有流露出一丝激动。

隆隆的雷声停了一会儿,可怕的狂风刮过转角,消失在峡道深处。

"送你下山去好吗?"车夫说道。

"不,必须往上爬!我们得通过这个转角!到了上面,我们就有斜坡挡风雨了!"

"可是,马不愿意干了!"

"像我这么做,把它们往前拉!"

"狂风马上就要刮起来了!"

"你听不听话?"

"你想要这样?"

"这是老爷子的命令!"米歇尔·斯特罗哥夫第一次提到皇帝的称呼,这个称呼现在在世界上三个洲威力巨大。

"跑起来啊,我的小燕子们!"车夫吆喝道,它抓住右边那匹马,这时,米歇尔·斯特罗哥夫像他那样抓住了左边那匹。

马儿被控制住以后重又艰难地往前走。它们再不能往边上冲,而那匹辕马,两侧再也没有牵扯,便能保持走在公路中间。然而,人和牲口都迎着狂风前进,难得有进三步而不退一步甚至退两步的时候。他们脚下打滑,跌倒再爬起来。这样下去,车子很容易损坏。如果车顶篷没有被牢牢地系紧,篷篷车一上来就会被掀掉了篷子。

米歇尔·斯特罗哥夫和车夫花了两个多小时才爬完这段最多半个俄里的路程,这段路始终都直接面对着狂风的抽打。这时的危险不只是在这股要命的、针对着马车和它的两个驾驭者的狂风,尤其还在大山向他们抖落和抛下来的雹子似的石头和折断的树干。

突然,在一道闪电光中,有一块巨石在移动,越来越快地朝篷篷车滚落下来。

车夫发出一声惊呼。

米歇尔·斯特罗哥夫使劲儿抽了一鞭子,想让车子前进,可车子没

突然,在一道闪电光中,有一块巨石在移动,越来越快地朝篷篷车滚落下来。

有动。

再有几步巨石就要从后部压过去了！……

米歇尔·斯特罗哥夫在二十分之一秒里一下子看到篷篷车被击中，他的女伴被压死！他明白自己已经来不及把活着的她从车子里扯出来了！……

这时，他往后一扑，在巨大的灾难前突发一股超人的力量，背顶着车轴两只脚一蹬，把沉重的车辆往前推出几英尺。

巨大的石块擦过年轻人的胸膛，使他一下子喘不过气来，就像一颗圆炮弹①擦过他胸口，砸得公路上的石块冒出了火星。

"哥！"娜佳吓得大声惊呼，她在闪电光照下看到了这个场景。

"娜佳！"米歇尔·斯特罗哥夫答道，"娜佳，不用怕！……"

"我不会为自己害怕的！"

"上帝和我们在一起呢，妹子！"

"和我在一起，当然是的，哥，既然他让我遇上了你！"姑娘低声喃喃道。

经米歇尔·斯特罗哥夫的努力推动的篷篷车不应该就此放过。这是给予马匹的一股冲劲，使这些近乎疯狂的马儿能够继续前行。可以说，在米歇尔·斯特罗哥夫和耶姆施克的牵引下，它们在公路上攀登，一直到一个狭隘的南北方向的山口，它们能在那里躲开暴风雨的直接攻击。右边的斜坡由于占据着涡流中心有一块突出的巨岩，构成形状像个凸角堡的隐蔽处。风无法在里面打旋，那地方便能让人抗得住，而在暴风骤雨中，人和马都是抵御不了的。

确实，有几棵冷杉树，因为树梢高出了岩脊，眨时间便被削去了顶枝，就像有一把很大很大的镰刀贴着斜坡割平了它们的枝叶似的。

这时，雷暴达到了它疯狂的顶峰。闪电充斥着整个峡道，隆隆的雷声不再间断。在这些疯狂的打击下战栗的地面，仿佛震动起来，好像乌拉尔

---

① 十四到十九世纪使用的那种不会爆炸的炮弹。

山脉整个儿地被卷进了一种毫无例外的颤动。

可以说很幸运,篷篷车被搁置在一个很深的坑里,狂风只能吹到它的顶部。可这么防护也非十全十美,有时,还是会有些遇上山坡凸起而改变了方向的侧面来的狂风猛击到车身上。这时,车身会撞向岩壁,让人担心它会被撞成无数碎片。

娜佳不得不离开她所在的座位。米歇尔·斯特罗哥夫借助灯笼的微光寻找,发现一个山洞,肯定是一个矿工用十字镐挖出来的,姑娘可以蜷缩在里面,等待旅行继续进行。

这时是半夜一点钟,雨开始下了起来,很快,狂风夹着暴雨迅猛异常,然而,它却熄灭不了天庭的烈火。如此复杂的境遇使人车都无法起程。

因此,米歇尔·斯特罗哥夫再心急火燎——我们能够理解他有何等的焦急——,他也得等这场暴雨的高潮过去。再者,既然来到了这个横在彼尔姆到叶卡捷琳堡公路上的山口,接下来的就是乌拉尔山脉的下坡道,在狂风暴雨中,跑在从山间下来的千条激流冲刷的路面上,空气和水的涡流中,这无疑是赌命,是奔向悬崖。

"等待,这事儿严重,"这时,米歇尔·斯特罗哥夫说道,"可这也许正避免了更长久的耽搁。雷暴雨如此猛烈,因此有希望它不会持续很久。三点钟左右,天就开始亮了,太阳出来后,我们不可能冒险下坡。那样会变得很困难。"

"我们等吧,哥。"娜佳答道,"但是,我希望你推迟出发,不是为了让我免去劳累和危险!"

"娜佳,我知道你已经下决心经受艰难险阻,然而,在危及我们俩的时候,我宁肯拿我的生命和你的生命冒险,而不愿误了我身负的压倒一切的使命,我的职责!"

"职责!……"娜佳喃喃说道。

这时,一道明亮的闪电划破夜空,仿佛是它使大雨消失。当即响起一声闷雷。空气中充斥着几乎令人窒息的硫黄味儿。在离篷篷车二十步远的地方,几棵高大的松树,被闪电击中,像一支巨大的火把熊熊燃

烧起来。

被一种反射力击倒在地的车夫，幸好安然无恙地站了起来。

接着，最后几声隆隆的雷鸣消失在大山深处之后，米歇尔·斯特罗哥夫感到娜佳的手使劲握住了他的手，并且在他耳朵边轻轻说道：

"有人在叫喊，哥！你听！"

"有人在叫喊，哥！你听！"

第11章 困境中的旅行者

确实,在短暂的平静中,可以听到公路前方,离篷篷车躲避的深坑不远的那个部位,有人在呼喊。

那声音好像绝望的召唤,显然是陷入困境的旅行者发出来的。

米歇尔·斯特罗哥夫竖起耳朵仔细听。

车夫也在听,但他摇晃着脑袋,似乎在对这种呼救表示爱莫能助。

"是旅行者在请求救援!"娜佳大声嚷道。

"他们未必只是指望着我们!……"车夫答道。

"为什么不是?"米歇尔·斯特罗哥夫大声说道,"在同样情况下他们会为我们做的事情,我们怎么就不该为他们做呢?"

"可您不至于把车子马匹抛进去吧?……"

"我步行去,"米歇尔·斯特罗哥夫打断车夫的话回答道。

"哥,我和你一起去。"利沃尼亚姑娘说。

"不,你留下,娜佳。耶姆施克待在你身边。我不想让他一个人……"

"那我留下。"娜佳答道。

"不管发生什么事情,你都不要离开这个藏身处!"

"你会在我现在待的这个地方找到我的。"

米歇尔·斯特罗哥夫握了握他女伴的手,然后穿过山坡转角,当即消失在黑暗中。

"你哥哥错了。"车夫对姑娘说。

"他做得对。"娜佳干脆地回答。

这时,米歇尔·斯特罗哥夫顺着公路疾步往上跑。如果说他急于前去

救助发出求援的呼叫声的人们,他还极想知道雷暴雨都没能阻止他们进山冒险的旅行者是些什么人;因为他不怀疑他们正是走在篷篷车前面的那辆无篷车上的乘客。

雨停了。然而,狂风愈发猛烈。被气流带来的呼叫声变得越来越清楚。从米歇尔·斯特罗哥夫留下娜佳的地方看过去,什么都看不见。公路蜿蜒曲折,闪电光下只显现出横栏在公路坡道上的凸出部位。一阵阵的风雨在这些角上突然被挡住,便形成难以过去的涡流,米歇尔·斯特罗哥夫得有非同一般的力量才能抗住它们。

然而,事情很快就清楚了,发出叫声的旅行者应该就在不远。尽管米歇尔·斯特罗哥夫还看不见他们,那是因为他们也许被抛出了公路,也许,黑暗挡住了他的视线,他们的话却相当清晰地传到了他的耳朵里。

而这便是他所听到的——这些话还是让他有些感到莫名其妙。

"比托尔!你回不回来?"

"到下一站我让人抽你鞭子!"

"哎!那边!魔鬼的马车夫,你听清楚了!"

"他们这地方就是这样给你赶车的啊!……"

"这就是被他们称作无篷车的玩意儿!"

"哎!畜生中的畜生!他还在飞跑,好像没觉察他把我们落在路上了!"

"像这样对待我,一个受人委派的英国人!我要去大使馆控告,我要让人吊死他!"

说这话的那个人真是火冒三丈了。然而,米歇尔·斯特罗哥夫觉得与之对话的那个人却突然间逆来顺受,在这种场面里,那人居然出人意外地哈哈大笑起来,突发的笑声之后竟是这样的话:

"怎么啦!不!毫无疑问,这太可笑了!"

"您还敢笑!"联合王国的公民用酸溜溜的口气答道。

"当然好笑啊,亲爱的同行,而且是真心实意地笑,这也是我还能够做到的最好的事情了!我请您也这么做!我以名誉担保,这太好笑了,这种事情从来都没见到过呢!……"

即在此时,一个响雷使整条峡道充满可怕的爆裂声,山谷里连绵不绝的回声更是惊天动地。随着隆隆的雷声最后隐去,那快活的嗓门又响了起来,说道:

"是的,不同一般的好笑啊!这种事情在法国是绝对不会发生的!"

"在英国也不会!"英国人答道。

在闪电照得通亮的公路上,米歇尔·斯特罗哥夫瞥见,二十步外,有两个旅行者,肩并肩高高地站在一辆奇怪的车子后座上,那辆车似乎深深地陷在什么车辙里了。

米歇尔·斯特罗哥夫朝两位旅行者走去,他们俩一个在继续笑,另一个在继续抱怨。他认出了两位报纸的通讯记者,他们曾和他一起搭乘"高加索"号从下诺夫哥罗德来到彼尔姆。

"哎!您好,先生!"那位法国人喊道,"在这种情形下见到您太高兴了!请允许我为您介绍我最亲密的敌人,博伦特先生。"

英国记者敬了个礼,也许,按照礼节规定,该轮到他来介绍他的同行阿尔希德·约利伟了,这时,米歇尔·斯特罗哥夫对他说:

"不用介绍,先生们,我们认识,因为我们曾经在伏尔加河上一起旅行。"

"啊!很好啊!太好了!先生……?"

"尼古拉·科尔巴诺夫,伊尔库茨克商人,"米歇尔·斯特罗哥夫自我介绍道,"请告诉我你们出了什么事儿,居然一位觉得悲惨,而另一位却觉得好笑?"

"我请您来做个评判,科尔巴诺夫先生,"阿尔希德·约利伟答道,"请您想一想,我们的驿站马车夫驾着见鬼的车子的前面一半走掉了,把我们留在这荒唐的后半部车子上进也不是,退也不是!一辆无篷车最糟糕的一半留给两个人,没有车夫,没有马匹!这难道不是绝对的和极度的好笑!"

"一点都不好笑!"英国人答道。

"好笑,同行！您真的不会从好的方面看待事物！"

"那倒要请问,我们再怎么赶路?"哈利·博伦特问道。

"没有比这更简单的事了,"阿尔希德·约利伟答道,"您去套上给我们剩下的这半辆车子,而我,我来抓住缰绳,我叫您我的小灰鸽子,像一个真正的马车夫那样,您就像一匹真正的驿马那样跑起来啊！"

"约利伟先生,"英国人答道,"这个玩笑开过头了,而……"

"请息怒,同行。等您筋疲力尽的时候,我再取代您,如果我没能把您拉得像一阵风那么快的话,您也可以把我当成气急败坏的蜗牛,或者发愣的乌龟。"

阿尔希德·约利伟说出这些话来的时候始终带着一副好心情,使米歇尔·斯特罗哥夫也禁不住笑了。

"先生们,"他说道,"还有个更好的办法。我们已经到了乌拉尔山脉最高的山口,因此接下来的就都是下坡路了。我的车子就在那儿,后面五百步的地方。我借一匹马给你们,你们把它套在你们无篷车的车厢上,这样,不出意外的话,明天,我们就能一起到达叶卡捷琳堡了。"

"科尔巴诺夫先生,"阿尔希德·约利伟答道,"这可是发自一个慷慨之心的提议啊！"

"我说明一下,先生,"米歇尔·斯特罗哥夫答道,"我不能请你们上我的篷篷车,那是因为车里只有两个位子,我和我妹妹已经占用了。"

"那又怎么样,先生,"阿尔希德·约利伟答道,"我和我的同行,有了您的马,套上那半截无篷车,我们都能跑遍天下了！"

"先生,"哈利·博伦特接着说,"我们接受您乐于助人的提议。至于那个马车夫！……"

"哦！请相信,这样的事情对他来说不是第一次了！"米歇尔·斯特罗哥夫答道。

"可是,那为什么他不回来？他应该知道自己把我们丢在后面了呀,浑蛋！"

"他呀！他想都没想到呢！"

"什么！这个莽撞的家伙不知道他的无篷车两个部分之间出现了断裂？"

"他不知道的,现在他正信心十足地拉着他的前半辆车奔向叶卡捷琳堡呢！"

"我对您说这是最搞笑的事情了,没错吧,同行！"阿尔希德·约利伟嚷道。

"行的话,先生们,请跟我来。"米歇尔·斯特罗哥夫接着说道,"我们去找我的车子,然后……"

"那无篷车怎么办？"英国人提醒道。

"别担心,它飞不走,我亲爱的博伦特！"阿尔希德·约利伟嚷道,"它都在地里长根了,真要是把它留在那儿,来年春天还会爆出绿叶来呢！"

"那就走吧,先生们,"米歇尔·斯特罗哥夫说,"我们去把篷篷车带这儿来。"

法国人和英国人走下就这样从后座变成前座的凳子,跟在米歇尔·斯特罗哥夫的后面。

一边走,阿尔希德·约利伟不改他的老习惯,依然带着不受任何影响的好心情说着话。

"我的天,科尔巴诺夫先生,"他对米歇尔·斯特罗哥夫说,"您可是把我们从十足的困境中解救出来了！"

"先生,我只是做了任何人处于我的位置上都会做的事情。"米歇尔·斯特罗哥夫答道,"如果旅行者不互相帮助,那就只好把公路都拦起来了！"

"以同样的方式来报答您吧,先生。如果您在大草原上还要走很远的路,我们可能还会遇上,然后……"

阿尔希德·约利伟并不明确地询问米歇尔·斯特罗哥夫去哪儿,可后者不想显出隐瞒的样子,当即答道：

"我要去鄂木斯克,先生们。"

"而我和博伦特先生,"阿尔希德·约利伟接着说道,"我们要去的地方

比您远一些,那里也许会有几颗子弹在飞,但是,肯定会有新闻可以逮住的。"

"在遭到入侵的那些省份吗?"米歇尔·斯特罗哥夫有点儿焦急地问道。

"正是,科尔巴诺夫先生,很可能我们不会在那儿相遇!"

"确实,先生,"米歇尔·斯特罗哥夫答道,"我不大喜欢吃枪子儿或者长矛,我这个人生来就喜欢太太平平的,不敢到人家正在打仗的地方去瞎闯。"

"很遗憾,先生,很遗憾,说实在的,我们只能为这么快就要分手感到惋惜了!可是,在离开叶卡捷琳堡的时候,或许吉星高照,能让我们再在一起旅行,哪怕就那么几天?"

"你们会去鄂木斯克?"米歇尔·斯特罗哥夫思索片刻后问道。

"我们还一无所知,"阿尔希德·约利伟答道,"但是十分肯定的是我们将直接去伊希姆,然后,一旦到了那儿,我们将按照事态变化决定下一步行动。"

"那好,先生们,"米歇尔·斯特罗哥夫说道,"我们可以一同到伊希姆了。"

米歇尔·斯特罗哥夫显然更愿意单独旅行,可他不能因为想跟这两个和他走同一条路的人分手,而显出有一点儿奇怪的样子。况且,既然阿尔希德·约利伟和他的同伴打算在伊希姆停留,而不是急着赶往鄂木斯克,在这段旅程和他们同行并没有什么不妥。

"那好,先生们,"他回答道,"这就说定了,我们一起上路。"

接着,他以最不在意的口气问道:

"你们知不知道鞑靼人入侵到了什么地方?"

"我的天,先生,我们也只是知道大家在彼尔姆提起的那一点事儿,"阿尔希德·约利伟答道,"菲奥法尔可汗的鞑靼人军队已经侵入整个塞米巴拉津斯克省,几天来,他们正强行军顺额尔齐斯河而下。因此,如果您想赶在他们前面到达鄂木斯克,那就得加紧点儿了。"

"这话在理。"米歇尔·斯特罗哥夫答道。

"还有人说奥加莱夫上校化装偷渡了边界,用不了多久,他就能在暴乱的中心地带和鞑靼人的领袖会合了。"

"可这种事情大家是怎么知道的?"米歇尔·斯特罗哥夫问道,这些多少比较可靠的消息和他有直接的关系。

"嗐,这跟知道别的事情是一样的,"阿尔希德·约利伟回答道,"众说纷纭呗。"

"您有正儿八经的理由相信奥加莱夫上校在西伯利亚?"

"我甚至还听说他好像都走上了从喀山到叶卡捷琳堡的公路了。"

"啊!约利伟先生,您知道这件事儿?"这时,哈利·博伦特说道,法国通讯记者观察到的情况使他走出了沉默。

"这我早知道了。"阿尔希德·约利伟答道。

"您还知道他好像是化装成波希米亚人出来的吗?"哈利·博伦特问道。

"波希米亚人!"米歇尔·斯特罗哥夫几乎是不自觉地嚷嚷道,他想起在下诺夫哥罗德见到的那个茨冈老头儿,他乘"高加索"号的旅行以及在喀山下船。

"我知道的事儿足以给我的堂姐写一封信呢。"阿尔希德·约利伟笑嘻嘻地答道。

"您在喀山的时间一点没浪费啊!"英国人用生硬的语气指出。

"没有浪费啊,亲爱的同行,'高加索'号加燃料的时候,我也在加燃料啊!"

米歇尔·斯特罗哥夫不再听阿尔希德·约利伟和哈利·博伦特之间的一辩一答。他在想那伙波希米亚人,想到他没能看清楚长相的茨冈老头儿和陪伴着他的那个奇怪的女人,想到她向他投来的奇特的目光,他力求在脑子里把所有这些细节汇拢起来,这时,就在不远处传来一声枪响。

"啊,先生们,快去看看!"米歇尔·斯特罗哥夫大声嚷道。

"喏,作为一个对枪炮唯恐躲避不及的正当商人,"阿尔希德·约利伟

脑子里想道,"他朝枪声跑去的速度够快的啊!"

他紧随着米歇尔·斯特罗哥夫的脚步,后面跟着哈利·博伦特,这也不是个甘愿落后的人。

不一会儿,三个人就到了公路转角遮蔽篷篷车的山岩凸起前。

被雷火点燃的那丛松树还在燃烧。公路上不见人影。可是,米歇尔·斯特罗哥夫不可能听错。火器的声音清楚地传到了他的耳朵里。

突然,响起一声可怕的号叫,斜坡那头传来第二声枪响。

"有狗熊!"米歇尔·斯特罗哥夫大声喊道,这种号叫声他是不可能搞错的,"娜佳!娜佳!"

米歇尔·斯特罗哥夫从他的腰带里拔出刀来,飞身一跃,转过山岩,山岩后面是姑娘答应等着他的地方。

这时,已经被烈火从树干到树梢完全吞没的松树,把整个场面照得通亮。

就在米歇尔·斯特罗哥夫来到篷篷车边上的时候,一个庞然大物退到了他的面前。

那是头个子很大的黑熊。雷暴雨把它从矗立在乌拉尔山脉斜坡上的树林里赶了出来。它跑到这个山洞来寻求躲避风雨,这也许是它惯常的躲避处,这时被娜佳占了。

有两匹马被这头巨大的野兽吓着,扯断缰绳逃跑了,而耶姆施克一心只想着他的牲口,忘了单独留下对付黑熊的姑娘,飞跑着去追赶它们。

勇敢的娜佳没有丧失理智。野兽最开始没有看到她,而攻击车驾上的另一匹马。这时,娜佳从她蹲着的洞里出来,跑向车子,拿起米歇尔·斯特罗哥夫的一把左轮手枪,勇敢地走向黑熊,她顶着黑熊开了一枪。

野兽肩头上受了轻伤,便转过身来对付姑娘,最初,姑娘绕着篷篷车转圈,企图躲开它,车驾上的那匹马则使劲儿想扯断绳子。可是,这些马一旦消失在大山里,整个旅行就会受到影响。因此,娜佳返身直面黑熊,以惊人的冷静,即在野兽的爪子要落到她头上的那一刻,第二次向黑熊开了枪。

正是这第二次枪声,响起在离米歇尔·斯特罗哥夫几步的地方。可他到了那儿,一跃便插到黑熊和姑娘之间。他的手只做了个自下而上的动作,那头庞大的畜生就被从肚子到咽喉切开了,像一个毫无生气的石块倒在地上。

这是西伯利亚猎人们的杰作,经典的一刀,它要求不损及那张珍贵的熊皮,以便能卖个好价钱。

"没伤着你吧,妹子?……"米歇尔·斯特罗哥夫问道,说着,他向姑娘跑去。

"没有,哥。"娜佳答道。

此时,两位记者出现了。

阿尔希德·约利伟扑向那匹马,不可否认,他的手腕很有力,因为他已经把马儿制服住了。他和他的同伴亲眼看见了米歇尔·斯特罗哥夫迅猛

"没伤着你吧,妹子?……"米歇尔·斯特罗哥夫问道,说着,他向姑娘跑去。

的动作。

"见鬼的!"阿尔希德·约利伟嚷道,"科尔巴诺夫先生,您作为一个商人,使起猎刀来竟然这么漂亮!"

"可以说非常漂亮。"哈利·博伦特补充道。

"在西伯利亚,先生们,"米歇尔·斯特罗哥夫答道,"我们不得不啥都会一点啊!"

这时,阿尔希德·约利伟望了望年轻人。

在明亮的火光下,高高的个头,神色坚毅,手里拿着那把还在滴血的刀子,脚下踩着他刚杀死的黑熊躯体。米歇尔·斯特罗哥夫看上去十分英俊。

"一条硬汉子!"阿尔希德·约利伟想道。

这时,他手里拿着帽子,恭恭敬敬地上前,向姑娘致以敬意。

娜佳轻轻地躬了躬身。

于是,阿尔希德·约利伟转向他的同伴,说:

"妹妹不比哥哥逊色!我要是黑熊,就绝不会去招惹这又可怕又可爱的一对儿!"

哈利·博伦特脱下帽子,木桩似的笔直站在一定的距离外。他同伴言谈自如的结果使他比平时更加僵硬。

这时,车夫回来了,他终于赶上了那两匹马。他先是看了一眼躺在地上的漂亮之极的野兽,他不得不把它抛下留给猛禽享用了,然后,他忙着重新安置他的车马。

米歇尔·斯特罗哥夫把两位旅行者的处境及他的计划告诉了他,他打算把篷篷车的马分出一匹给他们用。

"随你高兴,"车夫答道,"只是,一辆车变成了两辆车……"

"行!朋友,"阿尔希德·约利伟听懂了他的言下之意,"我们给双倍的费用。"

"走喽,我的小斑鸠们!"车夫喊道。

娜佳回到篷篷车里,米歇尔·斯特罗哥夫和他的两个伙伴跟在后面步行。

这时是三点钟。狂风进入渐渐减弱阶段,已经不像过峡道时那么凶猛,那么肆虐,那点上坡路很快便走完了。

曙光初照下,篷篷车来到了被泥浆淹没了轮毂乖乖待在那儿的无篷车前。大家完全弄明白了,是马匹使劲儿一顶轭圈导致了前后车厢脱节。

篷篷车侧面的一匹马用绳子套在了无篷车的车厢上。两位记者重又在他们奇特的车驾凳子上就位,两辆车当即启动。再说,剩下的也就是乌拉尔山的下坡路——路上没有任何障碍。

六小时后,两辆车一前一后到达叶卡捷琳堡,在这旅途的第二部分没有出现什么令人恼火的麻烦。

记者们远远瞥见站在驿站门口的第一个人便是他们的马车夫,他好像在等他们。

这个诚实的俄罗斯人确实长了一副好人的脸相,他不觉得尴尬,眼角挂着微笑,迎着他的两位旅客走上前来,伸出了手,找他们要小费。

不得不说的实际情况是,哈利·博伦特以完全英国式的强度暴跳如雷,要不是马车夫小心地往后退却,按照拳击规律,他脸上便会挨一老拳当作小费了。

阿尔希德·约利伟看到他发这么大的火气,却笑弯了腰,也许他从来没这么大笑过。

"可他是对的,这可怜的家伙!"他大声嚷道,"这是他的权利,我亲爱的同行!如果说我们没有找到办法跟着他,这也不是他的错!"

说着,他从口袋里掏出几个戈比:

"给,朋友,"他把钱放在马车夫手里,说,"收起来吧!如果你没有赚到这些钱,那不是你的错!"

这让哈利·博伦特更是怒不可遏,他转而想责怪驿站站长,要指控他。

"在俄国打官司啊!"阿尔希德·约利伟嚷道,"如果事态没有变化,同行,您将永远不会看到结果!您难道不知道那个俄罗斯奶妈的故事吗?她给乳儿喂了一年奶,找乳儿家里要工资。"

要不是马车夫小心地往后退却,按照拳击规律,他脸上便会挨一老拳当作小费了。

"我不知道。"哈利·博伦特答道。

"这么说,您也不知道,官司打赢后,给她补偿的时候这个乳儿成了什么了?"

"他成了什么,拜托?"

"已经成为御林军轻骑兵上校!"

听到这个回答,所有的人都哈哈大笑起来。

至于阿尔希德·约利伟,他为自己巧妙的答复得意非凡,他从口袋里掏出小本子,微笑着记下这么一条,可以收入莫斯科的词典:

无篷车,俄罗斯车辆,出发时四个轮子——到达时两个轮子!

第12章 一次挑衅

叶卡捷琳堡,从地理位置上说,是一座亚洲城市,因为它在乌拉尔山脉的那一头,山脉东侧最边上的山坡。然而,它却归属于彼尔姆督区,因此,它被包括在俄罗斯欧洲部分的一个大区里。这种行政上的跨洲有其存在的理由。这就像西伯利亚含在俄罗斯的嘴巴里一样①。

这座城市建于1723年。在这样的一座大城市里,米歇尔·斯特罗哥夫和那两位通讯记者都不可能因找不到运输工具而为难。在叶卡捷琳堡,高耸着全帝国首屈一指的铸币厂。那里集中了采矿业的最高领导部门。因此,这座城市是一个重要的工业中心,而整个地区有许多冶金厂和其他开采地,淘白金和黄金。

那段时期,叶卡捷琳堡人口暴增,俄罗斯人和西伯利亚人受到鞑靼入侵的威胁,从已经被菲奥法尔可汗的帮众占领的省份逃出来以后,都涌向这里,这些人主要来自于从额尔齐斯河西南面一直到突厥斯坦边界的吉尔吉斯斯坦。

因此,如果说来到叶卡捷琳堡的运输工具变得很紧缺,相反,要离开这座城市,车辆却有的是。在目前情况下,也确实没多少人想要到西伯利亚的那些公路上去冒险。

有这样的形势相助,哈利·博伦特和阿尔希德·约利伟就能很容易地找到一辆完整的无篷车,来取代好歹送他们到了叶卡捷琳堡的那半辆奇葩无篷车了。至于米歇尔·斯特罗哥夫,那辆篷篷车是属于他的,它穿越

---

① 西伯利亚是俄罗斯境内北亚地区的一片广阔地带。

乌拉尔山脉之旅没经受太多的苦楚，只要套上三匹好马就能拉着他在去伊尔库茨克的公路上飞跑了。

直至秋明，甚至一直到新采姆斯科埃，这条公路仍是相当起伏不平，因为，它依然展开在毫无规律可言的高高低低的地面上，是乌拉尔山脉第一道山坡的起始处。然而，过了新采姆斯科埃便进入广阔无垠的大草原了，它一直延伸到克拉斯诺亚尔斯克，长达一千七百俄里左右（1815公里）。

我们知道，两位通讯记者想去伊希姆，也就是离叶卡捷琳堡六百三十俄里。到那里以后，他们将视事件变化再定行止，然后，按照他们猎人的本能，追逐这条踪迹或那条踪迹，同行或分道扬镳。

然而，从叶卡捷琳堡到伊希姆的这条公路——它通往伊尔库茨克——却是米歇尔·斯特罗哥夫唯一能走的路。只是，他不用追逐新闻，相反，他希望躲开遭到入侵者蹂躏的地方，他下定决心不在任何地方停留。

"先生们，"因此，他对两位新伙伴说，"我能和两位一起走过一段路程，已经感到非常满意了，可我有言在先，我非常着急要赶往鄂木斯克，因为我和我妹妹，我们要去那儿见我们的母亲。谁知道我们能不能在鞑靼人入侵这座城市之前到达那儿啊！因此，我只能在驿站停留换马的时间，我得日夜兼程地往前赶！"

"我们也正打算这么干呢。"哈利·博伦特答道。

"行，"米歇尔·斯特罗哥夫接着说，"你们可以租一辆或买一辆车，只要它的……"

"它的后车厢，"阿尔希德·约利伟补充道，"能够和前车厢同时到达伊希姆。"

半小时后，勤勉的法国人便很容易地找到了一辆和米歇尔·斯特罗哥夫的那辆差不多的篷篷车，他和他的伙伴当即便在车上坐稳当了。

米歇尔·斯特罗哥夫和娜佳回到了他们的马车座位上，十二点整，两辆马车一起离开了叶卡捷琳堡。

娜佳终于来到了西伯利亚,跑在这条漫长的通往伊尔库茨克的公路上了!此时,利沃尼亚姑娘的脑子里在想什么呢?三匹快马带着她穿过这片流放的土地,她的父亲便被判处在这儿生活,在离故乡那么远的地方,也许要生活很久!然而,展现在她眼前的这些漫长的草原之路,她却视而不见,有一时,她完全看不见大草原了。因为,她的目光投向地平线的另一头,在那里寻找被流放的父亲的面容!她压根儿没注意到他们以每小时十五俄里的速度穿过的这块土地,压根儿没注意到和东部地区截然不同的西西伯利亚地区的风貌。确实,这里很少有耕地,土地贫瘠,至少是在土地表层,因为在地下,它蕴藏有丰富的铁、铜、白金和黄金。因此,到处是工业开采,而罕见农业设施。到哪儿去寻找耕耘、播种、收割的人手啊?用炸药或十字镐刨土的收获更丰啊。这里的农民让位给了矿工。到处都是十字镐,哪儿都见不到铁锹。

半小时后,勤勉的法国人便很容易地找到了一辆和米歇尔·斯特罗哥夫的那辆差不多的篷篷车。

不过，有时候，娜佳的思想也会放下遥远的贝加尔湖，转而考虑她眼下的处境。父亲的形象稍稍隐去，继而看到的是她慷慨的旅伴。她想起当初在弗拉基米尔的火车上，天意使她第一次遇上了他。她回忆起旅途上他的照顾，到下诺夫哥罗德警察局，他热忱淳朴地叫她妹子，和她说话，顺伏尔加河而下的旅途中他的殷勤呵护，还有穿过乌拉尔山脉的那个可怕的雷暴雨之夜，不惜冒生命危险保护她！

就这样，娜佳心里想着米歇尔·斯特罗哥夫。她感谢上帝在她的路上及时安放了这位勇敢的保护人，这位慷慨谨慎的朋友。她感到自己在他身边，有他的保护很安全。一个真正的哥哥也不过如此了！她不再害怕任何障碍，她现在相信自己一定能够达到目的。

至于米歇尔·斯特罗哥夫，他说得很少，想得很多。从他那方面，他感谢上帝在与娜佳的相遇中，既给了他一个隐瞒真实身份的办法，又让他能够做一件好事。姑娘沉着冷静的无畏精神很合他勇敢的心意。她不是他的亲妹妹又怎样？对这位美丽勇敢的女伴他既感到尊敬，又感到爱慕。他感到，这便是那种难得的纯洁心灵，是他所可以信赖的人。

然而，自从踏上西伯利亚的土地后，对米歇尔·斯特罗哥夫而言，真正的危险便开始出现了。如果两位记者没有搞错，如果伊凡·奥加莱夫已经越过了边界，他行事就得极度谨慎。现在的处境已经变了，在西伯利亚各省，鞑靼人的间谍恐怕比比皆是。他的微服出行一旦被揭穿，他的沙皇信使的身份一旦暴露，他的使命，也许还有他的生命就会被搭进去！米歇尔·斯特罗哥夫感到压在他肩上的责任，分量更重了。

在前面这辆篷篷车里的情形就是这样，那么，在后面那辆篷篷车里的情况又如何呢？那里没有出现任何反常现象。阿尔希德·约利伟大段大段地说话，哈利·博伦特一个词一个词地答复。各以各的方式看待事物，各人在自己的小本子上记下旅途事件，其实，穿过西西伯利亚途中出现的这些事件也大同小异。

每到一个驿站，两位通讯记者下了车，和米歇尔·斯特罗哥夫会合到一起。只要不是在驿站里用餐，娜佳便不离开篷篷车。当他们需要在驿站里用午餐或晚餐的时候，她便在餐桌前坐下，可她始终十分持重。极少介入谈话。

阿尔希德·约利伟从来不越出完美礼节的范畴一步，同时又不停地向利沃尼亚姑娘献殷勤，他觉得这姑娘实在可爱。他钦佩姑娘在如此艰苦的条件下旅行，默默地承受旅途劳顿所表现出来的毅力。

这些不得不做的停留时间让米歇尔·斯特罗哥夫感到有点不痛快。因此，每一站他都要催促赶快动身，他鼓励驿站站长，刺激马车夫，让他们抓紧给两辆篷篷车套马。然后，草草用完餐——按哈利·博伦特的意思始终是过于草率了，他是个慢条斯理的进食者——就动身，他们也被带得像鹰一般快，因为他们给起钱来像王侯一般大方，就像阿尔希德·约利伟说的那样"用俄罗斯金币"。

不用说，哈利·博伦特对这位姑娘不费一点心思。这属于那种少有的谈话主题，就这种主题他是不会和他的同伴讨论的。这位可敬的绅士不惯于同时做两件事情。

有一次，阿尔希德·约利伟问起他，利沃尼亚姑娘估摸有多大岁数。

"哪个利沃尼亚姑娘？"他以世上最一本正经的口气答道，都快堵住了下面的问题。

"真见鬼！尼古拉·科尔巴诺夫的妹妹啊！"

"是他妹妹吗？"

"难道是他奶奶！"阿尔希德·约利伟为同伴如此的冷漠不知所措，顶了他一句，"您估计她有多大？"

"我要是看到她出生，就知道她多大年龄了！"哈利·博伦特不想介入这个话题，简单答道。

两辆篷篷车经过的地方几乎不见人影。天气相当好，天空被白云遮去了一半，气温还能够忍受。如果是悬挂式车身，旅行者们便对旅途无可抱怨了。它们跑得像俄罗斯轿式邮车，也就是说速度很快。

然而，如果说这地方似乎已被抛弃，那是因现下的局势所致。田野上很少或者见不到脸色苍白、神情严肃的西伯利亚农民，有一位著名的女旅

行者曾正确地把他们和卡斯蒂利亚①人做过比较,少一些傲气。这边那边有几个已经走空的村庄,说明了鞑靼军队已经接近。村里的居民赶着他们的羊群、骆驼群、马群,躲进了北部平原。吉尔吉斯大部落的一些依然忠诚的游牧氏族也把他们的帐篷迁到了额尔齐斯河或鄂毕河的另一边,以躲避入侵者的劫掠。

十分幸运的是驿站始终正常服务。同样还有电报服务,直至电线依然挂着的地方,在每个驿站,长官按正常规定提供马匹。电报站也一样,营业员坐在他们的小窗口前,发出交给他们的电文,要不是有国家电报绝不拖延。因此,哈利·博伦特和阿尔希德·约利伟可以充分加以利用。

也因为如此,米歇尔·斯特罗哥夫的旅行进行情况还是令人满意的。沙皇的信使没有遭受丝毫延误。如果他能够绕过菲奥法尔可汗设在克拉斯诺亚尔斯克前面的鞑靼人前锋部队,他就能在迄止目前所夺得的那一点点时间里先于他们到达伊尔库茨克。

在两辆篷篷车离开叶卡捷琳堡的第二天,早上七点钟,没出什么值得一提的事故跑了二百二十俄里后,他们抵达图鲁吉斯克小镇。

旅客们在那里用了半个小时吃早饭,然后,迅速登程,其速度之快,只能用许下的相当一笔戈比数才说得清楚。

同一天,7月22日,下午一点钟,两辆篷篷车到达六十俄里外的秋明。

秋明,正常人口数为一万居民,这时加了一倍。这个城市是俄罗斯在西伯利亚建立的第一个工业中心,可见漂亮的冶金厂和铸钟厂,它还从来没有像此时那么热闹。

两位通讯记者当即便去采录新闻。西伯利亚的难民从战争舞台带来的消息实在不能让人安心。

众说纷纭中特别提到菲奥法尔可汗的军队正迅速逼近额尔齐斯河谷地,人们肯定说,鞑靼人的领袖,如果不是已经,也很快将和伊凡·奥加莱夫上校会合。从而,很自然地便得出结论,他们将在西伯利亚东部展开最

---

① 在西班牙中部。

大规模的军事行动。

至于俄罗斯军队,主要还得从俄国的欧洲各省调遣,它们还在相当远的地方,抵挡不了入侵。然而,托博尔斯克的哥萨克正急行军驰援托木斯克,希望能切断鞑靼人的纵队。

晚上八点,两辆篷篷车又赶完了七十五俄里,抵达亚卢托罗夫斯克。

他们迅速换马,然后出城,坐船渡过托波尔河。这条河流水平缓,使渡河比较容易,一路之上还会不止一次地渡河,但很可能就不会这么轻松了。

半夜零点,跑完五十五俄里(58公里),到达新赛穆斯克。旅行者们终于跑出了乌拉尔山脉因遍布树木的山坡而有些高低起伏的道路。

从此才开始真正意义上所谓的西伯利亚大草原,它一直延伸到克拉斯诺亚尔斯克。这无边无垠的大平原,像似广袤的野草荒漠,天和地在这

同一天,7月22日,下午一点钟,两辆篷篷车到达六十俄里外的秋明。

片荒漠中粘连成一个穹庐,似乎是用圆规清晰地画出来的。在这个草原上,呈现在人们眼前的凸起物唯有电报杆的影子,它们矗立在公路两侧,架在上面的电报线像竖琴的琴弦在微风中战栗。公路本身和平原其他部分的区别只能从扬起在篷篷车轮子下的细尘才看得出来。没有这条望不到头的灰白色的尘土带,这地方看上去就像似一片荒漠了。

米歇尔·斯特罗哥夫和他的伙伴们以更快的速度飞越大草原。马匹在车夫的激励下奔驰在这个没有任何障碍阻滞的空间。两辆篷篷车直奔伊希姆而去。两位通讯记者即在那儿作一停留,如果没有任何变故需要他们调整行进路线的话。

从伊希姆城到新赛穆斯克的距离将近二百俄里,在分秒必争的前提下,第二天晚上八点钟之前,这段距离就应该能够跑完了。在车夫的脑子里,这些旅行者即使不是大贵族也是高官达人,就从他们结算小费时的大手笔来看,也称得上是这一类人了。

第二天,7月23日,两辆篷篷车离伊希姆只有三十俄里了。

此时,米歇尔·斯特罗哥夫隐隐约约瞥见公路上有一辆马车跑在他们的前面,几乎被滚滚的尘土吞没而看不见。由于他那几匹马不是很累,他们的速度更快,不用很久就能赶上前面那辆车了。

那不是一辆篷篷车,也不是无篷车,而是一辆轿式邮车,车身上布满灰尘,它肯定已经作了长途跋涉。马车夫大声咒骂,左右手轮换着抽打马匹,也只能维持着奔跑的速度。这辆轿式马车肯定不是走新赛穆斯克过来的,估计是从隐没在大草原上的某条小路走上了去伊尔库茨克的这条公路。

米歇尔·斯特罗哥夫和他的伙伴们看到这辆轿式马车也跑向伊希姆,便只有同一个想法,超过它,抢在它前面到达驿站,以便保证自己得到可用的马匹。于是,他们就对车夫关照了一句。很快,他们便和疲惫不堪的马匹拉着的轿式马车并驾齐驱了。

米歇尔·斯特罗哥夫超过去了。

此时,一个脑袋出现在轿式马车的窗口上。

米歇尔·斯特罗哥夫没来得及观望他。然而,尽管他一闪而过,他却清清楚楚地听到了那个人用颐指气使的口吻对他说的话:

"停下!"

他们没有停。相反,两辆篷篷车很快就超到前面去了。

这便成了一场速度比赛,因为轿式马车的马匹也许是受到超越它们的马匹出现和步履的刺激,劲儿又上来了,维持了几分钟。三辆车消失在尘雾中。从这灰蒙蒙的尘土中传出鞭炮似的鞭子抽打声,其中还夹带着激励的呼声和愤怒的斥骂。

然而,优势依然在米歇尔·斯特罗哥夫和他的伙伴们一方——这种优势可能至关紧要,如果驿站能提供的马匹很少的话。两辆车需要用马,这也许超出了驿站站长的能力,至少他在短期内办不到。

半小时后,被落在后面的轿式马车成了大草原尽头上的一个点儿,几乎看不见了。晚上八点钟,两辆篷篷车到达伊希姆进城处的驿站。

有关入侵的消息越来越糟糕。这座城市直接受到鞑靼纵队前锋的威胁,两天来,当局已经不得不撤到托博尔斯克。伊希姆已经没有一名官员和士兵了。

米歇尔·斯特罗哥夫到达驿站后当即要求换马。

他发觉自己抢在轿式马车之前抢对了。只有三匹马可以当即套车。别的马跑长途回来累了。

驿站站长下令套车。

至于两位通讯记者,他们觉得待在伊希姆比较好,因此,不用急着操心交通工具的问题,他们让人把车赶进了车库。

米歇尔·斯特罗哥夫到驿站后十分钟就被告知说他的篷篷车已经做好了出发的准备。

"好的。"他答道。

说着,他向两位记者走去。

"现在,先生们,既然你们要留在伊希姆,那我们就此分手吧。"

"什么,科尔巴诺夫先生,"阿尔希德·约利伟说,"您在伊希姆连一个

小时都不能待啊？"

"不行，先生，我想最好在那辆被我们超过的轿式马车到达前就离开驿站。"

"您难道怕那个旅行者找您争抢这几匹驿马？"

"我就是想避开任何争执。"

"那么，科尔巴诺夫先生，"阿尔希德·约利伟说，"我们只好再次感谢您给我们的帮助，感谢在您的陪伴下一起旅行给予我们的愉悦了。"

"我们有可能几天后在鄂木斯克再见呢。"哈利·博伦特补充道。

"有这个可能，确实，"米歇尔·斯特罗哥夫答道，"因为，我直接就去那里了。"

"那好，一路顺风，科尔巴诺夫先生，"这时，阿尔希德·约利伟说道，"上帝保佑您别遇上无篷车。"

两位通讯记者向米歇尔·斯特罗哥夫伸出手去，准备给予他最热情的握别，这时，就听得门外有马车的响动声。

几乎同时，驿站的门被突然打开，一个人出现在门口。

他便是轿式马车的旅客，此人四十来岁，军人风范，高个儿，体格健壮，神色专横，肩宽腰圆，浓密的小胡子连着红棕色的上翘的胡子尖。他穿着一套没有标志的军服。腰际挂着马刀，手里拿着一条短柄马鞭。

"换马。"他带着一个惯于发号施令的人不容置辩的神态要求道。

"我已经没有可用的马了。"驿站长官躬身答道。

"我立刻就要。"

"这不可能。"

"那我在驿站门口看到的刚套上去的那几匹马是怎么回事？"

"它们是这位旅客的。"驿站长官指着米歇尔·斯特罗哥夫答道。

"把它们卸下来！……"那个旅行者用不容商量的口气说道。

这时，米歇尔·斯特罗哥夫走上前来。

"这些马是我订的。"他说。

"我不管！我需要它们。行了！快点儿！我没时间可耽搁！"

"我也没时间可耽搁。"米歇尔·斯特罗哥夫答道,他力求平静,不无艰难地克制着自己。

娜佳站在他身边,一样的平静,然而,心里暗暗担忧,怕发生最好避免的争吵。

"够了!"那个旅行者重复道。

说着,他走向驿站站长。

"让人把篷篷车上的马卸下来,"他打着威胁的手势嚷嚷,"把它们套在我的轿式马车上!"

驿站站长十分为难,不知道该听谁的,他望着米歇尔·斯特罗哥夫,很明显,抵制那个旅行者的无理要求是他的权利。

米歇尔·斯特罗哥夫犹豫了一下。他不想使用他的博达洛社那,这样会引起人家对他的注意,他也不愿意让出马匹,耽误他的行程,可是,他又不想介入争斗,影响他的使命。

两位记者望着他,只要他召唤一声,就准备支持他。

"我的马匹得留在我的车上。"米歇尔·斯特罗哥夫说道,但他没有把语调抬高到与一个伊尔库茨克的普通商人不符合的程度。

这时,那个旅行者走向米歇尔·斯特罗哥夫,粗鲁地把手拍到他肩上。

"是这样啊!"他大声说道,"你不愿意把马让给我吗?"

"不行。"米歇尔·斯特罗哥夫答道。

"那好吧,它们将属于我们俩中间能够动身的一个!你自卫吧,我是不会对你客气的!"

说完这句话,旅行者猛地从刀鞘里抽出马刀,摆出防卫架势。

娜佳冲到米歇尔·斯特罗哥夫身前。

哈利·博伦特和阿尔希德·约利伟也朝他走去。

"我不会打架的。"米歇尔·斯特罗哥夫只是这么说道,他为了更好地克制自己,把双手叉在胸前。

"你不打?"

"不打。"

"即使在这之后?"那个旅行者嚷道。

说着,在旁人没能制止住他之前,他把鞭子的手柄拍到米歇尔·斯特罗哥夫的肩上。

受到如此侮辱,米歇尔·斯特罗哥夫的脸色变得可怕的苍白。他举起张开的双手,仿佛要拍碎这个粗野的家伙。然而,他还是努力克制住了自己。一场对决会导致时间更长的耽搁,也许,他的任务会因此失败!……倒不如就丢掉几个小时!……是的!然而,如此的侮辱,怎么咽得下这口气啊!

"你到底打不打,懦夫?"那个旅行者重复道,他在粗野上又增添了无礼。

"不!"米歇尔·斯特罗哥夫答道,他没有移步,但他凝望着那个旅行者的眼睛。

说完这句话,旅行者猛地从刀鞘里抽出马刀,摆出防卫架势。

"套车,马上套车!"这时,那个人说。

说着,他走了出去。

驿站站长以不大赞许的目光看了看米歇尔·斯特罗哥夫,然后还是耸了耸肩,赶紧跟了上去。

这个变故在两位记者身上产生的影响也不可能对米歇尔·斯特罗哥夫有利。他们的失望显而易见。这个强壮的年轻人,就这样挨了打,居然不要求为这样的侮辱做出解释!他们只是向他打了个招呼就退下了。阿尔希德·约利伟对哈利·博伦特说:

"我不敢相信,这竟然是一个能干净利索地剖开乌拉尔山黑熊肚子的人的表现!难道勇气真的也有时间和形式吗?真让人百思不得其解啊!此后,对我们这些人,他恐怕就差没当过农奴了!"

不一会儿,车轮声和鞭子声说明轿式马车套上篷篷车的马匹后,迅速离开了驿站。

娜佳沉着镇定,米歇尔·斯特罗哥夫还在气得发抖,驿站大厅里只剩下了他们俩。

沙皇的信使,双臂始终叉在胸前,他已经坐下。就像一尊雕塑。他脸色变得通红,这肯定不是羞愧的红色,取代了他充满阳刚之气的面容上的苍白。

娜佳并不怀疑,唯有了不起的理由才能使这样的男子汉咽下如此的羞辱。

因此,她走上前去,就像当初,在下诺夫哥罗德警察局里,他走向她那样。

"哥,你的手!"她说。

与此同时,她的手指,以一个几近母性的动作,轻轻拭去即将从她同伴眼里滚落下来的一滴泪珠。

第13章 责任高于一切

娜佳猜测到米歇尔·斯特罗哥夫有一个秘密的动机在指导着他所有的行为,出于某个不为她所知的原因他不属于自己,他无权支配他的生命。就是在这种情况下,他才为责任而英勇地做出了牺牲。

娜佳没有要求米歇尔·斯特罗哥夫做出任何解释。她向他伸出的那只手不是已经对他可能告诉她的一切做出了答复吗?

这一晚,米歇尔·斯特罗哥夫始终沉默不语。驿站站长要到第二天上午才能提供精力充沛的马匹,这是在驿站度过的一个整夜。娜佳应能利用这个夜晚休息一下,而房间也已经为她准备好了。

姑娘也许更愿意陪在她的同伴身边,可她感觉到他需要一个人待着,于是她准备去她的房间。

在她退下之前,她禁不住向他道别。

"哥……"她嗫嚅道。

可是,米歇尔·斯特罗哥夫一个手势让她别说了。一声叹息鼓起了姑娘的胸脯,她离开了大厅。

米歇尔·斯特罗哥夫没有躺下。他睡不着,哪怕就是一个小时。在那个蛮不讲理的旅行者用鞭子碰过的地方,他仿佛觉得有一种灼痛的感觉。

"为了国家,也为了老爷子!"最后,他在结束晚祷的时候喃喃说道。

而此时,他感到一种不可克服的需要,他想知道打他的那个人究竟是何方神圣,他从哪儿来,要往哪儿去。至于他的相貌,他的五官都已经深深地镌刻在他的记忆里,他不担心什么时候会忘掉它们。

米歇尔·斯特罗哥夫让人叫来驿站站长。

这是个众人公认的正直的西伯利亚人,他马上到了,带点儿高傲的神态望着年轻人,等待他的询问。

"你是当地人吧?"米歇尔·斯特罗哥夫问他道。

"是的。"

"你认识抢走我马匹的那个人吗?"

"不认识。"

"你从没见过他?"

"从没见过!"

"你觉得这个人会是谁?"

"一个善于让人服从的老爷!"

　　米歇尔·斯特罗哥夫的目光像一把尖刀直插这个西伯利亚人的心里,然而,驿站站长的眼皮没有垂下去。

"为了国家,也为了老爷子!"最后,他在结束晚祷的时候喃喃说道。

"你竟敢评说我的优劣!"米歇尔·斯特罗哥夫大声说。

"是的,"西伯利亚人答道,"因为,有些事情就算是一个普通商人都不会来而不往!"

"鞭子抽打?"

"鞭子抽打,年轻人!我的年龄和经历允许我这样对你说话!"

米歇尔·斯特罗哥夫走到驿站站长面前,把他两只有力的手搭在他肩上。

然后,他用冷静得出奇的声音对驿站站长说:

"走吧,我的朋友,走吧!我会杀了你的!"

驿站站长这才明白过来。

"我更喜欢他像这个样子!"他喃喃自语道。

然后,他再没说话,退下了。

第二天,7月24日,早上八点钟,篷篷车套上了三匹强壮的骏马。米歇尔·斯特罗哥夫和娜佳上车就位,给他们留下如此可怕的回忆的伊希姆,很快就消失在公路的拐弯处。

在这一天他们停留的各个驿站里,米歇尔·斯特罗哥夫都能得到证实,那辆轿式马车在去伊尔库茨克的公路上始终跑在他们前面。那个和他一样着急的旅行者也在分秒必争地穿越大草原。

下午四点,跑过七十五俄里后,到达阿巴茨卡亚站,然后得渡过额尔齐斯河的主要支流之一伊希姆河。

这次渡河比渡托波尔河困难一些。因为,伊希姆河在这个地方的流速相当快。冬天的西伯利亚,草原上所有的水流全都结了冰,冰冻厚度达到好几英尺,上面很容易通过,甚至旅客们没有发觉就过了河,因为,它们的河床在一望无边的白皑皑的冰雪覆盖下看不见了,整个草原一色的冰天雪地。可是,夏天过河的难度就很大了。

确实,渡过伊希姆河就用了两个小时。米歇尔·斯特罗哥夫为此恼火,更因为船夫对他说起的有关鞑靼入侵的令人担忧的消息。

下面就是他们所说的内容:

"走吧,我的朋友,走吧!我会杀了你的!"

菲奥法尔可汗的侦察部队恐怕已经出现在伊希姆河下游两岸,托博尔斯克督区的南方各地。鄂木斯克受到了严重威胁。据说在吉尔吉斯各大部落的边界上,西伯利亚部队和鞑靼人的军队有过小接触——这一仗的优势不在俄罗斯方面,俄军在这里的兵力太薄弱了。这些部队从那里撤下来,随之,该省的农民也都踏上了离乡背井的道路。人们讲述着入侵者犯下的残暴行径,抢劫、盗窃、纵火、屠戮。这就是鞑靼式战争。因此,人们从四面八方逃避菲奥法尔可汗的前锋部队。面对这些人畜一空的大镇小村,米歇尔·斯特罗哥夫最担心的是找不到交通工具。因此,他必须以最快速度到达鄂木斯克。也许,从这个城市出来的时候,他还能够抢在顺着额尔齐斯河谷地而下的鞑靼侦察部队之前,然后,回到直至伊尔库茨克的没有阻碍的公路上。

也就是在篷篷车刚渡过的这个地方,结束了用军事用语来说所谓的

"伊希姆防御系统",炮楼和木制小碉堡连接成的防线,从西伯利亚南部边界起始横越四百俄里(427公里)。以前,这些小碉堡里驻扎着哥萨克小分队,他们守卫着这个地区,既防着吉尔吉斯人,又防着鞑靼人。可是,自从莫斯科政府认为这些部落已经完全弱得完全臣服后,那些防御设施便被弃之不用,恰恰就在它们应该大起作用的时候,它们再也不能使用了。大部分小碉堡被烧成了灰烬,船夫们指给米歇尔·斯特罗哥夫看,南方的地平线上还有一些冉冉升起的黑烟,说明鞑靼人的先头部队正在接近。

渡船把篷篷车和它的马匹一送上伊希姆河的右岸,他们就再次全速奔驰在大草原的公路上了。

这时是晚上七点钟。天空中乌云密布。好几次下起了雷暴雨,其结果是澄清了尘埃,使道路更好走。

自伊希姆驿站后,米歇尔·斯特罗哥夫一直沉默寡言。然而,他却始终注意别让娜佳因为这既不停留,又没休息的奔波累垮了。女孩却毫无怨言,她真想让篷篷车的马儿们长上翅膀呢。似乎有什么东西在大声告诉她,她的同伴比她更急于到达伊尔库茨克,而他们到那儿还有多少俄里啊?

她还想到,如果鄂木斯克被鞑靼人攻破,住在这座城里的米歇尔·斯特罗哥夫的母亲就有危险了,当儿子的当然极为担忧,这便说明了他想赶到她身边的心情有多么焦急。

因此,娜佳觉得,到一定时候,该和米歇尔讲讲他的老母亲玛尔法,讲讲她陷身在这些事件中可能的孤独。

"自从鞑靼人入侵以来,你就没得到过你母亲的任何信息?"她问他道。

"杳无音讯,娜佳。我母亲给我写最后一封信的时间已经有两个月了,那封信给我带来的还是好消息。我母亲是个勇敢、有毅力的西伯利亚女人。尽管她已年迈,她的精神力量一点不减。她经受得住苦难。"

"我要去看她,哥,"娜佳激动地说,"既然你称呼我妹子,我就是玛尔法的女儿。"

米歇尔·斯特罗哥夫没有回答,娜佳便加了一句:

"也许,你母亲已经离开鄂木斯克了呢?"

"有这个可能,娜佳,"米歇尔·斯特罗哥夫答道,"我甚至希望她已经到了托博尔斯克。老玛尔法憎恨鞑靼人。她熟悉草原,她不怕,我希望她拿起拐棍,顺额尔齐斯河岸边而下。省里没有哪个地方是她不知道的。她多次跟着我老父亲跑遍了整个地区,我自己,小时候多次跟着他们横穿荒凉的西伯利亚。是的,娜佳,我真希望我母亲已经离开了鄂木斯克!"

"那你什么时候去看她?"

"我去看她……等回来的时候吧。"

"可是,如果你母亲在鄂木斯克,你用上一个小时就能去拥抱她了吧?"

"我不会去拥抱她的!"

"你不去看望她?"

"不去,娜佳……!"米歇尔·斯特罗哥夫答道,他的胸脯鼓了起来,他清楚地知道自己不能再回答姑娘接下来会提出的问题了。

"你说不去!啊,哥,为什么呀?如果你母亲在鄂木斯克,你怎么可以拒绝去看望她呢?"

"为什么,娜佳!你问我为什么啊!"米歇尔·斯特罗哥夫嚷嚷着,他的声音激动得完全变了样,变得让姑娘打了个哆嗦,"为了我在那个浑蛋前忍耐到怯懦程度的那个理由,那个……"

他没能够把话说完。

"别激动,哥,"娜佳用最温柔的声调说,"我只知道一点,或者,应该说我不知道,我感觉到了这一点!那便是现在有一种情感左右着你的一切行动,如果说这算得上是一种情感的话,一种比联结儿子和母亲的情感更为神圣的情感!"

娜佳不说话了,从此时起,她回避所有可能涉及米歇尔·斯特罗哥夫的特殊处境的话题。那里面有个秘密需要保守。她保守这个秘密。

第二天,7月25日,凌晨三点钟,篷篷车从伊希姆河渡口起,跑过一百二十俄里后,到达秋卡林斯克驿站。

他们在这里迅速换了马。可是,而这也是第一次,车夫提出了一些不能发车的理由。他说有鞑靼小分队在草原上搜索,而旅客、马匹、车辆都

将成为这些强盗垂涎的掳获物。

米歇尔·斯特罗哥夫只能用银子的代价来战胜车夫的不愿意，因为，在这种情况下和在别的许多情况下一样，他不想使用他的博达洛社那。最后的那份沙皇敕令，通过电报线的传递，在西伯利亚各省已是人尽皆知，而一个俄罗斯人，就凭着这个东西，特许不必服从它的规定，肯定会引起公众的瞩目——这正是沙皇的信使首先必须避免的。至于车夫的犹豫不决，也许是这个家伙在拿旅客的焦急投机吧？还可能他担心会遭遇不幸也是有道理的呢？

终于，篷篷车出发了，而且跑得那么来劲儿，到下午三点钟，跑完了八十多俄里，抵达库拉钦斯科耶。接着，一小时后，他们便到了额尔齐斯河边，离鄂木斯克只剩下二十来俄里了。

额尔齐斯河河面宽阔，是西伯利亚一条主要的交通干线，滚滚的河水流向亚洲的北部。它发源于阿尔泰山脉，从东南向西北斜向流动，最后注入鄂毕河，流长将近三千俄里。

每年的这个时候是整个西伯利亚盆地河水的上涨时期，额尔齐斯河的水位更是过分上升。从而导致被强行限制在两岸间的流水几乎成了激流，这便使得摆渡相当困难。一个本领再高强的游泳者也游不过去，即使有渡船，横渡额尔齐斯河都难免遇上危险。

然而，这种危险，和其他所有的艰难险阻一样，都不能阻止下定决心去冒千难万险的米歇尔·斯特罗哥夫和娜佳，哪怕只是阻止一分钟。

可是，米歇尔·斯特罗哥夫还是向他年轻的女伴建议，让他先随着载有篷篷车和马匹的渡船过河，因为他怕重载之下，渡船行驶不稳。等车马上了河对岸，他再回来接娜佳。

娜佳不干。那样会耽搁一个小时，她不愿意让她个人的安全成为延误一小时的原因。

登船不那么容易，因为陡峭的河岸有一部分被水淹没了，渡船无法靠近。

然而，经过半个小时的努力，船夫们把篷篷车和三匹马安置到了船上。米歇尔·斯特罗哥夫、娜佳和车夫跟着上了船,渡船离岸。

在最初的几分钟里,一切顺利。额尔齐斯河的水流在上游方向被插入河里的河岸岬角拦住,形成一个渡船容易过去的回流。两名船夫巧妙地操起带钩的长篙推动渡船。可是,随着船儿驶向河中心,河床底部越来越深,很快,他们的肩膀就几乎无法顶在篙子头上了。篙子露出水面的部分不超过一英尺,这便使得渡河愈加困难。

米歇尔·斯特罗哥夫和娜佳坐在船尾,心里总是害怕会有延误,忐忑不安地观望着船夫们操作。

"当心!"一名船夫向他的伙伴喊道。

这一声喊是因为渡船刚以极快的速度驶往另一个方向。这时,它受到水流直接的影响,迅速往下游驶去。因此,必须有效地使用长篙,使渡船与水流呈夹角斜向航行。船夫们站在设置在船缘下面的一排槽口里撑着他们的篙子,终于使渡船斜向而行,渐渐向右岸靠去。

我们肯定算得出,渡船靠岸的地方在上船的渡口下游五六俄里,然而,只要人和牲口平安上岸,这一切都无关紧要了。

两名船夫身强力壮,外加上答应给他们高额的摆渡费,也确信能完成额尔齐斯河艰难的横渡。

可是,他们没有想到会出现一件难以预料的事情,在这种情况下,他们的积极性和灵巧都无能为力了。

渡船进入中流,与两岸距离相等,以每小时二俄里的速度顺水而下,这时,米歇尔·斯特罗哥夫站起身来,仔细望了望上游方向。

他隐隐约约瞥见有好几只小船正飞快地顺水驶来,因为它们除了流速的作用,还加上了划桨。

米歇尔·斯特罗哥夫的神色一下子紧张起来,不由自主地发出一声惊呼。

"怎么啦?"姑娘问道。

米歇尔·斯特罗哥夫还没有来得及回答她,一名船夫就惊恐地大叫起来:"鞑靼人!鞑靼人!"

确实,那些小船上载的是士兵,小船顺额尔齐斯河而下,速度很快,用不了几分钟就能赶上在它们前面装载沉重的渡船了。

船夫们被鞑靼人的出现吓坏了,他们发出声声绝望的叫喊,丢下了长篙。

"拿出勇气来,朋友们!"米歇尔·斯特罗哥夫大声疾呼,"拿出勇气来!如果我们能在这些小船前到达右岸,我给你们五十卢布!"

船夫们受这些话的鼓动打起精神,接着操作,让渡船与水流斜向航行,可事情很快就十分明显,他们躲避不了迅速靠拢的鞑靼人。

鞑靼人会相安无事地过去吗?这好像不可能!相反,倒是该担心这些强盗什么都干得出来!

"别怕,娜佳,"米歇尔·斯特罗哥夫说,"要做好一切准备!"

"我准备好了。"娜佳答道。

"等会儿我叫你跳的时候,你就跳河里去。"

"你说跳我就跳。"

"相信我,娜佳。"

"我相信!"

鞑靼人的小船只距离他们一百英尺了。船上装载着布哈拉士兵的小分队,正要去鄂木斯克进行侦察。

渡船离岸还有两个船身长度。船夫们加倍使劲。米歇尔·斯特罗哥夫拿起一支长篙和他们同心协力,他使出超人的力量撑船。如果他能把篷篷车送上岸,套上马奔驰而去,他就还有机会逃脱鞑靼人的追捕,他们没有带马。

然而,所有这些努力都付之流水了!

"萨林纳基丘!"第一条小船上的士兵高呼道。

米歇尔·斯特罗哥夫听出这是鞑靼强盗开战的呼声,回答这个呼声的只能是趴在地上。

由于他和船夫都没有服从这个指令,一阵猛烈的枪声响起,两匹马中弹倒毙。

这时,渡船感到一阵撞击……小船从侧面靠上了渡船。

"跳,娜佳!"准备从船缘跳水的米歇尔·斯特罗哥夫大喊。

姑娘正要跟着跳下去,这时,米歇尔·斯特罗哥夫挨了一长矛,已经掉进河里。流水把他带走了,他的手在水面上舞动了一下就不见了踪影。

娜佳发出一声惊叫,她还没来得及跟着米歇尔·斯特罗哥夫往下跳,就被扯住,被劫持进一条小船里。

不一会儿,船夫被长矛刺死,渡船顺水漂去,鞑靼人继续顺着额尔齐斯河而下。

不一会儿,船夫被长矛刺死,渡船顺水漂去,鞑靼人继续顺着额尔齐斯河而下。

第14章 母与子

鄂木斯克是西西伯利亚的正式首府。它不是以这个名字命名的督区的最重要城市,因为托木斯克比它大,人口也比它多,但是,俄罗斯半个亚洲部分的总督驻跸在这里。

鄂木斯克,确切地说,由两个截然不同的镇组成,其一设置着当局各个机构,由官员们居住,另一个主要住着西伯利亚的商人,尽管当时的贸易很不景气。

这个城市生活着大约一千二百居民。它的侧翼有建着棱堡的城墙保护,然而这些防御工事都是用泥土垒起来的,防御能力极差。鞑靼人知道这种情况,便试图以武力强行攻取,经过几天围困,他们终于攻入城里。

鄂木斯克的守备力量剩下两千人马曾顽强抵抗。然而,受不住埃米尔兵马的重压,渐渐退出商业城,不得不躲进上城区。

那里是总督、他的官员们和士兵据守的阵地。他们在房屋和教堂上修建起雉堞,把鄂木斯克的上城区变成了个大城堡,迄止此时,在无望得到救援的情况下,依然坚持在这个临时建起的内城里。而顺着额尔齐斯河而下的鞑靼军队每天都有新到的力量加入,情况更为严重的是,指挥他们的军官是个卖国求荣的叛徒,而此人深懂谋略,天不怕地不怕。

这个人便是伊凡·奥加莱夫上校。

伊凡·奥加莱夫十分凶狠,就像受他驱使的那些鞑靼将领一样,他是个受过教育的军人。他的母亲使他带点儿蒙古血统,祖籍应是亚洲人,他喜欢玩弄阴谋,常以设想一些狡计为乐事,当他想骗取秘密或者张设陷阱的时候，他会不择手段。他生性狡诈，不惜伪装成三教九流人物，有时还假扮乞丐，无论外形还是举止他都能扮演得惟妙惟肖。再者，他还十分残忍，需要的时候，他亲自操刀当刽子手。菲奥法尔可汗得了他这个干将，在这场野蛮的战争中真可谓如虎添翼。

当米歇尔·斯特罗哥夫到达额尔齐斯河边的时候，伊凡·奥加莱夫已经是鄂木斯克的主宰了，他加紧围困这个城市的上城区，因为他急于赶往托木斯克，和刚在那里集中的鞑靼军主力会师。

托木斯克确实已被菲奥法尔可汗攻下几天了，左右中西伯利亚的入侵者们将从那里出发，进军伊尔库茨克。

伊尔库茨克才是伊凡·奥加莱夫的真正目标。

这个叛贼的计划是易名改姓让大公接纳自己，然后赢得大公的信任，到时候，把这座城市和大公本人出卖给鞑靼人。

有了这样的一座城市和这样的人质，整个亚洲的西伯利亚便将落入入侵者们的手中。

然而，我们知道，这个阴谋已经为沙皇所知，他委托米歇尔·斯特罗哥夫为这封重要信函的送信人，就是要戳穿这个阴谋。也因为如此，年轻的信使得到最严格的训令，他必须微服穿过被入侵的地区。

这个使命，迄止此时，他一直忠实地执行下来了，可是，现在，他还能继续执行和完成它吗？

米歇尔·斯特罗哥夫挨的这一长矛不是致命的。他潜入水下，没有被发现，游到了右岸，倒在芦苇丛中昏了过去。

醒来的时候，他发现自己在一个庄稼汉的小木棚里。这个庄稼汉救了他，给他疗伤，他幸运地活了下来。他在这位善良的西伯利亚人家里待多久了？他说不清楚。而当他睁开眼睛的时候，他看到一张和善的脸，长长的胡子，俯在他身上，用怜悯的目光望着他。他正要询问这是在哪儿，庄稼汉抢在前头，对他说：

"别说话，大叔，别说话！你的身体还太虚弱。我这就来告诉你，你在哪儿，以及我把你背回我的小木棚后发生的一切。"

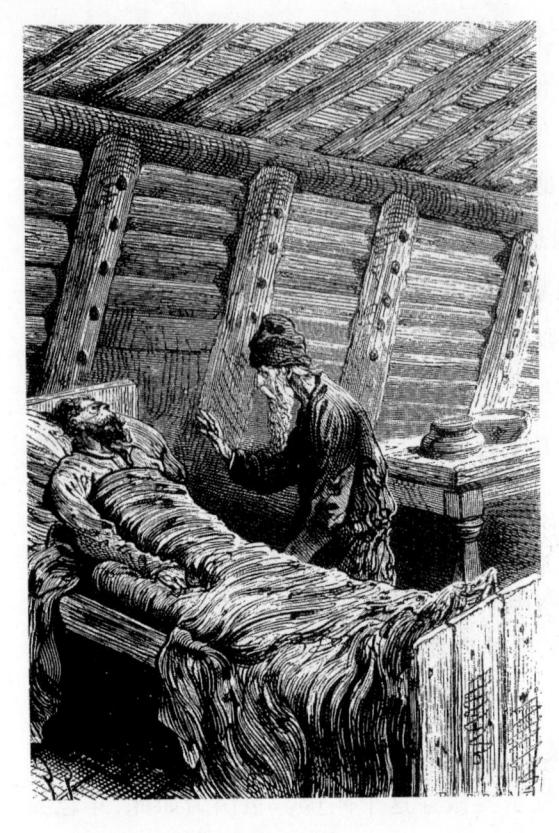

Jules Verne
沙皇的信使

醒来的时候,他发现自己在一个庄稼汉的小木棚里。这个庄稼汉救了他。

于是,庄稼汉给米歇尔·斯特罗哥夫讲述了他亲眼看见的这场斗争的经过,鞑靼人小船对渡船的攻击,抢劫篷篷车,杀戮船夫!

然而,米歇尔·斯特罗哥夫没有听下去,他用手摸索他的衣服,感到皇帝的那封信始终贴在他的胸口上。

他吸了口气,可事情还没完。

"和我在一起的那个姑娘呢?"他说。

"他们没把她杀死!"庄稼汉从他客人的眼里看到了担忧,便抢先答道,"他们把她带到了小船上,然后,继续顺着额尔齐斯河而下!只是他们多了个女囚,把她汇总到那么多俘虏里,押往托木斯克吧!"

米歇尔·斯特罗哥夫答不上话来。他把手放在心口上,压制着激烈的心跳。

然而,虽说吃了那么多苦头,在他心里,责任感依然压倒一切。

"我这是在哪儿?"他问道。

"在额尔齐斯河的右岸,离鄂木斯克只有五俄里。"庄稼汉答道。

"我受了什么伤,竟然把我打成这副样子?不是枪伤吧?"

"不是,是头上挨了一长矛,现在已经愈合了,"庄稼汉答道,"再休息几天,大叔,你就能继续赶路了。你落到了河里,那些鞑靼人没碰你,没搜你的身,你的钱包始终在你的口袋里。"

米歇尔·斯特罗哥夫向庄稼汉伸出手去。接着,他猛一使劲挺起身来,说:

"朋友,我在你的木棚里待多久了?"

"三天。"

"丢了三天啊!"

"三天,在这三天里你一直昏迷不醒!"

"你能卖一匹马给我吗?"

"你想走?"

"即刻就走。"

"我既没马,又没车,大叔!鞑靼人跑到哪里,哪里就什么都光光的了!"

"那我就步行去鄂木斯克找一匹马……"

"再歇上几个小时,你的情况会好一些,有利于你继续赶路啊!"

"一个小时也不歇了!"

"那就走吧!"庄稼汉答道,他明白,和他客人的意愿斗是斗不过的。"我亲自送你去那儿,"他补充道,"况且,在鄂木斯克还有许多俄罗斯人,你也许能过去而不被发现。"

"朋友,"米歇尔·斯特罗哥夫,"愿老天爷报偿你为我做的一切!"

"报偿啊!只有疯子才在人世间等待报偿呢。"庄稼汉答道。

米歇尔·斯特罗哥夫走出小木棚。就在他想往前走的时候,突然感到一阵眩晕,要不是那个庄稼汉搭了一把手,他就倒在地上了。然而,新鲜空气使他迅速复原。这时,他才感到头上挨的那一下的影响,亏得他的皮

帽子消减了它的力量。我们知道他这个人身强力壮,他不是个能被一点小伤打倒的人。在他眼前矗立着的唯一目标,便是那个遥远的伊尔库茨克,那是他必须到达的地方!而他必须一刻都不停留地穿过鄂木斯克。

"愿上帝保佑我母亲和娜佳!"他低语道,"我现在还没有权利考虑她们的事!"

米歇尔·斯特罗哥夫和庄稼汉很快就到了下城商业区,这里虽说已经被军队占领,他们却毫无困难就进去了。泥土城墙有许多地方被摧毁了,跟在菲奥法尔可汗的大军后面捡便宜的人就是从这些缺口进的城。

在鄂木斯克城里,马路上,广场上,到处麇集着鞑靼士兵,然而,看得出来,有一个铁腕人物在强迫他们遵守他们颇不习惯的纪律。他们绝不单独出行,而是成群结队,全副武装,以抵御来犯之敌。

大广场被改装成了军营,有许多哨兵守卫,有两千鞑靼人井然有序地在广场上宿营。马匹拴在木桩上,马鞍却始终没有卸下来,这样,一有命令便能出发。对这支鞑靼骑兵来说,鄂木斯克只是个临时的歇脚处,他们恐怕更愿意去富饶的东西伯利亚平原,那里的城市更富庶,农村更富足,抢劫起来会更有成效。

在商业城的上面,层层盘踞着上城区,尽管伊凡·奥加莱夫发动了好几次猛烈进攻,都被守军英勇地击退,上城区依然没能拿下。在筑有雉堞的城墙上飘扬着俄罗斯国旗。

米歇尔·斯特罗哥夫和他的向导不无情理地以自己的誓愿向它致敬。

米歇尔·斯特罗哥夫对鄂木斯克城了如指掌,他跟着他的向导,避开人多嘈杂的街道,不是因为怕被认出来。在这个城市里,只有他年迈的母亲一个人叫得出他的真名,可他曾经发誓不去见她,他是不会去看她的。况且——他真心实意地希望——也许,她已经逃到大草原上某个太平的地方去了。

很幸运,那个庄稼汉认识一个驿站站长,按照他的意思,只要付钱,他不会拒绝租或者卖车马给他。剩下不好办的便是出城了,开在城墙上的那些缺口应该让米歇尔·斯特罗哥夫很容易出去。

因此,庄稼汉带着他直奔驿站。他们走在一条狭小的马路上,突然,米歇尔·斯特罗哥夫停下步,疾步躲到一堵墙壁后面。

"你怎么啦?"庄稼汉焦急地问他,对他这突如其来的举动感到很惊讶。

"别说话。"米歇尔·斯特罗哥夫答道,一边把一只手指放在嘴巴上。

这时,有一队鞑靼骑兵从主广场出来,走上米歇尔·斯特罗哥夫和他的伙伴刚走过不一会儿的那条马路。

走在这支由二十来名骑兵组成的队伍前面的是一名军官,穿着很简单的军服。尽管他的目光迅速地左右扫视,他还是没有看见急急后退的米歇尔·斯特罗哥夫。

小分队大步小跑在狭隘的马路上。那个军官和他的护卫人员都没有注意路上的老百姓。不幸的人们几乎来不及为他们让道。因此有人发出半窒息的呼喊,当即回答他们的是刺下来的长矛,马路一下子就清理出来了。

当护卫骑兵队伍消失后,米歇尔·斯特罗哥夫转身问庄稼汉道:"这个军官是谁?"

他在提出这个问题的时候,脸色煞白,像个死人。

"他就是伊凡·奥加莱夫。"西伯利亚人答道,他低沉的嗓音蕴含着仇恨。

"是他!"米歇尔·斯特罗哥夫大声嚷道,这脱口而出的两个字带着他无法克制的怒火。

在这个军官身上他认出了在伊希姆驿站打过他的那个旅行者!

而且,哪怕只是在一闪念之间,这个旅行者,尽管他只是隐隐约约地瞥了一眼,同时也让他回想起了曾在下诺夫哥罗德市场偶尔听到说话的那个茨冈老头儿。

米歇尔·斯特罗哥夫没有搞错。这两个人其实就是一个人。那时,伊凡·奥加莱夫穿着茨冈人的服装,混杂在桑加尔的歌舞队里,才得以逃出下诺夫哥罗德省。他去下诺夫哥罗德的交易会,是为了在那里的那么多

来自中亚的外国人中间,寻找愿意和他一起完成他那该死的业绩的同伙。桑加尔和她的那些茨冈人都是被他豢养的真正间谍,死心塌地地忠实于他。那晚,在交易场地,说过那句莫名其妙的话的就是他,现在,米歇尔·斯特罗哥夫才明白那句话的含义。是他和那帮波希米亚人一起坐"高加索"号汽轮旅行,又是他,取道喀山至伊希姆的另一条公路穿越乌拉尔山脉,到达鄂木斯克,现在,他俨然以主子的身份在这里发号施令了。

伊凡·奥加莱夫到达鄂木斯克还只有三天,要不是在伊希姆他们倒霉地遇上了,要不是在额尔齐斯河边出了那件事,留住了他三天,很明显,在去伊尔库茨克的公路上,米歇尔·斯特罗哥夫就跑在前面了。

谁知道前面应能避免多少不幸的事情啊!

不管怎样,米歇尔·斯特罗哥夫应该比任何时候都注意躲开伊凡·奥加莱夫,要做到绝不让他看见。等到该是面对面相遇的时候,他会找到他的,哪怕那时他成了整个西伯利亚的主子!

就这样,他和那个庄稼汉继续穿过城市,他们来到了驿站。夜色降临后,从城墙缺口出城不会很困难。至于买一辆车取代篷篷车就办不到了。那里既没有租的,也没有卖的。可是,米歇尔·斯特罗哥夫现在还需要车辆吗?唉!他现在不是一个人旅行了吗?有一匹马对他就足够了,而且,很幸运,他能为自己配备这匹马了。这是一匹有耐力的好马,能经得住长途劳累,而米歇尔·斯特罗哥夫则是个好骑手,由此他将能得益匪浅。

这匹马让他付出了高价,几分钟后,他便准备出发了。

当时是下午四点。

米歇尔·斯特罗哥夫不得不等天色暗下来了才能越过城墙,可他又不想在鄂木斯克街道上露面,便待在驿站里,他在那里让人上了一些吃的东西。

驿站的公众大厅人群拥挤。就像在俄罗斯的火车站一样,焦虑不安的居民们都跑到这儿来打探消息。有人讲到莫斯科的一个军团即将开到,不是到鄂木斯克,而是到托木斯克——这个军团受命从菲奥法尔可汗的鞑靼人手里夺回这座城市。

米歇尔·斯特罗哥夫竖起一只耳朵仔细听取旁人所说的一切,可他绝不介入谈话。

突然,一个声音让他大吃一惊,这个叫喊声一直扎进他心灵的最深处,四个字竟可以说是闯进了他的耳朵:

"我的儿子!"

他的母亲,玛尔法老太太,就站在他的面前!她浑身颤抖,朝着他微笑,向他张开双臂!……

米歇尔·斯特罗哥夫站起身。他正要扑上去……

可是,他想到了责任,想到了在这令人惋惜的邂逅中隐藏着的重大危机。他停住了,这便是他的自制能力,连他脸上的肌肉都没一丝抽动。

公众大厅里聚集着二十来人。其中也许就有间谍,城里谁不知道玛

他的母亲,玛尔法老太太,就站在他的面前!她浑身颤抖,朝着他微笑,向他张开双臂!……

尔法·斯特罗哥夫的儿子是沙皇信使团的成员？

米歇尔·斯特罗哥夫没有动弹。

"米歇尔！"他母亲大声叫道。

"您是谁，我的好婆婆？"米歇尔·斯特罗哥夫问道。这句话是结结巴巴地说出来的。

"我是谁？你问我是谁？我的孩子，你难道连你母亲都不认得了吗？"

"您认错人了！……"米歇尔·斯特罗哥夫冷冷地答道，"外貌相像让您出了差错……"

老玛尔法径直向他走来，两眼凝望着他的眼睛。

"你不是彼得·斯特罗哥夫和玛尔法·斯特罗哥夫的儿子吗？"她问道。

米歇尔·斯特罗哥夫真愿意献出他的生命以求得随心所欲地把老母亲抱在怀里！……可他退却了，这样做，他的命，她的命，他的任务，他的誓言就都完了！他完全控制住了自己，合上双眼，以免看到因为难言的焦虑而抽搐的老母亲那张可敬可亲的脸。他收回双手，不让它们去紧握那双因为搜寻他而颤抖的手。

"真的，我不知道，善良的太太，您这话是什么意思。"他一边回答，一边往后退了几步。

"米歇尔！"老母亲又叫了一声。

"我不叫米歇尔！我从来都不是您的儿子！我叫尼古拉·科尔巴诺夫，我是伊尔库茨克的商人！……"

说着，他突然离开大厅，这时，那里最后一次响起了撕心裂肺的呼唤声：

"我的儿子！我的儿子！"

米歇尔·斯特罗哥夫再也撑不下去，他走了。他没有看到他的老母亲几乎晕死在凳子上。然而，即在驿站站长疾步上前要去帮助她的时候，老太太挺身站立起来。她心里突然出现一个启示。儿子居然不承认她！这是不可能的！至于是弄错了，把别人当成了他，那同样也不可能。她刚才看到的肯定是她的儿子，而之所以他不认她，那是因为他不想，他不应该认她,是因为他有至关紧要的原因不能这么做!而此时,她压抑下内心作为母亲的种种情感,只剩下了一个想法:"我会不会不自觉地害了他啊?"

"我真是想疯了!"她对询问她的人说,"我老眼昏花了!这个年轻人不是我的孩子!他的声音就不对!再不往这上面想了!我会把什么人都看成是他的。"

还不到十分钟,一名鞑靼军官出现在驿站里。

"玛尔法·斯特罗哥夫?"他问道。

"是我。"老妇人答道,她的语气是那么镇定,脸色是那么平和,让刚才发生的那一幕的目睹者们都认不出她来了。

"走吧。"军官说。

玛尔法·斯特罗哥夫迈着坚定的步伐,跟着鞑靼军官,离开了驿站。

不一会儿,玛尔法·斯特罗哥夫便到了大广场上的宿营地——伊凡·奥加莱夫的面前,有人把那一幕情景一五一十地当即向他报告了。

伊凡·奥加莱夫怀疑与真实情况有出入,想亲自审问西伯利亚老妇人。

"你的名字?"他语气生硬地问道。

"玛尔法·斯特罗哥夫。"

"你有个儿子?"

"是的。"

"他是沙皇的信使?"

"是的。"

"他在哪儿?"

"莫斯科。"

"你没有他的信息?"

"没有信息。"

"多久了?"

"两个月了。"

"那个你叫他是你儿子的年轻人,几分钟前,在驿站里,他是谁?"

"一个西伯利亚年轻人,我把他错当成儿子了。"玛尔法·斯特罗哥夫答道,"自从城里到处是外国人以来,这已经是第十次我以为见到了我儿子!我到哪儿都以为见到了他!"

"这么说,那个年轻人不是米歇尔·斯特罗哥夫?"

"他不是米歇尔·斯特罗哥夫。"

"你要知道,老太婆,我可以让人给你用刑,一直到你坦白说出真情为止!"

"我说的是真话,刑罚是不可能让我改变说法的。"

"这个西伯利亚人不是米歇尔·斯特罗哥夫?"伊凡·奥加莱夫第二次问道。

"不是!他不是我儿子。"玛尔法·斯特罗哥夫第二次答道,"您能相信我为了人世间的什么东西而否认上帝赏赐给我的儿子吗?"

"你要知道,老太婆,我可以让人给你用刑,一直到你坦白说出真情为止!"

伊凡·奥加莱夫用恶狠狠的目光望了望直视着他的老妇人。他不怀疑她在那个西伯利亚年轻人身上认出了她儿子。然而，如果说先是这个儿子否认了他的母亲，然后他的母亲也否认了他，这只能是其中有极其重大的原因。

因此，对伊凡·奥加莱夫而言，所谓的尼古拉·科尔巴诺夫无疑就是更姓换名的米歇尔·斯特罗哥夫，身负某个他极需要知道是什么使命的沙皇的信使。因此，他当即下令追捕。然后，他转身朝向玛尔法·斯特罗哥夫，命令他的手下说：

"把这个女人带去托木斯克。"

就在几名士兵粗野地把玛尔法·斯特罗哥夫带下去时，他从牙缝里挤出一句：

"到时候，我会让这个老巫婆开口说话的！"

第15章 巴拉巴的沼泽地

幸好米歇尔·斯特罗哥夫当机立断离开了驿站。伊凡·奥加莱夫的命令很快下达到了城里各个要道,并给各哨所头目传达了他的体貌特征,使他出不了鄂木斯克。然而,此时此刻,他早已穿过城墙的缺口,骑着马飞奔在草原上了,后面没有直接追来的兵马,他应该能够成功地逃脱了。

那是在7月29日晚上八点钟,米歇尔·斯特罗哥夫离开了鄂木斯克。这座城市几乎就在莫斯科到伊尔库茨克的公路的正中间,如果他想抢在鞑靼军队的前面,那他就得在十天内到达那里。显然,这次让他出现在母亲面前的不幸意外,使他暴露了行踪,伊凡·奥加莱夫已经不可能不知道有个沙皇的信使刚经过鄂木斯克,正奔向伊尔库茨克。这个信使带去的信件肯定极为重要。因此,米歇尔·斯特罗哥夫知道他们会千方百计地设法抓住他。

可他不知道,他也不可能知道的是,玛尔法·斯特罗哥夫落到了伊凡·奥加莱夫的手中,也许她得为自己忍不住贸然出现在儿子面前的举动付出生命的代价!幸好这一点他不知道!他能经受得住这新的考验吗?

米歇尔·斯特罗哥夫催着他的马儿快跑,把噬啮着自己的极度焦躁传递给它,只求它一件事,那就是载着他快跑到下一站,到那儿他就能换上另一匹更快的马。

半夜十二点,他已经跑完了七十俄里,到达库里科沃站。可是,正如他所担心的那样,在那里,既见不到马匹,也找不到车辆。已经有几支鞑靼小分队越过草原上的公路。不管是在村庄,还是在驿站,什么都被抢走或者征用了。米歇尔·斯特罗哥夫只是给他的马和他自己弄了点吃的。

因此,对他来说,重要的是省着些这匹马的力气,因为他不知道什么时候、怎样才能够找到另外一匹来取代它。然而,他希望在他和伊凡·奥加莱夫肯定已经派出的追赶他的骑兵之间,尽可能地拉开距离,他决定尽可能地往前走。因此,休息一个小时之后,他重又在大草原上奔跑起来。

幸好,天气状况对沙皇的信使还挺照顾。气温尚且能够忍受。这个时期夜晚很短,透过云层洒落下来的淡淡的月光使公路还可以行走。况且,米歇尔·斯特罗哥夫对这条路熟悉,他走在路上毫不踌躇,也没有犹豫。尽管心头萦绕着痛苦的思绪,他始终保持着极其清醒的头脑,坚持走向目标,仿佛这个目标已经出现在地平线上了。如果说他在公路转角停了下来,那是为了让他的马缓过气来。这时,他跳下马,让它轻松一会儿,然后,他把耳朵贴在地上,听一听草原上有没有传来奔跑的马蹄声。当他没有听到什么可疑的声音时,他再往前走。

啊,如果能让整个西伯利亚地区笼罩在北极的夜幕下,持续好几个月的夜晚该多好!他竟至这么希望,好让他比较安全地跑过草原。

7月30日,早晨九点钟,米歇尔·斯特罗哥夫经过图鲁莫夫站后,冲进巴拉巴沼泽地带。

那段路长达三百俄里,自然条件的困难可能极大。这一点他是知道的,但是,他也知道,再大的困难他也要克服。

巴拉巴的这些大沼泽从北到南介于纬度60°至52°之间,起到了容纳全部无法流入鄂毕河或额尔齐斯河的雨水的作用。这片广阔的洼地,其表面层全部是黏土,因此无法渗透,导致水分在那里滞留,形成在炎热的季节里很难通过的地区。

然而,去往伊尔库茨克的公路却从那里通过,它穿行在水洼、池塘、湖泊和沼泽之间,它们在太阳光照下散发出难闻的臭气,这是导致旅客产生疲劳感的最主要原因,往往也是最大的危险。

冬天,严寒使所有液态的东西固体化了,大雪拉平了地面,凝结了疫气,雪橇能够顺利地安然无恙地从巴拉巴冻结的表面滑行。那时,猎人们无间歇地出没于这个多猎物地区,捕猎貂、紫貂和珍贵的狐狸,狐狸皮是

那么的抢手。可是,到了夏天,水位涨得太高的时候,沼泽地就重又变成了一片污泥,臭气冲天,甚至不可通行了。

米歇尔·斯特罗哥夫让他的马冲进一片泥炭质地的牧场,这片牧场上的青草往常早被庞大的西伯利亚牲口群啃得光光的了,它们就爱吃这里的草。可现在这里已经不是无边无际的牧场,而长成了由乔木型植物组成的巨大的矮林。

牧草长到了五六英尺高,它们被因为夏天湿润和炎热而按巨大的比例成长的沼泽植物所取代。这些植物主要是灯芯草和花蔺,它们形成一道纠结不清的网,一片无法进入的矮林,点缀着无数色泽鲜艳、引人瞩目的花儿,其中突出的有百合和鸢尾,它们的香气弥漫在从地面蒸发的热气中。

米歇尔·斯特罗哥夫奔驰在这些灯芯草丛中,从公路两侧的沼泽地已经看不见他了。野草长得高过了他的头,他的一路经过只能从惊起无数的水鸟看出来,它们从路边腾起,叽叽喳喳地成群分散在天宇深处。

然而,公路标得十分明显。这边的一段直接从茂密的沼泽植物中穿过,到了那边,它又沿着宽大的池塘边转圈,其中有几个池塘长达数俄里,称得上是湖泊了。还有一些地方,避不开积聚的水洼,道路从中穿过,不是从桥上,而是从摇摇晃晃的平台上,它们铺设在厚厚的黏土层上,使用的厚木板像架在悬崖上不太坚固的木板似的抖动。有几个这样的平台延伸到二三百英尺,篷篷车的旅客们,或者至少是女客们走在上面,不止一次地产生像晕船似的眩晕感。

米歇尔·斯特罗哥夫却不管是跑在坚实的土地上,还是在脚下弯曲的木板上,他始终不停地跑着,跳过一道道腐烂的厚木板上的裂隙。可是,不管他跑得有多快,马和骑士都躲不开那些双翅类飞虫的叮咬,这种昆虫在沼泽地带滋生繁衍,泛滥成灾。

不得不在夏季穿过巴拉巴的旅客都想到了为自己准备好马尾面具,面具下连着非常纤细的铁丝护甲,护住双肩。尽管采取了这些预防措施,还是很少有人从这些沼泽地出来,脸上、脖子上、手上不被叮满红点点的。仿佛空气中布满了纤细的针,让人不无理由地相信,即使穿上骑士的铠甲也不足以抵御这些飞虫的刺扎。那是个要命的地区,人和大蚁、库蚊、蚊子、牛虻争斗代价昂贵,甚至还有成千上万肉眼都看不见的极小极小的昆虫。然而,虽然看不见,却能感觉到它们让人受不了的叮咬,对付这些小虫,就连久经考验的西伯利亚猎人都无可奈何。

米歇尔·斯特罗哥夫的马儿在这些有毒的双翅类飞虫叮咬下,就像有无数马刺尖尖扎进了它的肋部似的又蹦又跳。狂怒之下,它奔腾,它溜缰,以一列快车的速度跑过了一俄里又一俄里,用尾巴甩打着两肋,试图在快速的奔跑中减轻酷刑下的痛苦。

真得是米歇尔·斯特罗哥夫这样高明的骑手,才能不被他的马儿颠下来。为了躲避飞虫的叮咬,马儿会突然停下或乱蹦乱跳。而骑手,这时已经变得对肉体的痛苦没有感觉了,就像打了长时间的麻药,他为了不惜一

真得是米歇尔·斯特罗哥夫这样高明的骑手,才能不被他的马儿颠下来。

切代价地到达目的地而活着,在这失去理智的狂奔中他只看到一样东西,那便是公路在他脚下迅速逝去。

谁能相信高温下如此不健康的巴拉巴地区竟然还会有人居住？

然而,事实就是如此。远远地在巨大的灯芯草丛中可见一些西伯利亚人的小村庄。男人、女人、小孩、老人,穿着动物皮,脸上戴着涂了树脂的动物膀胱,放牧着头数不多的绵羊群,为了保护牲口不受昆虫的侵扰,他们把牲口置于炉子的下风,炉子里日夜燃烧着绿色的树枝,呛人的烟弥漫在广阔的沼泽地的上空。

当米歇尔·斯特罗哥夫感到他的马儿累得快要倒下的时候,他在这样的一个贫困小村前停下。在那儿,他忘记了自己的疲劳,按照西伯利亚的习俗,亲自用热油擦拭可怜的牲畜身上的刺伤。然后,他给它一大堆饲料。给马儿擦完了,喂饱了,他才想到自己,吃几块面包和肉,喝一杯克瓦斯,恢复力气。一小时,最多两小时后,他重又登程,全速赶往伊尔库茨克。

就这样,从图鲁莫夫出来,跑了九十俄里,7月30日,下午四点钟,不知疲倦的米歇尔·斯特罗哥夫到达叶拉姆斯克。

在那儿,他不得不让马儿休息一晚上。勇敢的牲畜不可能再往前跑了。

在叶拉姆斯克,和别的地方一样,没有任何交通工具。出于和前面的几个镇一样的理由,车或者马都没有。

叶拉姆斯克是一个鞑靼人还没光顾过的小镇,镇里的居民却几乎都走空了,因为它很容易从南面遭到入侵,却不容易从北面得到救援。所以,奉上级命令,驿站、警察局、政府大楼全都撤走了。一方面是官方人士,另一方面是有能力迁出的居民,全都撤退到了巴拉巴中心的卡姆斯克。

因此,米歇尔·斯特罗哥夫只好在叶拉姆斯克将就一晚上,好让他的马休息十二个小时。他想到莫斯科给他的叮嘱,要他易装改扮穿过西伯利亚,无论如何要到达伊尔库茨克,然而,在某种程度上,也不要为了抢速度而牺牲成功的可能,他必须好好爱惜这唯一尚剩的交通工具。

第二天，当听说鞑靼军队的侦察兵出现在后面十俄里的巴拉巴的公路上时，米歇尔·斯特罗哥夫离开了叶拉姆斯克，接着穿越沼泽地带。公路平坦，使之比较好走；但弯弯曲曲，又使之拉长了。况且，在这片池塘和水洼交织的网里直线穿过去是不可能的。

第三天，8月1日，一百二十俄里以后，中午，米歇尔·斯特罗哥夫到达斯巴思科耶镇，然后，两点，在波克洛夫斯科耶镇歇息。

他的马儿，从叶拉姆斯克起因为过度劳累，已经一步都迈不动了。

在那里，为了不得不做的休息，米歇尔·斯特罗哥夫又丢掉了下午剩下的时间和整整一个晚上，然而，第二天，8月2日，早上出发，始终跑在淹了一半的土地上，下午四点钟，跑了七十五俄里后，他到了卡姆斯克。

这个地方变了。这座卡姆斯克小镇就像位于不可居住的地区中心的一个舒服的岛屿。它所在的位置也就是巴拉巴的中心。这地方由于有托木河的管道系统而得以净化，托木河是经过卡姆斯克的额尔齐斯河的支流，恶臭的沼泽地变成了水草丰腴的牧场。然而，这些改进并没有完全制服这两条河流，一到秋天，河流给这座城市的居住带来危险。可当沼泽地的疫气肆虐的时候，巴拉巴的本地人还是从该省各地跑到这里来寻求庇护。

由鞑靼人侵导致的离乡背井并没有使卡姆斯克成为一座空城。它的居民们很可能觉得在巴拉巴的中心会很安全，或者，至少，他们认为，一旦直接遭到威胁，再逃难也来得及。

米歇尔·斯特罗哥夫，不管他想要知道什么，在这地方却听不到一点消息。倒是总督，如果他知道这个所谓的伊尔库茨克商人的真实身份的话，还会找他询问。确实，卡姆斯克，鉴于它的地理位置所致，就像是西伯利亚的一个世外桃源，置身于把整个西伯利亚搅得天翻地覆的严重事件之外。

况且，米歇尔·斯特罗哥夫很少或者说并不露面。他真想让人见不到他。过去的经验使他对现在和将来变得越来越谨慎。因此，他保持着远离人群，不去穿街走巷，甚至不离开他下榻的客栈一步。

米歇尔·斯特罗哥夫本可以在卡姆斯克找一辆车,用一辆坐着舒服一些的车取代那匹从鄂木斯克骑来的马。可是,经过深思熟虑,他怕购置篷篷车会引起别人对他的注意,而只要他还没有越过现在被鞑靼人占据的那条线,几乎是沿着额尔齐斯河谷分割西伯利亚的那条线,他就不想冒险让人对他起疑心。

再说,要完成巴拉巴这段艰难的旅程,要从这片沼泽地逃出去,如果遇上直接向他而来的危险,要想拉开他和追捕他的骑兵之间的距离,必要的时候,甚至钻进浓密的灯芯草丛中,一匹马显然要比一辆车方便。将来,等过了卡姆斯克,甚至过了克拉斯诺亚尔斯克,到西西伯利亚的某个重要城市,米歇尔·斯特罗哥夫再考虑该怎么办。

至于这匹马,他想都没想到要换掉它。他已经习惯了和这个勇敢的动物相处。他知道能从它那儿得到什么。在鄂木斯克买下它的时候,他手气不错,而带他去那位驿站站长那里,是那个慷慨的庄稼汉帮了他一个大忙。再者,如果说米歇尔·斯特罗哥夫有赖于他的马儿,他的马儿仿佛也在渐渐地适应这种跋涉,只要能让它歇上几个钟头,它的骑士就能够指望它一直跑出被侵占的省份。

因此,那天下午和8月2日至3日的晚间,米歇尔·斯特罗哥夫便待在客栈闭门不出。这个客栈在城门口,进出的人很少,没有不识趣的好奇人骚扰。

他也累得精疲力竭,看着他的马儿安顿完毕,不缺什么了,他才去躺下。可他也只是时睡时醒。太多的记忆,太多的忧虑同时袭上心头。留在身后无人保护的老母亲,年轻勇敢的女伴,她们的形象交替出现在他的脑海里,往往融合成一个思念。

接着,他回想到自己发誓要完成的任务。从离开莫斯科以来,他所看到的一切越来越向他说明这项任务的重要性。形势极为严重,奥加莱夫的同谋使之更加可怕。他的目光落到这封盖有皇帝印戳的函件上——也许,就在这封函件里蕴藏着治疗这么多病痛的药物,使这个被战争撕裂的国家得救——他感到心里有一种疯狂的欲望,要冲出去,直线穿越大草原,穿过他和伊尔库茨克之间的距离,像雄鹰飞翔在障碍之上,像飓风,以每小时一百俄里的速度穿过空间,最后到达大公面前,向他大声说道:"殿下,沙皇陛下谕旨!"

第二天上午,六点钟,米歇尔·斯特罗哥夫重又登程。这一天,他打算跑完从卡姆斯克到乌宾斯克村之间的八十俄里(85公里)。二十俄里范围之外,他重又进入沼泽地带的巴拉巴,那里再没有分流的渠道使之干燥,地面被淹没在一英尺的水下。很难认出哪儿是公路,但是,幸亏他小心谨慎,这段路没出任何事故。

米歇尔·斯特罗哥夫到达乌宾斯克后,让他的马休息一个晚上,因为他想在第二天马不停蹄地跑完展开在乌宾斯克和伊库尔斯科耶之间的一百俄里。因此,他拂晓出发,可是,不幸的是,在巴拉巴的这个地方,地面变得越来越难走。

确实,在前几个星期,丰沛的雨水积聚在这块狭小的洼地上,就像积在一个不渗水的盆子里那样。在这张沼泽、池塘、湖泊无边无际的大网里,简直没有继续前行的办法。其中有一个湖——大得足以登上地理名录——,以一个中国人的姓氏命名,叫张湖。他得沿着湖边走二十俄里,并且,得克服极大的困难。米歇尔·斯特罗哥夫再焦急都无法避免延误时间。另外,他发现自己有先见之明,没在卡姆斯克买车,因为,他的马通过的地方,什么样的车辆都过不去。

晚上九点钟,米歇尔·斯特罗哥夫到达伊库尔斯科耶,在那里停留一夜。在巴拉巴的这个偏僻小镇,完全听不到战争的消息。鉴于它的地理位置介于鞑靼军队构成的双股叉之间,一股指向鄂木斯克,另一股指向托木斯克,该省的这一部分迄止此时尚未遭到可怕的入侵。

终于,自然界的困难就要消失了,因为,第二天,米歇尔·斯特罗哥夫就能走出巴拉巴了,他没有遭到丝毫迟误。他再跑出一百二十五俄里(133公里),到达考利文后就能重新登上好走的公路了。

到达这个重镇后,去托木斯克便只剩下一半路程。到那时,他将视情况而定。他很可能会决定绕过去,因为,如果消息确切的话,菲奥法尔可

汗已经占领了这个城市。

然而,如果说这些乡镇,例如伊库尔斯科耶,例如第二天他要经过的卡尔津斯克,相对比较平静。鉴于它们在巴拉巴的地理位置而使鞑靼军队难以采取军事行动,到了比较富裕的鄂毕河两岸,米歇尔·斯特罗哥夫不用害怕自然界的障碍了,那么,难道他也不用害怕来自人类的种种障碍了吗?这是很可能的。如有必要,他会毫不犹豫地离开通往伊尔库茨克的公路。那时,跋涉在大草原上,很明显,他会陷入缺乏资源的困境。那种地方,没有现成的道路,没有城镇和乡村。偶尔有些孤零零的农场或简单的贫民小屋,虽然他们也很好客,可是在这些人家里,本来就缺衣少食啊!但米歇尔·斯特罗哥夫无可选择。

终于,在下午三点半左右,过了卡尔加茨克站之后,米歇尔·斯特罗哥夫跑出了巴拉巴最后的几个水洼,西伯利亚坚硬干燥的地面重又被他马儿的铁蹄踏响。

他7月15日离开莫斯科,那一天是8月5日,把他在额尔齐斯河边损失的七十小时也算在里面,从他出发以来,二十一天过去了。

到伊尔库茨克还有一千五百俄里。

第16章　最后的努力

米歇尔·斯特罗哥夫担心走出巴拉巴之后,在这片辽阔的平原上会遭遇危险,他的担心是对的。马蹄践踏过的农田,说明鞑靼人曾从那儿经过,这些野蛮人,用我们说土耳其人的话说他们最恰当:"土耳其人经过的地方,草都不会再长出来了!"

因此,米歇尔·斯特罗哥夫在穿过这个地区的时候,必须十分小心。天尽头几缕缭绕的黑烟说明那边的乡镇和小村庄还在燃烧。这一场场火灾是埃米尔的前锋部队,或者是他的大军点燃的,那么,他们是不是已经推进到了这个省的最后边缘呢?菲奥法尔可汗亲自到了叶尼塞斯克督区吗?这是米歇尔·斯特罗哥夫所不知道的,在这一点上确定不了,他便无法做出任何决断。这地方的人难道都跑光了,难道再也找不到一个西伯利亚人可以让他打探一下消息吗?

米歇尔·斯特罗哥夫在绝对荒凉的公路上跑了两俄里。他用目光四下搜索还有没有没被遗弃的房屋。他进去看过的房子全是空的。

他看到树丛中有一个小屋还在冒烟。当他走近的时候,他看到,在离烧剩下的房子几步的地方有一个老人,他身边围着几个哭哭啼啼的孩子。一个妇女,还年轻,也许是他女儿,这些孩子的母亲,跪在地上,目光迷茫地望着这伤心的一幕。她在给她几个月大的孩子喂奶,她的奶水恐怕很快也就要干涸了,在这一家子的周围,什么都毁了,什么都没有!

米歇尔·斯特罗哥夫朝老人走去。

"你能回答我一些问题吗?"他用深沉的嗓音问道。

"说吧。"老人答道。

"鞑靼人经过这里了吗?"

"是的,你看我的房子还在燃烧!"

"那是一支大军还是一个小分队?"

"一支大军,因为,你可以看到,我们的农田全毁了!"

"埃米尔指挥的?……"

"是埃米尔。鄂毕河的河水都变成红色的了!"

"菲奥法尔可汗进了托木斯克?"

"进了托木斯克。"

"你知道鞑靼人拿下了考利文没有?"

"没有,既然考利文还没有烧起来!"

"谢谢,朋友,我能为你和你的家人做点什么吗?"

"什么都不要。"

米歇尔·斯特罗哥夫朝老人走去。

"再见。"

"再见。"

米歇尔·斯特罗哥夫在不幸的女人膝头上放下二十五卢布,那个女人都已经没有力气表示感谢了。然后,他重又催促中断片刻的马儿上路。

他现在知道了一件事,那就是他无论如何得避免经过托木斯克。直接去考利文,那里还没有鞑靼人,这是可能的。他可以在那里为接下来很长的路程作好补给,这也是必需的。然后离开去伊尔库茨克的公路,渡过鄂毕河,以绕过托木斯克,这是他唯一能采用的办法。

新的路线确定下来以后,米歇尔·斯特罗哥夫不可有片刻犹豫。他没有犹豫,然后,让他的马儿以迅速而稳定的步伐奔跑,他顺着去鄂毕河左岸的直达公路跑完余下的四十俄里。他能在那里找到能载他过河的渡船吗?也许,鞑靼人已经毁掉了河上所有的船只,而他不得不游水过河呢?他到时候再说。

至于他的马,这时候已经筋疲力尽了,米歇尔·斯特罗哥夫观察它还剩余多少力气来跑完这最后一段路,他将在考利文设法把它换掉。他清楚地感觉到可怜的畜生不用多久就会在他胯下倒地不起。因此,考利文将像一个新的起点,因为从这座城市开始,他将在新的条件下进行旅行。只要他还跑在被踩躏的土地上,困难就会更大,但是,如果避开托木斯克后,他能够重新回到去伊尔库茨克的公路上来,穿过还没有遭到入侵者破坏的叶尼塞斯克省,那么,他将能在几天后到达他的目的地。

经过相当炎热的一天,夜晚降临了。午夜时分,深邃的黑暗笼罩着大草原。太阳落山的时候就完全停下来的风留给大气一片静谧。在空旷的公路上只剩下得得的马蹄声,以及马儿的主人几句鼓励的言语。在这一片黑暗之中,不能有丝毫疏忽,否则就会冲出道路,道路两侧全是池塘和注入鄂毕河的小水流。

就这样,米歇尔·斯特罗哥夫以尽可能快的速度,同时又相当小心地

前行。他既依靠马儿的谨慎——他知道它聪明,也凭借他那双能穿透黑暗的好眼睛。

就在米歇尔·斯特罗哥夫跳下马来,想弄清楚公路的走向时,他仿佛听到从西面传来很轻的哗哗声。那声音就像似有一队骑兵远远地奔驰在干燥的泥地上。确定无疑。那声音来自身后一两俄里的地方,有一定节奏的步伐整齐地击打着地面。

米歇尔·斯特罗哥夫把耳朵贴在路面的中轴线上,更加小心地谛听。

"这是一小队骑兵,从鄂木斯克公路过来的。"他对自己说,"他们跑得很快,因为声音越来越大。他们是俄罗斯人,还是鞑靼人?"

米歇尔·斯特罗哥夫又听了听。

"是的,"他说,"这些骑兵正飞驰而来!不用十分钟他们就能到这里了!我的马跑不过他们。如果他们是俄罗斯人,我就和他们汇合到一

太阳落山的时候就完全停下来的风留给大气一片静谧。在空旷的公路上只剩下得得的马蹄声,以及马儿的主人几句鼓励的言语。

起。如果他们是鞑靼人,那就得躲避他们!可是,怎么办?在这大草原上,我往哪儿躲?"

米歇尔·斯特罗哥夫四下望了一眼,他极具穿透力的目光发现在前面一百来步的地方,公路的左侧,黑暗中模模糊糊地有一大堆东西。

"那里有一个矮树丛,"他对自己说,"在那里藏身,那些骑兵一搜索,我就可能被逮住,可是,我没有选择!他们来了!他们来了!"

不一会儿,米歇尔·斯特罗哥夫牵着马儿来到一个落叶松小树林,公路通往这个小树林。在小树林的这边和那边,一棵树都没有,公路便在中间由荆豆和欧石南组成的矮小的灌木丛隔开的坑洼和池塘之间,向前延伸。因此,公路两侧的地面绝对是不可通行的,骑兵小分队既然走在去伊尔库茨克的路上,就肯定会从林子前经过。

米歇尔·斯特罗哥夫冲进落叶松的树荫下,往里面深入了四十来步,林子边缘有一堵半圆形的围墙,一条小河挡住了他的去路。

然而,阴影是那么浓重,米歇尔·斯特罗哥夫绝没有被看到的危险,除非他们对这片小树林细细搜索一番。因此,他把马儿一直牵到小河边,拴在一棵树上,然后,他回转身,在林子边缘趴下,以便看清楚来的是哪一方面的人。

米歇尔·斯特罗哥夫刚在一小丛落叶松后面趴下,外面就出现了一片相当模糊的微光,其中有几个点在黑暗中摇曳着特别明亮。

"火把!"他对自己说。

他急忙后退,像一个野人似的钻进矮树林最浓密的地方。

马群在接近树林的时候,脚步开始放慢。难道这些骑兵照亮公路是想检查公路的每一个最细小的拐角?

米歇尔·斯特罗哥夫大概怕他们会这么干,他本能地一直退到小河边,准备必要时跳进河里。

骑兵分队到达矮树林前停了下来。骑士们跳下马。他们有五十来人。其中十来个举着火把,照亮了公路上一大片地方。

出于意料之外的好运气,米歇尔·斯特罗哥夫从他们的一些准备工作

看出来,小分队压根儿不是想搜索矮树林,而是想在这儿露营,好让马匹稍事休息,让人们吃点东西。

确实,马匹卸下笼头后啃起了地上茂密的青草。而那些骑兵,他们沿着公路躺下,分享着背包里的食物。

米歇尔·斯特罗哥夫保持着十分冷静的头脑,他爬到高高的草丛中,力求看到和听得清楚一些。

这个小分队来自鄂木斯克。它由乌兹别克骑兵组成,这个人种在鞑靼人中人数最多,他们的外形明显地接近于蒙古人。他们体格健壮,个子中等偏高,长相粗野,头上戴被称作"托尔巴克"的黑羊皮无边帽,脚上穿一双高跟黄皮靴,靴子头像中世纪的鞋子那样尖尖地上翘。他们穿着印花布做的棉袄,里面铺的是未经加工的棉花,腰间束一条有红饰的皮带。他们的武装,有一面盾牌用于防卫,一把弯弯的马刀,一柄长长的尖刀,马鞍架上还挂着一把射石枪,用于进攻。他们的肩上披着色彩鲜艳的毛毡大衣。

在矮树林边缘自由放牧的马匹,和骑乘它们的人一样是乌兹别克种的。这在投射到落叶松枝叶下的火把光里看得十分清楚。它们比土库曼种马个子稍微矮小,但是体力出奇的强壮,它们善于跑长途,就知道奔驰,不会减速。

指挥这支队伍的是一个"贲佳拔西",也就是一个五十人的指挥官,他的下级有一个"带阁拔西",一般的十夫长。这两名军官都戴着头盔,穿着半身锁子甲,他们的马鞍架上系着小军号,这些东西构成了他们军阶的识别记号。

贲佳拔西不得不让他的跑了长途的人马歇息。他和第二名军官抽着"本格"聊着天。本格是用来制作"印度大麻"的基本原料大麻叶,亚洲人用得很多。他们在小树林里来回走动,米歇尔·斯特罗哥夫没有被发现,却清楚地听到了他们的谈话内容。他听懂了,因为他们说的是鞑靼语。

他们的谈话一开始,就特别地引起了米歇尔·斯特罗哥夫的注意。

他们谈论的竟然是他。

"这名信使不可能超出我们那么多。"贲佳拔西说,"而且,从另一方面来讲,他绝对不可能走巴拉巴之外的另一条路。"

"谁知道他离开了鄂木斯克没有?"带阁拔西答道,"也许他还躲在城内哪栋房子里呢?"

"真要是这样就好了,真的!奥加莱夫上校就不用担心显然由这名信使带去的信函会到达目的地了!"

"听说这个信使是本地的,西伯利亚人。"带阁拔西又说,"如果是这样,他对这地方该很熟悉,可能他已经下了去伊尔库茨克的公路,过后,再回到公路上来!"

"要这样的话,我们就可能跑在他的前面了,"贲佳拔西答道,"因为我们在他出发后不到一个小时离开鄂木斯克的,我们走的是最近的路,我们的马全速前进。因此,要么他还在鄂木斯克,要么我们比他先到托木斯克,截断他的退路。在这两种情况下,他都到不了伊尔库茨克。"

"那个厉害的西伯利亚老太婆,显然就是他的母亲!"带阁拔西说。

听到这句话,米歇尔·斯特罗哥夫的心都快炸裂了。

"是的,"贲佳拔西答道,"她还硬说那个所谓的商人不是她的儿子,可是,太迟了。奥加莱夫上校没有上当,而且,正如他所说的,到时候,他知道怎么让这个老巫婆开口说话。"

这些话就像匕首一样一下下扎在米歇尔·斯特罗哥夫心里!他沙皇的信使的身份被认出来了!一个骑兵分队被派出去跟踪追迹,少不得截断他的去路!最大的痛苦是他母亲现在在鞑靼人的手中,那个残酷的奥加莱夫保证,什么时候他愿意就能让她开口说话!

米歇尔·斯特罗哥夫清楚,坚强的母亲不会说的,为此她会付出生命的代价!……

米歇尔·斯特罗哥夫不相信他仇恨伊凡·奥加莱夫,竟能比迄今为止的任何时候都恨得刻骨,然而,一股新的仇恨浪潮直涌上他的心头。背叛了国家的无耻之徒现在正要对他的母亲施加酷刑!

两名军官之间的谈话还在继续,米歇尔·斯特罗哥夫觉得自己已经听清楚,在考利文附近,来自北方的莫斯科军队和鞑靼军队之间马上就要有一场恶战。一支只有两千人的俄罗斯部队出现在鄂毕河下游,正以急行军的速度开赴托木斯克。如果此事确凿无疑,那么,他们将和菲奥法尔可汗的主力打起来,而且不可避免地会全军覆没,而去往伊尔库茨克的公路将全线归入侵者所有。

有关他本人的事情,米歇尔·斯特罗哥夫从贲佳拔西的片言只字中获悉,他们悬赏要他的脑袋,是死是活都要抓住他。

因此,他必须立即跑到乌兹别克骑兵前面的伊尔库茨克公路,让鄂毕河横亘在他和他们之间。而要做到这一点,他必须在他们露营结束之前逃走。

做出了这个决定后,米歇尔·斯特罗哥夫准备行动。

实际上,歇息也不能再延续下去了,贲佳拔西并不打算让他的部下休息一小时以上,尽管他们的马从出了鄂木斯克之后就没有更换,因为同样的节律、同样的理由,和米歇尔·斯特罗哥夫的马一样困乏。

因此,一分钟都不能浪费。这时是半夜一点钟。他得趁这即将被曙光驱散的黑暗,离开这片小树林,跑上公路。可是,尽管夜色对他有利,像这样逃跑,成功的希望也十分渺茫。

米歇尔·斯特罗哥夫不指望有什么侥幸,他思索片刻,细细权衡得失,以求得这场赌赛的最佳可能。

从现场布局来看,他的结论是,他不可能从小树林的背后逃走,这些落叶松构成了一张弓,宽阔的公路则是弓弦,这张弓边上的小河不仅河水很深,而且河面相当宽阔,河里尽是泥浆。高大的荆豆使这一边根本就过不去。在这片浑浊的水下,显然是一片泥沼,脚踩上去没有着力的地方。除此之外,过了这条小河,地面被灌木丛隔断,要想迅速逃跑难上加难。一旦引起惊觉,追兵紧迫,迅速被围,米歇尔·斯特罗哥夫不可避免地会落入鞑靼骑兵手中。

因此,只有一条路可走,唯一的一条路,大公路。悄无声息地绕过林子边缘,在被发觉前跑出四分之一俄里,要求他的马拿出尚剩的精气和力量,哪怕累垮了也要到达鄂毕河边,然后,或者找到渡船,或者泅水,如果什么交通工具都没有的话,渡过这条大河,米歇尔·斯特罗哥夫只有这个办法还能尝试一下了。

面对危险,他的力量,他的勇气成十倍地增长。这牵涉到他的生命,他的使命,国家的荣誉,也许还有他母亲的生命。他不能犹豫,行动起来……

再不能丢掉一分一秒了。骑兵分队的人已经有所行动。有几名骑兵在林子边的公路斜坡上走来走去。其他人还躺在树下,可是他们的马儿正渐渐向矮树林中心汇拢。

米歇尔·斯特罗哥夫开始时曾想从这些马里抢一匹过来,可他考虑得没错,这些马恐怕和他的那匹一样都跑得很累了。倒不如还是相信自己这一匹,它可靠,它为他效了那么多力。这个勇敢的畜生,藏在高高的欧石南丛里,躲过了那些乌兹别克人的目光。再者,这些人也没有深入到林子的边缘。

米歇尔·斯特罗哥夫在草丛中爬行,靠近他卧倒在地上的马儿。他用手轻轻地抚摸它,细声细语地和它说话,终于让它无声地站立起来。

此时此刻,情况有利,火把烧完了,彻底熄灭,天色依然黑咕隆咚的,至少在落叶松林子里如此。

米歇尔·斯特罗哥夫重新套上马嚼子,检查了马鞍的肚带和马镫皮带,拉住马笼头开始轻轻地往前走。聪明的动物似乎明白了要让它做什么,乖乖地跟在主人后面,没有发出一丝最轻微的嘶叫。

然而,有几匹乌兹别克马扬起脑袋,渐渐转向矮树林边缘。

米歇尔·斯特罗哥夫右手握住他的左轮手枪,随时准备打烂第一个靠近的鞑靼骑兵。可是,很幸运,没有引起惊觉,他终于到达了树林右侧连接公路的转角。

米歇尔·斯特罗哥夫本来的意图是,为了避免被发现,尽可能晚地等到过了离矮树林二百步的转角再上马。

不幸的是,就在米歇尔·斯特罗哥夫正要走出林子边缘的时候,一匹

乌兹别克骑兵的马,嗅到了气味,嘶叫起来,跑上公路。

它的主人向它跑去,要把它牵回来,他隐隐约约瞥见显现在第一抹曙光里的影子。

"警报!"他大喊道。

听到这一声喊叫,露营的人全都站起身来,冲上公路。

米歇尔·斯特罗哥夫只得跃身上马,夺路飞奔。

骑兵分队的两名军官冲在前面,催促他的人马。

可是,米歇尔·斯特罗哥夫已经上马飞驰。

这时,一声枪响,他感到子弹穿过他的外衣。

他不回头,不搭理,用马刺狠狠地刺马,然后,出色地一跃跳出矮林边缘,他松开缰绳向着鄂毕河疾驰而去。

由于乌兹别克马全都卸下了马鞍,他便得以超出分队骑兵们一段距离,可是,骑兵们不用多久就会追踪赶来,确实,在他跑出林子后不到两分钟,他便听到有好几匹马的蹄声,离他越来越近。

这时,天色开始放光,事物在较大的光照下变得清晰可见。

米歇尔·斯特罗哥夫回过头来,看到有一个骑兵在迅速接近他。

这个骑兵便是带阁拔西。这个十夫长骑术高人一等,带着分队快赶上逃跑者了。

米歇尔·斯特罗哥夫没有停下,他朝十夫长伸出左轮手枪,用一只稳定的手,瞄准一会儿,乌兹别克军官当胸中弹,滚落马下。

然而,其他骑兵紧跟在后,他们没有在带阁拔西身边滞留,在自己的喊叫声激励下,把马刺深深地扎进他们坐骑的肚子,他们和米歇尔·斯特罗哥夫之间的距离越来越近。

不过,他还是有半个小时时间,保持在鞑靼人武器的射程之外,只是他明显地感觉到他的马力气越来越弱,每时每刻他都在担心被什么障碍物绊倒,再也站不起来。

天色已经相当明亮,尽管太阳还没有在地平线上露脸。

在最多两俄里的地方,有一条灰白色的线,线条边稀稀拉拉地长着几棵树。

那线条便是鄂毕河,它从西南方流向东北,河面几乎与地面一样高,河谷便是这片草原。

有好几次,枪向米歇尔·斯特罗哥夫射来,但都没有击中,也有好几次,他不得不用左轮手枪向靠得太近的骑兵还击。每一次都有一个乌兹别克人在他同伴疯狂的吼叫声中滚到地上。

然而,这种追逐的结果只能对米歇尔·斯特罗哥夫不利。他的马已经坚持不下去了,终于,他还是让它跑到了河边。

这时,乌兹别克骑兵分队也已经跑到了离他只有五十步的地方。

鄂毕河上寂然无物,没有渡船,可帮助他渡河的什么船都没有。

"加油,我勇敢的马儿!"米歇尔·斯特罗哥夫大声嚷道,"前进!最后的努力!"

米歇尔·斯特罗哥夫没有停下,他朝十夫长伸出左轮手枪,乌兹别克军官当胸中弹,滚落马下。

说着,他冲进河里,在这个地方河面宽约半俄里。

河水的流速很快,完全不可能向上游。米歇尔·斯特罗哥夫的马哪儿都踩不到河底。因此,没有着力点,只好泅水横渡激流般迅速的河面。迎着急流而上,对米歇尔·斯特罗哥夫来说需要极大的勇气。

骑兵们到了河边,他们迟疑着不敢跳进水里。

这时,贲佳拔西拿起他的步枪,仔细瞄准已经到了河中心的逃跑者。枪声响起,米歇尔·斯特罗哥夫的马被击中腹部,在它主人的胯下沉入河底。

就在马儿消失在水底下的那一刻,米歇尔迅速摆脱马镫,然后潜水躲过一阵齐射。他终于到达了河右岸,消失在鄂毕河畔的芦苇丛里。

枪声响起,米歇尔·斯特罗哥夫的马被击中腹部,在它主人的胯下沉入河底。

第17章 一节节经文和一首首歌

米歇尔·斯特罗哥夫相对安全了。然而,他的处境依然可怕。

现在,那么勇敢地为他效过力的忠诚马儿死在了河里,让他怎么继续旅行啊?

他只能步行,没有食物,在一个被入侵者劫掠一空的地方,还有埃米尔的侦察兵在搜索,而他离自己必须到达的目的地还有很长的距离。

"有老天庇佑,我一定能到达!"他大声说道,以此回应一时间隐隐出现在他脑海里的所有动摇的理由,"上帝保佑神圣的俄罗斯!"

这时,米歇尔·斯特罗哥夫已经不可能被乌兹别克骑兵追上了。他们根本不敢过河追赶。再说,他们大概以为他被淹死了,因为,他消失在水下以后,他们看不到他到达奥比河右岸。

此时,米歇尔·斯特罗哥夫已经穿过岸边高高的芦苇丛,不无艰难地爬到了岸上一个比较高的位置。艰难,是因为那里有河水泛滥时期冲积下来的厚厚一层淤泥,使道路不好行走。

一旦踏上比较坚实的土地,米歇尔·斯特罗哥夫便知道他下一步该怎么办了。不管怎样,他得避开已经被鞑靼军队占领的托木斯克。可他还是得找一个小镇,必要时找个驿站,在那里弄一匹马。有了马,他就能跑出被人搜索的道路,在克拉斯诺亚尔斯克附近重新走上去伊尔库茨克的公路。从这个地方开始,如果他加紧一些的话,他希望能找到仍然是畅通无阻的路,使他能朝东南方而下,进入贝加尔湖区的各省。

米歇尔·斯特罗哥夫首先得确定方向。

在前面两俄里处,沿着鄂毕河方向有一个小镇,层层叠叠风景如画,

矗立在微微鼓起的地面上。几座绿色和金色的拜占庭式圆顶教堂清晰地突显在灰色的天穹中。

那里便是考利文,夏天,卡姆斯克和其他有些城镇的官员和雇员便到这里来躲避巴拉巴不利于健康的气候。考利文,根据沙皇的信使所获悉的消息,此时应该还没有落入入侵者的手中。兵分两路的鞑靼军队,左路挺进鄂木斯克,右路攻向托木斯克,忽略了中间地带。

米歇尔·斯特罗哥夫定下的计划既简单,又合乎逻辑,那便是在逆鄂毕河而上的乌兹别克骑兵到达之前赶到考利文。在那里,哪怕是花上十倍的价钱,他也要买些衣服和一匹马,然后回到去伊尔库茨克的公路,穿过南部大草原。

这时是凌晨三点钟。考利文附近十分宁静,仿佛已完全被人抛弃。显然,农村的老百姓抵御不了入侵,逃难去了北方的叶尼塞斯克各省。

因此,米歇尔·斯特罗哥夫疾步走向考利文,这时,就听见远远传来了枪炮声。他停下,清楚地分辨出了震撼大气层的沉闷的隆隆声,以及盖过它的清脆的噼啪声,这是什么声音他是不会弄错的。

"这是大炮!这是步枪齐射!"他想道,"看来,俄罗斯的小部队和鞑靼军队干上了!啊!希望老天爷让我在他们之前到达考利文!"

米歇尔·斯特罗哥夫没有弄错。很快,爆炸声越来越激烈,而在后面,考利文的左侧,地平线上凝结起朵朵云雾——那不是烟云,而是缭绕的灰白色的烟雾,显现得非常清楚,是大炮造成的。

鄂毕河左侧,乌兹别克骑兵停了下来,等待着战斗的结局。

在这一边,米歇尔·斯特罗哥夫已经没什么可害怕的了。他加快步伐,前往小镇。

然而,枪炮声变本加厉,并且显然更近了。这已经不再是模糊的隆隆声,而是清楚的一声接一声的大炮轰鸣。与此同时,被风刮回来的浓烟升起在空中,事情甚至很明显,参战人员在迅速推进。考利文的北部即将遭到进攻。那么,俄罗斯人是在捍卫它,正在抵御鞑靼军队,还是在试图从菲奥法尔可汗的士兵手中把它夺回来呢?这一点却无法知道。因此,让米歇尔·斯特罗哥夫感到左右为难。

离考利文只有半俄里了,这时,城里的房屋冒起高高的火柱,一座教堂的塔楼在尘土和火焰的海洋里倒塌。

看来战斗在考利文城里进行了?米歇尔·斯特罗哥夫只能这么想,而在这种情况下,显然,俄罗斯人和鞑靼人在城里巷战。这还是去那里寻求庇护的时候吗?米歇尔·斯特罗哥夫很可能会在那儿被抓住,那么,他还能像在鄂木斯克那样,从考利文逃出来吗?

所有这些可能性在他脑子里过了一遍。他犹豫了,停下来思考着。是不是就这样步行,去南面或东面,找一个小镇,比如嘉欣斯克或别的什么地方,在那儿,不惜一切代价为自己弄一匹马更好一些呢?

这才是唯一可采取的办法。想到此,米歇尔·斯特罗哥夫离开鄂毕河,直奔考利文的右侧。

这时的枪炮声极其激烈。很快城市的左面冒起熊熊烈火。火焰正在吞噬考利文的整个区。

米歇尔·斯特罗哥夫在草原上奔跑,当右面出现鞑靼骑兵的时候,他就躲在散布各处的一些树荫下。显然,从这个方向他是不可能逃走的。骑兵们迅速奔向考利文,他很难逃脱他们。

突然,在一片浓密的小树丛角上,他看到一栋孤零零的房子,那是他有可能在被发现前就跑到的地方。他向那里跑去,在那里躲起来,请求帮助,有可能吃点东西恢复一下气力,因为他又累又饿精疲力竭了,米歇尔·斯特罗哥夫没别的办法可想……

就这样,他向那栋房子奔去,距离最多半俄里吧。走近后他认出那是个电报站。两条电报线从房子里出来通向东面和西面,第三条线通向考利文。

在目前这种情况下,这个电报站很可能被抛弃了,它让人只能这么设想,然而即便如此,米歇尔·斯特罗哥夫还是可以在那里躲一躲,需要的话,等着夜晚降临,再跑到鞑靼侦察兵搜索的草原上来。

米歇尔·斯特罗哥夫当即向房子门口冲去,猛一下推开大门。

发电报的大厅里只有一个人。那是个报务员,他平静、冷漠、对外界发生的事全然不在意。他忠于职守,在小窗口后面等待着顾客前来请求他的服务。

米歇尔·斯特罗哥夫向他跑去,用累极了的声音问他道:

"您有什么消息吗?"

"什么都没有。"报务员微笑着答道。

"是俄罗斯人和鞑靼人在交战吗?"

"听说是。"

"谁打赢了?"

"我不知道。"

在这种可怕的形势下,居然如此的心平气和,如此的无动于衷,真让人不可思议。

"电报线还没被切断?"米歇尔·斯特罗哥夫问道。

"考利文和克拉斯诺亚尔斯克之间的被切断了,可是考利文和俄罗斯边界之间的还能用。"

"为政府服务?"

"当政府认为合适的时候,为政府服务。当公众付钱的时候,为公众服务。一个词十戈比。先生,您什么时候想发报?"

米歇尔·斯特罗哥夫正要回答这个怪怪的报务员,他没有任何电文要发,他只想要一点面包和水,这时大门突然被撞开。

米歇尔·斯特罗哥夫还以为是鞑靼人冲进了电报站,正准备越窗而出,他发现这两个刚进大厅的只是普通人,他们的长相丝毫不像是鞑靼士兵。他们中的一个手里拿着一份用铅笔写的电文,抢在另一个前面,扑到面无表情的报务员小窗口前。

在这两位身上,米歇尔·斯特罗哥夫怀着人人都能理解的惊讶心情,重又见到了他很少想到,还以为永远都不会再见到的两个人。

他们是通讯记者哈利·博伦特和阿尔希德·约利伟。他们现在正工作在战场上,不再是旅伴,而是对手,敌人。

他们在米歇尔·斯特罗哥夫出发后仅仅几个小时就离开了伊希姆,走的是同一条路,之所以比他先到考利文,甚至超过了他,是因为米歇尔·斯特罗哥夫在额尔齐斯河边耽搁了三天。

而现在,他们俩在考利文城下看到了俄罗斯人和鞑靼人交火,在开始巷战之前离开了这座城市,跑到电报站来,要给欧洲发出他们互为对手的电文,互相争夺事件报道的新闻性。

米歇尔·斯特罗哥夫退让到一边的阴影里,别人看不到他,他却能看到和听到一切。显然,他即将得知他感兴趣的消息,并且知道他该不该进考利文了。

哈利·博伦特比他的同行更迫切,占住了小窗口,在阿尔希德·约利伟急得跺脚的当儿,他递上电文。

"一个词十戈比。"报务员接过电文说。

哈利·博伦特把一叠卢布放在窗台上,他的同行惊愕地望了望。

"好嘞。"报务员说。

说着,他以世界上最沉稳的态度,开始发送以下电文:

>伦敦,每日电讯报,
>8月6日,发自西伯利亚,鄂木斯克督区,考利文。
>俄罗斯军队和鞑靼军队交火……

电文被大声读了出来。米歇尔·斯特罗哥夫听到了英国通讯记者发给他报社的全部内容。

>俄罗斯军队被击退,伤亡惨重。鞑靼人即日进入考利文……

电文以这两句话结束。

"现在该我了。"阿尔希德·约利伟嚷嚷道。他想给他在蒙马特尔大街的堂姐发电文。

可这却不合乎英国通讯记者的想法,他不打算放弃小窗口,以便随着事态发展能即时发送电文。因此,他绝不把位置让给他的同行。

"您不是已经发完了嘛!……"阿尔希德·约利伟嚷嚷道。

"我没完。"哈利·博伦特简单地答道。

说着,他又写了一串单词,交给报务员,报务员用平静的声音读道:

起初,上帝创造了天地!……

哈利·博伦特为了占用时间,不把位子让给他的对手,发了《圣经》里的一节节经文。为此他的报社恐怕将付出几千卢布,但是他的报纸将是第一个得到新闻的。法国就等着吧!

我们想象得出阿尔希德·约利伟的愤怒,换上另一种处境,他会觉得这是正大光明的竞争。他甚至想强行让报务员接下他的电文,在他的同行之前先发他的。

"这是先生的权利。"报务员指着哈利·博伦特平静地答道,脸上挂着可亲的微笑。

说着,他继续忠实地给《每日电讯报》发去神圣的经书的第一节经文。

即在他发报的时候,哈利·博伦特平静地站在窗前,他用小型望远镜观察考利文附近地区,以补充他的信息。

不一会儿,他回到小窗口前的位置上,给他的电报补充道:

两个教堂起火,火势明显向右蔓延。大地还是混沌空虚,深渊上还是一团黑暗……

阿尔希德·约利伟气得真想把可尊敬的《每日电讯报》记者掐死。

他又一次招呼报务员,后者始终不动声色,简单地答复:

"这是他的权利,先生,这是他的权利……十戈比一个词。"

说着,他发出哈利·博伦特递给他的下列新闻:

落败的俄罗斯人逃出该城。上帝说"有光!"就有了光。

阿尔希德·约利伟都快被气死了。

这时,哈利·博伦特又来到窗边,可是,这一回,大概是关注眼前的景象让他分了神,他观察的时间长了一些。所以,报务员在发完《圣经》的第三节经文后,阿尔希德·约利伟悄无声息地占据了他在小窗口前的位置,并且,像他的同行一样,往窗台上轻轻地放下一叠可观的卢布后,交上他的电文,报务员朗声读道:

蒙马特尔大街10号(巴黎)
玛德莱娜·约利伟
8月6日,发自西伯利亚,鄂木斯克督区。
俄罗斯人败北,逃出考利文。鞑靼骑兵紧追不舍……

而当哈利·博伦特回过神来的时候,就听到阿尔希德·约利伟用嘲弄的口吻哼哼着歌曲在补充他的电文:

有一个小儿郎,
穿一身灰衣裳,
在巴黎!……

由于觉得像他的同行那样,把神圣的事物夹杂在渎神的东西里很不合适,阿尔希德·约利伟用贝朗瑞①歌曲快乐的副歌来代替《圣经》的一节节经文。

"噢!"哈利·博伦特说了声。

---

① 贝朗瑞(1780—1857),法国诗人,民歌作家。

"事情就是这样啊!"阿尔希德·约利伟答道。

这时,考利文的局势越来越严峻。仗打得越来越近,爆炸声极其强烈。

此时,一次震动震得电报站直摇晃。

一颗炮弹刚穿墙而入,扬起的灰尘充满发报大厅。

阿尔希德·约利伟快要写完下面的诗句:

> 胖胖的脸蛋像苹果,
> 口袋里没有一文钱……

见此情形,他搁下笔,扑向炮弹,在它爆炸之前,双手把它捧起来,把它从窗口扔出去,然后回到小窗口。

他一口气做完了这些动作。

五秒钟后,炮弹在外面爆炸。

阿尔希德·约利伟以世上最动人的镇静继续撰写他的电文。他写道:

> 口径六的炮弹炸开了电报站的大墙。在别的同口径炮弹发来之前……

现在,米歇尔·斯特罗哥夫清楚,俄罗斯人毫无疑问地已经被赶出了考利文。因此,他最后的办法是赶快穿过南方的大草原。

可就在此时,电报站附近响起一阵可怕的枪声,冰雹般落下来的枪子儿击碎了窗户上所有的玻璃。

哈利·博伦特被击中肩部,倒在地上。

阿尔希德·约利伟几乎同时交出了这份电报的补充电文:

> 《每日电讯报》通讯记者哈利·博伦特被流弹击中,倒在我身边……

这时,面无表情的报务员以始终不变的平静语气对他说:
"先生,线路被切断了。"

说着,他从容不迫地拿起他的帽子,用手肘擦了擦,还是面带微笑,从米歇尔·斯特罗哥夫没有看见的一扇小门走了出去。

这时,几名鞑靼士兵闯进电报站,米歇尔·斯特罗哥夫和两位通讯记者都没能撤出。

阿尔希德·约利伟手里拿着再也用不上的电报稿扑向躺在地上的哈利·博伦特。作为一个正直的人,他把他扛在肩上,打算带着他一起逃跑……可是,太晚了!

两个人都当了俘虏,和他们同时,米歇尔·斯特罗哥夫措手不及,就在他要跳窗逃跑的时候,落入了鞑靼人的手中!

米歇尔·斯特罗哥夫措手不及,就在他要跳窗逃跑的时候,落入了鞑靼人的手中!

第 二 部

第1章 一个鞑靼人的军营

从考利文出发步行一天，在嘉欣斯克前几俄里的地方有一片广阔的平原，平原上长着几棵参天大树，主要是青松和雪松。

这一片草原，平常热天的时候住着一些西伯利亚的牧羊人，树下的青草足够他们众多的牲畜群食用。然而，这段时期，我们在这里别想再找到一个这样的游牧居民。不是因为这片平原变成了沙漠。相反，它倒是呈现出一片热闹非凡的景象。

确实，在那里支撑起了鞑靼人的帐篷，驻扎着布卡拉①的野蛮的埃米尔——菲奥法尔可汗。俄罗斯的小军团被打垮后，鞑靼人在考利文抓到的俘虏，第二天，即8月7日便将被押送到那里。俄罗斯这支小部队受到两个纵队敌人的夹攻，这两路敌军，一路有鄂木斯克的支援，另一路有托木斯克的支援，俄罗斯的两千人马只剩下了几百士兵。因此，形势恶化，而在乌拉尔山脉的边界另一头的帝国政府似乎也有所震动——至少是暂时的，因为俄罗斯人迟早会击垮这些入侵者的。然而，他们毕竟已经侵入到了西伯利亚中部，而且即将扩散到西部各省，或者扩散到东部各省。现在伊尔库茨克和欧洲的联络已经被全部切断。如果阿穆尔和雅库茨克的军队不能及时到达，驻守这个城市，这个俄罗斯亚洲部分的首府，只有区区不足的兵力，就将落入鞑靼人的手中，并且，在它被夺回来之前，皇帝的兄弟大公将遭到伊凡·奥加莱夫的报复。

---

① 乌兹别克斯坦城市名，历史上曾是首都。

米歇尔·斯特罗哥夫的情况怎么样了？在这么多的艰难险阻前,最后,他会不会屈服？这一系列的噩运,自从伊希姆的遭遇后变得越来越不好对付的噩运,会不会使他觉得自己已经一败涂地？他会不会认定大势已去,使命失败,委任他办的事情完不成了呢？

米歇尔·斯特罗哥夫是那种鞠躬尽瘁死而后已的人。而现在他还活着,甚至都没有受伤,皇帝的谕旨还在他身上,他的微服未被揭穿。他或许会被当成一般俘虏,被鞑靼人像对待卑贱的畜生似的驱赶着,可他却距托木斯克越来越近,也就是距伊尔库茨克越来越近了。总之,他始终跑在了伊凡·奥加莱夫的前面。

"我一定能到达的！"他一再对自己说。

而自从考利文事件之后,他全部的生命便集中在这唯一的想法上：重新获得自由！如何从埃米尔的士兵手中逃脱？到时候再说吧。

菲奥法尔的军营恢宏可观。许许多多用兽皮、毛毡、绸缎做的帐篷在阳光下绚丽多彩。高高的缨子装饰着它们锥形的尖顶,在五光十色的营旗、认旗和军旗间飘拂。在这些帐篷中,最富丽堂皇的属于心腹亲信和可嘉,即鞑靼人的第一等人物。一面特别的大旗,装饰着马尾巴,旗杆高高矗立在颇有鉴赏力地交错在一起的红色和白色的木棍中,标志着鞑靼首领的高位。继而,在平原上无边无际地支起的数千顶被称作"卡拉瓦"的土库曼帐篷,它们是用骆驼运来的。

营地内至少容纳了十五万将士,骑兵和步兵一样多,他们以阿拉曼纳的名字汇集在一起。在他们中间,最主要的是突厥斯坦类型的人,人们一上来就会注意到这些塔吉克人五官端正,皮肤白皙,高个子,黑眼睛和黑头发,他们组成了鞑靼军队的主力。科坎和昆都孜各汗国提供的兵员几乎相当于布卡拉的兵员数。其次,在这些塔吉克人中还掺杂有居住在突厥斯坦或来自邻近国家的少量其他民族的人。他们是小个子、红胡子的乌兹别克人,就像追踪米歇尔·斯特罗哥夫的那些骑兵；像卡尔穆克人那样扁平脸的吉尔吉斯人,穿着锁子甲,有的手执长矛,背着亚洲制造的弓箭,有的使长刀、火绳枪和被称作"查卡纳"的短柄小斧头,砍中就是致命

的。还有蒙古人，中等个儿，黑头发汇总了扎成一条鞭子垂在背上，圆圆的脸，晒黑的肤色，深陷的眼睛，目光炯炯，他们胡子稀少，穿着蓝色的粗布长袍，上面镶着黑色的毛绒，腰间系一条银扣皮带，脚下蹬一双饰带鲜艳的靴子，头上戴一顶裘皮镶边的绸缎帽子，帽子后面飘着三根飘带。最后，我们还能看到茶褐色皮肤的阿富汗人，漂亮的闪米特人种初型的阿拉伯人，以及有蒙古褶眼睛的土库曼人，眼睛上仿佛缺了眼皮。他们全都投入了埃米尔的麾下，烧杀抢掠者们的大旗下。

在这些自由民士兵身边，还有一定数量的奴隶士兵，主要是波斯人，由他们同一国籍的军官指挥，在菲奥法尔可汗的军队里，他们的战斗力肯定不是最差的。

在这份花名册中还应该加上犹太人，他们作为仆人在军中效力。他们穿着长袍，腰间束一根绳子，头上不是扎的头巾，这对他们是禁止的，而是戴一顶深色呢子的无边小帽；还应该加上厮混在这些成百上千的"卡伦戴尔"中的托钵修士似的宗教人士，他们穿着褴褛的衣服，外面罩一张豹皮。这样，对这些庞杂的各部落的集合体，我们才算有了一个几乎完整的概念，他们全都包括在鞑靼三军这个总称之内。

这些士兵中有五万骑兵，他们的坐骑和人一样品种繁多。在这些以十匹为一个单位系在两根平行的绳子上，尾巴打结，屁股上蒙着个黑丝网的马匹中，可以清楚地分辨出有土库曼马，细腿，长身子，毛色油光锃亮，漂亮的脖子；乌兹别克马，有耐力，善跑长途；科坎马，载着它们的骑士，两顶帐篷，加上全套炊事用具；吉尔吉斯马，毛色浅亮，来自耶姆巴河畔，人们在那里用鞑靼人的套马索捕捉它们。还有不少杂种马，这些马的品质就差一些了。

用于负重的牲口成千上万。它们是个子不大，但体格健壮的双峰驼，这种骆驼毛很长，鬃毛浓密，垂落在颈上。它们很温顺，比单峰驼容易上套。还有一个峰的"那尔"，卷曲的毛，鲜红如火。其次有驴子，能吃苦耐劳，它们的肉很得赞赏，是鞑靼人食物的一部分。

在这人与牲口的总体上，无边无际的帐篷集结的地方，分布各处的雪松和青松林子投下凉爽的阴影,阴影的这边那边隔着一团团阳光。再没有比这幅图画更美的了,善于使用色彩的画家真会为此用尽他画板上的颜料。

在考利文被抓到的俘虏到达菲奥法尔和汗国显要们的帐篷前的时候,军营里擂起了鼓,吹起了号。在这片已经喧翻天的声响中,夹杂着尖厉的排枪声和比较沉闷的组成埃米尔的炮兵的口径4和口径6的大炮声。

菲奥法尔的安置纯粹是军事化的。我们能称作民居的他和他同盟者们的后宫都在已落入鞑靼人手中的托木斯克。

军营拔起后,托木斯克就将成为埃米尔的驻跸地,直至他最后能迁往东西伯利亚的首府。

菲奥法尔的帐篷高踞于周围帐篷之上。这个帐篷上面蒙着用饰有金穗的细绳子吊上去的大块大块闪闪发光的绸缎,帐篷顶上有几个很大的缨子,在风的吹拂下像扇子般张开。它占据着一大块林中空地的中心,背后是一排漂亮的白桦和参天的青松。帐篷前,一张镶有宝石的油漆桌子,桌子上放着打开的圣书《古兰经》,薄薄的金叶子做的书页,字刻得很细。上面悬挂着鞑靼国旗,旗子上有四等分的埃米尔纹章。

在林中空地的周围,环立着摆成半圆形的布卡拉高官们的帐篷。住在里面的有侍从长,他有权骑马跟随埃米尔一直进入到王宫大院;驯鹰大臣;掌管玉玺的"护史贝基";炮兵部队总指挥"拖齐拔西";枢密使"柯佳",他接受埃米尔的亲吻,并允许不系腰带出现在埃米尔面前;教士代表,伊斯兰教的学者领袖"伊斯兰教教长";埃米尔不在时仲裁军人间所有争执的"卡西阿斯凯夫";最后还有大天师,主要事务便是每当可汗想要移驾他幸时便由他夜观天象来作决定。

俘虏们被押解到军营时,埃米尔在他的帐篷里。他没有露面。这应该说是俘虏们的幸运。他的一个手势,一句话,都只能是血腥刑罚的信号。而他置自身于孤独之中,这是构成东方国王们的威严的一部分。让大家钦服他的不现身,尤其是让人怕他。

至于俘虏们,他们被圈禁在一些被围起来的场地上,备受虐待,忍饥

在林中空地的周围，环立着摆成半圆形的布卡拉高官们的帐篷。

挨饿，经受着恶劣天气的磨难，等待着菲奥法尔的意愿。

在所有这些人里，如果不是最耐心的，至少也是最听话的，肯定是米歇尔·斯特罗哥夫。他随人家把他带到哪里，因为，人家带他去的正是他想去的地方，而且一路平安，要是让他自己走的话，在这条考利文到托木斯克的公路上，他是不可能安全的。在到达托木斯克前逃跑，那就极可能重新落到在草原上搜索的侦察兵手中。时下为鞑靼纵队所占领的最东面的那条线没有越出穿过托木斯克的82°经线。因此，过了这条经线，米歇尔·斯特罗哥夫就能指望跑出敌占区，然后，安全渡过叶尼塞河，在菲奥法尔可汗入侵该省前，到达克拉斯诺亚尔斯克。

"一旦到了托木斯克，"为了压下他不是总能控制住的焦急情绪，他一再对自己说，"只消几分钟，就能跑出前哨，超出菲奥法尔十二小时，超出伊凡·奥加莱夫十二小时，这便足以使我在他们之前到达伊尔库茨克了！"

确实,让米歇尔·斯特罗哥夫感到最可怕的应是伊凡·奥加莱夫出现在鞑靼军营。除了被认出来的危险之外,他有点本能地感觉到,正是这个叛贼,才是他必须抢在前面的。他很清楚,伊凡·奥加莱夫的军队和菲奥法尔的大军相汇合将组成入侵军的全部兵力。会师后,这支军队将全力向东西伯利亚的首府推进。他全部的忧虑便来自这个方面,每时每刻他都在聆听是不是有擂鼓吹号,宣布埃米尔的这位得力干将的到来。

除了这些想法,他还挂念着母亲和娜佳,她们一个被留住在鄂木斯克,另一个被房在额尔齐斯河的小船上,可能像米歇尔·斯特罗哥夫一样成了囚徒!他对她们爱莫能助。会有一天能再见到她们吗?他不敢就此问题下断语。他痛苦,心如刀绞。

与米歇尔·斯特罗哥夫和其他那么多俘虏一起被押送到鞑靼军营的还有哈利·博伦特和阿尔希德·约利伟。和他们一起在电报站被抓的从前的旅伴,知道他们像他一样被圈禁在这个有许多哨兵看守着的场地,他压根儿不想接近他们。自伊希姆驿站事件之后,他们对他有什么看法,对他,至少在目前,无关紧要。况且,他想要独处,到时候好单独行动。所以,他和他们保持着距离。

阿尔希德·约利伟,自从他的同行倒在他身边以后,便不遗余力地照顾他。在从考利文到军营的这段路上,也就是好几个小时的步行途中,哈利·博伦特靠他的对手扶着,才得以跟上俘虏的队伍。起初,他曾想利用他那英国国民的身份,可在这些野蛮人面前毫无作用,他们的答复只有枪刺刀砍。《每日电讯报》的通讯记者只好接受与大家一样的命运,哪怕以后再提抗议,取得对这种待遇的赔礼道歉。可是,对他而言,这段路程并不因此就不那么艰难,因为他的伤情使他疼痛难忍,要是没有阿尔希德·约利伟的照顾,他恐怕都走不到军营了。

从不为他的实用哲学所离弃的阿尔希德·约利伟,以他力所能及的种种方式从物质上和精神上给予同行以鼓励。他所做的第一件事便是清楚了自己被圈禁在一个场地上。之后,他便察看哈利·博伦特的伤势。他十分灵巧地帮助他脱下衣服,看清楚了他的肩头只是被流弹擦伤了一点皮肉。

"没事儿,"他说,"就一点儿擦伤!换上两三次绷带,亲爱的同行,它就没影儿了!"

"哪儿去弄这些绷带啊?……"哈利·博伦特问道。

"我来给您做一些!"

"您还懂点医术?"

"法国人都懂点医术!"

阿尔希德·约利伟一边做出这样的肯定,一边把他的手帕撕开,用其中一块裹伤口,另外一块擦拭伤口。他从挖在场地中央的井里打来了水,清洗伤口,幸好伤得不重。然后,把湿布轻巧地敷在哈利·博伦特的肩上。

"我用清水帮您做了处理,"他说,"这种液体是我们知道的处理伤口最有效的镇静剂,也是目前使用得最多的。医生们花了六千年才发现这一点!是的!整整六千年啊!"

他从挖在场地中央的井里打来了水,清洗伤口,幸好伤得不重。然后,把湿布轻巧地敷在哈利·博伦特的肩上。

"约利伟先生,谢谢您。"哈利·博伦特答道。说着,他躺倒在同伴为他在一棵白桦树树荫下铺好的枯叶上。

"啊！啥事都没有！您处于我的位置也会这么做的！"

"我不知道会不会……"哈利·博伦特有点天真地答道。

"开玩笑吧？算了！英国人都很慷慨！"

"也许吧,可是,法国人都……？"

"是啊,法国人很善良,他们甚至很愚蠢,您爱这么说也可以吧！可是,给予他们补偿的正因为他们是法国人！不说这个了,您如果还信得过我的话,那就什么都不说了。您必须休息。"

可是,哈利·博伦特完全不想住口。如果说一个受了伤的人应该考虑静养,《每日电讯报》的通讯记者也不是个多嘴多舌的人。

"约利伟先生,"他问道,"您觉得我们最后发的电报能过得了俄罗斯边界吗？"

"为什么不？"阿尔希德·约利伟答道,"现在这个时候,我向您担保我那非常幸运的堂姐对考利文事件已经心中有数了！"

"您的堂姐会把她收到的电文印多少份？"哈利·博伦特问道,这是他第一次向他的同行直接提出这个问题。

"好！"阿尔希德·约利伟笑着答道,"我堂姐是一个十分谨慎的女人,她不喜欢别人议论她,如果她打扰了您需要的睡眠,她会感到失望的。"

"我不想睡觉,"英国人答道,"您堂姐对俄罗斯事件会作何想法？"

"目前的俄罗斯丝毫情况不佳。但是,啊！莫斯科政府坚强有力,它不会真的为一次蛮族入侵担惊受怕,它也不会失去对西伯利亚的掌控。"

"穷兵黩武葬送了那些最大的帝国！"哈利·博伦特答道。就俄罗斯在中亚地区的自高自大他也免不了暴露出某种"英国人的"妒忌。

"呵呵！莫谈政治！"阿尔希德·约利伟说道,"这是医学所禁止的！对肩部创伤没比这更坏的了！……除非谈政治能让您入睡！"

"那就说说我们接下去还能做什么吧,"哈利·博伦特说道,"约利伟先生,我压根儿不想没完没了地给这些鞑靼人当俘虏。"

"真见鬼,我也不想!"

"我们一有机会就逃走吧!"

"当然,如果没有其他恢复自由的办法的话。"

"您另有办法?"哈利·博伦特望着他的伙伴问道。

"肯定有!我们不是交战方,我们是中立国人士,我们可以提出要求!"

"找菲奥法尔可汗这个野蛮人吗?"

"不,他不会明白的,"阿尔希德·约利伟答道,"要找他的副手伊凡·奥加莱夫。"

"那是个浑蛋!"

"差不多就是,可他是俄罗斯人。他知道不该和他人的权力开玩笑,相反,他把我们留着也没好处。只是,找这位先生要求什么,我干挺不合适的!"

"可是,这位先生眼下不在军营里,至少我没见到他在这儿。"哈利·博伦特提醒道。

"他会来的。这一点准保没错。他得来和埃米尔会合。现在西伯利亚被切成了两半,可以十分肯定地说,菲奥法尔的军队就等着他来再开赴伊尔库茨克。"

"一旦自由了,我们做什么?"

"一旦获得自由,我们将继续我们的跟踪报道,我们跟在鞑靼人后面,一直到事态变化,到我们能跑到对方阵营去的时候。绝不能打退堂鼓!我们还只是开了个头。您,同行,您已经有幸,为效力于《每日电讯报》受了伤,而我呢,我还没有为效力于我的堂姐受过什么。行了,行了!……好啊!"阿尔希德·约利伟喃喃道,"你这就睡着了!睡上几个钟头,加上些清水敷料,这就足以治愈一个英国人的伤痛了。这些人都是钢板做的!"

当哈利·博伦特休息的时候,阿尔希德·约利伟就在一边守着,他掏出记满了笔记的小本本,他已经决定,为了最大限度地满足《每日电讯报》的读者们而和他的同行分享这些记录。一次次事件变故把他们联合到了一起。他们不再互相猜忌。

就这样,最让米歇尔·斯特罗哥夫感到害怕的,恰恰就是两位记者所热切盼望的事情。伊凡·奥加莱夫的到来显然将有助于他们,因为,他们作为英国和法国的通讯记者的身份一朝得到确认,那么,给他们自由就是十拿九稳的事情了。菲奥法尔少不得把记者当成一般的间谍,而埃米尔的副手是能够把道理听进去的。因此,阿尔希德·约利伟和哈利·博伦特的利益恰恰是米歇尔·斯特罗哥夫的弊害。米歇尔很清楚这种处境,这便让他在诸多理由上又增加了一条,使他尽量避免接近他从前的旅伴。他注意不被他们看到。

四天过去了,这四天里事态毫无变化。俘虏们没听说鞑靼人要拔营起寨。他们被严格看守。穿过日夜警戒的步兵和骑兵的防卫线对他们来说是不可能的。至于发给他们的食物,只能说不会让他们饿死吧。二十四小时发两次,丢给他们一段木炭火烤的羊肠,或者几块酸羊奶做的被称作"克鲁特"的奶酪,把它泡在马奶里便成了吉尔吉斯人通常叫作"库米什"的菜。再没有别的了。还要说一句,天气变得很是恶劣。有时会刮起狂风,夹杂着暴雨。那些不幸的人们,无处躲避,只好忍受着。有几个伤员、女人、孩子死了,俘虏们只好自己把他们的尸体埋了,看守们竟连墓地都不想给。

在这些严酷的苦难中,阿尔希德·约利伟和米歇尔·斯特罗哥夫各自在各自的一头忙活着。他们尽各自所能出力帮忙。他们不像许多人那样受尽苦难,他们身强力壮,更能吃苦耐劳,他们对受苦受难和灰心丧气者好言相劝和悉心照料,从而让他们好过些。

这种事态还会持续下去吗?菲奥法尔可汗初战告捷,他很满意,因此便想在进军伊尔库茨克之前等待一段时间。人们可以怕他,但是这还算不上一回事儿。8月12日早晨,阿尔希德·约利伟和哈利·博伦特翘首盼望,米歇尔·斯特罗哥夫如此害怕的事情终于发生了。

那一天,军号吹响,鼓声隆隆,排枪齐鸣。考利文公路上烟尘滚滚。

伊凡·奥加莱夫率领好几千人马,进入鞑靼军营。

第2章　阿尔希德·约利伟的一个姿态

伊凡·奥加莱夫给埃米尔带来的是整整一个军团。这些骑兵和步兵是攻取鄂木斯克的纵队的一部分。伊凡·奥加莱夫没能拿下鄂木斯克的上城区——我们没有忘记——那里有总督和守备部队坚守,决心与城市共存亡。他不想拖延攻下东西伯利亚的军事行动。因此,他在鄂木斯克留下足够的守卫部队后,便带着他的乌合之众,路上又加入了考利文的胜利者,前来和菲奥法尔的大军会合了。

伊凡·奥加莱夫的士兵们在军营前停下,他们没有接到宿营的命令。他们头领的计划也许是不作停留,继续前进,在最短期限内抵达托木斯克,这座重要城市,当然,将用作未来军事行动的中心。

和伊凡·奥加莱夫的士兵们同时到来的还有他们在鄂木斯克和考利文抓捕的俄罗斯和西伯利亚俘虏。这些不幸的人没有被送进圈禁场地,那地方本来就已经人满为患,容纳不下他们了。他们只好待在前哨,没有遮风避雨之处,几乎没一点吃的东西。菲奥法尔可汗会对他们作何处置?把他们关进托木斯克?或者按照鞑靼首领惯用的手法,加以血腥的屠戮,杀掉一大批?这是喜怒无常的埃米尔的秘密。

这个来自鄂木斯克和考利文的军团少不得后面拖着一大群乞丐、无赖、商贩和波希米亚人,这些人习惯地构成了行进中的军队的后卫。这一大帮子全都靠经过的地方生活,他们过后留下的东西就没什么可抢的了。因此,前进便是必须的,哪怕就为了保证出征部队的口粮。包括在伊希姆河和鄂毕河之间的整个地区遭到了彻底的破坏,再没有任何的资源。这是鞑靼人身后留下的一片荒漠,俄罗斯人再经过这里就不那么容易了。

在从西部各省赶来的众多波希米亚人中间,可见曾和米歇尔·斯特罗哥夫一起一直到彼尔姆的那个茨冈人歌舞团。桑加尔便在那儿。这个野蛮的女间谍,伊凡·奥加莱夫的死党,和她的主人形影不离。我们看到过他们俩,甚至在俄罗斯,下诺夫哥罗德,一同密谋诡计。穿过乌拉尔山脉后,他们曾分开过几天。伊凡·奥加莱夫迅速赶往伊希姆,而桑加尔和她的歌舞团则从该省南部奔向鄂木斯克。

我们很容易理解这女人能给伊凡·奥加莱夫以怎样的帮助。她通过她的那些波希米亚女孩,深入到各个角落,把她们听到的一切带回来。伊凡·奥加莱夫便能在被入侵各省的中心得知外界发生的事情了。这是为了他的事业张着的一百只眼睛,竖着的五十双耳朵。再说,他收买这些大有裨益的情报时出手也很大方。

桑加尔便在那儿。这个野蛮的女间谍,伊凡·奥加莱夫的死党,和她的主人形影不离。

桑加尔曾被牵连在一桩十分严重的案子里,是这位俄罗斯军官救了她。她丝毫没忘记他的大恩大德,便把自己的肉体和灵魂都给了他。伊凡·奥加莱夫走上了叛国的道路后,知道从这个女人身上可以得到什么好处。不管他给桑加尔下达什么样的命令,她都执行无误。一种解释不清的本能,比报恩之情更不容商量的东西,驱使她甘当这个叛贼的奴隶,她从他流放西伯利亚的初期开始就紧随不舍。作为心腹和同谋,桑加尔没有祖国,没有家庭,乐于用她的流浪生涯为伊凡·奥加莱夫将引入西伯利亚的入侵者们服务。在她那个种族天生出奇的奸诈上,她更有一种粗野的力量,既不懂宽恕,又不识怜悯。这是个该住阿帕切人①的茅屋或者安达曼人②的草房的女人。

桑加尔自从带着那些茨冈女孩和伊凡·奥加莱夫在鄂木斯克会合,就再也没有离开过他。她知道米歇尔和玛尔法·斯特罗哥夫打照面的情景。伊凡·奥加莱夫因为有一名沙皇的信使过去而担忧,她也清楚,并且有同感。玛尔法·斯特罗哥夫被抓捕后,她真想用印第安人别出心裁的手法对她施以酷刑,逼迫她说出秘密。可是伊凡·奥加莱夫这个时候还不想让西伯利亚老太太开口说话,桑加尔只好等待。她等着,眼睛却一刻不停地盯着老太太,监视着不知不觉中的她,窥探她的一举一动,企图听到从老太太嘴里漏出"儿子"这个词。然而,迄止此时,桑加尔也没有什么收获。

这时,军乐响起,埃米尔的炮兵总指挥和侍从长带着引人注目的乌兹别克骑兵护卫,来到营门口迎接伊凡·奥加莱夫。

他们来到他面前的时候,向他致以最崇高的军礼,并请他随他们一起去菲奥法尔可汗的帐篷。

伊凡·奥加莱夫不改往常的沉静,冷冷地向派来迎接他的高官还礼。他穿得十分简单,只是出于一种恬不知耻的虚张声势,依然穿着俄罗斯军官的制服。

---

① 北美西北部印第安人,以劫掠农民为其特点。
② 孟加拉湾和尼科巴群岛上的土著居民,十九世纪中叶曾极度排外,屠杀一切外人,是唯一不知道取火方法的民族。现已改变。

就在他要松开马缰绳准备进军营围栏的时候,桑加尔穿过护卫的骑兵队伍向他走来,站在那里一动不动。

"没事儿吧?"伊凡·奥加莱夫问道。

"没事儿。"

"耐心点儿吧。"

"你撬开老太婆嘴巴的时候快到了吧?"

"快了,桑加尔。"

"什么时候老太婆会说话?"

"等我们到了托木斯克。"

"我们什么时候到那儿?……"

"三天后。"

桑加尔乌黑的大眼睛闪烁出异常的光芒,步履平静地退了下去。

伊凡·奥加莱夫夹了夹他坐骑的两肋,带着他鞑靼军官组成的幕僚,走向埃米尔的帐篷。

菲奥法尔可汗正等着他的副手。由掌玺官、柯佳和一些高官组成的军事会议便在帐里举行。

伊凡·奥加莱夫下了马,走进帐篷,来到埃米尔面前。

菲奥法尔可汗是个四十岁的男子,身材魁梧,脸色苍白,目光凶狠,相貌粗野。一部层层卷曲的黑胡子垂落在胸前。他身穿战袍,金银锁子甲,肩带上的宝石熠熠闪光,挎一把弯弯的像似土耳其弯刀的佩刀,刀鞘上也镶着耀眼的宝石,靴子上有一个构型的金马刺,头盔上装饰一只钻石小鹰,放射出千百道光芒。菲奥法尔的外貌让人看上去与其说具有鞑靼人的萨达纳帕路斯[①]的威严,不如说奇形怪状。这位无人能与之争辩的君主可以随心所欲地处置其臣民的生命和财产,权力无边,鉴于专有的特权,在布卡拉,人们给了他埃米尔的称号。

---

① 萨达纳帕路斯(前685—前627),亚述最后一位国王巴尼拔的希腊译名(公元前668—前627在位)。

就在伊凡·奥加莱夫出现的时候,达官贵人们仍坐在他们饰有金边的垫子上,只有菲奥法尔从搁在帐篷最里面的一个富丽堂皇的大沙发上站起来,沙发前的地上铺满了布卡拉出产的厚厚的割绒地毯。

埃米尔走近伊凡·奥加莱夫,并且给了他一个含义十分明确的吻。这个吻意味着他让这位副手担任军事会议的主持人,临时地位处于柯佳之上。

接着,菲奥法尔对着伊凡·奥加莱夫:

"我没有什么要问你的,"他说道,"你说吧,伊凡。你说,这里所有的人都将洗耳恭听。"

"陛下,"伊凡·奥加莱夫答道,"这是我要向你报告的。"

伊凡·奥加莱夫用鞑靼语陈述,并且让他的语句带上东方人说话的特点,夸张表达法。

伊凡·奥加莱夫下了马,走进帐篷,来到埃米尔面前。

"塔克瑟,现在不是说废话的时候。我率领你的军队所做的事情,你都知道。伊希姆河和额尔齐斯河那几路现在在我们的掌控中,土库曼人的骑兵可以在已经属于鞑靼的河里洗刷他们的战马。吉尔吉斯各部落在菲奥法尔的号召下已经起义,西伯利亚主要的公路,从伊希姆一直到托木斯克,已经归你所有。因此,你可以让你的三军或者向东——太阳升起的地方;或者向西——太阳沉落的地方推进了。"

"如果我和太阳一起前进如何?"埃米尔问道,他听着,脸上丝毫不泄露出他的意向。

"和太阳一起前进,"伊凡·奥加莱夫答道,"你是要扑向欧洲,你将迅速拿下托博尔斯克的西伯利亚各省,直至乌拉尔山脉。"

"那如果我迎着这天庭的火炬前进呢?"

"你将把中亚最丰腴的各个地区,连同伊尔库茨克一起纳入鞑靼统治中。"

"可是,彼得堡苏丹①的军队会怎么办?"菲奥法尔说道,他用这个奇怪的称号称呼俄罗斯皇帝。

"不管是向东方还是向西方,你都完全不用怕他们,"伊凡·奥加莱夫答道,"入侵来得突然,即在俄罗斯军队的救援到来之前,伊尔库茨克或托博尔斯克就已经落到了你的囊中。沙皇军队已经在考利文被摧毁,不管在什么地方,有你的将士在向这些不识时务的西方士卒作战,他们的下场无不如此。"

"你对鞑靼事业的耿耿忠心让你有什么高见?"埃米尔在沉默片刻后问道。

"我的想法,"伊凡·奥加莱夫激动地答道,"便是迎着太阳前进!让土库曼的马儿们去啃噬东部大草原的青草!拿下东部各省的首府伊尔库茨克,并且同时掳获价值不低于一个地区的人质。抓不到沙皇,也得让他的

---

① 苏丹,在伊斯兰世界的王朝中,被宗教领导者任命来掌管政治的人。菲奥法尔信仰伊斯兰教,所以他用此称号来称呼俄罗斯皇帝。

兄弟——大公,落在你的手中。"

这便是伊凡·奥加莱夫追逐的最佳结果。听他说来,人们真会把他当成十八世纪时曾猖獗于俄罗斯南部的著名海盗斯捷潘－拉钦的传人。抓住大公,给予无情的打击,这对他是件多么解恨的事情啊!除此之外,拿下伊尔库茨克,便能迅即把整个东西伯利亚纳入鞑靼统治。

"就这么办了,伊凡。"菲奥法尔答道。

"你的命令是什么,塔克瑟?"

"即日开拔,司令部迁往托木斯克。"

伊凡·奥加莱夫俯首听令,在掌管玉玺的"护史贝基"跟随下退出去让人执行埃米尔的命令。

就在他要上马去前哨阵地的时候,在一定距离外,用来圈禁俘虏的营地那边传来一片哄闹声。听得出有呼喊声和两三声枪响。

伊凡·奥加莱夫和"护史贝基"朝前刚走出几步,几乎与此同时,两个士兵没能拦住的人出现在他们面前。

"护史贝基"不问青红皂白,打了个杀的手势,那两个人的脑袋眼看就要被搬家。这时,伊凡·奥加莱夫说了几个字,已经在他们头上高高举起的马刀停住了。

俄罗斯军官认出这两个是外国人,便下令把他们带上来。

他们是哈利·博伦特和阿尔希德·约利伟。

从伊凡·奥加莱夫一到军营,他们就要求去见他。士兵们拒绝了。从而导致争斗,试图逃跑,幸好枪子儿没有打中两位记者,可是,要没有埃米尔的副手的介入,他们准得立即被执行死刑了。

埃米尔的副手细细观望了两个俘虏片刻,这两个人他完全不认识。其实,发生伊希姆驿站事件,伊凡·奥加莱夫打了米歇尔·斯特罗哥夫的时候,他们在场,可是,蛮不讲理的旅行者压根儿没注意当时聚集在公众大厅里的人。

相反,哈利·博伦特和阿尔希德·约利伟却清楚地认出了他,后者低声说道:

"呵呵,奥加莱夫上校和伊希姆的粗野汉子好像是一个人啊!"

接着,他在他同伴的耳畔补充说:

"您去解释我们的事情吧。算您帮了我的忙。这位在鞑靼人军营里的俄罗斯上校让我感到恶心,尽管,多亏他,我的脑袋还在肩膀上,我的眼睛真想轻蔑地转过去,而不是直视着他!"

说着这话,阿尔希德·约利伟摆出一副高傲的完全无动于衷的神态。

伊凡·奥加莱夫能明白这个俘虏的姿态里带有瞧不起他的表示吗?无论是否,他都丝毫没泄露自己的好恶。

"先生们,你们是什么人?"他用俄语冷冰冰地问道,但不像平时那样粗野。

"英国和法国报纸的两名通讯记者。"哈利·博伦特简洁地答道。

"两位应该有能证明你们身份的证件吧?"

"这是英国和法国使馆让我们在俄罗斯活动的委派信。"

伊凡·奥加莱夫接过哈利·博伦特递给他的信函,仔细阅读。然后他问道:

"你们请求随我们的大军在西伯利亚行动吗?"

"我们请求给我们自由,仅此而已。"英国通讯记者冷冷地回答。

"你们自由了,先生们,"伊凡·奥加莱夫答道,"我很好奇,真想读读您在《每日电讯报》上的专栏文章。"

"先生,"哈利·博伦特以不容商量的冷淡的态度回答说,"六便士一份,邮费另加。"

说到这里,哈利·博伦特转向他的同伴,后者显得完全赞同他的回答。

伊凡·奥加莱夫没有皱眉,他跨上马,带着卫队,很快消失在尘埃之中。

"怎么样,约利伟先生,您对这位鞑靼军队的总司令,伊凡·奥加莱夫上校作何想法?"哈利·博伦特问道。

"我只记得,亲爱的同行,"阿尔希德·约利伟微笑着答道,"那个'护史贝基'下令砍掉我们脑壳的时候打了个很漂亮的手势。"

伊凡·奥加莱夫接过哈利·博伦特递给他的信函，仔细阅读。

不管怎么样，也不管让伊凡·奥加莱夫如此善待两位记者的动机是什么，他们俩是自由了，可以自由自在地奔驰在这个战争的舞台上了。因此，他们的意图是继续干，绝不放弃。过去让他们互不相容的那种感觉让位给了真诚的友谊。时势使他们相依为命，他们再也不想各奔东西。斤斤计较的对手问题已经永远都不复存在。哈利·博伦特再也忘不了欠他同伴的情义，他同伴却竭力不让再提起此事。总之，这种情义有利于他们的采访报道，转而又有利于他们的读者。

"现在，我们自由了，"哈利·博伦特问道，"我们该干些什么呢？"

"使劲儿利用我们的自由啊，见鬼的！"阿尔希德·约利伟答道，"放心大胆地去托木斯克，看看那里发生的事情。"

"一直到，我希望是最近的将来，能跑到某个俄罗斯军团里去吗？……"

"正如您所说的,亲爱的博伦特!我们可不能太鞑靼化了!现在,好事还是归那些拿武器说话的人所有,很明显,中亚各个民族在这场入侵中将失去一切,却啥都得不到,但是,俄罗斯完全有能力把入侵者赶出去。这无非是个早晚的事情。"

刚把自由还给了阿尔希德·约利伟和哈利·博伦特的伊凡·奥加莱夫,对米歇尔·斯特罗哥夫来说却意味着要大祸临头了。即便偶然地,沙皇的信使出现在伊凡·奥加莱夫面前,后者也不可能认不出他就是自己在伊希姆驿站粗暴地对待过的那个旅客,尽管当时,米歇尔·斯特罗哥夫并没有做出他在其他任何情况下都会做出的反应,因为,这样会引起别人对他的注意,导致他的计划难以执行。

这便是伊凡·奥加莱夫在场令人恼火的方面。然而,他的到来也产生了一个好的后果,那便是即日拔营,司令部迁往托木斯克。

这是在实现米歇尔·斯特罗哥夫最迫切的欲望。他的意愿,我们知道,便是到达托木斯克,混迹在所有别的俘虏中间,也就不用害怕落到麇集在这座重镇附近的侦察兵手中了。可是,由于伊凡·奥加莱夫到了,怕被他认出来,米歇尔·斯特罗哥夫不得不考虑是不是该放弃这第一个计划,在旅途中试试逃脱。

即在他快要做出后面这个决定的时候,他得知,菲奥法尔可汗和伊凡·奥加莱夫已经率领数千骑兵起程去了那座城市。

"那就让我再等等吧,"他思忖道,"除非意外地有逃跑的机会出现。在托木斯克的这一边,坏运气太多了。过了托木斯克,好运道会源源而来,因为,只消几个小时,我就能越过鞑靼人在东方最前面的哨位。再忍耐三天吧,愿上帝会来帮助我!"

俘虏们在人数众多的鞑靼分队的监督下,将用三天时间穿过大草原。从军营到托木斯克距离一百五十俄里,这段路对埃米尔的军士们很轻松,他们什么都不缺,可是对有些因为缺医少食的不幸的人就十分艰难了。在西伯利亚的这段公路上,路标似的留下了一具具尸体!

那是在8月12日,下午两点,气温很高,万里无云,拖其拔西下达出发

的命令。

阿尔希德·约利伟和哈利·博伦特早已购买马匹,登程去了托木斯克,按照事件发展的逻辑,这段历史的主要人物即将在那里汇聚。

在伊凡·奥加莱夫带去鞑靼军营的许多俘虏中,有一个老婆婆,她的沉默寡言使她不同于所有和她同命运的女囚。她的嘴里从不说一句怨言。好像是一尊受苦受难的雕塑。这个几近僵化的女人被看守得比别人都紧。并且,她仿佛都不知道,也没想到,自己还受到那个茨冈女人桑加尔的严密监视。虽说她年事已高,但却仍随俘房队伍步行,没有得到丝毫的照顾。

可是,仿佛出于老天爷的意愿,她身边出现了一个勇敢、好心的人;这个人好像天生就能理解她,帮助她。在这些不幸的难友中,有一个姑娘,她美得令人惊艳,而沉着镇定也不逊于这位西伯利亚老婆婆。她仿佛把照料老婆婆当成了自己的任务。在这两个女囚之间没有交换过一句话,可是每当老婆婆需要帮助的时候,姑娘总是恰好在她身边。一开始,老婆婆对这位陌生姑娘默默的关照心里一直存有疑虑。后来,渐渐地,姑娘显而易见的率直的目光,她的持重和一个苦难的群体中,在同为沦落人之间建立起来的神秘的同情心,压倒了玛尔法·斯特罗哥夫高傲的冷漠。娜佳——这姑娘正是她——就这样,在互不相识的情况下,让这位母亲把应从儿子那儿得到的照料从她那儿得到了。年轻美丽的娜佳确保了老迈的女囚的安全。在这群因为苦难而变得容易发火的人们中,这两个女人组成的一对,一个像老奶奶,一个像小孙女,赢得了人们的尊重。

娜佳自从被鞑靼侦察兵劫持到额尔齐斯河的小船上之后,就被带到了鄂木斯克。她作为俘房被扣押在这座城市里,经受着迄止此时被伊凡·奥加莱夫的纵队抓来的囚徒所遭受的折磨,从而,和玛尔法·斯特罗哥夫殊途同归。

如果娜佳不是那么坚强,她早就在刚受到的双重打击中倒下了。旅途的中止,米歇尔·斯特罗哥夫的死,既让她感到失望,又使她感到愤慨。做出了那么多幸运的努力,渐渐向她父亲靠拢,可现在,也许永远见不到他了；而且，使她痛苦到了极点的是，仿佛是上帝亲自放在她前进路上，要把她送往目的地的勇敢的伴侣也没有了。她一下子全都没了。米歇尔·斯特罗哥夫的形象，即在她眼皮底下被一枪刺中，消失在滚滚的额尔齐斯河里，再也离不了她的思绪。如此的一条汉子能就这样死了？如果说这个肯定受着崇高的目的驱使的正直的人，都能如此悲惨地被阻止在前进路上，那么，上帝的那些奇迹又是留给谁的呢？有几次，愤怒更胜过痛苦。记忆中泛起她的同伴在伊希姆驿站遭到不近情理的侮辱的场景。这件往事使她热血沸腾。

"谁来为死者报仇，报他本人已经不可能报的仇？"她想道。

接着，姑娘从心底里向上帝发出呼唤："主啊，请让我来报这个仇吧！"

还有，如果米歇尔·斯特罗哥夫在死之前向她说出了那个秘密，尽管她是个弱女子，还是个孩子，也能够把上帝本不该赐予她的哥哥——既然上帝那么迫不及待地就把他收回去了——被中断的使命进行到底！

沉浸在这些思绪中的娜佳，对于苦难，甚至对于她的被俘，仿佛都失去了知觉。

正是在这个时候，她绝对想象不到的是，偶然让她和玛尔法·斯特罗哥夫会合到了一起。她怎么想得到这个和她一样被囚的老婆婆，竟是她同伴的母亲呢？这个同伴对她来说始终只是商人尼古拉·科尔巴诺夫啊。而在她这方面，玛尔法又怎么猜得到有一条恩缘关系联结着这位陌生姑娘和她的儿子呢？

在老婆婆玛尔法·斯特罗哥夫身上，最初给娜佳深刻印象的是她们在艰苦条件下有着某种类似的忍辱负重；老婆婆对她们日常生活物质上的匮乏的无所谓，对肉体痛苦的蔑视。她只能因为有着和娜佳相当的精神痛苦才会如此！这便是娜佳所想到的。她没有弄错。因此，正是一种本能的同情促使娜佳向老婆婆靠拢。为了玛尔法·斯特罗哥夫没有显现出来的这部分不幸，这种忍受痛苦的方式直奔姑娘骄傲的心灵。她不是给予，而是奉献她的帮助。玛尔法既没有拒绝，也没有接受。每走到公路上难走的路段，姑娘便会在一边伸手扶着她。分发食物的时候，老婆婆不用

亲自去，娜佳会和她分享自己不足的食物。她们就是这样走过来的。玛尔法·斯特罗哥夫能够跟上押送俘虏的队伍，不像别的许多不幸的女囚那样，被拴在马鞍架上，在这条痛苦的路上拖着走，全亏了她年轻的难友。

"我的孩子，愿上帝报偿你，你为我这老太婆所做的善事！"有一次，玛尔法·斯特罗哥夫对她说，这便是这段时间以来，在两个不幸的女人间说过的唯一的一句话。

在这度日如年的几天里，老奶奶和小孙女——她们至少像这样——本应该发展到互道衷肠的程度。可是，玛尔法·斯特罗哥夫，出于一种很容易理解的谨慎，只是，而且是十分简略地讲了些她自己的事情。她丝毫没暗示她有个儿子，也没提及那次让他们面面相对的要命的邂逅。

娜佳也一样，有很长时间，她不是沉默不语，就是不说一句废话。然而，有一天，面对这个淳朴高傲的灵魂，她的心情澎湃，毫无隐瞒地讲述了

每走到公路上难走的路段，姑娘便会在一边伸手扶着她。

她从弗拉基米尔出发到她的同伴尼古拉·科尔巴诺夫被杀的每一件事情。她说到的事情让西伯利亚老婆婆很感兴趣。

"尼古拉·科尔巴诺夫！"她说，"你再给我讲讲这个尼古拉吧！在这个时期的年轻人中间，我只知道有一个人，唯一的一个人，这个人做出这样的行动不会让我感到惊讶！尼古拉·科尔巴诺夫，他真叫这个名字吗？你能肯定吗，我的孩子？"

"他干吗要在这一点上骗我？"娜佳答道，"他别的事情都没骗过我啊。"

然而，在某种预感的驱动下，玛尔法·斯特罗哥夫向娜佳提出了一个又一个的问题。

"你对我说过他很勇敢，我的孩子！你还向我证实了他很勇敢！"她说。

"是的，他很勇敢！"娜佳答道。

"我儿子正是这样的啊。"玛尔法·斯特罗哥夫想。

接着，她又说道："你还对我说，什么都挡不住他，什么都撼不动他，他那么温柔，甚至非常温柔，以至你觉得从他身上，你就像找到了一个哥哥，找到了一个姐姐那样，他还像母亲似的照顾你，是吗？"

"是的，是的！"娜佳说，"哥哥、姐姐、母亲，对我来说，他全都是！"

"还像头狮子似的保护你？"

"一头雄狮，千真万确！"娜佳答道，"是的，一头雄狮，一个英雄！"

"我的儿子，我的儿子！"西伯利亚老婆婆心里想道。

"可你说，在伊希姆的驿站里，他却忍受了可怕的侮辱？"

"他忍受了侮辱！"娜佳低垂着脑袋答道。

"他忍下了吗？"玛尔法·斯特罗哥夫浑身战栗，低语道。

"母亲！母亲！"娜佳低声道，"请不要责备他。这其中有一个秘密，在当下，只有上帝能做出公正的判断！"

"那么，"玛尔法说，她抬起头，望着娜佳，仿佛想看清楚她的心灵深处，"那么，这个尼古拉·科尔巴诺夫，在受到侮辱的时候，你瞧不起他

了吗?"

"我不理解他,却钦佩他!"姑娘答道,"我从来没感到他比此时更值得尊敬!"

老婆婆沉默片刻。

"他个子很高吗?"她问道。

"非常高。"

"很英俊,是不?嘿,说呀,我的孩子。"

"非常英俊。"娜佳满脸通红地回答。

"他是我儿子!我告诉你,他是我儿子!"老婆婆抱住娜佳激动地说。

"你儿子!"娜佳愣住了,答道,"你儿子啊!"

"嗨!"玛尔法说,"把什么都告诉我,我的孩子!你的伙伴,你的朋友,你的保护人,他有个母亲!他从没跟你提起过他的母亲?"

"他的母亲?"娜佳说,"他跟我说起他的母亲,就像我跟他说起我的父亲,经常说,总是说!这个母亲,他非常爱她!"

"娜佳,娜佳!你刚才跟我讲的正是我儿子的事情啊。"老婆婆说道。

接着,她冲动地补充道:"难道他经过鄂木斯克的时候,就不该去看看你说的这个他亲爱的母亲吗?"

"不,"娜佳答道,"不,他不能这么做。"

"不?"玛尔法说,"你竟敢对我说不?"

"我跟你说了不,可我还得向你解释清楚,出于某些我不知道的理由,恐怕是压倒一切的理由,我相信我能理解,尼古拉·科尔巴诺夫,他必须在绝对秘密的情况下穿过这个地方。对他来说,这是个生死攸关的问题,而且,更重要的是个责任和荣誉的问题。"

"责任问题,确实,不容疏忽的责任问题,"西伯利亚老人说,"是那种为此可以牺牲一切的责任,为了尽责,可以置一切于不顾,甚至放弃前来给他的老母亲一个吻,也许是最后的一个吻的欢乐!你所不知道的一切,娜佳,我自己以前也不知道的一切,现在,我知道了!你让我明白了一切!可是,你投入我心灵最黑暗的深处的光明,我却不能让它返回你的心灵深处。我儿子的秘密,既然他没有告诉你,我就应该为他守住!原谅我吧,娜佳!你为我做的好事,我却不能还给你!"

"母亲,我不求您做什么。"娜佳答道。

就这样,西伯利亚老人心里什么都清楚了,包括在鄂木斯克客栈里,当着他们相遇的目击者之面,他儿子对她的不可理喻的表现。姑娘的同伴就是米歇尔·斯特罗哥夫,这已经是无可怀疑的了。一个秘密任务,带着重要信函穿过入侵地带,要求米歇尔必须隐瞒沙皇信使的身份。

"啊!我勇敢的孩子,"玛尔法·斯特罗哥夫想道,"不!我绝不会出卖你的,什么样的酷刑都不可能让我承认我在鄂木斯克看到的就是你!"

玛尔法·斯特罗哥夫本可以用一句话来偿还娜佳对她的全部忠诚。她本可以告诉娜佳,她的同伴,尼古拉·科尔巴诺夫,或者该说是米歇尔·斯特罗哥夫并没有死在额尔齐斯河。因为这一事件后几天,她遇见了他,她还跟他说过话!……

可她忍住了。她只是说:

"我的孩子,要抱定希望!不幸不会总是找你的麻烦!你会见到你的父亲的,我对此有预感,而且,也许,那个叫你妹子的人并没有死!上帝不可能让你善良的同伴死去的!……要有希望,我的孩子,希望!像我这么做!我服的这个丧还不是我儿子的!"

第3章 以牙还牙

这便是玛尔法·斯特罗哥夫和娜佳两人相处的情况。西伯利亚老人已经全明白了,而那个姑娘,如果说她还不知道怀念至深的同伴还活着,至少她知道他跟这个她当母亲看待的女人是什么关系。她感谢上帝给了她这种快乐,能在这个女囚身边取代她失去的儿子的位置。

然而,这两个人谁都不知道的是,米歇尔·斯特罗哥夫,在考利文被抓捕以后,和她们一起,也在这个走向托木斯克的队伍里。

由伊凡·奥加莱夫带来的俘虏和埃米尔已经看守在鞑靼军营里的囚徒汇总到了一起。这些不幸的人,俄罗斯人或者西伯利亚人,军人或者老百姓,其数量达几千,构成一个纵队铺开在好几俄里的公路上。在他们中间,有些人被认为是危险分子,被戴上手铐,拴在一根长链上。还有些妇女、小孩被捆绑起来,或者搭在马鞍的前桥上,或者残酷地在公路上拖着跑!他们全都像两条腿的牲口被驱赶着。押送他们的骑兵强迫他们保持一定的秩序,只有倒下后再也起不来的人落在后面。

这种安排的结果是,走在从鞑靼军营出来的人,也就是在考利文被俘的人们前列的米歇尔·斯特罗哥夫,不得跑到走在最后的鄂木斯克的俘虏队伍里去。因此,他想都没想到他母亲和娜佳会在这个队伍里,她们也想不到他就会在前面。

在这样的条件下,在士兵们的鞭子下,从军营到托木斯克的这次行进,对所有人来说都是可怕的,对很多人来说甚至是致命的。他们穿过草原,走在因为埃米尔和他的前锋部队走过而尘土飞扬的公路上。他们接到的命令是快速前进。难得的暂歇时间还很短。这需要在烈日下行走一百五十俄里。

展开在鄂毕河右侧，一直到南北走向的萨扬斯克山伸出的那道山梁分支脚下的是一个贫瘠地区。稀疏枯槁的几个灌木丛点缀着无边无际单调乏味的原野。这里没有庄稼，因为这里没有水，而因为艰难的跋涉干渴难耐的囚徒们最缺少的也就是水。要想找到某条支流，就得往东走上五十来俄里，一直跑到那道分隔鄂毕河和叶尼塞河盆地的山梁分支脚下。那里流淌着一条鄂毕河的小支流托木河，它在注入北方的一条大河前，流经托木斯克。那里，水量丰沛，草原不这么干旱，天气不这么炎热。然而，带队的头儿们接到了最严格的指令，让他们走最近的路去托木斯克，因为，埃米尔可能始终在担心侧面遭到攻击，被来自北方各省的俄罗斯军队从中切断。然而，西伯利亚大公路不依傍托木河，至少从考利文到一个叫撒杯杰洛的小镇之间的这段路不是，而他们却必须顺着这条西伯利亚大公路走。

其实，往这么多囚徒的苦难上再加码也无济于事。好几百人倒在草原上，他们的尸体留在了那里，等到寒冬把狼群赶到这里，它们会吞噬掉尚剩的尸骨。

娜佳始终在那儿，随时准备救助西伯利亚老婆婆。同样，手脚灵便的米歇尔·斯特罗哥夫也在条件允许的情况下给身体较虚弱的难友们帮各种忙。他鼓励着人们，帮助着人们，他尽心尽力，跑前跑后，直至骑兵的长矛迫使他回到指定的位置上去。

他为什么不设法逃走？因为现在他的计划已经定下来了，要到安全可行的时候再奔上草原。他已经吃准了这种想法，"让埃米尔费心"送他到托木斯克，总之，他是对的。从队伍两侧平原上，一会儿朝南，一会儿朝北严密搜索的大量分队来看，他跑不出两俄里便会被抓回来。鞑靼骑兵多如牛毛，有时候，他们竟像帮助着人们从地底下钻出来似的，像一场暴雨后从泥土里爬出来的害虫一样遍地皆是。另外，在这种情况下逃跑，即便不是不可能，也是极其困难的。押送的士兵警惕性很高，因为，如果他们的监督出了差错，对他们可是件掉脑袋的事情。

好几百人倒在草原上,他们的尸体留在了那里。

终于,8月15日,太阳落山的时候,队伍到达了离托木斯克三十俄里的撒杯杰洛小镇。这里,公路和托木河靠在了一起。

俘虏们的第一个行动便是向这条河冲过去,然而,看守们在组织好歇息之前,不准他们离开行列。尽管这个时期,托木河的流水几成湍流,它还是有利于大胆的或绝望的人逃跑,他们将采取最严格的警戒措施。从撒杯杰洛征调的小船锚泊在托木河上,构成一条不可逾越的障碍链。至于宿营线,紧靠着小镇边缘的房屋,由一排不可能被攻破的哨兵防守。

从这个时候起,米歇尔·斯特罗哥夫应该可以考虑跑进大草原里去了。然而,经过仔细观察形势,他发现,在这种情况下,他的计划几乎无法实施,他不想贸然行动,决定等待。

那天整整一个晚上,囚徒们只好露宿在托木河边。因为埃米尔把他的军队进驻托木斯克推迟到了第二天。他们决定举行一场凯旋庆典,庆祝鞑靼军司令部在这座重镇开张。菲奥法尔可汗已经拿下了要塞,全军主力宿营墙下,等待着举行隆重的入城仪式。

伊凡·奥加莱夫让埃米尔留在城里,他们俩前一天都已进了城,但伊凡·奥加莱夫要返回到撒杯杰洛的宿营地。第二天,他将带着鞑靼军的后卫部队从这里出发。那边已经安排好了房子供他过夜。旭日东升,在他的指挥下,骑兵和步兵进军托木斯克,埃米尔将以亚洲的君主们惯用的排场接见他们。

宿营组织好以后,被三天跋涉累断了腰的囚徒们干渴难耐,终于能去喝水和休息一下了。

太阳已经落山,天际还残留着黄昏的微光,娜佳搀扶着玛尔法·斯特罗哥夫来到托木河边。两个人直至此时才得以穿过挤在河边的人群,轮到她们前来喝水了。

西伯利亚老婆婆朝清凉的河水弯下身子,娜佳把手伸进河里,掬起水递到玛尔法唇边。然后,她才自己清凉一下。老婆婆和小姑娘在清凉解渴的河水里重又找到了生命。

在离开河岸的那一刻,娜佳突然挺起身子,嘴里不由自主地发出一声惊叫。

米歇尔·斯特罗哥夫在那里,就在离她几步路的地方!……真的是他!……黄昏最后的一点余光还能照亮他!

听到娜佳的叫声,米歇尔·斯特罗哥夫不禁打了个哆嗦……但他还有足够的自制力,没有出声暴露自己。

在认出娜佳的同时,他也认出了自己的母亲!……

在这意外的相遇中,米歇尔·斯特罗哥夫觉得再也控制不住自己了,他用手捂住眼睛,当即跑开了。

娜佳不由自主地要跑上去和他相认,可西伯利亚老婆婆在她耳边低声说:

"别动,我的孩子!"

"是他!"娜佳用激动得说不出话来的声音答道,"他还活着,母亲!

两个人直至此时才得以穿过挤在河边的人群,轮到她们前来喝水了。

是他!"

"他是我儿子,"玛尔法·斯特罗哥夫答道,"他就是米歇尔·斯特罗哥夫,你瞧见了,我没有朝他走出一步!像我这么做,我的孩子!"

米歇尔·斯特罗哥夫刚刚经受了一个男子汉可能经受到的最强烈的情感考验。他的母亲和娜佳在那儿。这两个在他心中几乎融为一体的女囚,在这不幸的群体里,上帝把她们撮合到了一起!这么说,娜佳知道他是谁了!因为他看到了母亲在娜佳要向他冲过来的时候拦住她的手势!可见母亲全明白了,并且保守着他的秘密。

就在那天晚上,米歇尔·斯特罗哥夫有二十次想跑到他母亲身边去,可他知道,他得抵御住这个想把她紧紧抱在怀里,想再一次牵他年轻女伴的手的巨大欲望!稍有不慎都可能给他带来灭顶之灾。况且,他发过誓,不去看他的母亲……他不会主动去看她!一旦到了托木斯克,他就将跑到大草原上去,来不及拥抱一下两个在她们身上凝聚着他全部生命的人。她们还将留下承受种种危险!

米歇尔·斯特罗哥夫只希望这次在撒杯杰洛营地的相遇不要给他母亲,也不要给他带来令人恼火的后果。可他不知道,这个场面的某些细节,即便是一瞬间发生的情景,都落入了伊凡·奥加莱夫的密探桑加尔的眼里。

这个茨冈女人就在那里,河岸边,几步路之外的地方,像往常那样窥伺着西伯利亚老婆婆,这是老人想都没想到的。她没有看到米歇尔·斯特罗哥夫,当她转过身来的时候,他已经消失不见了。可是,母亲拦住娜佳的手势却没有逃过她的监视,而母亲眼里的一道闪光把什么都告诉她了。

从即刻起,玛尔法·斯特罗哥夫的儿子,沙皇的信使,目前在撒杯杰洛——伊凡·奥加莱夫的俘虏群里的事实已无可怀疑了!

桑加尔不认识他,可她知道他就在这儿!她并不试图去找出他来,在黑暗中,这个人数众多的群体里是不可能找到他的。至于继续窥伺娜佳和玛尔法·斯特罗哥夫,这同样也没有必要了。这两个女人显然会十分警觉,再想发现什么牵连沙皇信使的东西已经不可能了。

因此,茨冈女人只剩下了一个想法:报告伊凡·奥加莱夫。她当即便离开了宿营地。

一刻钟以后,她就到了撒杯杰洛,被带进埃米尔的副手住的房子。

伊凡·奥加莱夫马上接见了茨冈女人。

"桑加尔,你找我有事吗?"他问她道。

"玛尔法·斯特罗哥夫的儿子就在宿营地。"桑加尔答道。

"是俘虏?"

"是俘虏!"

"啊!"伊凡·奥加莱夫嚷道,"我这就能……"

"你什么都不能,伊凡,"茨冈女人答道,"因为你不认识他!"

"可你,你认识啊!你见到他了,桑加尔!"

"我没见到他,可是我看到他母亲流露出来的一个表情,这个表情把

什么都告诉我了。"

"你不会搞错吧?"

"我不会搞错。"

"你知道我把抓住这个信使看得有多重要,"伊凡·奥加莱夫说道,"如果莫斯科交给他的信被送到了伊尔库茨克,如果这封信被交到了大公手里,大公将有所戒备,我就逮不住他了!因此,我得不惜一切代价逮住他!然而,你来对我说,这封信的携带者在我的掌控之中!我再问你一遍,桑加尔,你不会搞错吧?"

伊凡·奥加莱夫说得很激动。他的动容说明他对拿到这封信极为重视。桑加尔丝毫没有因为伊凡·奥加莱夫的强调,重复他的问题而慌乱。

"我不会搞错的,伊凡。"她答道。

"可是,桑加尔,宿营地的俘虏有好几千呢,而你却说,你不认识米歇尔·斯特罗哥夫!"

"不,"茨冈女人答道,她的目光里却充满一种野性的欢乐,"我呀,我不认识他,可他母亲认识他呀!伊凡,得让他母亲开口说话了!"

"明天,她会说话的!"伊凡·奥加莱夫嚷道。

说着,他把手伸给茨冈女人,让她在上面吻一下,在这北方民族习惯使用的尊敬的表示中,并不存在丝毫奴颜婢膝的成分。

桑加尔回到宿营地。她找到娜佳和玛尔法所在的地方,一晚上就在那儿观察她们俩。老婆婆和小姑娘尽管累得散了架,却没有睡着。太多的不安让她们难以入眠。米歇尔·斯特罗哥夫还活着,但是和她们一样被抓了!伊凡·奥加莱夫知道吗,如果说他不知道,那么,他会得知这个信息吗?娜佳满心想的便是,她的同伴还活着,她还以为他死了呢!而玛尔法看得更远,如果说她并不很在乎自己的安危,她却有理由为她的儿子担惊受怕。

桑加尔在阴影中一直溜到这两个女人的身边,在那个地方待了好几个小时,竖起耳朵听着……她什么都没听到。出于某种本能的谨慎,娜佳和玛尔法之间没说过一句话。

第二天，8月16日，早上十点光景，宿营地周边响起嘹亮的军乐声。鞑靼军士们当即拿起武器。

伊凡·奥加莱夫离开撒杯杰洛，在由人员众多的鞑靼军官组成的参谋部簇拥下来到宿营地。他的脸比平时更阴沉，紧蹙的五官说明他正在生闷气，就等着机会爆发。

米歇尔·斯特罗哥夫隐没在俘虏群里，看到这个人过去。他预感到即将发生什么灾祸，因为现在伊凡·奥加莱夫知道了玛尔法·斯特罗哥夫就是沙皇信使团的上尉米歇尔·斯特罗哥夫的母亲。

伊凡·奥加莱夫来到宿营地的中心下了马，他的护卫队的骑兵们在他周围围成一个大圆圈。

这时，桑加尔走到他面前说：

"我没有什么新的消息要报告你，伊凡！"

伊凡·奥加莱夫没有作答，只是给他的一名军官简短地下了命令。

当即，几行俘虏被军士们粗暴地赶上前来。这些不幸的人们在鞭子和枪杆的驱赶下，不得不急急站起身来，靠着宿营地的周边排队。他们身后，步兵和骑兵组成的四道警戒线使他们插翅难逃。

很快便鸦雀无声了，而在伊凡·奥加莱夫的一个手势下，桑加尔走向其中有玛尔法·斯特罗哥夫所在的那个人群。

老婆婆看到她走来，心里明白即将发生什么事情，轻蔑的表情挂上了她的面颊。然后，她朝娜佳侧过身去，低声对她说道：

"我的孩子，你不再认识我了！不管发生什么，不管这次苦难有多深重，你都别说一个字，别有什么举动！这关系到他的安危，不是我！"

这时，桑加尔过来把手搭到西伯利亚老婆婆肩上。

"你想干什么？"玛尔法·斯特罗哥夫问道。

"过来！"桑加尔答道。

说着，她用手推了推老婆婆，把她带到伊凡·奥加莱夫面前留出的空地上。

米歇尔·斯特罗哥夫眯起眼睛，免得目光中暴露出他的身份。

玛尔法·斯特罗哥夫来到伊凡·奥加莱夫面前，挺了挺身子，交叉着双手等着。

"你就是玛尔法·斯特罗哥夫？"伊凡·奥加莱夫问道。

"正是。"西伯利亚老婆婆平静地答道。

"你对三天前我在鄂木斯克问你的问题所作的答复有什么修正吗？"

"没有。"

"这么说，你不知道你的儿子，沙皇的信使米歇尔·斯特罗哥夫曾经经过鄂木斯克？"

"我不知道。"

"那个在驿站被你认作儿子的人，不是他，不是你儿子？"

"他不是我儿子。"

"此后，你也没在这些俘虏里见到过他？"

"没有。"

"如果我们把他指给你看，你能认出他来吗？"

"不能。"

这个答复显示出不可动摇的决心，她什么都不会承认，人群中为此响起一片低语声。

伊凡·奥加莱夫忍不住打了个威胁的手势。

"听着，"他对玛尔法·斯特罗哥夫说，"你的儿子就在这里，你得马上把他指认出来。"

"不。"

"所有这些人，在鄂木斯克和考利文抓到的，就在你的眼前走过，如果你不指出谁是米歇尔·斯特罗哥夫，那么，在你面前过去多少人，你就挨多少下鞭子！"

伊凡·奥加莱夫心里清楚，不管他怎么威胁，不管对她动用怎样的刑罚，坚强不屈的西伯利亚女人都不会开口指认。因此，为了找出沙皇的信使，他并不指望她，而是指望米歇尔·斯特罗哥夫本人。他相信，当母亲和儿子面面相对的时候，不可能没有无法抑制的动作泄露出他们的内心世界。当然,如果说他只想拿到皇帝的谕旨,他只要下令对所有这些囚徒搜身就行了;可是,米歇尔·斯特罗哥夫会在了解信里的内容后把它毁掉,而如果没有把他认出来,让他到了伊尔库茨克,那么,伊凡·奥加莱夫的计谋就会被揭穿。因此,这个叛贼必须抓到的不只是那封信,还有信使本人。

娜佳什么都听到了,她现在知道,米歇尔·斯特罗哥夫是干什么的,为什么他想要悄悄穿过西伯利亚被入侵的各省!

按照伊凡·奥加莱夫的命令,俘虏们一一从玛尔法·斯特罗哥夫面前走过去,老婆婆待在那里像雕塑似的一动不动,她的目光里流露出来的是彻底的无动于衷。

她的儿子站在最后一排。当轮到他从他母亲面前走过的时候,娜佳闭上了眼睛,以免看到他!

米歇尔·斯特罗哥夫表面上还是不动声色,可他的手掌心被手指甲掐出了血。

伊凡·奥加莱夫被这母子俩战败了!

站在他身边的桑加尔只说了一个词:

"鞭子!"

"是的!"伊凡·奥加莱夫嚷道,他再也克制不住自己,"给这个老浑蛋上鞭子,把她往死里打!"

一个鞑靼士兵拿着这种可怕的刑具走近玛尔法·斯特罗哥夫。

这种鞭子由一定数量的皮条组成,皮条梢上缠着弯曲的铁丝。据说,判处一百二十下鞭子的刑罚就等于判处死刑。玛尔法·斯特罗哥夫知道这一点,但是,她也知道任何刑罚都不可能使她开口,她已置生死于度外。

玛尔法·斯特罗哥夫被两名士兵揪住,推倒在地上。她的长裙被撕开露出脊背。她的胸前顶着一柄马刀。当她吃不住疼痛倒下的时候,胸口就会被刃尖穿透。

鞑靼士兵站在那儿。

他等着。

"行刑!"伊凡·奥加莱夫说。

鞭子在空中发出哨声……

然而,就在它要落下来的时候,一只有力的手把它从鞑靼人手里夺了下来。

夺下鞭子的是米歇尔·斯特罗哥夫!面对这可怕的情景他一跃而出!如果说在伊希姆,当伊凡·奥加莱夫的鞭子触及他的时候,他忍住了,那么,在这儿,看到他的母亲即将受到毒打,他控制不住自己了。

伊凡·奥加莱夫成功了。

"米歇尔·斯特罗哥夫!"他大声嚷道。

"啊!"他说,"你就是伊希姆的那个人?"

"没错!"米歇尔·斯特罗哥夫说。

说着,他举起鞭子,向伊凡·奥加莱夫的脸抽去。

"以牙还牙!"他说。

伊凡·奥加莱夫嚷道:"给这个老浑蛋上鞭子,把她往死里打!"

"还得好!"有一个旁观者的声音在喊,幸好这个声音被嘈杂声掩盖住了。

二十名士兵扑向米歇尔·斯特罗哥夫,他们要把他杀死……

这时,伊凡·奥加莱夫一声疯狂的惨叫后打手势拦住了他们。

"这个人得留给埃米尔作公正的处理!"他说,"给我搜他的身!"

在米歇尔·斯特罗哥夫的胸前找到了那封有皇帝纹章的信函,他还没来得及把它毁掉,士兵把它交给了伊凡·奥加莱夫。

刚才大喊"还得好"的那个旁观者不是别人,正是阿尔希德·约利伟。他和他的同行在撒杯杰洛军营作了停留,目击了这个场面。

"见鬼!"他对哈利·博伦特说,"这些北方人真是硬汉子!说实在的,我们该向我们的旅伴致歉!科尔巴诺夫或者斯特罗哥夫旗鼓相当!伊希姆事件得到了应有的报复!"

"是的,报复,确实,"哈利·博伦特答道,"可是,米歇尔·斯特罗哥夫死定了。为了他的利益,他也许目前暂不记仇更好一些!"

"那就让他的母亲死在皮鞭下吧!"

"您以为他的冲动能给他母亲和妹妹一个好结局吗?"

"我什么都不以为,什么都不知道,"阿尔希德·约利伟答道,"就知道我在他的位置上做不出比他更好的事来!多漂亮的疤脸儿!哎!人生就得有几次发火!如果上帝要我们时时处处都保持冷静,那他在我们的血管里不要装血,装水得了!"

"能写一篇专栏报道的好题材啊!"哈利·博伦特说,"要是伊凡·奥加莱夫能把这封信的内容告诉我们就好了!……"

这封信,伊凡·奥加莱夫擦干净满脸的血迹后,捏碎了封印,细细地读了一遍又一遍,就像要看透字里行间蕴含的全部内容。

他下令把米歇尔·斯特罗哥夫扎扎实实捆绑起来,和其他俘虏一起押赴托木斯克,然后,他率领在撒杯杰洛宿营的部队,在震耳欲聋的擂鼓和吹号声中,开赴埃米尔等待着他的城市。

第4章 凯旋入城

建于1604年的托木斯克几乎位于西伯利亚各省的中心，它是俄罗斯亚洲部分的重镇之一。位于北纬60°线上面的托博尔斯克和建造在东经100°线之外的伊尔库茨克见证了托木斯克靠着它们发展起来的历史。

然而，我们说过，它不是这个重要省份的省会。该省的总督和官方人士都住在鄂木斯克。不过，在这片和阿尔泰山，也就是和中国的喀尔喀人①地区接壤的土地上，托木斯克这个城市最大。从这些山上不停地有含黄金、白银、铜和铅的沙石滚落下来，一直滚到托木河谷地。地区富了，这个城市便也富了，因为它就在富有成效的开发中心。其房屋、家具和设施的奢华堪与欧洲的各大都会相媲美。这是一座靠十字镐和铁锹发家致富成为百万富翁的人们聚居的城市，如果说它没有荣幸地成为沙皇的代表驻跸的地方，在它的显要中却有该市商界领袖，帝国政府最主要的矿业特许权享有者，足可借以自慰。

从前，托木斯克被视作是天涯海角。想去那里，那就完全是出远门了。现在，当入侵者的铁蹄还没有踏上这条公路的时候，去那儿就像是闲庭信步。不久后，这里还将铺上铁路，穿过乌拉尔山脉，连接彼尔姆。

托木斯克是一座漂亮的城市吗？关于这个问题，应该说旅行者们看法不一。布尔布隆夫人在她从上海赴莫斯科途中曾在这里歇息几天，她说这个地方风景并不宜人。从她的描述来看，这只是个无足轻重的小镇，陈旧的石头或砖瓦房子，十分狭窄的街道，和一般穿过西伯利亚大城镇的

---

① 蒙古民族中最大的一支，现占蒙古人民共和国居民人口的75%。

街道不可相提并论,肮脏的小区,里面拥挤着特别多的鞑靼人,城里到处可见醉鬼,他们倒是不吵不闹,"醉酒让他们麻木,就像在北方各民族里那样!"

旅行家亨利·卢瑟尔-基鲁格则对托木斯克赞不绝口。这是因为,他是在隆冬季节看到的这座城市,被皑皑白雪覆盖着,而布尔布隆夫人则是在夏天到的那儿吗?有这个可能,而这也肯定了这样的说法,有些寒冷地区只有在寒冷的季节才能得到好评,就像有些炎热地区只有在炎热的季节才美丽一样。

不管怎样,卢瑟尔-基鲁格先生肯定托木斯克不仅是西伯利亚最美丽的城市,而且还是世界上最美丽的城市之一,它有宽敞的列柱廊的房屋,河边的木板道路,宽阔整齐的街道,以及十五座华丽的教堂,映照在河面比法国任何一条河流都宽阔的托木河水波上。

实际情况介于这两种意见之间。托木斯克有二万五千居民,它建造在长长的坡度相当陡峭的山梁上,层层叠叠,赏心悦目。

然而,入侵者占领这座城市后,它便从世界上最美丽的变成最丑陋的了。这个时期,谁还愿意欣赏它?在那里常驻的几个哥萨克步兵营挡不住埃米尔几个纵队的进攻。城里的老百姓有一部分祖籍鞑靼,他们不会对这些同是鞑靼人的部落横眉冷对,而此时,如果把托木斯克搬到科坎或布卡拉的汗国里去,它也不会比那里多多少俄罗斯或西伯利亚色彩。

埃米尔将在托木斯克接见他得胜的军队,并且为他们举办一次歌舞和骑术表演,继而是吵吵嚷嚷的狂饮狂欢的庆祝活动。

为这场庆典选择的舞台,按照亚洲人的品位,安排在高出托木河一百英尺的部分山梁上,那里有一片宽敞的高地。整个地平线上有悠悠延伸的风格优雅的房屋和腹部鼓鼓的圆顶教堂,九曲十八弯的河道,淹没在炎热的雾霭中的森林,这整个儿的画面就被框在由挺拔的青松和参天的雪松群组成的绿色框架里。

高地左侧,在几个宽阔的平台上,临时竖起了像似布景的东西,绚丽夺目,画着一座宫殿,它该是布卡拉纪念性建筑物的样本,建筑风格很是

奇特，一半摩尔式，一半鞑靼式。在这座宫殿的上面，生长着给这片高地投下阴影的参天大树，高高的枝杈间竖立着一座座清真寺，清真寺尖顶上，随鞑靼军队从布卡拉而来的鹳，成百成百地在那里盘旋飞舞。

这些平台是留给埃米尔的宫廷、他的同盟者可汗们、汗国的达官贵人和突厥斯坦的君主们和他们的后宫使用的。

这些苏丹的后妃大多数是从外高加索和波斯的集市上采买来的奴隶，她们有的露出面容，有的戴着面纱挡住别人的视线。她们全都衣着奢华。优雅的大氅，袖子后面用欧洲式的裙撑系起，露出赤裸的手臂，手臂上戴满了用宝石链连接在一起的手镯，以及她们的小手，手指甲上涂着散沫花汁。那些大氅，有的是丝绸做的，薄得堪比蝉翼，有的用柔软的"阿拉甲"做成，这是一种棉布料，上面有很窄的条纹。它们稍稍移动就会发出东方人认为无比悦耳的窸窣声。大氅里闪烁着锦缎裙，遮蔽着绸缎长裤，裤腿在精致的靴子上面一点的地方收紧，靴子呈优雅的新月形，上面点缀着珍珠。那些没戴面纱的女人，我们可以欣赏到她们露出在五颜六色的包头布下的长长的发辫，明眸皓齿，在用眼药连成一线的乌黑的睫毛，稍稍涂点石墨，然后用擦笔抹匀的眼皮的映衬下更显得洁白耀眼的肤色。

在军旗和火焰旗遮蔽的平台脚下，守护着埃米尔的特勤卫士，他们挎着尖端弯弯的双刀，腰间别一把匕首，手里执着十英尺长的长矛。有几个鞑靼士兵拿着白木棍，还有的扛着大戟，大戟上装饰着金银线做的缨子。

周围一圈，一直到山脚浸入托木河里的陡峭的山坡上，麇集着具有世界性的人群，由中亚各国土著代表组成。有红胡子，灰色眼睛，戴着黑羊皮高帽子的乌兹别克人，他们穿着"阿卡鲁克"，一种按鞑靼式样裁剪的大袍。那一边挤着一群穿着民族服装的土库曼人，色彩醒目的宽大的裤子，驼毛料的上装和大衣，锥形或喇叭口红帽子，俄罗斯皮革高筒靴，用细细的皮条悬挂在腰上的长短马刀。土库曼女人便在她们主人的身边，她们用山羊毛绦子延长她们的发辫，敞开的内衣外穿一件蓝、红、绿色条纹的"茱巴"，腿上交叉绑着彩色细带子，一直绑到皮面木底鞋。那里还有——仿佛俄中边界的各个民族全都在埃米尔的号召下行动起来了似的——前额和两鬓剃得光光的,头发打成辫子的满洲人,他们身穿长袍,丝绸内衣上束一条腰带,头戴椭圆形的樱桃红黑边红缨缎帽。和他们在一起的是那些令人惊艳的典型的满洲女子,她们特有风情地用金簪在头上插上珠花和轻巧地停在她们黑发上的蝴蝶。最后还有蒙古人、布卡拉人、波斯人、突厥斯坦的中国人,凑足了这个应邀来鞑靼庆典观礼的人群。

在这个欢迎入侵者的大会上就是没有西伯利亚人。他们中没能逃走的都躲在家里,担心菲奥法尔可汗会下令抢劫,用烧杀抢掠圆满地结束这场凯旋仪式。

埃米尔到四点钟才进入广场,这时,军乐声,当当的铜锣声,大炮和火枪齐鸣声响成一片。

埃米尔菲奥法尔跨着他头戴钻石雏鹰的爱马,依然一身戎装。他身边走着科坎和昆都孜的可汗们和汗国的达官贵人,他们身后伴随着人数众多的参谋部。

此时,平台上出现了菲奥法尔的第一夫人——王后,如果这个称呼还适于用在布卡拉各国的后妃身上的话。然而,不管是王后还是奴隶,这个原籍波斯的女人却美得令人惊艳。与伊斯兰教的习俗相反,也许还是出于埃米尔的心血来潮,她没戴面纱。她的头发分梳成四条辫子,晃动在白得耀眼的双肩上,肩上就披着一条点缀金片的绸巾,绸巾后面连接一顶镶有最昂贵的宝石的帽子。在她的蓝绸短裙里垂落着薄绸"丝儿加膜",而在她的腰带以上是一件同等质地的打褶内衣,优雅的V字形衣领,张开在她粉色的颈上。然而,从她的头部一直到脚上穿着的波斯拖鞋,堆满了琳琅满目的珠宝,用银线穿起的波斯金币,绿松石念珠,采自著名的厄尔布尔士①矿区的"翡露彩",肉红玉髓、玛瑙、祖母绿、蛋白石和蓝宝石的项链,使她的内衣和短裙仿佛就是用宝石织成的。至于那数千颗在她脖子、手臂、手背、腰间、脚面上闪闪发光的钻石,价值几百万卢布都不止,而它们发出的光芒,让人似乎觉得,在每颗钻石里都有电流点燃起的电弧发出的

---

① 伊朗山脉,位于里海南面。

不管是王后还是奴隶,这个原籍波斯的女人却美得令人惊艳。

太阳光。

埃米尔和可汗们,以及随行的达官贵人下了马。他们全都在第一个平台中央的一个华丽的大帐篷里就座。帐篷前,一如既往,圣桌上放着那本《古兰经》。

菲奥法尔的副手没让人久等,五点前,嘹亮的军乐声宣告他的到来。

伊凡·奥加莱夫——就像我们已经听人叫过的那个"疤脸儿"——这一次,穿着鞑靼军官的服装。他由撒杯杰洛营地的部分士兵陪同前来,这些士兵排列在广场四周,在他们中间只留下了用于歌舞表演的空间。在叛贼脸上可见宽宽的一道斜行的疤痕。

伊凡·奥加莱夫给埃米尔介绍他的主要军官,而菲奥法尔可汗脸上始终没有放下他那作为威严的冷漠。他接见这些军官,让他们为他的接见感到得意。

至少，哈利·博伦特和阿尔希德·约利伟是这么理解的，这两个人现在形影不离，齐心合力采集新闻。他们离开撒杯杰洛后，很快就到了托木斯克。他们既定的打算是不告而别，离开鞑靼军队，尽快找到某个俄罗斯军团，如果可能的话，跟着俄国军团赶往伊尔库茨克。他们已经看到的入侵，烧杀抢掠，让他们由衷地感到恶心，他们急于进入西伯利亚军队的行列。

但是，阿尔希德·约利伟说服了他的同行，不就鞑靼军队凯旋入城一事画上几笔便不离开托木斯克——哪怕只是为了满足一下他堂姐的好奇心——于是，哈利·博伦特便决定待几个钟头；不过，当晚，两个人必须重新走上去伊尔库茨克的公路。有好马骑，他们希望能跑到埃米尔侦察部队的前面去。

因此，阿尔希德·约利伟和哈利·博伦特便混迹在人群中观看，做到不漏掉这次庆祝活动的每一个细节。这次活动应该为他们提供能撰写足足一百行专栏文章的素材。就这样，他们欣赏到了华丽登场的菲奥法尔可汗，他的女人们、军官们、卫士们，东方人的全套排场，这是欧洲仪式绝不可能有的场面。只是当伊凡·奥加莱夫觐见埃米尔的时候，他们轻蔑地转过脸去，他们等待庆典开始，心里不无焦躁。

"您瞧，亲爱的博伦特，"阿尔希德·约利伟说，"我们就像为自己出的钱抱有怨气的市民一样来早了！这一切呀，还只是把幕布拉开，最有品位的人要到跳芭蕾舞的时候才到呢。"

"什么芭蕾舞？"哈利·博伦特问道。

"少不了的忙碌啊。真见鬼！不过，我想，幕布就要拉开了。"

阿尔希德·约利伟就像在巴黎歌舞剧院那样说着话，他从套子里拿出观剧望远镜，准备像个老戏迷似的仔细观望"菲奥法尔军旅的首要人物"。

但在歌舞表演之前先有一个不堪入目的仪式。

确实，战胜者的凯旋没有战败者公开的屈辱便不能算是完整的。因此，数百名俘虏在士兵们的鞭子下被带了上来。他们必须列队在菲奥法尔可汗和他的同盟者们面前走过，然后和他们的难友们一起被塞进城里

的监狱。

米歇尔·斯特罗哥夫便在这些俘虏的最前列。按照伊凡·奥加莱夫的命令,他专门由一个小队的士兵看守。他的母亲和娜佳也在这些俘虏里。

这位西伯利亚老婆婆当事情只涉及她本人的时候始终是那么坚毅,但这时的脸色却苍白得可怕。她等待着恐怖的场面出现。她的儿子被押解到埃米尔面前不是没有原因的。她为此而战栗。伊凡·奥加莱夫当众挨了一鞭子,这条鞭子本来是在她头上举起来的,他不是个胸怀仁厚的人,他必将进行无情的报复。中亚的蛮子们惯用的什么酷刑,肯定正威胁着米歇尔·斯特罗哥夫。如果说伊凡·奥加莱夫在他的士兵们扑到他身上的时候放过了他,那是因为他很清楚,把他留给埃米尔做所谓公正的处理会有什么结局。

再者,自从撒杯杰洛军营那致命的一幕发生后,母子俩都没能说上话。他们被无情地分开关押。这使他们的苦难更加深重,因为,在这几天的囚禁生活中,能在一起的话,对他们来说会是些许慰藉!玛尔法·斯特罗哥夫很想请求儿子原谅,原谅她不经意间给儿子造成的这个困苦,她责备自己没能控制住当母亲的感情!如果她在鄂木斯克的那个驿站,和他面面相对的时候能够忍住不吭声,米歇尔·斯特罗哥夫就不会被认出来,那么多的不幸就能避免了!

而米歇尔·斯特罗哥夫,就他那方面则在想,如果说他母亲也在这儿,如果说伊凡·奥加莱夫让她来到他的面前,那是为了要让她因为他受刑而痛苦,也许还因为要对他执行什么可怕的死刑,对他,也对她。

至于娜佳,她心里想到的则是怎样把他们俩都救出来,怎么帮助这母子俩。她只会设想,但她隐隐感到自己首先应该避免引起人家对她的警觉,她必须隐藏起来,尽量不惹人注意!也许到那个时候,她能咬断禁锢狮子的囚笼也说不定。不管怎样,一旦有行动的机会,她就行动,即使需要她为玛尔法·斯特罗哥夫的儿子献出自己的生命也在所不惜。

这时,大多数俘虏已经从埃米尔面前过去,经过的时候,他们每个人都得俯伏在地上,额头触及尘土,表示卑屈。这是以屈辱开始的亡国奴生涯！当这些不幸的人趴得太慢的时候，卫士们就会粗鲁地猛然出手把他们推倒在地。

这样的场面，阿尔希德·约利伟和他的伙伴看不下去了，他们不能不感到义愤填膺。

"真是卑鄙！我们走！"阿尔希德·约利伟说。

"不！"哈利·博伦特答道，"我们应该看到底！"

"看到底！……啊！"阿尔希德·约利伟突然抓住他伙伴的手臂，大声叫道。

"您怎么啦？"哈利·博伦特问道。

"博伦特，瞧！是她！"

"她？"

"我们旅伴的妹妹！孤身一人也成了俘虏！得把她救出来……"

"您克制着点儿，"哈利·博伦特冷静地答道，"我们为这个女孩子介入，可能对她有害而不是有用。"

准备挺身而出的阿尔希德·约利伟停了下来，而娜佳没有看到他们，她用头发遮住了半边脸，轮到她从埃米尔面前过去的时候，没有引起注意。

然而，娜佳之后，轮到了玛尔法·斯特罗哥夫，她没有很快就趴倒在尘土里，卫士们粗暴地推了她一把。

玛尔法·斯特罗哥夫摔倒在地。

他的儿子使劲一挣，看守他的士兵差点没把他制住。

然而，老玛尔法站起身来，士兵们正要把她带下去，伊凡·奥加莱夫介入道：

"让这个女人留下！"

至于娜佳，她回到了俘虏人群里。伊凡·奥加莱夫的目光没有停留在她身上。

米歇尔·斯特罗哥夫被带到埃米尔面前，他依然站着，两眼没有垂下。

"叩头！"伊凡·奥加莱夫对他大吼。

"不！"米歇尔·斯特罗哥夫答道。

两名卫士想强迫他弯下身来，然而却是他们被强壮的年轻人一手掌推得躺倒在地上。

伊凡·奥加莱夫朝米歇尔·斯特罗哥夫走去。

"你死到临头了！"他说。

"我会死的，"米歇尔·斯特罗哥夫高傲地答道，"可你这张卖国贼的脸不会因此而不带着，甚至将永远带着可耻的鞭痕！"

伊凡·奥加莱夫听到这个答复，脸色变得可怕的苍白。

"这个囚徒是什么人？"埃米尔问道，他的声音因为平静而显得更咄咄逼人。

"一个俄罗斯间谍。"伊凡·奥加莱夫答道。

他知道，把米歇尔·斯特罗哥夫说成间谍，必将判以重刑。

伊凡·奥加莱夫朝米歇尔·斯特罗哥夫走去。

"你死到临头了！"他说。

米歇尔·斯特罗哥夫向伊凡·奥加莱夫走去。

士兵们把他拦住了。

这时,埃米尔打了个手势,在这个手势前,所有的人都俯下了身子。接着,他用手指了指《古兰经》,有人把书呈了上去。他打开圣书,把手指放在其中的一页上。

这是偶然,或者在这些人的思想里,是安拉本人在决定米歇尔·斯特罗哥夫的命运。中亚各民族把这种做法称之为"法尔"。对法官的手指触及的经文做出解释后,他们便执行判决,不管是给予怎样的刑罚。

埃米尔让他的手指留在所指的《古兰经》那一页上。伊斯兰教的学者领袖上前高声诵读经文,经文结尾说:

"尔后,他再也见不到人世间的事物。"

"俄罗斯间谍,"菲奥法尔可汗说,"你来这儿是想看到鞑靼军营里发生的事情啊!那就睁大了眼睛看看吧,看吧!"

第5章 睁大了眼睛看看吧，看吧！

米歇尔·斯特罗哥夫被双手反绑，站在平台脚下，埃米尔的御座前。

他的母亲经受不住肉体和精神的折磨还是倒下了，再也不敢看，不敢听。

"睁大你的眼睛看看吧，看吧！"菲奥法尔可汗打着威胁的手势，指着米歇尔·斯特罗哥夫，一边说道。

了解鞑靼人风俗的伊凡·奥加莱夫无疑知道这句话的含义，只见他裂开嘴巴，露出狰狞的微笑。然后，前去站在菲奥法尔可汗身边。

与此同时，响起了军号的召唤声。这是歌舞表演开始的信号。

"舞蹈表演开始了，"阿尔希德·约利伟对哈利·博伦特说，"可是，这些野蛮人和谁家的惯例都相反，先跳舞，再演戏！"

米歇尔·斯特罗哥夫接到的命令是看。他便看着。

一群舞女云涌般登上广场。各种鞑靼人的乐器，"都达尔"，用桑木做的，有两根按四音程调处的绞丝弦的长颈曼陀林，"科比兹"，一种后面张开的大提琴，饰以马鬃，用一把琴弓拉响，"齐百思噶"，芦苇长笛，小号，铃鼓，铜锣，加上歌手们喉头发音的唱腔，混成一种怪怪的音乐。这里还应该加上一个空中乐队的和声，这个乐队由十二个风筝组成，风筝中间系一根绳子，它们在微风中发出伊奥利亚①竖琴的声音。

舞蹈当即开始。

舞女们全都是伊朗籍的。她们自由操持职业，不是奴隶。以前她们在德黑兰宫廷仪式上作正式表演。自从当前执政的家族登基以后，她们

---

① 小亚细亚西岸部分地区的古称。

被驱逐或差不多被驱逐出了王国,不得不去别处谋财路。她们身穿民族服装,浑身上下装点着金银珠宝。耳垂下晃荡着金制的小三角片和长长的水晶坠子,脖子上挂着乌银镶嵌的项圈,手腕脚踝上套着双排宝石的镯子,长长的辫子,发梢上还颤动着挂件,缠着许多珍珠、绿松石、光玉髓。她们紧束腰间的皮带扣子闪闪发光,就像欧洲最高等级骑士的荣誉勋章。

这些舞女跳着各种舞蹈,舞姿优美。她们一会儿是单人舞,一会儿是群舞。她们脸上没有蒙面纱,但是,她们不时地把一条轻薄的面纱拉到脸上,纱巾掠过她们明亮的双眸,就像浮云遮蔽繁星点点的夜空。在这些波斯女孩中间,有几个胸前斜背一条点缀着珍珠的皮肩带,肩带上挂一个三角形的小袋子,尖尖朝下。到某个时候,她们打开袋子,从里面抽出一条又长又窄、色彩鲜艳的绸带,绸带上绣着《古兰经》经文。在她们之间展开的这些带子连成环形,其他舞女不停步地从下面穿过,当她们来到每段经文前的时候,便按照经文内容,或者五体投地,或者轻盈地一跃而起,飞腾空中,就像要跻身去穆罕默德的天庭仙女中间就位。

然而,值得注意的,也是让阿尔希德·约利伟感到惊讶的是,这些波斯女孩的情绪看来不是热情飞扬,而是无精打采。她们缺乏激情,不管是从她们舞蹈的类型还是舞蹈的表演来看,她们更让人联想到印度寺院的舞蹈女,而不是多情的埃及舞女。

第一个节目演完的时候,一个低沉的声音扬起来说道:
"睁大你的眼睛看看吧,看吧!"

重复埃米尔这句话的是个高个子鞑靼人,他便是菲奥法尔可汗属下的刽子手。他站在米歇尔·斯特罗哥夫身后,手里拿着一把宽刃弯刀,一种由卡尔希①或希萨尔②的著名武器制造人淬火制造的大马士革钢刀。

在他身边,卫士们拿来了一个三脚架,架子上的铁锅里燃烧着无烟的炭火。炭火上蒙着淡淡的水汽,因为它在焚烧一种芳香树脂,抛在炭火上

---

① 乌兹别克城市名。
② 印度城市名。

面的乳香和安息香的混合物。

继波斯女孩之后当即上场的是另外一群舞女,属于一个迥然不同的民族,米歇尔·斯特罗哥夫一下子就认出了她们。

当然,我们相信,两位记者也认出来了,哈利·博伦特对他的同行说:"下诺夫哥罗德的茨冈人!"

"正是她们!"阿尔希德·约利伟大声嚷道,"我想眼睛给她们这些间谍带来的钱财恐怕比用腿赚来的还要多!"

她们作为密探在为埃米尔效力,阿尔希德·约利伟没有搞错。

桑加尔便在茨冈舞者的第一排,她穿着奇异而悦目的服装,这种服饰把她衬托得更加美丽,是个绝色尤物。

桑加尔并不跳舞,她在舞女们中间只是像个哑剧演员。她们任性所致的舞步来自于这个民族走过的欧洲,来自于波希米亚、埃及、意大利、西

桑加尔便在茨冈舞者的第一排,她穿着奇异而悦目的服装,这种服饰把她衬托得更加美丽,是个绝色尤物。

班牙。她们随着套在手臂上丁当作响的钹声和手鼓的隆隆声,以及手指划过鼓皮时刺耳的声音,跳得越来越激烈。

桑加尔也拿着一个手鼓,手鼓在她两手间颤动,刺激着这个真正的自然女神的祭司们组成的舞蹈队。

这时,上来一个茨冈少年,看上去最多十五岁。他手里抱着个都达尔,用滑动的指甲弹奏着上面的两根弦。他唱了起来。在他唱到这首节奏怪异的歌曲的主歌时,一名舞女跑来一动不动地站在他身边,听着他唱,可是每当少年歌手重复副歌的时候,她便跳起中断的舞蹈,在他身旁摇动达伊列,用响板的夸夸声震得他晕头转向。

接着,唱完最后一段副歌后,舞女们全都上来,把茨冈少年围在她们舞裙的无数褶子之中。

这时,从埃米尔和他的同盟者的手中,从他们的各级军官的手中,散落了一阵金子雨,在金币击打铙钹的叮当声中,都达尔和铃鼓声渐渐消泯。

"强盗们真是挥金如土啊!"阿尔希德·约利伟在他的同伴耳边说。

大量抛落下来的正是他们抢夺来的钱,因为在这些钱里,不但有波斯金币和鞑靼金币,还有大量的莫斯科杜卡托和卢布。

接着是片刻沉静,把手搁在米歇尔·斯特罗哥夫肩上的刽子手重复着那句话,如此重复使之变得越来越阴森可怖。

"睁大你的眼睛看看吧,看吧!"

不过,这一次,阿尔希德·约利伟注意到刽子手手里不再拿着他那柄钢刀。

这时,太阳已经落到了地平线下。田野上的背景开始变得朦朦胧胧,雪松和青松林越来越黑,托木河的河水,远处已是黑乎乎一片,和刚起来的薄雾混成一色。阴影不一会儿就将笼罩高踞城市之上的这块高地。

就在此时,好几百奴隶手擎燃烧的火把布满广场。由桑加尔牵头的茨冈和波斯舞女们再度出现在埃米尔的御座前,通过对照,展示她们风格迥然的舞蹈的魅力。鞑靼乐队所有的乐器疯狂般地齐奏,伴随着歌手们

喉头发出的叫喊，奏出更具野性的和声。收回地面的风筝又放飞了，带起了满天星星似的五彩灯笼，在更加凉爽的微风中，空中的彩灯间，它们的竖琴奏得更欢快。

接着，一群全副戎装的鞑靼人上来，加入一起跳舞，气氛越演越烈，这时，开始了骑术的徒步表演，给人的印象十分奇特。

这些士兵手执出鞘的马刀和长长的手枪，一边似乎在表演杂技，一边鸣枪，响亮的爆炸声划破长空，持续的排枪在隆隆的铃鼓声、嗡嗡的达伊列声、叽嘎的都达尔声中特别清脆。火器里装上中国式的彩色火药，加入某些金属配料，放射出长长的红、绿、蓝色的火光，人群在烟火中激动起来。从某些角度来看，这场歌舞表演让人联想到古人的一种军人舞，领舞的人活动在剑尖和匕首中间，可能，这种传统传给了中亚各个民族。然而，鞑靼人的军人舞由于加入了蛇行在舞女们头上的彩色火光而变得更奇特，整个穹顶被点点火光所刺穿。那就像一个火星的万花筒，随着舞女们的每一个举手投足产生千变万化的组合。

巴黎记者对现代舞台所上演的节目的强烈的效果只怕都已经麻木不仁，却忍不住为此轻轻晃了晃脑袋，这个动作在蒙马特尔大街和马德兰大教堂之间地区的意思是说："不错！不错！"

接着，突然，就像是一声令下，所有的骑术烟火都熄灭了，舞蹈停了下来，舞女们也消失不见了。仪式结束，只有火把依然照亮这片几分钟前如同白昼般明亮的高地。

在埃米尔的一个手势下，米歇尔·斯特罗哥夫被带到了广场中心。

"博伦特，"阿尔希德·约利伟对他的伙伴说，"您坚持要把这些都看完吗？"

"一点儿也不。"哈利·博伦特答道。

"我希望，您《每日电讯报》的读者们，对鞑靼式的执刑细节不是很感兴趣吧？"

"不会比您的堂姐更感兴趣。"

"可怜的小伙子！"阿尔希德·约利伟望着米歇尔·斯特罗哥夫补充道，

"勇敢的战士理应战死沙场才是!"

"我们能不能做点什么把他救出来?"哈利·博伦特说。

"我们什么都做不了。"

两位记者回忆着米歇尔·斯特罗哥夫对他们所做的义举,他们现在知道了他受责任束缚,不得不在不知道什么叫怜悯的鞑靼人中间,经受何等严酷的考验,而他们却爱莫能助!

不愿意看着不幸的人受刑的两位记者便回到了城里。

一小时以后,他们便跑在去伊尔库茨克的公路上了,他们将争取在俄罗斯人中间跟踪报道被阿尔希德·约利伟早已称之为"报复行动"的事态发展。

这时,米歇尔·斯特罗哥夫站着,用高傲的目光望着埃米尔,轻蔑的目光望着伊凡·奥加莱夫。他以为自己要被处死了,可是,在他身上见不到一丝软弱的迹象。

观众们待在广场四周,包括菲奥法尔可汗的参谋部,对他们来说,这种酷刑只是多了一道风景线。他们等待着执行完毕。等他们的好奇心得到满足后,这个野蛮的游牧部落便要去一醉方休了。

埃米尔打了个手势,卫士们把米歇尔·斯特罗哥夫推向平台,这时,菲奥法尔用米歇尔能听懂的鞑靼语对他说:

"俄罗斯的间谍,你来这儿是想要看看的。这是你最后一次看了。不一会儿,你的眼睛将永远失去光明!"

米歇尔·斯特罗哥夫即将遭到的打击不是死亡,而是失明。失去视觉也许比失去生命更可怕!不幸的人被判处失去光明。

然而,听到埃米尔做出的宣判,米歇尔·斯特罗哥夫没有软弱。他依然不动声色,两眼圆睁,仿佛要把他全部的生命都集中在这最后的一瞥里。哀求这些残酷的人们是没有用的,他也会为此感到耻辱,他想都没往这方面想。他全部的思想都集中在他无可挽回的失败了的使命上,集中在他再也看不见的母亲和娜佳身上!可是他心潮澎湃的感受,一点都没有流露在脸上。

接着,想要作一次报复的情感还是攫住了他的全部身心。他转身朝向伊凡·奥加莱夫。

"伊凡,"他用威武不屈的语气说道,"卖国贼伊凡,我最后仇恨的目光是投向你的!"

伊凡·奥加莱夫耸了耸肩。

然而,米歇尔·斯特罗哥夫弄错了。他的目光不是在凝望着伊凡·奥加莱夫时泯灭的。

玛尔法·斯特罗哥夫刚在他面前挺起身来。

"母亲!"他嚷道,"是啊!是啊!我最后的目光是投向你的,不是给这个无赖的!待在这儿,就在我面前!让我再看看你慈祥亲切的面容!就让我的眼睛望着你闭上吧!……"

西伯利亚老婆婆一句话都没说,往前走来……

"把这个女人赶走!"伊凡·奥加莱夫说。

两名士兵推开玛尔法·斯特罗哥夫。她后退,但依然站着,在离儿子几步的地方。

刽子手来了。这一回,他手里拿着那把出了鞘的马刀,刀刃被烧成白热状,他刚把它从燃烧的加香料的炭火中抽出来。

米歇尔·斯特罗哥夫即将按照鞑靼人的做法,被灼热的刀刃弄成双眼失明!

米歇尔·斯特罗哥夫没有寻求反抗。他的眼睛里只有他的母亲,他贪婪地凝望着她!他全部的生命都在这最后的凝望之中!

玛尔法·斯特罗哥夫也圆睁双目,向他伸出双臂,望着他!……

灼热的刀刃在米歇尔·斯特罗哥夫眼前掠过。

绝望的一声叫喊。老玛尔法失去知觉倒在地上。

米歇尔·斯特罗哥夫成了盲人。

埃米尔在他的命令执行完毕后,带着他那一家子走了。广场上很快便只剩下伊凡·奥加莱夫和那些举着火把的人。

难道这个无赖还想侮辱他的受害者,给他最后的一击吗?

绝望的一声叫喊。老玛尔法失去知觉倒在地上。

米歇尔·斯特罗哥夫成了盲人。

伊凡·奥加莱夫慢慢走近米歇尔·斯特罗哥夫,后者感到他走来,挺起了身子。

伊凡·奥加莱夫从口袋里掏出皇帝的信函,极尽其嘲弄之能事,把信放在沙皇信使的眼前,说:

"现在,你读吧,米歇尔·斯特罗哥夫,读啊,然后去告诉伊尔库茨克你读到了什么!真正的沙皇的信使现在是伊凡·奥加莱夫!"

说完这些话,他把信塞进胸口。然后,他头也不回地离开了广场,举火把的人也随之走了。

广场上只留下了米歇尔·斯特罗哥夫一个人,就在离他母亲几步远的地方。母亲失去了知觉,也许死了。

远处传来叫喊声、歌声,伴随着大吃大喝的种种喧闹声。托木斯克灯火辉煌,像一个节日中的城市那样明亮。

米歇尔·斯特罗哥夫侧耳倾听。广场上已是寂静无声,人都走光了。

他摸索着,拖着脚步朝母亲倒下的地方走去。他用手摸到了她,弯下身子,把他的脸靠到母亲的脸旁,谛听她的心跳声。接着,他好像在对她低声说话。

老玛尔法还活着吗?她听到儿子跟她说的话了吗?

总之,她没有动弹一下。

米歇尔·斯特罗哥夫吻了吻她的前额和白发。然后,他站起身来,用脚探索着,渐渐地向广场尽头走去。

突然,娜佳出现了。

她径直走向她的同伴,用手里的匕首割断捆绑着米歇尔·斯特罗哥夫双臂的绳索。

米歇尔不知道是谁帮他松了绑,因为娜佳一句话都没说。

可割断绳子后,她叫了一声:

"哥!"

"娜佳!"米歇尔·斯特罗哥夫喃喃道,"娜佳!"

"走吧,哥!"娜佳答道,"从今以后,我的眼睛就是你的眼睛,让我来引导你去伊尔库茨克吧!"

第6章　大公路上的朋友

半小时后,米歇尔·斯特罗哥夫和娜佳离开了托木斯克。

那天晚上,有相当一部分俘虏得以从鞑靼人手里逃出来,因为那些军官和士兵多少都有些喝糊涂了,不由得放松了他们迄止此时,不管是在撒杯杰洛,还是在押送路上实施的严格看管。娜佳先是和其他俘虏一起被带走,后来便逃了出来,当米歇尔·斯特罗哥夫被带到埃米尔面前的时候,她回到了高地上。

她混在人群中间,什么都看到了。当白热状态的刀刃掠过她同伴眼前时,她坚强地忍住了,没有动,也没有出声。天意启示她要忍耐,留得自由身,她就可以引导玛尔法·斯特罗哥夫的儿子前去他发誓要到达的目的地。当西伯利亚老婆婆失去知觉倒在地上的时候,她的心一时间停止了跳动,但是,有一个想法使她重又振作起来。

"让我来当他的导盲犬吧!"她对自己说。

伊凡·奥加莱夫走的时候,娜佳就躲在阴影里。她等待着人群离开高地。米歇尔·斯特罗哥夫被弃之不顾,他已经成了一个不用害怕的苦人儿,孤独地一人待在那里。她看到他慢慢地向他母亲走去,俯下身子,吻了她的前额,然后摸索着走开了……

不一会儿,她和他手牵着手,走下了陡峭的坡地,沿着托木河畔一直走到城市尽头,他们幸运地从一个城墙缺口出了城。

通往伊尔库茨克的公路向东延伸。向东方的公路只有一条。这路是不会走错的。娜佳牵着米歇尔·斯特罗哥夫迅速走去。有可能天一亮,埃米尔的侦察兵又会冲进草原,切断所有的通道。因此,要紧的是跑在他们

前面,在他们之前到达克拉斯诺亚尔斯克,从托木斯克到那儿有五百俄里(533公里),总之,要尽可能晚一些离开大公路。一旦离开现成的道路,那便是不确定和不可知,离死亡就不远了。

娜佳怎么受得了这个8月16至17日夜晚的疲劳?她跑这么长的路所需要的体力是打哪来的?她那双因为急急赶路而流着血的脚怎么承受得了一直跑到这儿?真是不可思议。然而,一点不假,第二天上午,离开托木斯克十二小时后,她和米歇尔·斯特罗哥夫居然跑了五十俄里,到达了塞米罗弗斯柯耶镇。

米歇尔·斯特罗哥夫一句话没说。整整一晚上,不是娜佳牵着他的手,而是他牵着娜佳的手。然而,多亏了这只仅仅是以战栗引导着他的小手,他才能用平时的步履行走。

塞米罗弗斯柯耶镇几乎完全被抛弃了。居民们害怕鞑靼人,逃到叶尼塞斯克省去了。只有两三栋房子还有人居住。城里有用的或珍贵的东西全都装上大车运走了。

然而,娜佳必须在那里歇息几个钟头。他们俩都必须进食和休息。

因此,姑娘把她的伙伴带到了镇子边缘。那里有一栋空房子,门开着。她们走进房子里。房间中央,有一个西伯利亚哪家住房里都有的那种高高的中心火炉;靠着火炉,有一张破破烂烂的木板凳。他们在板凳上坐下。

这时,娜佳站在对面,细细打量了她的盲人伙伴,仿佛直到此时,她才第一次这么凝望着他。在她的目光里,有超出感激,超出怜悯的东西。如果米歇尔·斯特罗哥夫能够看得见,他就能看到在她美丽的悲痛的双眸里流露出来的无尽的忠诚和柔情。

被白炽的刀刃烫红的盲人的眼皮半遮着完全干涸的眼睛。因此而微微皱起的巩膜仿佛角质化了,瞳孔变得特别大,虹膜比以前更蓝。然而,从表面上看,年轻人深邃的目光仿佛没有出现什么变化。如果说他再也看不见了,如果说他已经完全失明,那是因为视网膜和视神经的感觉被灼热的钢铁彻底摧毁了。

这时,米歇尔·斯特罗哥夫伸出了双手。

"娜佳,你在那里吗?"他问道。

"在,"姑娘答道,"我就在你身边,我再也不离开你了,米歇尔。"

娜佳第一次叫出他的名字,米歇尔·斯特罗哥夫听到她这么叫,轻轻一颤。他明白,他的女伴什么都知道了,知道了他是谁,他和老玛尔法是什么关系。

"娜佳,"他接着说道,"我们这就该分开了!"

"我俩分开?为什么要分开,米歇尔?"

"我不想成为你旅途上的拖累!你父亲在伊尔库茨克等着你呢!你得去找你的父亲啊!"

"你为我做了那么多,我却把你抛下不管,米歇尔,我父亲知道了会咒骂我的!"

这时,米歇尔·斯特罗哥夫伸出了双手。

"娜佳,你在那里吗?"他问道。

"娜佳！娜佳！"米歇尔·斯特罗哥夫紧紧地握住姑娘放到他手上的小手,答道,"你只该考虑你的父亲!"

"米歇尔,"娜佳又说道,"你比我父亲更需要我!难道你能放弃不去伊尔库茨克了吗?"

"绝不!"米歇尔·斯特罗哥夫大声说道,口气里的毅力丝毫不减。

"可是,你已经没有那封信了!……"

"那封被伊凡·奥加莱夫抢走的信啊!……好啊!我知道没了信怎么办,娜佳!他们不是把我当成间谍吗?我就像个间谍那样行动!我要去报告伊尔库茨克,我见到的一切,我听到的一切,我以上帝的名义发誓,我会为此而活着!我和叛贼会有再见的一天!可是,我必须比他先到伊尔库茨克。"

"那你还说要和我分开啊,米歇尔?"

"娜佳,那些无赖搜走了我的一切!"

"我还有几个卢布,还有我的眼睛!我可以为你去看,米歇尔,引你去你一个人再也去不了的地方啊!"

"可我们怎么去呢?"

"步行。"

"可我们怎么生活?"

"乞讨。"

"那我们出发吧,娜佳!"

"走啊,米歇尔!"

两个年轻人不再以兄妹相称。在共同的苦难中,他们觉得自己和对方的关系更加亲密了。两个人休息了一个小时之后,离开那栋房子。娜佳跑遍了镇上所有的房子,找到了几块"乔尔乃克莱伯",这是一种大麦做的面包,还有一点在俄罗斯被称作"梅奥德"的蜂蜜水。这些东西都没花钱,因为她开始干上了乞丐的行当。这些面包和蜂蜜水马马虎虎平息了米歇尔·斯特罗哥夫的饥饿和干渴。娜佳把这本来就不够的食物绝大部分都留给了他。米歇尔吃着女伴递给他的一块块面包,就着她送到嘴边的水壶喝水。

"你吃了吗,娜佳?"他好几次问她。

"吃了,米歇尔。"姑娘每次都这么回答,她就吃了一点她伙伴剩下来的东西。

米歇尔和娜佳离开了塞米罗弗斯柯耶,重又走上艰难的去伊尔库茨克的公路。姑娘顽强地忍受着疲劳。米歇尔·斯特罗哥夫如果能看见的话,也许,他就不会有勇气继续再往前走了。可是,娜佳没有抱怨,而米歇尔·斯特罗哥夫因为连一声叹息都没听到,便无法控制自己急急赶路。为什么?难道他还能有望跑在鞑靼人的前面去?他不行,没钱,他的眼睛都瞎了,如果连娜佳,他唯一的向导都没有了,他就只能倒在公路边哪个角落悲惨地等死了!然而,只要他凭着这股毅力能够到达克拉斯诺亚尔斯克,也许就还没有完蛋,因为他可以去找总督,告诉他自己是谁,总督会毫不犹豫地帮他解决去伊尔库茨克的办法。

就这样,米歇尔·斯特罗哥夫很少说话,沉浸在他的思索里走着。他牵着娜佳的手。两个人不说话,他们似乎不再需要语言就能知道对方在想什么。有时,米歇尔·斯特罗哥夫说:

"娜佳,跟我说说话。"

"说话干吗,米歇尔?我们在一块儿思考呢!"姑娘答道,她竭力不让自己的声音泄露出丝毫疲倦。

可还是有几次,她的心脏仿佛停止了跳动,她两腿发软,脚步慢了下来,她伸直手臂,落在后面。这时,米歇尔·斯特罗哥夫停住步,他两眼凝注着可怜的女孩,仿佛试图透过遮挡在他眼前的黑暗看见她的模样。他的胸脯鼓起来了,接着,他更使劲地扶起他的女伴,继续往前走去。

然而,就在这一个接一个的苦难中,出现了一个幸运的际遇,使他们俩免去了许多劳累。

他们离开塞米罗弗斯柯耶将近两个小时的时候,米歇尔·斯特罗哥夫突然停了下来。

"公路上没人?"他问道。

"一个人都没有。"娜佳答道。

"你没听到后面有什么声音?"

"真有声音。"

"如果是鞑靼人,我们还得躲起来。看清楚了。"

"等一等,米歇尔!"娜佳答道,她跑到道路右侧几步路外的转角上。

米歇尔·斯特罗哥夫独自待了一会儿,侧耳倾听。

娜佳几乎当即就回来说道:

"是一辆马车,赶车的是个年轻人。"

"他是一个人吗?"

"就他一个。"

米歇尔·斯特罗哥夫犹豫片刻。他该躲起来吗?还是相反,该试试运气,能不能在车上找个位置,即便不是为自己,至少能为她?而他,他只要能有一只手扶着马车就行,需要的话,他可以推车,因为他那两条腿还跑得动,而他清楚地感到,娜佳即在过了鄂毕河以来一直都步履艰难,也就是说,一个星期前她就精疲力竭了。

他等了等。

马车很快就来到了公路转角。

那是一辆破败不堪的车子,至多能容纳三个人,当地人称之为"吉比特卡"。

吉比特卡一般用三匹马拉,可这一辆只有一匹长毛马,它的蒙古血统确保了它的力量和勇气。

赶车的是个年轻人,他身边还有一条狗。

娜佳认出了这个年轻人是俄罗斯人。他面相温和冷静,给人以可信赖的感觉。况且,他一点没有想要急着赶路的样子。为了不让他的马儿累着了,他走得四平八稳,看他那样儿,让人绝不会相信他这是走在一条随时可能被鞑靼人切断的公路上。

娜佳牵着米歇尔·斯特罗哥夫的手,让在一边。

吉比特卡停了下来,驾车人望了望姑娘,叹了口气。"你们这样子要去哪儿呀?"他圆睁着一双善良的眼睛问道。

米歇尔·斯特罗哥夫觉得自己在哪儿好像听到过这个说话的声音。也许,这便足以让他认出这个吉比特卡的驾车人是谁了,因为他的前额当即平静下来。

"你们这是要去哪儿啊?"年轻人比较直接地向着米歇尔·斯特罗哥夫重复问道。

"我们要去伊尔库茨克。"米歇尔·斯特罗哥夫答道。

"呵呵!大叔,难道你不知道到伊尔库茨克还有许多俄里啊?"

"我知道。"

"你走过去?"

"步行。"

"你还可以!那小姐呢?……"

他等了等。

马车很快就来到了公路转角。

"她是我妹妹。"米歇尔·斯特罗哥夫说,他觉得还是把娜佳叫成妹妹妥当。

"是的,大叔,你妹妹!可是,请相信我,她绝对走不到伊尔库茨克!"

"朋友,"米歇尔·斯特罗哥夫上前答道,"鞑靼人夺走了我们的一切,我给不了你一个戈比。可是,如果你让我妹妹坐在你旁边,我可以跟着你的车子步行,需要的话,我可以奔跑,我不会耽搁你一个钟头的……"

"哥,"娜佳嚷起来……"我不要……我不愿意!先生,我哥是个瞎子啊!"

"瞎子!"年轻人激动地答道。

"鞑靼人烧瞎了他的双眼!"娜佳答道,她伸出双手仿佛在恳求怜悯。

"烧瞎了眼睛?哦!可怜的大叔!我呢,我要去克拉斯诺亚尔斯克。怎么,干吗你不和你妹妹一起坐在吉比特卡上?我们稍微挤一挤,三个人都能坐。我的狗不会拒绝步行的。只是我跑不快,好让我的马儿省点力气。"

"朋友,请问你尊姓大名?"米歇尔·斯特罗哥夫问道。

"我叫尼古拉·彼加索夫。"

"我再也不会忘记这个名字了。"米歇尔·斯特罗哥夫答道。

"那就上车吧,瞎子大叔。你妹妹就坐在车子里你的身边,我坐前面赶车。车子里有舒舒服服的桦树皮和大麦秆。那就像个鸟窝。瑟尔克,给我们让位子!"

那条狗二话没说就跳下了车。这是条西伯利亚种狗,灰色皮毛,中等个头,一个温和善良的大脑袋,它看似很依恋它的主人。

米歇尔·斯特罗哥夫和娜佳很快就在车里坐定下来。米歇尔·斯特罗哥夫伸出他的双手,似乎想探寻尼古拉·彼加索夫的手。

"你要握我的手吧!"尼古拉说,"我的手在这儿,大叔!握吧,想握多久握多久!"

吉比特卡继续上路。尼古拉从不抽打的马儿走着侧对步。如果说米歇尔·斯特罗哥夫在速度上无所得益,至少可以不让娜佳继续受累了。

姑娘已经累得在吉比特卡单调的晃动下,很快就睡着了,简直就像完全虚脱了一般。米歇尔·斯特罗哥夫和尼古拉尽可能地让她在桦树叶上躺舒服。富有同情心的年轻人非常感动,而米歇尔·斯特罗哥夫,如果说他眼睛里没有掉一滴眼泪,那是因为,确实,他最后一滴泪水都被灼热的钢铁烧干了。

"她很可爱。"尼古拉说。

"是的。"米歇尔·斯特罗哥夫答道。

"这些可爱的小女孩,她们总想显得坚强,很勇敢,可实际上,她们很柔弱!你们是从很远的地方来的吧?"

"从很远很远的地方来的。"

"可怜的人!他们烧瞎你的眼睛时一定很疼的呵!"

"很疼很疼。"米歇尔·斯特罗哥夫答道,他转过脸仿佛能看到尼古拉

姑娘已经累得在吉比特卡单调的晃动下,很快就睡着了,简直就像完全虚脱了一般。

似的。

"你没有哭?"

"哭了。"

"我也会哭的。想到再也看不见自己爱的人了!可毕竟他们还能看见你。这也许能算是一种安慰吧!"

"也许是的!告诉我,朋友,"米歇尔·斯特罗哥夫问道,"你是不是在哪儿见到过我?"

"大叔,你?不,从来没有。"

"这是因为你的声音对我来说并不陌生啊。"

"瞧你说的!"尼古拉微笑着说道,"你还熟悉我的嗓音呢!也许你问我这个是想知道我打哪儿来吧。哦!我告诉你。我从考利文过来。"

"从考利文过来?"米歇尔·斯特罗哥夫说,"我就是在那儿遇见你的。你在电报站工作?"

"有这可能,"尼古拉答道,"我在那儿待过。我是负责收发报的雇员。"

"你待在站里一直到最后一刻?"

"对!尤其是这种时候,更需要有人在那里啊!"

"那天有一个英国人和一个法国人,手里拿着一叠卢布,在争夺你的小窗口,那个英国人让你发了《圣经》的前面几段经文,是吗?"

"这个,大叔,有可能,可我不记得这件事儿了!"

"怎么!你不记得了吗?"

"我从来不读我发的电文。我的职责要求我忘记它们,较短的电文便一无所知了。"

这个答复描绘出了尼古拉·彼加索夫是个怎样的人。

然而,吉比特卡跑得很慢,米歇尔·斯特罗哥夫真想让它跑快一些。可是,尼古拉和他的马儿已经习惯了这种速度,他们已经习性难改。这匹马每走三个小时就要休息一小时——白天晚上都一样。

休息的时候,马儿吃草,吉比特卡的旅客们则吃点东西。吉比特卡携带的食物至少够二十个人吃的,尼古拉慷慨地拿出他的储备供他以为是兄妹俩的客人享用。

经过一天的休息,娜佳的体力基本上到了恢复。尼古拉很注意让她尽可能舒服一些。旅行在忍受得了的情况中进行,无疑速度缓慢,但是很有规律。有时,晚间行车,尼古拉边赶着车,边打呼噜睡觉。呼噜打得认真,说明他内心的平静。这时,仔细观望,或许能看到米歇尔·斯特罗哥夫的手在摸索缰绳,并且让马儿跑得快一些,瑟尔克感到很惊讶,可它绝不多嘴。接着,尼古拉一醒过来,这种小跑便恢复为四平八稳的侧对步,然而,吉比特卡却因此比平时的速度多跑了几俄里。

就这样,他们渡过了伊希姆斯克河,穿过了伊希姆斯克耶、贝利基尔斯克耶、库斯科耶镇,玛丽因斯克河,玛丽因斯克镇,博戈托尔斯克耶,最后到达分隔西西伯利亚和东西伯利亚的小河流朱拉河。公路时而穿过无边的原野,给人以开阔的视觉,时而进入浓密的冷杉林,没完没了的森林让人觉得再也跑不出去了。

哪里都见不到人影。那些小镇几乎全都被彻底放弃了。农民全都逃难去了叶尼塞河的那一头,他们以为这条宽阔的大河也许能挡住鞑靼兵马。

8月22日,吉比特卡到达离托木斯克三百八十俄里的阿钦斯克镇。他们离克拉斯诺亚尔斯克还有一百二十俄里。这段旅程没有出现任何事故。尼古拉,米歇尔·斯特罗哥夫和娜佳在一起共处了六天,他们依然是老样子,这一个沉浸在他永不变质的平静里,那两个想到他们的同伴就要和他们分开,忧心忡忡。

米歇尔·斯特罗哥夫可以说通过尼古拉和姑娘的眼睛,看到了路上的景象。两个人轮流给他描述吉比特卡经过路上的风物。他知道这是跑在森林里还是在原野上,草原上有没有小茅屋,天尽头有没有出现西伯利亚人。尼古拉说话滔滔不绝。他喜欢聊天,而且,不管他如何看待问题,别人也喜欢听他唠叨。

有一天,米歇尔·斯特罗哥夫问起他天气状况。

"天气相当好啊,大叔,"他答道,"可这已经是夏季的最后几天了。西伯利亚的秋季很短,马上就会有冬季的第一次寒流来袭。也许,鞑靼人会考虑,天寒地冻,就地驻扎呢?"

米歇尔·斯特罗哥夫神色疑虑地摇摇头。

"你不这么以为,大叔,"尼古拉答道,"你认为他们会向伊尔库茨克紧逼吗?"

"我怕会是这样。"米歇尔·斯特罗哥夫答道。

"是啊……你说得在理。和他们在一起的有个坏人,他不会让他们半途而废的。你听说过伊凡·奥加莱夫吗?"

"听说过。"

"你知道吗,背叛自己的国家不好啊!"

"是的……这样做不好……"米歇尔·斯特罗哥夫答道,他不想流露出自己的情感。

"大叔,"尼古拉又说道,"我觉得,在你面前提到伊凡·奥加莱夫的时候,你并不那么生气!真正的俄罗斯人一说到这个名字就会跳起来的!"

"相信我吧,朋友,我永远都比你更恨他。"米歇尔·斯特罗哥夫说。

"这不可能,"尼古拉答道,"不,这不可能!我只要想到伊凡·奥加莱夫,想到他给我们神圣的俄罗斯造成的灾难,就怒不可遏,我要是能抓到他……"

"你要是能抓到他,朋友,就怎样?……"

"我相信,我会宰了他。"

"而我,我肯定会宰了他。"米歇尔·斯特罗哥夫平心静气地答道。

第7章　横渡叶尼塞河

8月25日,太阳落山的时候,吉比特卡跑到了能看见克拉斯诺亚尔斯克的地方。从离开托木斯克起,旅程持续了一个礼拜。如果说这段路没能跑得更快一些,那首先是因为尼古拉睡得很少,米歇尔·斯特罗哥夫应该说已经做了他所能做到的。因此,不可能让他的马跑得更快,换上别人赶车,这段路只需要六十个小时就能跑完了。

很幸运,还没出现鞑靼人的问题。在吉比特卡刚跑过的公路上没见到一个侦察兵。这一点仿佛颇是令人费解,显然有什么重大事件阻止了埃米尔的大军当即推进伊尔库茨克。

这样的事件确实发生了。由叶尼塞斯克督区急急召集起来的又一个俄罗斯军团,挺进托木斯克,试图夺回这座城市。可是,这支军队要对付当时集结起来的埃米尔大军,力量过于薄弱,不得不撤了下来。这时候,在菲奥法尔可汗指挥下的军队,包括他自己的和科坎部、昆都孜部的人马,有二十五万余众,俄罗斯政府还没有足够的力量来对抗他们。因此,入侵看来一下子还不可能挡住,鞑靼人的主力不久就会进军伊尔库茨克。

托木斯克战役是从8月22日开始的——这一点米歇尔·斯特罗哥夫不知道——,但它说明了为什么埃米尔的前锋部队25日尚未出现在克拉斯诺亚尔斯克的缘故。

如果说米歇尔·斯特罗哥夫不可能知道最近,在他离去后发生的事情,至少他知道他已经跑在鞑靼人前面好几天了,他不该为在他们之前到达伊尔库茨克城失望,距离那儿还有八百五十俄里(900公里)。

况且,在人口为一万两千左右的克拉斯诺亚尔斯克,他还指望能给自

己找到交通工具呢。既然尼古拉·彼加索夫要留在这座城市里,他就得另找向导取而代之,并且把吉比特卡换成一辆速度更快的车子。米歇尔·斯特罗哥夫可以去找城里的总督,说清楚自己是沙皇信使的身份——这是他很容易办到的——,他不怀疑人家会在最短的期限内把他送到伊尔库茨克。所以,他剩下该做的就是感谢这位正直的尼古拉·彼加索夫,立即带着娜佳动身,他不想在把她交到她父亲手里前离开她。

可是,如果说,尼古拉决定在克拉斯诺亚尔斯克留下来,那是有前提的,如他所说"必须能在那里找到工作"。

实际上,这位模范雇员,在考利文站坚持到最后一分钟之后,一直在寻求重新为政府出力的机会。

"我怎么能光拿工资不干活呢?"他总在叨叨。

如果在应该和伊尔库茨克始终保持着电报联络的克拉斯诺亚尔斯克他派不上用场的话,他便打算或者去乌丁斯克,或者干脆就去西伯利亚的首府。在这种情况下,他将继续和兄妹俩一起旅行,他俩不就有了一个比较可靠的向导,比较忠诚的朋友了吗?

吉比特卡离克拉斯诺亚尔斯克只有半俄里了。临近城市的左右两侧,可见矗立着大量的木十字架。傍晚七点钟,明亮的天宇映衬着教堂的影子和房屋的侧面像,它们就建造在叶尼塞河高高的岸边。明镜似的河水在弥漫空中的微光下闪烁着粼粼波光。

吉比特卡停了下来。

"我们到哪儿了,妹子?"米歇尔·斯特罗哥夫问道。

"离最前面的房子最多半俄里了。"娜佳答道。

"这是座沉睡的城市吗?"米歇尔·斯特罗哥夫又说,"我没听到一点声音啊。"

"我没看到黑暗中有一点灯光,没看到空中飘起一缕炊烟。"娜佳补充道。

"奇怪的城市啊!"尼古拉说道,"那里没一点动静,他们这么早就睡了!"

米歇尔·斯特罗哥夫脑子里掠过不祥的预感。他丝毫不曾跟娜佳说起过凝聚在自己心头的对克拉斯诺亚尔斯克的希望,他指望在那里找到办法,以保证完成他的旅程。他是那么担心自己的希望再一次落空!然而,娜佳早已揣摩到了他的想法,虽然她不理解她的同伴,为什么还要急急忙忙地赶去伊尔库茨克,因为现在,他已经没有皇帝的信件了啊。甚至有一天,她曾在这方面有所预感。

"我发过誓,一定要到伊尔库茨克。"他只是简单地回答她道。

可是,想要完成任务,他还得在克拉斯诺亚尔斯克找到一种快速的交通工具。

"怎么啦,朋友,"他对尼古拉说,"我们怎么不往前走了?"

"我怕马车声吵醒了城里的居民啊!"

说着,他轻轻地挥动一下鞭子,催马儿前进。瑟尔克吠了几声,吉比

临近城市的左右两侧,可见矗立着大量的木十字架。

特卡慢慢走下进入克拉斯诺亚尔斯克的公路。

十分钟后,它进入城里的大马路。

克拉斯诺亚尔斯克是一座空城!在这座被布尔布隆夫人称作"北方的雅典城"里,见不到一个雅典人。洁净宽阔的街道上,见不到一辆装扮得灿烂夺目的马车。外表酷似纪念性建筑物的华丽的木头房子,修建在房子前的人行道上也不见一个行人!延伸到叶尼塞河畔的白桦林公园,景色迷人,可是,却没有一个穿着法国最新时装的西伯利亚窈窕淑女在里面散步!主教堂的大钟成了哑巴,各个教堂的排钟也默不作声,一个听不到钟声的俄罗斯城市实在是罕见!然而,这地方完全被抛弃了!不久前热闹非凡的城市再也见不到一个活人!

线路切断前,沙皇内阁发出的最后一份电报,命令总督、卫戍部队、居民,不管是什么人,放弃克拉斯诺亚尔斯克,带走所有还有点价值或对鞑靼人有用的东西,去伊尔库茨克避难。同样的指令下达给了该省的各镇居民。莫斯科政府想给入侵者们制造一片荒漠。这些罗斯托普钦①式的命令不容片刻商榷就执行下去了。所以,克拉斯诺亚尔斯克没有留下一个人。

米歇尔·斯特罗哥夫、娜佳和尼古拉默默地跑遍城里的大街小巷,他们感到十分惊讶。在这座死亡的城市里,只有他们还在制造出唯一的声响。米歇尔·斯特罗哥夫丝毫没有泄露他的感受,可他肯定对这种紧随不舍的噩运感到愤愤不平,因为,他的希望又一次化作了泡影。

"仁慈的上帝啊!"尼古拉大声嚷道,"在这片荒漠里,我是绝对赚不到我的工资了!"

"朋友,"娜佳说,"你应该和我们一起去伊尔库茨克。"

"确实,只有这样了!"尼古拉答道,"乌丁斯克和伊尔库茨克之间的线路应该还在运行,而在那里……我们走吧,大叔?"

---

① 罗斯托普钦(1763—1826),俄国军官、政治家、伯爵。拿破仑打到莫斯科时,他任莫斯科总督。据说,他应该对火烧莫斯科负责。

"明天再走。"米歇尔·斯特罗哥夫答道。

"你说得对,"尼古拉答道,"我们得横渡叶尼塞河,必须等到能看得见!……"

"看得见啊!"娜佳喃喃说道,她想到了自己的瞎子同伴。

尼古拉听到这话,转身朝向米歇尔·斯特罗哥夫。

"对不起,大叔,"他说,"唉,确实,白天和晚上对你完全是一回事!"

"不用自责,朋友。"米歇尔·斯特罗哥夫答道,他的手从眼前掠过去,"有你这个向导,我还能行动。你还是休息几个钟头。让娜佳也歇着。明天,天亮再走!"

米歇尔·斯特罗哥夫、娜佳和尼古拉不一会儿就找到了休息的地方。他们推开的第一家门,家里就是空的,其他各家也都一样。他们在那儿就找到了几捆树叶。没有更好的,马儿也只得将就一餐了。至于吉比特卡上的储备,它们还没有吃完,每个人吃掉了自己的一份。接着,他们在一幅简陋的神像前跪下,神像悬挂在一面墙上,有残剩的灯光照亮。尼古拉和娜佳进入睡乡,米歇尔·斯特罗哥夫则守护着,睡意很难把他压倒。

第二天,8月26日,晨光熹微,吉比特卡便再次套上了马,穿过白桦公园前去叶尼塞河畔。

米歇尔·斯特罗哥夫担心之极。如果——这是很可能的——为了阻滞鞑靼人的进军,大小船只统统被毁,他能用什么办法渡过河去?他已多次过叶尼塞河,对这条河流的情况很清楚。他知道这条河河面很宽,河中央的小岛把大河隔成两条,隔出的双重河道流水湍急。一般情况下,搭乘专门为运送旅客、车辆和马匹建造的渡船过叶尼塞河都得花上三个小时,而且这些渡船要到右岸还会遇上许多很大的困难。而在什么船只都没有的情况下,怎样才能让吉比特卡从河这边到河那边去呢?

"我一定要过河!"米歇尔·斯特罗哥夫重复道。

太阳开始露脸,吉比特卡已经来到左岸边,公园里的一条林荫大道一直通到这里。这地方的河岸高出叶尼塞河河面一百英尺,因此,站在这里可以看到广阔的一大片。

"你们看到有渡船吗?"米歇尔·斯特罗哥夫问道,他也许出于机械的习惯动作,也在贪婪地东张西望,仿佛他自己也能看见似的。

"哥,天才蒙蒙亮,"娜佳答道,"河上的雾气还浓浓的,河水都还看不清楚呢。"

"可我是不是听到了河水的呼啸声了?"米歇尔·斯特罗哥夫问道。

的确,从浓雾的底下传来沉闷的嘈杂声,这是主流和逆流互相撞击发出来的声音。每年这个时候的水位很高,河水应该汹涌澎湃。三个人都在听着,等待着拉开雾的帷幔。太阳迅速升起在地平线上,旭日的光芒不用多久就会吸干雾气。

"怎么样?"米歇尔·斯特罗哥夫问道。

"雾气开始滚动了,哥,"娜佳答道,"阳光已经把它们穿透了。"

"你还没看到河面吧,妹子?"

"还没有。"

"再耐着点儿性子,大叔,"尼古拉说,"这一切马上就要起变化了!喏,风吹起来了!它开始吹散浓雾。已经能够看到右岸高高的山冈上那一排排树木了!全都跑了!全都飞起来了!明亮的太阳光把这片雾压得越来越小!啊,太美太美了,可怜的瞎子,你看不到这样的美景是多么的不幸啊!"

"看到船了吗?"米歇尔·斯特罗哥夫问道。

"一条都没看到。"尼古拉答道。

"看仔细了,朋友,在河这边和河对岸,尽你的目力看清楚了!一条船,一条小船,一条树皮划子都行!"

尼古拉和娜佳抓住紧靠在陡峭的河岸边上的桦树,探身在河面上。这时呈现在他们眼前的视野非常广阔。叶尼塞河流到这里,河面宽达一个半俄里,它被分成两个大小不等的河道,河水流速很快。在这两个河道间夹着好几个小岛,岛上生长着桤木、柳树和杨树,小岛就像一艘艘翠绿色的舰船,停泊在河中央。小岛的那头,层层叠叠着一座座高高的山冈,山冈上围绕着森林,树梢被这时的阳光染成了紫红色。叶尼塞河上游望不到头,下游望不到尾。这方圆五十俄里的画一般的全景尽收眼底。

然而,不管是在左岸,还是在右岸,还是在小岛岸边,见不到一条小船。所有的船只都按照命令被带走或销毁了。毫无疑问,鞑靼人如果不从南部运来建造浮桥必需的材料,他们向伊尔库茨克的进军就将被这道叶尼塞河拦住一段时间了。

"我记得,"这时,米歇尔·斯特罗哥夫说道,"在前面不远,克拉斯诺亚尔斯克城边的房子那儿,有一个小小的船码头。渡船都在那儿靠岸。朋友,我们再往上游走走,看看有没有被遗忘在岸边的船只。"

尼古拉往所指的方向跑去。娜佳牵起米歇尔·斯特罗哥夫的手,带着他快步走。他们需要一条船,一条大得足以承载吉比特卡的划子。但是如果没有船,米歇尔·斯特罗哥夫也不会犹豫,他一定要渡过河去!

二十分钟后,三个人都到了小码头,码头上的那几栋房子低到与河面拉平了。它们仿佛是建造在克拉斯诺亚尔斯克下方的一个小村子。

可是,河滩上没有船,用作码头的防栅边也没有划子,甚至连可用来造一个足以坐三个人的筏子的材料都没有。

米歇尔·斯特罗哥夫问了尼古拉,尼古拉答复得让人灰心丧气。在他看来,过河比登天还难。

"我们一定能过去。"米歇尔·斯特罗哥夫答道。

再仔细找找吧。他们搜索了坐落在河岸边,像克拉斯诺亚尔斯克其他房屋一样被抛弃的房子。只要推开房门就能进去。那都是穷苦人的小木棚,家徒四壁。尼古拉看了一栋,娜佳搜遍了另一栋。米歇尔·斯特罗哥夫也进到每个木棚,用手摸索着寻找可用的东西。

尼古拉和娜佳徒自翻遍了各自那边的小棚子,他们正准备放弃搜索的时候,就听见呼叫他们的声音。

两个人回到河岸上,看到米歇尔·斯特罗哥夫站在一扇门前。

"快过来!"米歇尔喊道。

尼古拉和娜佳当即向他跑去,跟着他走进棚子。

"这是什么?"米歇尔·斯特罗哥夫用手摸着堆在食物储藏室尽头的一

些东西问道。

"是一些羊皮袋,"尼古拉答道,"我的天,一共有六袋啊!"

"都是装满了的?……"

"是的,装满了库米斯,正好可以补充我们的储备!"

"库米斯"是一种用马奶和骆驼奶制成的饮料,强身健体,还有点醉人,尼古拉为此发现庆幸不已。

"留下一袋,"米歇尔·斯特罗哥夫对他说,"其他五袋全部倒掉。"

"这就倒掉,大叔。"

"它们将帮助我们渡过叶尼塞河。"

"那筏子呢?"

"吉比特卡便是筏子,它相当轻,能漂起来,况且,我们将用这些羊皮袋把它托住,马儿也这么办。"

"真有想象力啊,大叔,"尼古拉嚷道,"加上上帝的帮助,我们就能到达一个完好的港口……也许走不成直线,因为水流太快了!"

"没事儿!"米歇尔·斯特罗哥夫答道,"首先是过河,过了河,我们一定能找到去伊尔库茨克的公路的。"

"动手吧。"尼古拉说。他开始倒空羊皮袋,然后把它们搬到车上。

留下一只装满库米斯的羊皮袋,其余的充气后仔细系好了,用作漂浮装置。两只系紧在马的两侧,另两只固定在吉比特卡车辕前后轮之间,旨在确保车厢的吃水线,就这样把它变成了木筏子。

这项工作很快就完成了。

"你不会害怕吧,娜佳?"米歇尔·斯特罗哥夫问道。

"不会的,哥。"姑娘答道。

"你呢,朋友?"

"我啊!"尼古拉嚷道,"我终于实现了我的一个梦想:坐着马车泅水!"

在这个地方的河岸有一定坡度,利于吉比特卡入水。马儿把车拉到河边,很快,漂浮装置和发动机便都漂浮在河面上了。至于瑟尔克,它勇敢地游水泅渡。

三位乘客站在车厢里,出于谨慎,他们都把鞋脱了,然而,多亏有羊皮袋,河水只淹到了他们的脚踝。

米歇尔·斯特罗哥夫抓着缰绳,按照尼古拉发的指令,让牲口斜向前进,同时,注意不让它累着,他不想让它因为与水流搏击而精疲力竭。只要吉比特卡顺流而下,运行情况就还可以,几分钟后,它便过了克拉斯诺亚尔斯克的各个码头。它向北漂移,事情已经很明显,它将在城市下游很远的地方靠上对岸。但是这并不重要。

因此,横渡叶尼塞河并没有遇上很大的困难,即使这种装置很不完善,如果水流情况恒定不变的话。然而,很不幸的是,奔腾呼啸的水面上陷下去好几个漩涡,尽管米歇尔·斯特罗哥夫使出了全部力气要绕过去,吉比特卡还是抗不住被卷进了这些漏斗中的一个。

处境变得非常危险。吉比特卡不再向东河岸斜行,它不再漂移,它向

马儿把车拉到河边,很快,漂浮装置和发动机便都漂浮在河面上了。

漩涡中心倾侧，迅速转着圈，就像马戏场跑道上的骑术演员。它的速度极快。马儿几乎无法把脑袋维持在水面上，快在漩涡里淹死了。瑟尔克不得不在吉比特卡上找一个支撑点。

米歇尔·斯特罗哥夫明白正在发生什么情况。他感到自己正在被拉着沿一条环形线转，而且转动的圈子越来越小，再也不能走出这个圈子。他一句话都没说。他的眼睛要是能看到险情就好了，就能好好地避开……它们已经看不到了！

娜佳也没有吱声。她的双手紧紧地抓住侧栏，支撑着她顶住越来越向涡流中心倾侧的车子的乱晃乱动。

至于尼古拉，他不明白这种处境的严重性吗？难道这是他生性冷漠或蔑视危险，是勇敢还是无动于衷的表现？难道在他眼里，生命毫无价值，就像东方人所说的那样，"住五天客栈"，到第六天好歹都得离去吗？总之，他脸上始终带着微笑。

吉比特卡就这样被漩涡缠住了，而马儿已经筋疲力尽。突然，米歇尔·斯特罗哥夫脱去碍手碍脚的衣服，跳进水里。他用遒劲有力的手抓住笼头，使出了浑身的力气把受了惊吓的马儿一推，推出吸力圈外。吉比特卡重又被激流逮住，以另一种速度漂移而下。

"乌拉！"尼古拉大叫。

离开船码头后仅仅两个小时，吉比特卡便穿过这条河流宽阔的分流，靠上了下游六俄里处的一座小岛。

马儿把车子拉上河岸，勇敢的畜生得到一个小时休息。接着，他们在华丽的白桦林覆盖下横穿小岛，吉比特卡来到叶尼塞河窄小的分流边。

这边要渡过去就比较好办了。小岛这边河道的流水中间没有被涡流隔断，只是流速还那么湍急，致使吉比特卡到下游五俄里的地方才靠上右岸。

西伯利亚土地上的这些大河，由于河上一座桥梁都还没有建起，对来往交通是严重的障碍。它们对米歇尔·斯特罗哥夫而言，或多或少性命攸关。在额尔齐斯河上，载着他和娜佳的渡船遭到了鞑靼人的攻击。在鄂毕河,他的马中了枪弹,而他只是奇迹般地逃过了鞑靼骑兵的追逐。最后,还是这次横渡叶尼塞河进行得没那么不幸。

"要不是这么难渡,"当他们在河右岸登陆的时候,尼古拉搓着双手大声嚷道,"就没有这么好玩了!"

"对我们来说只是难渡,朋友,"米歇尔·斯特罗哥夫答道,"对鞑靼人来说也许就是不可渡了!"

吉比特卡就这样被漩涡缠住了,而马儿已经筋疲力尽。

第8章 一只横穿公路的野兔

米歇尔·斯特罗哥夫终于可以相信,从此开始一直到伊尔库茨克,一路上不会再有障碍了。他跑在了鞑靼人的前面。埃米尔的将士被留住在托木斯克,等他们到达克拉斯诺亚尔斯克的时候,在那里见到的只是一座被抛弃的城池。那里,没有一样可用来沟通叶尼塞河两岸的交通工具。因此,直至难以建造的浮桥好不容易搭架起来,鞑靼人被延误的几天便足以让他们跑完这段路了。

自从在鄂木斯克倒霉碰上了伊凡·奥加莱夫以来,这是沙皇的信使第一次感到松了一口气,他能够希望这一路到目的地不会再出现新的障碍。

路况良好,展开在克拉斯诺亚尔斯克到伊尔库茨克之间的这段公路,甚至可以被视作是整个行程中的最佳路段。对旅行者们来说,路面颠簸较少,广阔的树荫为他们挡住了灼热的太阳光,有时,松树或雪松林覆盖长达一百俄里。天尽头不再是穹庐分不清楚的广袤的大草原弧形的地平线。然而,这个富裕的地区也已是空旷一片。到处是被抛弃的乡镇。再也见不到以斯拉夫人为主的西伯利亚农民。这儿已是荒漠,我们知道,奉命留下的荒漠。

天气很好,只是晚间降温后的空气在阳光下较难回暖。确实,现在已经到了九月初,在这纬度较高的地区,地平线上的昼间弧线明显地缩短。尽管西伯利亚的这个地区还不是在穿过爱丁堡和哥本哈根的55°线之上,这里的秋季却不长。甚至有几次,夏季没完,冬季突然就来了。俄罗斯亚洲部分的冬季总是提前到来,这时,温度计里的水银柱一直降到它的凝结点①,而平均零下二十度的气温在这里被认为是可以忍受的。

因此,天气有利于这些旅行者。既没有雷电风暴,也没有下雨。阳光和煦,夜晚凉爽。娜佳的身体,米歇尔·斯特罗哥夫的健康状况维持良好,而自从逃出托木斯克后,他们渐渐从过去的疲劳中恢复过来了。

至于尼古拉·彼加索夫,他还从来没有这么舒服过。对他来说,这番旅行只是闲庭信步,作一次愉快的远足,用上了没有公务的公务员的闲暇。

"没说的,"他说道,"这总比一天十二个小时趴在椅子上敲打手柄好啊!"

不过,米歇尔·斯特罗哥夫还是征得了尼古拉的同意,让他的马跑得更快一些。为了达到这个效果,他向他坦言,他和娜佳去伊尔库茨克,是要去找他们流放的父亲,他们急着要到达那儿。当然决不可让他的马累坏了,因为,前面路上可能没有机会把它换掉,但是,让它多休息几次,比如,每十五俄里歇一下,他们二十四小时就能轻松地跑完六十俄里了。况且,这匹马有劲,从它的品种来说,它能适应长途劳顿。公路沿边水草肥美,少不了它吃的。因此,要求它多干点儿活是可行的。

尼古拉被这些理由所说服。他为这兄妹俩的处境所打动,这两个年轻人要去陪父亲流放。他觉得再没有比这更让人感动的了。因此,他笑容可掬地对娜佳说:

"大善大孝啊!当他,科尔巴诺夫先生,看到你们的时候,当他张开双臂迎接你们的时候,他会感到多么的愉快啊!如果我能一直陪你们到伊尔库茨克——这从目前看来是极为可能的,请你们允许我当你们见面时我也在场好吗?你们允许的,是吧?"

说着,他拍拍自己的前额,说:

"可是,我又想,当他看到自己的大儿子成了瞎子,他会多么痛苦啊!啊,这世界上的好事坏事全都纠葛在一起了!"

---

① 零下42度左右。

最后,由此导致的结果便是吉比特卡跑得更快了,并且,按照米歇尔·斯特罗哥夫的计算,它现在每小时跑十至十二俄里。

就这样,8月28日,旅行者们过了距离克拉斯诺亚尔斯克八十俄里的巴莱镇,而29日,则过了离巴莱镇四十俄里的雷宾斯克镇。

第二天,跑出三十五俄里后,马车到达卡姆斯克,这个镇较大,发源于萨扬斯克山脉的叶尼塞河的小支流卡姆河流经那里。这只是个不很重要的小城镇,小镇中心广场上高高矗立着大教堂的钟楼,镀金十字架在阳光下熠熠闪光,围绕着广场建起的木屋风景如画。

房屋空荡荡的,教堂里也不见人影。再也没有驿站,没有住上宾客的旅馆。草地上没有家畜。马厩里没有马匹。莫斯科政府的命令不折不扣地执行了。带不走的就地销毁。

走出卡姆斯克的时候,米歇尔·斯特罗哥夫告诉娜佳和尼古拉,到达伊尔库茨克之前,路上只剩下了一个有点重要的小城镇,下乌丁斯克。尼古拉应声道,他知道,因为这个镇上有一个电报站。因此,如果下乌丁斯克也像卡姆斯克一样被抛弃了,他就只好去东西伯利亚的首府找活儿干了。

过了卡姆斯克后,那条切断公路的小河很浅,吉比特卡能够涉水而过,没有太大的问题。再者,在叶尼塞河和注入它的大支流、流经伊尔库茨克的安加拉河之间,再没有大河道构成的障碍可害怕的了,也许还有定卡河吧。因此,就这一点上,旅途不会再有阻碍。

从卡姆斯克到下一个镇的这段路很长,差不多有一百三十俄里。规定的歇息当然就得照章执行,"要不然,"尼古拉说,"马儿会向我们提出正当的要求了。"他们和这勇敢的牲口说好了的,跑十五俄里后就让它休息,那么,有约在先,即使是对动物也得按约定办事,才称得上公正。

过了比留萨小河后,吉比特卡在9月4日早晨到达比留辛斯克。

在那儿,很幸运,发现储备消耗殆尽的尼古拉,在一个被抛弃的烤炉里找到十二个"波加恰",这是一种用羊油和大量米饭做的糕饼。这新增加的食物被放在吉比特卡上,和在克拉斯诺亚尔斯克补充的足量的库米斯放在一起。

经过适度休息,他们于9月8日下午重新登上公路。到伊尔库茨克的路程只剩五百俄里了。身后没有一点鞑靼前锋部队的征兆。米歇尔·斯特罗哥夫据此深信前途不会再有阻碍;一个星期,最多十天,他就能觐见大公了。

驶出比留辛斯克,在吉比特卡前方三十步的公路上,一只野兔横穿过去。

"啊!"尼古拉叫了一声。

"怎么啦,朋友?"米歇尔·斯特罗哥夫急切问道,作为盲人,他对风吹草动都十分警觉。

"你没看到吗?……"尼古拉说道,他满面春风的脸霎时阴沉下来。

接着,他补充道:

在吉比特卡前方三十步的公路上,一只野兔横穿过去。

"啊！不！你看不到,这对你该是幸运,大叔!"

"我也什么都没看到啊。"娜佳说。

"太好了！太好了！可我……我看到了啊!……"

"到底看到什么了?"米歇尔·斯特罗哥夫问道。

"一只野兔刚才横穿过我们前面的公路!"尼古拉答道。

在俄罗斯的民间传说中,野兔穿过旅行者前面的路,是即将遭遇不测的预兆。

尼古拉像大多数俄罗斯人一样迷信,他让吉比特卡停了下来。

米歇尔·斯特罗哥夫理解他这位伙伴为什么迟疑,尽管他并不那么在乎什么野兔过路,他还是想让他放下心来。

"没什么可害怕的,朋友。"他对尼古拉说。

"你不用怕,她也不用怕,这我知道,大叔,"尼古拉答道,"可我就不一样了!"

接着又说道:"这是命数啊。"

说着,他重又让他的马小跑起来。

然而,尽管有此不祥之兆,这一天却并没有发生什么意外。

第二天,9月6日,中午,吉比特卡在阿尔萨莱弗斯克歇息。这个镇和周边地区一样已是人兽绝迹。

在一栋房子的门槛上,娜佳捡到两把西伯利亚猎人用的锋刃坚固的刀子。她给了米歇尔·斯特罗哥夫一把,自己留下一把。吉比特卡离下乌丁斯克只有七十五俄里了。

在这两天里,尼古拉一直没能恢复他往常的好心情。凶兆对他的影响超出了人们的想象。迄止此时还从没沉默过一个钟头的小伙子,有时竟久久的一声不吭,连娜佳都难以让他开口说话。这完全是一个人中了邪的征兆,其实也很好解释,那些北方民族的人们,迷信的祖先曾是极北神话的奠基人。

从叶卡捷琳堡开始,这条去伊尔库茨克的公路基本上走在55°纬线上,可是,过了比留辛斯克,它径直折向东南,以至斜穿过一百度经线。它越过萨扬斯克山脉最后的几道斜坡,走的是去东西伯利亚首府最近的路。这些山岭其实只是二百俄里外就能看见的阿尔泰大山脉的分支。

吉比特卡便奔驰在这条公路上。是的,奔驰!大家清楚地感到尼古拉已经不考虑节省马的力气了,他现在也急于到达。尽管他有宿命难逃的想法,却相信只有到了伊尔库茨克的城墙里才安全可靠。许多俄罗斯人会有他同样的想法,不止一个在有野兔跑过的情况下会掉转马头,退回原路!

这时,他发现了一些情况,娜佳也发现了,转达给米歇尔·斯特罗哥夫,从这些情况可以作出判断,一系列的苦难对他们而言恐怕尚未结束。

确实,如果说从克拉斯诺亚尔斯克以来,一路上的大自然还保持着它的原生态,那么现在,它的森林却带上了火与铁的痕迹,两侧的牧场遭到了蹂躏,很明显,这里曾有大军经过。

在离下乌丁斯克三十俄里处,最近遭受破坏的迹象确凿无疑,这些劣迹除了鞑靼人之外,不可能是其他人干的。

实际上,这里已经不只是马蹄践踏了农田,斧头砍伐了森林。散落在公路边的房屋也不只是人去楼空,它们有的被毁了一部分,有的被烧掉了一半。墙上还可见累累弹痕。

我们想象得到米歇尔·斯特罗哥夫有多么担忧。毋庸置疑,最近有一支鞑靼军队经过这部分公路,而他们又不可能是埃米尔的士兵,因为后者不可能超越他们而不被发现。那么,这新到的入侵者又是谁?他们是从草原上的哪条路绕道上了去伊尔库茨克的大公路的?沙皇的信使还会撞上怎样的新敌人啊?

米歇尔·斯特罗哥夫没有把他心里的忧虑告诉尼古拉和娜佳,他不想让他们担心。再说,他下定决心继续赶路,只要没遇上不可逾越的障碍把他拦住。到那时候,他再看该怎么办。

第二天白天,不久前有大批骑兵和步兵经过的迹象越来越明显。天地间隐隐可见滚滚的浓烟。吉比特卡小心翼翼地驱驰。各个乡镇有几栋房子还在燃烧,起火的时间肯定还不过二十四小时。

最后,9月8日白天,吉比特卡停了下来。马儿不肯再往前走了。瑟尔克凄厉地吠叫着。

"怎么啦?"米歇尔·斯特罗哥夫问道。

"有一具尸体!"尼古拉答道,他跳下吉比特卡。

这是一具庄稼汉的尸体,残缺不全,不堪入目,已经僵硬了。

尼古拉划了个十字。然后,和米歇尔·斯特罗哥夫一起把尸体抬到公路斜坡上。尼古拉很想为死者挖一个合适的墓穴,把他深深地埋葬,免得他可怜的尸骨再遭到草原上食肉动物的摧残。可是米歇尔·斯特罗哥夫没给他时间。

"走吧,朋友,走吧!"他大声嚷道,"我们耽搁不起,一小时都不行!"

于是,吉比特卡又上路了。

再说,倘使从现在起,尼古拉对在西伯利亚大公路上遇到的尸体想尽

这是一具庄稼汉的尸体,残缺不全,不堪入目,已经僵硬了。

到最后的义务,他永远都尽不完!离下乌丁斯克越来越近,而横陈地上的尸体一遇上就是二十来具。

可是,他们还得顺着这条路往前走,一直到显然不能走下去,否则会落入入侵者手中。因此,行进路线没有变动,而每个小镇的劫掠和破坏情况却越来越严重。所有的村庄,它们的名字说明它们是波兰流放者建起来的,统统遭到了可怕的抢光、烧光。受害者的血甚至还没有完全凝结。至于这些灭绝人性的事件是怎么干下的,我们不得而知。没有留下一个活口来述说经过情况。

那天下午四点光景,尼古拉指出,远处下乌丁斯克教堂高高的钟楼顶上翻卷着腾腾烟雾,它们绝不是云雾。

尼古拉和娜佳观望着,并且把他们的观察结果告诉米歇尔·斯特罗哥夫。必须要拿个主意了。如果城市已被抛弃,那么,他们就能安然无虞地过去;可是,如果,出于不可解释的军事行动,鞑靼人占据着,那他们就得不惜一切代价地绕道而行了。

"我们小心谨慎地往前走,"米歇尔·斯特罗哥夫说道,"但是,一定要往前走!"

又过了一俄里。

"那不是云,那是烟!"娜佳说,"哥,他们在放火烧城!"

确实,这已是太明显了。火焰夹着黑烟出现在水汽之中。滚滚的浓烟越来越大,冲天而起。火场中也不见有人逃出来。很可能纵火者觉得城市已被抛弃,于是把它烧了。可这是鞑靼人干的吗?还是俄罗斯人奉大公之命干的?沙皇政府是不是想从克拉斯诺亚尔斯克,从叶尼塞河以来,不给埃米尔的军士留下城市和乡镇躲避风雨?那么,对米歇尔·斯特罗哥夫来说,他该停止不前,还是继续赶路呢?

事态不清,难做决断。然而,权衡得失后,他觉得,穿过没有现成道路可走的草原,不管旅途有多么劳累,他都不能冒再次落入鞑靼人手中的危险。因此,他正要建议尼古拉离开公路,如有必要,等绕过下乌丁斯克再返回公路,这时,在右侧响起了一声枪响。子弹呼啸,吉比特卡的马被击

中头部,倒地死去。

同时,十余名骑兵冲上公路,围住了吉比特卡。米歇尔·斯特罗哥夫、娜佳和尼古拉还来不及回过神来,便成了俘虏,被急速带往下乌丁斯克。

米歇尔·斯特罗哥夫在遭到突然袭击的情况下丝毫没有失去他的沉着镇定。他看不见敌人,不可能考虑自卫。即使他眼睛好使,他也不会贸然行动。那将是自寻死路。他看不见,可是,他能听到和知道他们在说些什么。

确实,从他们的话语中他听出这些士兵是鞑靼人,听他们说,他们跑在了入侵者大军的前面。

这便是米歇尔·斯特罗哥夫从他们当着他的面说的和后来他偶然听到的片言只语中得知的情况。

这些士兵并不直接接受还留在叶尼塞河那边的埃米尔指挥。他们属于第三个纵队,这个纵队主要由科坎部和昆都孜部的鞑靼人组成,他们不久后将和菲奥法尔的大军在伊尔库茨克附近会师。

这都是伊凡·奥加莱夫出的点子,为了确保在东部各省入侵成功,这个纵队越过塞米巴拉津斯克督区的边界后,沿着阿尔泰山脉,走巴尔哈斯湖南边。在昆都孜部的一名军官率领下,一路烧杀抢掠,来到叶尼塞河上游。这个军官预料到了沙皇会下令让克拉斯诺亚尔斯克干些什么,为了方便埃米尔的军队过河,往河里放出一队小船,既可用作渡船,又可用作搭浮桥的材料,让菲奥法尔可以到达河右岸,登上去伊尔库茨克的公路。接着,这个第三纵队,绕过大山脚下,进入叶尼塞河谷地,在阿尔萨莱弗斯克上了这条公路。从那个小城镇开始累积作为鞑靼战争背景的可怕的毁灭行动。下乌丁斯克刚遭到了同样的命运。五万鞑靼军马已经抛下它,前去占领伊尔库茨克城下的前哨阵地。不用多久,埃米尔的军队将和他们会合。

那个时期的形势就是这样,对完全被孤立的东西伯利亚的这个地区,对兵员相对较少的它的首府,这种形势十分严峻。

这便是米歇尔·斯特罗哥夫得到的信息:鞑靼人的第三个纵队到达伊

尔库茨克城下,不久将和埃米尔和伊凡·奥加莱夫的主力部队会合。从而,伊尔库茨克的围城,以及,继之而来的投降便只是个时间问题了,而且,这个时间也许很短。

我们能够理解,萦绕米歇尔·斯特罗哥夫心头的是些什么样的想法!如果,在这种情况下,他最后还是泄气了,失望了,谁会为此感到惊讶?然而,他全不在乎,他的嘴巴蠕动着说来说去就这句话:

"我一定要到达!"

鞑靼骑兵突袭后半小时,米歇尔·斯特罗哥夫、尼古拉和娜佳进入下乌丁斯克。忠心耿耿的狗远远地跟着他们。城里烈焰熊熊,跟在军队后面的无赖也都走光了,他们不会在城里住下。

因此,俘虏们被草草搁在马上,迅速地拉着走。尼古拉一如既往地逆来顺受,娜佳对米歇尔·斯特罗哥夫的信赖毫不动摇,而米歇尔·斯特罗哥夫表面上不动声色,但随时准备瞅准机会逃跑。

鞑靼人并非没发现他们的俘虏中有一个是瞎子,他们的野蛮本性驱使他们就想拿这个不幸的人来逗乐。他们跑得很快。米歇尔·斯特罗哥夫的马除了他没人给予导向,信步乱跑,经常走岔了道,造成队伍混乱。于是,他便招来一阵阵骂声和毒打,使姑娘的心都碎了,也使尼古拉愤怒不已。可他们有什么办法呢?他们不会讲这些鞑靼人的语言,他们的介入被粗暴地推开了。

很快,这些士兵想出了更巧妙的野蛮手段,给米歇尔·斯特罗哥夫换一匹瞎了眼睛的马骑。导致换乘的起因是其中一个骑兵的想法,米歇尔·斯特罗哥夫听到他在说:

"这个俄罗斯人,他也许看得见!"

这件事发生在离下乌丁斯克六十俄里,塔坦镇和切巴尔林斯科耶镇之间。就这样,他们把米歇尔·斯特罗哥夫放在了那匹马上,并且作弄他,把缰绳塞到他手里。然后,用鞭子抽,石头扔,大声叫喊,刺激它,让它奔跑。

那匹马由于和它一样失明的骑手无法让它保持直线行走,一会儿撞

上了一棵树,一会儿又冲出公路。从而导致一次次撞击,甚至极其危险的坠落。

米歇尔·斯特罗哥夫没有反抗。他没叫一声苦。他的马倒地了。他等着别人把他扶起来。别人确实把他扶起来了,而残酷的游戏继续进行。

面对这非人的待遇,尼古拉忍无可忍。他想冲上去救助他的同伴。他们拦住他,对他拳打脚踢。

总之,这场游戏好像玩了很长时间,让鞑靼人十分开心,要不是出了较严重的事故还不会就此收场。

9月10日白天,有一时,盲马突然狂奔,笔直冲向公路边一个深达三四十英尺的深坑。

尼古拉想扑上去,但他被拦住了。马儿无人导向,带着骑手掉进了这个深坑。

马儿无人导向,带着骑手掉进了深坑。

娜佳和尼古拉发出惊惧的叫声！……他们肯定以为,他们的伙伴被摔得粉身碎骨了!

当人们去把他扶起来的时候,米歇尔·斯特罗哥夫由于脱出了马蹬,居然没受一点伤,只是可怜的马摔断了两条腿,不能再骑了。

他们就把它留在那儿等死,连慈悲的一击都没给它,而米歇尔·斯特罗哥夫则被拴在一个鞑靼人马鞍上,不得不靠两条腿跟着队伍跑。

还是没有怨言,没有反抗! 他疾步前行,几乎没等拴着他的绳子绷紧。他始终像基索夫将军对沙皇介绍时说的那样是条"铁打的汉子"!

第二天,9月11日,小分队经过切巴尔林斯科耶镇。

这时发生了一件事,这件事将导致十分严重的后果。

夜色降落。鞑靼骑兵休息后准备继续赶路。他们多少有些喝醉了。

直至此时,一直都受到这些士兵尊重的娜佳,却遭到了其中之一的欺负。

米歇尔·斯特罗哥夫既看不到欺负的情景,又看不到欺负她的人。然而,尼古拉帮他看到了。

尼古拉平静地,不假思索地,也许并没有意识到自己在干什么,向这名士兵走去。即在这名士兵还没来得及拦住他之前,尼古拉从他的马鞍上拔出一把铁砂枪,当胸朝他开了一枪。

听到枪响,指挥这支小分队的军官跑了过来。

骑兵们正要砍向不幸的尼古拉,军官打个手势制止了他们,他们把尼古拉捆绑起来,横搁在马上,然后,小分队飞驰上路。

绑着米歇尔·斯特罗哥夫的绳子被他咬断,在马儿突如其来的一冲时松开了,醉醺醺的骑手骑着疾驰的马都没有觉察。

公路上只留下了米歇尔·斯特罗哥夫和娜佳。

第9章 大草原上

米歇尔·斯特罗哥夫和娜佳就这样再次自由了,就像当初从彼尔姆到额尔齐斯河的那段路上一样。可是,旅行的条件却有天壤之别!那时候有舒适的篷篷车,马匹不断地更换,有维持良好的驿站,确保他们能快速赶路。现在,他们徒步,不可能找到任何代步工具,没有资源,甚至不知道怎样解决最基本的生活需求,而前面还有四百俄里路要走!更有甚者,米歇尔·斯特罗哥夫现在只能通过娜佳的眼睛来视物了。

至于偶然赐予他们的那位朋友,他们刚才失去了他,生死未卜。

米歇尔·斯特罗哥夫扑倒在公路斜坡上。娜佳站着,等着他说句话继续前行。

那是在晚上十点钟。从下午三点半以后,太阳就落到了地平线下。眼前没有一栋房屋,一个草棚。最后的那些鞑靼士兵消失在远处。米歇尔·斯特罗哥夫和娜佳完全孤独了。

"他们会对我们的朋友怎么样?"姑娘说,"可怜的尼古拉啊,我们的相遇竟然会要了他的命!"

米歇尔·斯特罗哥夫没有回答。

"米歇尔,"娜佳又说道,"你不知道吗?当你遭到鞑靼人戏弄的时候,他保护着你,他还为了我不顾自身安危。"

米歇尔·斯特罗哥夫始终没有吭声。他一动不动地用双手抱着脑袋,他在想什么?尽管他没有回答,但他听到了娜佳在对他说什么。

是的,他听到了。这时姑娘问他:

"米歇尔,让我带你去哪儿?"

"去伊尔库茨克!"他答道。

"走大公路吗?"

"是的,娜佳。"

米歇尔·斯特罗哥夫依然是那个不达目的誓不罢休的汉子。从大公路走,这条路最近。一旦发现有菲奥法尔可汗的先头部队出现,再走上岔道也还来得及。

娜佳抓住米歇尔·斯特罗哥夫的手,他们出发了。

第二天,9月12日早晨,二十俄里后,到达图卢诺夫斯科耶镇,两个人略作休息。娜佳整个夜晚都在寻找,看看尼古拉的尸体是不是被抛在公路上了,可是,她找遍了废墟,看了一具具尸体都没找到。至此,尼古拉好像被放过了。那是不是要留着他到伊尔库茨克军营后再施酷刑呢?

娜佳饿得浑身乏力,她的同伴也遭受着同样残酷的折磨。相当运气,她在镇上的一栋房子里找到了不少肉干和面包片,这些东西里的水分蒸发后,依然保留着它们的全部营养。米歇尔·斯特罗哥夫和姑娘扛起他们能拿得动的一切,他们的食物得到了好几天的保障,至于水,在安加拉河千百条支流纵横交错的地区,少不了有他们喝的。

他们重又登程。米歇尔·斯特罗哥夫步履稳健,只是为了他的女伴放慢速度。娜佳不愿落在后面,强忍着往前走。好在她的伙伴看不见她累成了何等悲惨的模样。

然而,米歇尔·斯特罗哥夫感觉到了。

"可怜的孩子,你累垮了吧?"有几次,他问她说。

"没有的事。"她答道……

"等你走不了的时候,我抱着你走,娜佳。"

"好的,米歇尔。"

这一天,他们得渡过俄卡河,这是条小河,过河没有任何困难,他们可以涉水。

天上布满乌云,气温还能忍受。只是担心天气转为下雨,给行路增加困难。甚至下起倾盆大雨,不过大雨不会持久。

娜佳瞻前顾后,他们手牵着手,很少说话,始终像这样走着。他们每天小息两次,晚上休息六个小时。在有些小木棚里,娜佳又找到了一些这样的羊肉,这种东西在这儿十分普遍,不到两个半戈比一斤。

然而,和米歇尔·斯特罗哥夫可能抱有的希望相反,这个地区,再也见不到一头驮重的牲口。马、骆驼,全都被杀或者被抢走了。因此,他们必须凭着两条腿继续穿越这无边无际的大草原了。

开赴伊尔库茨克的鞑靼人第三纵队留下的痕迹并不少见。这里有一匹死马,那里是一辆被抛弃的大车。公路上不断地能见到可怜的西伯利亚人的尸体,主要集中在各个村口。娜佳克制着恶心,察看着每一具尸体!

不管怎么样,危险不在前面,还是在后面。由伊凡·奥加莱夫率领的埃米尔主力部队的前锋随时都可能出现。从叶尼塞河下游放出的小船,

> 公路上不断地能见到可怜的西伯利亚人的尸体,主要集中在各个村口。娜佳克制着恶心,察看着每一具尸体!

恐怕已经到了克拉斯诺亚尔斯克,并且当即用于渡河。这时,对入侵者来说,道路通行无阻。没有一支俄罗斯军队能拦截在克拉斯诺亚尔斯克和贝加尔湖之间。因此,米歇尔·斯特罗哥夫担心着鞑靼侦察兵的到来。

所以,每次歇息,娜佳都要登上高处,仔细向西方眺望,但是,她没见到标志着有骑兵部队出现扬起的尘土。

然后,他们继续赶路,当米歇尔·斯特罗哥夫感到是他在拉着可怜的娜佳往前走的时候,他便把脚步放慢。他们很少说话,说的也尽是尼古拉。姑娘回忆着这位才相处几天的伙伴为他们所做的一切。

米歇尔·斯特罗哥夫在回答她的时候尽量给予她某种希望,其实,他很清楚,不幸的人肯定逃不过一死。

有一天,米歇尔·斯特罗哥夫对姑娘说:

"娜佳,你怎么从来不跟我讲讲我的母亲?"

他的母亲!娜佳不愿意讲起她。干吗要提起他的伤心事啊?西伯利亚老婆婆不是死了吗?她儿子不是给过那具躺在托木斯克高地上的尸体最后一吻了吗?

"给我讲讲她吧,娜佳。"米歇尔·斯特罗哥夫还是在要求,"说吧!我听着高兴!"

于是,娜佳说起了从未说起过的往事。她叙述了她和玛尔法在鄂木斯克的初次见面,从她们相遇以来发生的一切。她说,是一种说不清楚的本能驱使她向不认识的老婆婆靠拢;她还说了怎么照顾老婆婆,从老婆婆那里得到了怎样的鼓励。那段时间,对她来说,米歇尔·斯特罗哥夫还只是尼古拉·科尔巴诺夫。

"我始终是尼古拉·科尔巴诺夫就好了!"米歇尔·斯特罗哥夫答道,他的脸色阴沉下来。

过了一会儿,他补充道:"我违背了我的誓言,娜佳。我发过誓不去见我的母亲!"

"可你没有主动去见她呀,米歇尔!"娜佳说,"仅仅是偶然让你出现在她的面前了!"

"我发过誓,不管发生什么都不暴露我的身份!"

"米歇尔,看到鞭子在你老母亲头上扬起来,你能扛得住?不,没有哪个誓言能阻止儿子救他的母亲!"

"我违背了誓言,娜佳,"米歇尔·斯特罗哥夫说,"愿上帝和老爷子能宽恕我!"

"米歇尔,"这时,姑娘说道,"我有个问题要问你。如果你认为不应该回答,就不回答。你怎么做都不会伤害我。"

"说吧,娜佳。"

"现在,沙皇的信已经被抢走了,为什么你还这么急着要赶往伊尔库茨克呢?"

米歇尔·斯特罗哥夫把他女伴的手握得更紧了,但他没有作答。

"这么说,你在离开莫斯科之前就知道这封信的内容了?"娜佳又问。

"不,我并不知道。"

"我是不是该认为,米歇尔,把我交到我父亲手里,这唯一的愿望促使你奔向伊尔库茨克呢?"

"不,娜佳,"米歇尔·斯特罗哥夫严肃地答道,"如果我让你这么以为,那就是我在骗你。我去那儿是我的责任要求我去的!至于带你去伊尔库茨克,现在不是你在带我去那儿吗?不是通过你的眼睛我才能看见,不是你的手在引导着我吗?我最初能够帮你的那点忙,你不是成百倍地在偿还我吗?我不知道,命运是不是会终止对我们的迫害,但是,在你感谢我把你交到你父亲手里的那天,我也会感谢你把我带到了伊尔库茨克!"

"可怜的米歇尔!"娜佳十分激动地答道,"可别这么说!这不是我想要你做出的回答。米歇尔,为什么现在,你还这么急着要到达伊尔库茨克啊?"

"因为我必须赶在伊凡·奥加莱夫之前到达那里!"米歇尔·斯特罗哥夫嚷道。

"现在还需要?"

"现在还需要,而且我一定能做到!"

米歇尔·斯特罗哥夫在说这句话的时候并不只是出于对叛贼的仇恨。而娜佳也清楚,她的同伴没有把一切都告诉她,他不能什么都对她说。

三天后,9月15日,两个人到了离图鲁诺夫斯科耶七十俄里的奎屯斯科耶。姑娘每迈出一步都极其痛苦。她的双脚疼痛不已,几乎走不动了。可她扛着,她在向疲劳做斗争,她唯一的想法是:

"既然他看不见我,我就走下去,直至倒下为止!"

况且,自从鞑靼人走后,这一阶段的旅程,在这段公路上,没有任何障碍,也不存在危险。只是非常劳累而已。

这三天的情况便是如此。很明显,入侵者的第三纵队在迅速向东推进。这从他们身后留下的断壁残垣、不再冒烟的灰烬和横陈地上开始腐烂的尸体可以看得出来。

西面还什么都没有。埃米尔的前锋部队没有出现。米歇尔·斯特罗哥夫由此做出极其可能的推断来解释这迟迟不到的原因。俄罗斯人是不是已经集结起了足够的兵力,直接威逼托木斯克和克拉斯诺亚尔斯克?第三纵队孤军深入很可能被切断?如果是这样的话,大公就容易守住伊尔库茨克了,而且赢得了对抗入侵的时间,这是走向驱逐入侵者的道路。

米歇尔·斯特罗哥夫禁不住抱有这样的希望,但他很快就明白这些希望纯属幻想,他只能依靠自己的力量,就像大公的得救在他本人的掌握之中一样!

从奎屯斯科耶到离注入安加拉河的定卡河不远处的小镇基米尔泰斯科耶,中间相隔六十俄里。米歇尔·斯特罗哥夫一想到这条横在路上的有点大的河流心里就有些担忧。渡船或者小船想都别想找到,而他也知道,即使在最幸运的时期,涉水过河都很困难。然而,一旦过了这条河,前面路上便再没有江河挡道,从那儿到伊尔库茨克就剩下两百俄里了。

他们到基米尔泰斯科耶用不了三天。娜佳步履艰难。尽管她意志坚定,她的体力却即将消耗殆尽。这一点,米歇尔·斯特罗哥夫知道得太清楚了。

要不是他眼睛看不见了,娜佳肯定会对他说:"米歇尔,你走吧,把我

留在哪间茅屋里！你到伊尔库茨克去！完成你的使命！然后看看我父亲！告诉他我在哪儿！告诉他我在等他！然后你们俩一起，你们肯定能找到我！快走！我不害怕！我会躲开鞑靼人的！我会为我父亲，为你保护好我自己！去吧，米歇尔！我再也走不动了！……"

有好几次，娜佳不得不停下来。这时，米歇尔·斯特罗哥夫就把她抱起来。这样，他不用再担心把姑娘累着了，便以不知疲乏的步伐走得快一些。

9月18日，晚上十点钟，两个人终于到了基米尔泰斯科耶。在山冈上，娜佳瞥见天际有一条亮一些的带子。那就是定卡河。河面上反射出几道闪电，没有雷鸣的闪电照亮了夜空。

娜佳引着她的伴侣穿过成了废墟的小镇。火灾留下的灰烬已经冷却。离最后一批鞑靼人过去至少有五六天了。

到达小镇尽头的几栋房子那里，娜佳让自己倒在一条石凳上。

"我们休息一会儿？"米歇尔·斯特罗哥夫问她。

"已经是晚上了，米歇尔，"娜佳答道，"你不想休息几个钟头吗？"

"我本来想等过了定卡河再休息，"米歇尔·斯特罗哥夫回答道，"在我们和埃米尔的前锋部队之间横着这条河会更安全。可是你拖都拖不动了，我可怜的娜佳！"

"走吧，米歇尔。"娜佳答道，她牵住同伴的手，把他往前拉。

定卡河切断了去伊尔库茨克的公路。姑娘要试一下能否完成她同伴要求她做出的最后的努力。就这样，两个人借着闪电的余光走着。他们走在无边无际的荒漠上，荒漠隐没了这条河。在这片重又开始西伯利亚大草原的广阔原野上，没有一棵树，见不到一个拱起的小山冈。空中没有气息的流动，平静得让最细微的声音都能传出很远。

突然，米歇尔·斯特罗哥夫和娜佳站住了，就像地面上有什么裂隙卡住了他们的双脚。

草原上传来一阵狗吠声。

"你听到了吗？"娜佳问。

接着是一声哀怨的呼叫，绝望的呼叫，仿佛是个濒临死亡者最后的呼唤。

"尼古拉！尼古拉！"姑娘在不祥的预感驱使下大声叫道。

米歇尔·斯特罗哥夫听着，摇了摇脑袋。

"来吧，米歇尔，来吧。"娜佳说。

而她，刚才还拖不动脚步，在过度兴奋的刺激下一时间力量倍增。

"我们下了公路？"米歇尔·斯特罗哥夫说，他感到踩在脚下的不再是灰尘扑扑的地面，而是低矮的青草。

"是的……必须下来！……"娜佳答道，"喊声是从那儿——右边传来的！"

几分钟后，两个人已经到了离河边只有半俄里的地方。

又一阵狗吠声，虽然叫声更虚弱，却肯定离得更近了。

娜佳止住步。

"没错！"米歇尔说，"是瑟尔克在叫！……它跟着它的主人呢！"

"尼古拉！"姑娘叫道。

没人回应她的呼唤。

只有几只猛禽飞起，消失在高空中。

米歇尔·斯特罗哥夫侧耳细听。娜佳观望着这片原野，镜子般闪烁着微光的原野，可她什么都没看到。

然而，这时，人声再度扬起，微弱的声音哀怨地叫道："米歇尔！……"

接着，一条狗，浑身是血，蹦到娜佳面前。是瑟尔克！

尼古拉不会在很远的地方！他在哪儿？娜佳几乎没有力气叫他了。

米歇尔·斯特罗哥夫在地上爬行，用手摸索着。

突然，瑟尔克又发出一声吠叫，朝一只掠地飞行的大鸟扑去。

那是一只秃鹫。当瑟尔克冲向它的时候，它飞了起来，可它返身冲来，给了狗一击！狗再次向秃鹫跃起！……秃鹫嘴巴在瑟尔克头上可怕地一啄，这一次，瑟尔克摔在地上没有了生命。

与此同时，娜佳发出了惊惧的叫声！

"那儿……在那儿！……"她说。

一颗脑袋露出在地面上！要不是草原被天上强烈的闪光照着,她的脚差点儿绊倒在上面。

娜佳跪倒在那颗脑袋边上。

尼古拉,按照鞑靼人残酷的惯例,被活埋了,泥土一直埋到他的脖子,然后丢弃在草原上,任由他饿死渴死,或者死在狼牙或鹰嘴下。他的手臂被贴身紧紧捆绑着,无法扒开压迫着他的泥土,使他就像棺材里的尸体,对囚禁地下的受害者真是可怕的酷刑啊!被卡住在这个不可能打破的黏土模子里的受刑者还活着,可他只能盼着死亡早点到来了!

鞑靼人在那里活埋他们的囚徒已经三天了!……三天来,尼古拉等待着来得太晚的救援。

秃鹫们瞥见了这颗紧贴地面的头颅,几个小时以来,忠诚的狗捍卫着它的主人免遭这些凶残的飞禽们攻击!米歇尔·斯特罗哥夫用他的刀挖

尼古拉,按照鞑靼人残酷的惯例,被活埋了,泥土一直埋到他的脖子……

着土,要把这个被活埋的人挖出来!尼古拉此时一直闭着的眼睛睁开了。

他认出了米歇尔和娜佳。

"永别了,朋友们,"他嗫嚅道,"我很高兴又见到了你们!为我祈祷吧!……"

这便是他最后留下的话。

米歇尔·斯特罗哥夫继续在地上挖着,被踩结实的土地硬得像石头,他终于把不幸的人挖了出来。他听了听他的心脏是不是还在跳动!

……心跳已经停止。

米歇尔决定把他的朋友埋了,免得他暴尸荒野。而那个曾活埋过尼古拉的洞,得把它加宽,扩大到能让死者在里面躺下!忠诚的瑟尔克将陪伴在它主人的身旁!

此时,公路上响起巨大的嘈杂声,距离他们半俄里。

米歇尔·斯特罗哥夫听了听。

从这个声音中,他听出是一队骑马的人,他们正向定卡河奔去。

"娜佳!娜佳!"他低声叫道。

听到他的声音,祈祷中的娜佳挺起身子。

"看看!快看看!"他对她说。

"鞑靼人!"她喃喃道。

确实,那是埃米尔的前锋部队迅速通过去伊尔库茨克的公路。

"他们阻止不了我让他入土为安!"米歇尔·斯特罗哥夫说。

说着,他继续挖掘。

很快,尼古拉的遗体,双手合在胸前,躺进了这个墓穴。米歇尔·斯特罗哥夫和娜佳跪着,为这个可怜人,与世无争的善良人,为了对他们的忠诚而付出了生命代价的朋友做最后的祈祷。

"现在,"米歇尔·斯特罗哥夫一边盖土,一边说,"大草原上的狼群就吃不了他了!"

然后,他面朝正过去的骑兵队伍,向娜佳伸出手,说:

"上路,娜佳!"

米歇尔·斯特罗哥夫不能再沿着现在被鞑靼人切断的公路走了。他得横穿过草原,绕到伊尔库茨克后面去。因此,他不用再为过定卡河担心了。

娜佳再也拖不动了,但是她可以帮他观看。他把她抱起来,走向该省西南部的深处。

只剩下二百俄里路程了。怎样走完这段路啊?怎样才能不累垮了呢?路上能吃些什么?得有何等超人的毅力才能跨越萨扬斯克山脉的坡道?米歇尔和娜佳谁都说不清楚!

然而,十二天后,10月2日,傍晚六点钟,一片茫茫的水域展现在米歇尔·斯特罗哥夫脚下。

这便是贝加尔湖。

很快,尼古拉的遗体,双手合在胸前,躺进了这个墓穴。

第10章 贝加尔湖和安加拉河

贝加尔湖海拔一千七百英尺,长约九百俄里,宽一百俄里,湖深不知道。布尔布隆夫人曾写道:"据湖上的船工说,贝加尔湖喜欢被称作'海夫人',如果人家叫它'湖先生',它立即就发飙。"然而,据传,贝加尔湖还从来没有淹死过一个俄罗斯人。

三百多条河流注入这个辽阔的淡水湖,周围是一圈华丽的火山。然而,除了安加拉河,它没别的溢洪道,安加拉河流经伊尔库茨克后,在距叶尼塞斯克不远之处注入叶尼塞河。至于把它拦腰切断的群山则构成顿古斯山脉的一个分支,延伸了广阔的阿尔泰山岳形态系统。

这个时期,寒气已经开始逼人。就像这个地区的其他地方一样,处于特殊的气候条件之下,秋季仿佛总是被早到的寒冬所吸收。这时还只是十月初。下午五点太阳就落山了,漫漫长夜让温度计降到了零度。最初的几场雪将一直下到来年夏天,贝加尔湖畔的山顶已是白皑皑一片。在西伯利亚的冬天,这个内海能结厚达几英尺的冰,冰上纵横着信使和商队的雪橇。

不管是因为有人失礼称呼它"湖先生",还是因为别的种种气象方面的原因,贝加尔湖时有大风暴发生。它像世界各地的内海一样短促的波涛,让夏季航行的筏子、平底船和汽轮都感到十分害怕。

米歇尔·斯特罗哥夫抱着娜佳,刚刚到达这个湖的西南角。娜佳全部的生命,竟可以说,都集中在了她那双眼睛里。他们俩除了在那里累死饿死,还能对该省的这个蛮荒地区有什么期待?沙皇的信使为了到达目的地已经长途跋涉六千俄里,剩下的还有多少?沿着湖边走上六十俄里就

会到达安加拉河的河口；然后，从安加拉河河口到伊尔库茨克再走八十俄里。总共一百四十俄里，对一个健康、强壮的人来说，即便步行，也就是三天路程。

米歇尔·斯特罗哥夫还能算是健康强壮的人吗？

老天爷恐怕都不愿意让他再经受这样的苦难了。穷追猛打的噩运仿佛都想放他一马。贝加尔湖的这一头，大草原的这个部分，他以为一如既往地是个不见人烟的荒漠，此时却并非如此。

有五十来人汇聚在大湖西南角的这个角落上。

当米歇尔·斯特罗哥夫抱着娜佳走出山间窄道的时候，娜佳便发现了他们。

最初，姑娘担心那是鞑靼人的一支小分队，被派来搜索贝加尔湖的湖岸，在这种情况下他们俩就逃不掉了。

然而，娜佳对此当即放下心来。

"俄罗斯人！"她大声嚷道。

使完最后这点劲，她的眼皮便合上了，脑袋垂落到米歇尔·斯特罗哥夫胸口上。

随即他们也被发现了，其中有几个俄罗斯人跑向他们，把瞎子和姑娘带到一个狭窄的河滩上，那里停靠着一张筏子。

筏子即将出发。

这些俄罗斯人都是逃亡的难民，情况不一，共同的利害关系把他们汇聚到了贝加尔湖的这个点上。他们遭到鞑靼侦察兵的追逐，想去伊尔库茨克寻求避难。自从入侵者在安加拉河两岸摆下阵势，陆地就走不成了，于是，他们便希望顺着这条穿过伊尔库茨克的河流而到达那里。

他们的计划让米歇尔·斯特罗哥夫心跳。他的行动有了最后的希望。可他还是有所自制，掩饰住心中的喜悦，他比任何时候都想严格保守自己的微行身份。

逃亡者们的计划很简单。贝加尔湖沿着湖边有一股水流一直流向安加拉河的河口。他们想利用这股水流先到达贝加尔湖的溢洪道。从那儿到伊尔库茨克是往上游走，河水的流速很快，将以每小时十到十二俄里的速度带着他们航行。这样,一天半以后,他们就能看到那座城市了。

这地方一条船都没有。需要找到东西代替。一张木筏,或者不如说是一长列的木排,就像平常漂流在西伯利亚大江小河上的那种,被造了起来。生长在岸边的一大片冷杉林提供了漂浮材料。用柳条连接起冷杉树干构成一个平台,一百个人都能在上面找到宽裕的位置。

米歇尔·斯特罗哥夫和娜佳便被带上了这个木筏。姑娘苏醒过来。有人给她和她的同伴一点吃的。接着,她躺倒在一堆树叶上,当即进入了酣睡。

对前来询问的人,米歇尔·斯特罗哥夫全然不提在托木斯克发生的事情。他自称是克拉斯诺亚尔斯克的居民,没能在埃米尔的军队到达定卡河左岸前到达伊尔库茨克,他还补充说,很可能,鞑靼军队的主力已经在西伯利亚的首府城下安营扎寨。

所以,他们得争分夺秒。况且,天气越来越冷。晚间温度降到了零下。贝加尔湖的湖面上已经形成了一些冰凌。如果说木筏在湖上还容易操纵,到安加拉河上,遇到河道被它们堵塞,情况就不一样了。

因此,出于这种种原因,逃亡者们不再拖延,马上出发。

晚上八点,解缆起航,在水流的作用下,木筏顺着湖边行驶。几个身强力壮的庄稼汉操起粗长的篙子便足以纠正航向。

贝加尔湖的一名老船工负责木筏指挥。老人六十五岁,湖上的风把他的皮肤吹成了褐色。一部浓密的白胡子垂落到胸前。头上戴一顶皮帽子,神情严肃而淡定。他又宽又长的外套一直遮到脚跟,腰间紧束腰带。这位沉默寡言的老人坐在木筏后部,用手势指挥,十个小时没说上十句话。况且,整个的操作就一件事,保持木筏行走在沿湖边的那股水流上,别跑到湖中心去。

我们说过,登上木筏的俄罗斯人情况不一。确实,除了本地的庄稼汉,男女老少,还有两三个旅途中意外遇上入侵的朝圣者,几个僧侣和一位东正教神父。朝圣者手执木杖,腰间悬着水壶,用哀怨的声音唱着诗篇。一个来自乌克兰,另一个来自黄海,第三个来自芬兰;最后这位年事已高,他腰带上挂一只锁着的小捐款箱,就像挂在教堂支柱上的那种。他

贝加尔湖的一名老船工负责木筏指挥。老人六十五岁，湖上的风把他的皮肤吹成了褐色。

在漫长而疲惫的朝观路上所收到的，没有一丝一毫入他的账，他甚至都没有开锁的钥匙，捐款箱只能等到他回去后才打得开。

僧侣们来自帝国的北方。他们离开那个阿尔汉格尔城①已经三个月了，有些旅行者觉得它的外表颇像是一座东方城市，这也没错。他们参观了卡累利阿海岸附近的圣岛，索洛维茨基修道院，特罗伊茨克修道院，基辅的圣安东尼修道院和圣女狄奥多西，这位雅盖沃王朝②旧宠姬的修道院，莫斯科的西苗诺夫隐修院，喀山隐修院以及它的旧信徒教堂。他们套着长袍，戴着风帽，穿着哔叽衣裤，前去伊尔库茨克。

至于那位神父，他只是一个普通的乡村教士，这样的民间神父在俄罗

---

① 俄罗斯阿尔汉格尔斯克州首府。
② 波兰-立陶宛、波希米亚和匈牙利的王族。十五和十六世纪时是中东欧最有权势的家族之一。

斯帝国有六十万。他穿得和庄稼汉们一样寒酸,实际上,他也并不比他们过得好些,他在教会里既没有地位,也没有权力,他像农民一样耕种他的土地,平时主持洗礼、婚礼和葬礼。他把孩子们和妻子打发去了北方省份,免去了他们遭受鞑靼人的荼毒。他自己留在堂区直至最后一刻。然后,他不得不逃难,而由于去伊尔库茨克的陆路被封死了,他只好来到了贝加尔湖。

这些不同宗教的教士们聚集在木筏头上,每隔一定时间进行祈祷,声音在这寂静的夜晚扬起,而祈祷时每诵完一段经文,他们便说"斯拉瓦博古",荣誉归于天主。

这段航程上没有出现任何事故。娜佳始终陷于沉睡之中。米歇尔·斯特罗哥夫在她边上守护。睡意每每要隔很长时间才能击倒他,而且他的脑子始终保持着警惕。

曙光初照的时候,木筏被与水流方向相反的强风所阻滞,离安加拉河口还有四十俄里。很可能,下午三四点钟前还到不了那儿。

那也没有什么不妥,倒是相反,因为,那时,逃亡者们将在晚间顺河而下,黑暗将有利于他们到达伊尔库茨克。

老船工多次表现出来的唯一的担忧和水面上冰凌的形成有关。晚上天气非常冷。他们看到相当多的冰凌在湖风的推动下漂向西方。这些冰凌倒并不可怕,因为它们现在已经漂过了安加拉河口,不会再漂进那条河里。可是,他们不得不考虑从湖东部漂来的那些冰凌,它们就可能被水流吸引,带进河道。从而发难、延误,甚至出现木筏过不去的障碍。

因此,米歇尔·斯特罗哥夫非常希望知道湖面上的情况。是不是出现了大量的冰块。娜佳一醒来,他就再三地问她,而她则把水面上出现的情况一五一十报告给他。

即在那些冰凌如此漂移的时候,贝加尔湖的湖面上出现了一些奇怪现象。一些漂亮之极的沸腾的水喷涌而出,它们是从大自然开凿在湖底的一些自流井中喷出来的。这些水柱喷得很高,然后化成水汽,在阳光照耀下变成七彩虹霓,几乎当即被寒冷凝固。这种奇特的景观对于和平时期来这里旅游的观光客肯定赏心悦目,被视作这个西伯利亚内海的吸引人之处。

下午四点,老船工指出安加拉河的河口就在岸边高耸的花岗岩山石之间。大家已经隐隐看到右岸的小港口利佛尼茨纳雅,它的教堂和建造在河滩上的几栋房子。

然而,情况十分严重,从东面来的最初形成的冰凌已经漂进安加拉河的河道,因而,它们正漂向伊尔库茨克。只是它们的数量还不足以堵住河道,而气温也还没有冷到把它们凝聚在一起。

木筏驶到小港口,在那里停靠。老船工决定休息一小时,做一些必不可少的修理。松开的树干很可能导致木筏解体,要紧的是把它们系得更扎实,才抗得住安加拉河流速很快的水流。

在顺风顺水的季节,利佛尼茨纳雅是去贝加尔湖旅客的上下客站,他们或者去基亚赫塔,这是俄中边界的最后一座城市,或者从那里回来。因此,这里来往的汽轮和沿岸航行的小船很多。

然而,这个时期,利佛尼茨纳雅已被抛弃。它的居民不能留待已经驰驱在安加拉河两岸的鞑靼人前来劫掠。他们把平时在港口停航的大小船只统统发送到了伊尔库茨克,并且,带上了所有能带走的东西,及时躲进了东西伯利亚的首府。

老船工也想到利佛尼茨纳雅港不会另有难民上来,然而,就在木筏靠岸的时候,从一栋无人居住的房子里出来两个人,飞快地跑到河滩上。

娜佳坐在木筏后部,不经意地观望着。

她差一点叫出声来。她抓住米歇尔·斯特罗哥夫的手,米歇尔·斯特罗哥被她一抓,抬起头来。

"怎么啦,娜佳?"他问道。

"我们的两位旅伴,米歇尔。"

"我们在乌拉尔山峡道上遇见的法国人和英国人吗?"

"是的。"

米歇尔·斯特罗哥夫一惊,因为,他不想放弃的严密的微行很可能会被揭穿。

确实,阿尔希德·约利伟和哈利·博伦特现在不会再把他当成尼古拉·

科尔巴诺夫,他们知道他真正的身份是沙皇的信使米歇尔·斯特罗哥夫。自从在伊希姆驿站分手以后,两位记者曾两次遇见他,第一次在撒杯杰洛军营,当时,他一鞭子抽破伊凡·奥加莱夫的脸,第二次在托木斯克,他被埃米尔判处酷刑。因此,他们知道该怎么对待他,知道他的真实身份。

米歇尔·斯特罗哥夫迅速做出决定。

"娜佳,"米歇尔说道,"等法国人和英国人一上筏子,你就请他们来我这儿!"

这两个人确实就是哈利·博伦特和阿尔希德·约利伟,不是偶然,而是时态变化的力量,就像引导米歇尔·斯特罗哥夫一样,把他们引导到了利佛尼茨纳雅港。

我们知道,观看过鞑靼人在托木斯克的入城式以后,两位记者在鞑靼人欢庆活动的压台戏——野蛮的酷刑实施前就走掉了。因此,他们并不知道自己从前的旅伴是否已被处死,也不知道他只是按照埃米尔的命令变成了盲人。

因此,弄到了马匹后,他们当晚就弃托木斯克而去,他们下定了决心,从今往后要跟着东西伯利亚的俄罗斯军队撰写他们的每日专栏。

阿尔希德·约利伟和哈利·博伦特日夜兼程,赶往伊尔库茨克。他们满希望走在菲奥法尔可汗的大军前面,如果不是突兀冒出这个来自南方各地,穿越叶尼塞河谷来到的第三纵队的话,他们确实走在了前面。但和米歇尔·斯特罗哥夫一样,他们还没到达定卡河就被截下了。因此,他们不得不退走贝加尔湖。

当他们到达利佛尼茨纳雅的时候,他们发现港口已经不见一个人影。从另外一头,他们是不可能进入伊尔库茨克的,那边已经被鞑靼军队围困起来。他们只好在那里待了三天,当木筏到达的时候,他们正处于十分尴尬的境地。

难民们的意图当即告诉了他们。趁着月黑风高之夜潜入伊尔库茨克的可能肯定是有的。他们决定试试运气。

阿尔希德·约利伟当即找到了老船工,他要求让木筏带上他和他的同

伴,不管多高的费用他们都愿意付出。

"木筏不用交钱,"老船工失去严肃地答道,"就是要冒生命危险,仅此而已。"

两位记者上了木筏,娜佳看到他们在前面就位。

哈利·博伦特始终是个冷冰冰的英国人,在通过乌拉尔山脉的整个过程中几乎没跟她说过一句话。

阿尔希德·约利伟仿佛比以前严肃一些,我们不难从目前的境遇中找到他严肃的原因。

就这样,阿尔希德·约利伟在木筏前部坐定下来,这时,他感到有一只手搭到他手臂上。

他回过头来,认出了娜佳。那个不再是尼古拉·科尔巴诺夫而是沙皇的信使米歇尔·斯特罗哥夫的妹妹。

阿尔希德·约利伟回过头来,认出了娜佳。

他正要发出一声惊叫,却看到姑娘把一只手指搁在嘴巴上。

"来吧。"娜佳对他说。

于是,阿尔希德·约利伟不动声色地向哈利·博伦特打了个手势,让他一起去,便跟上了她。

两位记者在木筏上遇见娜佳已经感到十分惊讶,当他们看到以为已经不在人世的米歇尔·斯特罗哥夫时,更是惊讶万分。

他们走近的时候,米歇尔·斯特罗哥夫没有动弹。

阿尔希德·约利伟转身朝向姑娘。

"他看不见你们,先生们,"娜佳说,"鞑靼人烧瞎了他的眼睛!我可怜的哥哥成了瞎子!"

强烈的怜悯感显现在阿尔希德·约利伟和他的同伴脸上。

不一会儿,两个人便在米歇尔·斯特罗哥夫身边坐下,紧握着他的手,等着他跟他们说话。

"先生们,"米歇尔·斯特罗哥夫低声说,"你们不应该知道我是谁,我来西伯利亚干什么。我请求你们为我保守秘密。能答应我吗?"

"我以名誉担保。"阿尔希德·约利伟答道。

"我以绅士的信义担保。"哈利·博伦特也说。

"好的,先生们。"

"我们能帮您做些什么吗?"哈利·博伦特问道,"您要不要我们帮助您完成您的任务?"

"我更愿意单独行动。"米歇尔·斯特罗哥夫答道。

"可那些浑蛋烧掉了您的视力。"阿尔希德·约利伟说。

"我有娜佳,有她的眼睛我就够了!"

半小时后,木排离开利佛尼茨纳雅小港,驰入河道。这时是下午五点。

夜色已然降临。这个夜晚将非常黑暗,非常寒冷,因为,这时的气温已经降到了零下。

阿尔希德·约利伟和哈利·博伦特,如果说他们答应了米歇尔·斯特罗

哥夫保守秘密，却并不离开他。他们低声交谈着。盲人用他们告诉他的补充自己已经知道的，对事态有了个确切的概念。

可以肯定，鞑靼人目前已经围困伊尔库茨克，第三纵队已经和他们会师。因此，毋庸置疑的是埃米尔和伊凡·奥加莱夫已在城下。

然而，沙皇的信使为什么还显得那么急于要到达那里呢，既然现在他已经不能把皇帝的信交给大公，而且他也不知道这封信的内容？这一点，阿尔希德·约利伟和哈利·博伦特如同娜佳一样不能理解。

况且，过去的误会已经澄清，这时，阿尔希德·约利伟觉得应该对米歇尔·斯特罗哥夫说一声：

"我们还是应该向您道歉，在伊希姆分别的时候没跟您辞行。"

"不，你们有权利认为我是个懦夫！"

"不管怎么说吧，"阿尔希德·约利伟补充道，"您给那个王八蛋脸上的那一鞭子大快人心，他将久久地带着这个鞭子印了！"

"不，不会很久的！"米歇尔·斯特罗哥夫简单答道。

离开利佛尼茨纳雅后半小时，阿尔希德·约利伟和他的同伴便清楚知道了米歇尔·斯特罗哥夫和娜佳前前后后经历的严酷考验。他们只能毫无保留地钦佩只有姑娘的忠诚堪与匹敌的毅力。而对米歇尔·斯特罗哥夫这个人，他们的看法正如沙皇在莫斯科所说的："确实，这是条汉子！"

木筏迅速地在安加拉河流水带动的冰凌间穿行。河两岸展开活动的全景，出于视错觉，漂浮器材像似待在原地不动，看着如画的景点在眼前络绎不断地过去。这里是高高的花岗石峭壁，形象奇特；那边有一些荒凉的峡谷，涌出一条湍急的河流；有时出现一个宽阔的截面，上面有还在冒烟的村子，明亮的火苗腾腾窜起的浓密的松树林。然而，如果说鞑靼人到处留下了他们的劣迹，难民们却还没有看到他们，因为他们主要集中在伊尔库茨克的邻近地区。

这段时间里，朝圣者们继续大声地祈祷，老船工推开靠得太近的冰块，沉着镇定地让木筏保持在安加拉河的急流中间航行。

第11章　两岸之间

晚上八点,犹如天气状况让人预感到的那样,浓重的黑暗笼罩了整个地区。月亮,因为是新月,不会升起在地平线上。从河中心望出去,两岸情景都看不见。高耸的峭壁和移动缓慢的低压的云层混同一体。不时地,从东方吹来一股气息,仿佛进入到安加拉河狭窄的谷地便消散了。

黑暗在很大程度上有利于逃亡者们计划的实现。确实,尽管鞑靼人的前锋部队分布两岸,木筏完全有可能通过而不被发现。围城部队似乎也不大可能在伊尔库茨克上游进行拦截,因为他们知道俄罗斯人不可能期待得到南部省份的援兵。况且,用不了多久,老天自己会筑起这道拦河坝,寒冷会把两岸间积聚起来的冰块凝结成一片。

木筏上现在是绝对沉寂。自从它顺着河道而下,朝圣者们的声音再也听不到了。他们还在祈祷,但是他们的祈祷只是喃喃细语,不可能传到河边。难民们躺在木排上,河面水平线几乎不因为他们拱起的身体而中断,老船工趴在木筏前部,他的人手身边,只忙于扒开冰块,操作进行得无声无息。

这种情况下,冰凌的漂移对于他们也是有利的,只要它们接下来不形成阻碍木筏前进的不可逾越的障碍就行。木筏孤零零地行驶在自由的河道上,即便是隔着浓重的阴影,都很可能被发现,而现在,它混杂在大小不一、形状各异的冰块中,而冰块互相撞击发出的咔咔声也掩盖了所有可疑的声音。

尖厉的寒气弥漫在空中。难民们只有一些桦树枝叶遮盖,残酷地忍受着寒冷的折磨。他们互相挤在一起,抵御着寒冷;这个夜晚,温度将下

> 老船工趴在木筏前部，他的人手身边，只忙于扒开冰块，操作进行得无声无息。

降到零下十度。不多的风拂过覆盖着白雪的东面山顶，吹到脸上针扎般疼痛。

米歇尔·斯特罗哥夫和娜佳躺在木筏后部，无言地忍受着这新增的苦难。阿尔希德·约利伟和哈利·博伦特在他们身边，尽力抵御西伯利亚寒冬的第一波进攻。他们现在谁都没有说话，全身心地关注着事态变化，每时每刻都可能发生什么事故、危险，甚至灾难，使他们不能完好无损地脱出身去。

作为一个希望很快到达其目的地的人，米歇尔·斯特罗哥夫显得特别平静。况且，在最严峻的局势下，他都从没有丧失过他的毅力。他已经隐隐约约地看到终于能允许他考虑母亲、娜佳和他自己的那一刻！他不再害怕最后的噩运——木筏在到达伊尔库茨克之前被连成一片的冰凌完全拦住。他已下定决心，如有必要，作最后一搏。

娜佳经过几个小时休息,已经恢复体力;苦难能够耗尽她的体力,却动摇不了她的意志。她也在考虑,一旦米歇尔·斯特罗哥夫为达到目的做出新的努力,她必须在那儿引导他。然而,在她距伊尔库茨克越来越近的同时,父亲的形象在她心里也越来越清晰。她看到他在远离亲人的被围困的城市里,正怀着满腔的爱国热情——这一点她毫不怀疑——向入侵者做斗争。几小时后,如果老天始终帮忙的话,她将在父亲怀里,转述母亲最后的遗言,什么都不能再把他们分开。如果华西里·菲道尔的流放没有到期,作为女儿的娜佳决定将留下来,和他一起过流放生活。接着,出于一种自然的倾向,她又想到这个多亏有他她才得以父女团聚的勇敢同伴,这个"哥哥",鞑靼人被赶走以后,他将取道回莫斯科,也许,她再也见不到他了!……

至于阿尔希德·约利伟和哈利·博伦特,他们只有一个同样的想法,那就是,这种局面极具戏剧性,展开得好,将为专栏提供有趣的素材。因此,英国人在想《每日电讯报》的读者,法国人则想到他堂姐玛德莱娜的读者。实际上,两个人心里都不免感到有点激动。

"唉,太好了!"阿尔希德·约利伟想道,"只有自己感动了才能感动别人!我仿佛记得有一句很有名的诗,真见鬼!我要是知道……"

想到此,他用训练有素的眼睛力求看透笼罩在河上的浓重黑暗。

然而,有时候,也会有很强烈的光线打破黑暗,映衬出岸边形状怪异的群山。那是一片着了火的森林,某个燃烧中的村庄,白天的画面加上夜晚的明暗对比显得更加的阴森恐怖。这时安加拉河从一个河滩到另一个河滩被照亮了。有多少冰块便有多少面镜子,从各个角度,以各种颜色反射出火光,随着水流的蜿蜒曲折移动。木筏混迹在这些漂浮物中间过去,没被发现。

因此,危险还不在于此。

然而,有另一种性质的危险正威胁着这些逃亡者。这种危险是他们所不可能预见的,尤其是他们根本没法躲避。这是阿尔希德·约利伟在下述情况中偶然发现的。

阿尔希德·约利伟躺在木筏的右侧，他的手悬空在水面上。突然，接触到水流表面的感觉让他大吃一惊。那仿佛是一种黏糊糊的稠稠的物质，就像是矿物油类……

于是，他又用嗅觉来鉴定触觉，不可能搞错。漂浮在安加拉河表面，并且和他一起流去的正是一层液态的石油！

这么说，木筏实际上是漂浮在这种极易燃烧的物质上？这么多石油是从哪儿来的？是一种自然现象把它抛扔在安加拉河的河面上，还是鞑靼人用作破城工具故意倾倒的？鞑靼人是想用文明国家之间的战争法规绝不允许的方法，给伊尔库茨克带去火灾吗？

这便是阿尔希德·约利伟想到的两个问题，然而，关于这场火灾的事，他觉得只能告诉哈利·博伦特知道，两个人达成一致意见，不向难友们报警，告诉他们这一新冒出来的危险。

我们知道，中亚的土地就像是一块浸透了液态碳氢化合物的海绵。在巴库港，波斯边界，阿伯谢隆半岛，里海，小亚细亚，中国，云县，缅甸，地表层有成千上万个矿物油油源冒着油。人们称之为"富油地区"，就像现在在北美叫这个名字的地区一样。

在有些宗教节日里，特别是在巴库港，当地人喜欢火，他们往海上倒液态石油，由于石油的密度低于水，它漂浮在水上。然后，到了晚上，矿物油散布海上，他们把它点燃，眼前便呈现一片无与比拟的在风中奔腾起伏的火海景象。

然而，在巴库只是一种欢庆活动，到了安加拉河却成了灭顶之灾。不管这火是故意还是无意燃起的，眨眼间烈火便会烧到伊尔库茨克的那一头。

不管怎么样，在木筏上，不用担心有什么不慎之处。可是，在安加拉河两岸引起这场火灾的隐患就比比皆是了，因为，只要有扬起的燃烧物，或者火星掉到河里就能点燃这流动的石油。

阿尔希德·约利伟和哈利·博伦特的忧虑只可意会不可描述。面对这一新的危险，靠上一侧河岸，在那里下木筏，等候是不是好一些？他们作着这种考虑。

"不管怎样,"阿尔希德·约利伟说,"不管有多大的危险,我知道,有一个人是不会下筏子的!"

他暗示的是米歇尔·斯特罗哥夫。

这时,木筏继续在冰凌之间迅速漂移,冰凌越来越密,挤得越来越紧了。

直至此时,在安加拉河的两侧河滩上还没有显示出有鞑靼人的分队,这说明木筏还没有行驶到他们的前沿阵地。可是,十点钟光景,哈利·博伦特仿佛看到有许多黑影在冰凌表面移动。这些黑影从一个冰块跳到另一个冰块,在迅速靠上来。

"鞑靼人!"他想道。

他溜到一直在前面的老船工身边,给他指了指这可疑的活动景象。

老船工仔细看了看。

"那只是一些狼,"他说,"我更愿意是它们而不是鞑靼人。可还是得防卫,而且不能发出声响!"

确实,逃亡者们得和这些被饥饿和寒冷驱赶,穿越这个省份的凶残的食肉动物展开搏斗。狼群嗅到了木筏的气息,很快它们就向木筏展开了进攻。逃亡者们不得不投入战斗,然而却不能使用火器,因为,他们可能离鞑靼人的哨所不远。女人和孩子聚集在木筏中央。男人们,有的用竹篙,有的用刀,大多数人用木棍设法驱赶进攻者。他们没有发出叫喊声,但是,狼群悠长的嗥叫划破了夜空。

米歇尔·斯特罗哥夫不愿意待在一边无所作为。他躺在狼群攻击的木筏一侧。他拔出了刀,每当有狼来到他能击到的地方,他的手便知道把刀插进狼的喉咙。哈利·博伦特和阿尔希德·约利伟也不得空闲。他们干得艰苦卓绝。他们的难友勇敢地帮着他们。整个这场屠戮在默默中完成,尽管有好几个难民没能躲过被严重咬伤。

然而,这场战斗仿佛还不会这么快就结束。狼群前仆后继,不断地有新来者加入,安加拉河右岸只怕已是遍地恶狼了。

"这就没完没了了啊!"阿尔希德·约利伟说道,一边挥舞着他鲜血淋漓的匕首。

事实上,狼群从开始进攻以来半个小时了,还在成百成百地越过冰凌跑来。

逃亡者筋疲力尽,显见越来越弱。战斗转向对他们不利。就在此时,一群十来头身材高大的狼,因为愤怒和饥饿而发狂似的扑上木筏,它们的眼睛在黑暗中炯炯放光。阿尔希德·约利伟和他的同伴冲到这些可怕的动物中间,米歇尔·斯特罗哥夫也向它们爬去,这时,战线突然发生了变化。几秒钟内,狼群不仅抛下了木筏,甚至离开了散落河上的冰块。所有这些黑黝黝的躯体四散逃窜,很快可以确定,它们都急急地返回了右岸。

这是因为狼群必须在黑暗中才能行动,而当时有一股强烈的光照亮了安加拉河的整个河道。

那是一大片的火光。伯斯卡夫斯克镇整个烧了起来。这一回在那儿的是鞑靼人,他们正在完成他们的业绩。从这个点开始,他们占据两岸,直至伊尔库茨克的那一头。因此,难民们进入了他们行程的危险地带,而他们离西伯利亚首府还有三十俄里。

这时是晚上十一点半。木筏继续滑行在黑暗中的冰凌之间,它和冰凌绝对分不清楚。然而不时地有大片大片的亮光一直照到木筏,因此逃亡者们不能有所动作,以免暴露自己。小镇的大火烧得格外猛烈。那些房子都是冷杉木搭建的,烧起来仿佛有树脂。它们在那里有一百五十栋,同时一起燃烧。噼噼啪啪的燃烧声里夹杂着鞑靼人的号叫。老船工撑着附近的几个冰块,把木筏支向左岸,离开伯斯卡夫斯克熊熊燃烧的河滩三四百英尺。

然而,要不是纵火者一心一意扑在破坏小镇上,不时被照亮的逃亡者们肯定就被发现了。不过,我们能够理解,想到木筏正漂浮在这易燃的液体上,阿尔希德·约利伟和哈利·博伦特担心到了什么程度。

确实,从熊熊燃烧的房屋里窜出了串串火星。这些火星被滚滚浓烟带到五六百英尺的高空。右岸上与这场大火相对的树木和峭壁显得也像着了火似的。而这时,只要有一颗火星掉到安加拉河的河面上,火势就会延伸到整条河流,并且从这边河岸扩散到那边河岸。不消片刻,木筏和木筏上的人就会全完蛋。

幸好,夜间的微风并不从这边吹来。它们始终来自东方,把火焰压向左侧。因此,难民们才得以逃过这一劫。

终于,熊熊烈火中的小镇过去了。噼噼啪啪的燃烧声逐渐减弱,而最后的微光也消失在矗立于安加拉河一个急转弯上的悬岩边。

那是在午夜十二点钟光景。黑影重又变得浓重,再次掩护着木筏。鞑靼人始终在那儿,在河两岸来来回回走动。难民们看不见他们,但能听到他们的声音。前哨的篝火分外明亮。

走在越来越密的冰凌间,木筏的操纵变得越来越需要谨慎小心。

老船工站起身,庄稼汉们重又拿起他们带钩的篙子。每个人都有许多事情要做,木筏的引导变得越来越困难,因为河面显然正在被堵住。

米歇尔·斯特罗哥夫悄悄来到前部。

阿尔希德·约利伟跟在他后面。

两个人都在倾听老船工和他的那些人说些什么。

"注意右面!"

"左侧的冰凌冻起来了!"

"撑开!用你的篙子撑开!"

"不到一个小时我们就要被堵住了!……"

"如果上帝要这样的话!"老船工答道,"逆天而行就毫无办法了。"

"您听到他们说什么了吗?"阿尔希德·约利伟说。

"听到了,"米歇尔·斯特罗哥夫答道,"可是,上帝和我们在一起呢!"

然而,形势变得越来越严峻。一旦木筏的漂移被中止了,难民们不但到不了伊尔库茨克,而且他们将不得不放弃他们的漂浮器。被冰凌压坏的漂浮器,不一会儿就会消失在他们脚下。到那时,柳树条断了,冷杉木树干猛然分散,钻到坚硬的冰面下,那些不幸的人们再也无处栖身,只好跑到冰块上。而天亮之后,鞑靼人就会发现他们,并毫不留情地杀掉他们!

米歇尔·斯特罗哥夫返回木筏后部,娜佳在那里等着他。他来到姑娘身边,抓住她的手,像以前那样提出了那个问题:"娜佳,准备好了吗?"她对这个问题的回答始终还是:

"我准备好了!"

木筏在漂浮的冰凌间继续走了几俄里。如果安加拉河的河道继续变窄,冰凌就会结成一道坝,结果,木筏便不可能前行。漂移的速度已经慢多了。每时每刻,不是撞击,就是绕行。这里得避开碰撞,那里得走另一个航道。总之是一次次让人十分担心的延误。

夜晚已经只剩下几个钟头了。倘若逃亡者不能在早上五点钟之前到达伊尔库茨克,那么他们便失去了进入那座城市的全部希望。

然而,一点半钟的时候,尽管做出了种种努力,木筏撞到一道厚厚的冰坝上,最终被拦住了。后面漂来的冰凌撞到木筏上,把它往障碍上挤,使它寸步难移,就像搁浅在沙滩上一样。

安加拉河在这个地方收紧,河面宽度只有正常的一半。从而,冰块逐渐积聚,在巨大的压力和倍增的寒冷影响下互相粘连。往前五百步,河面重又变宽,冰块渐渐从这大块冰层脱离,继续漂向伊尔库茨克。因此,如果没有两侧河岸的收紧,这道坝就很可能不会形成,木筏就能继续顺流而下了。然而,不幸是无可弥补的,逃亡者们只能放弃到达目的地的全部希望了。

如果他们有捕鲸者们通常用来在冰原上开凿通道的工具,如果他们能破开这块冰原,一直到河面重又变宽的地方,他们是不是还来得及赶到呢?然而,没一把钢锯,也没有十字镐,没有任何能力切开因极度寒冷使之变得坚硬如花岗石的冰层。

这样如何是好?

这时,安加拉河右岸响起了一阵枪声。雨滴般的子弹射向木筏。这些不幸的人被发现了吗?显然是这样,因为左岸上也响起了枪声。逃亡者们被左右夹攻,成了鞑靼射手们的活靶子。有人中弹受伤,尽管,在这黑乎乎的夜色中只是偶然击中。

"走,娜佳!"米歇尔·斯特罗哥夫在姑娘耳边低语道。

做好一切准备的娜佳二话没说,牵上米歇尔·斯特罗哥夫的手。

"我们必须穿过这道冰坝,"他低声对她说,"带我走,别让人看到我们离开了木筏!"

娜佳听命行动,她和米歇尔·斯特罗哥夫在被枪弹闹得乱糟糟的黑暗中,迅速地在冰面上移动。

娜佳在米歇尔·斯特罗哥夫前面匍匐前进。子弹像冰雹似的落在他们周围,在冰块上打出啪啪声。冰层表面粗糙不平,纵横着尖利的棱边,把他们的手划得鲜血淋漓,可他们始终在前进。

十分钟后,他们来到冰坝下侧边缘。这边的安加拉河水流重又变得畅通无阻。有些冰块渐渐脱离冰原,重又漂上水流,漂向那座城市。

娜佳明白米歇尔·斯特罗哥夫想要怎么做了。她看到一个冰块已经

娜佳在米歇尔·斯特罗哥夫前面匍匐前进。子弹像冰雹似的落在他们周围,在冰块上打出啪啪声。

只剩下细细的一条连接带。

"走!"娜佳说。

说着,两个人都趴在这块冰上,轻轻的一个晃动,冰块便脱离了冰坝。

冰块开始漂去。河面变宽阔了,道路畅通无阻。

米歇尔·斯特罗哥夫和娜佳倾听着从上游传来的枪声、求救的呼声、鞑靼人的吼叫声……接着,渐渐地,这些撕心裂肺的哀痛声和嗜血成性的欢呼声消失在了远方。

"可怜的难友们!"娜佳喃喃说道。

有半个小时,载着米歇尔·斯特罗哥夫和娜佳的冰块在水流上迅速地漂去。他们时刻担心着它会在他们下面倾覆。受水流的控制,它始终漂在河流中央,只有当需要它靠上伊尔库茨克码头的时候,才让它斜向漂移。

米歇尔·斯特罗哥夫紧咬牙关,侧耳细听,一句话都不说。他从来都没有离目的地这么近过。他感到自己就要到达了!……

深夜两点光景,黑暗的地平线上星星点点出现了两排火光,火光下模模糊糊地便是安加拉河的两岸。

右侧是伊尔库茨克投射出的微光。左侧是鞑靼人军营的篝火。

米歇尔·斯特罗哥夫离这座城市只有半俄里了。

"终于要到了!"他嗫嚅道。

然而,突然,娜佳发出一声叫喊。

听到这声叫喊,米歇尔·斯特罗哥夫在晃动着的冰块上站起来。他的手伸向安加拉河上游。他的脸在蓝幽幽的反光照耀下,变得十分恐怖,这时,仿佛他的眼睛又能看到光明了,他大声嚷道:

"啊,未必是上帝在阻拦我们啊!"

第12章　伊尔库茨克

伊尔库茨克，东西伯利亚的首府，是一座人口众多的城市，平时有三万居民。这座城市坐落在安加拉河右岸高高的河滩上，河滩边有几座教堂，被安排得错落有致。

从二十俄里外矗立在西伯利亚大公路上的山顶远远望去，伊尔库茨克的外观带点儿东方味，所有建筑大都是圆屋顶、小钟楼、清真寺尖塔似的细长尖顶，或者日本大瓷花瓶似的鼓鼓的圆顶。可是，当旅行者一走进城内，这种外观便在他眼里消失了。一半拜占庭式，一半中国式的城市，两侧有人行道的碎石修筑的街道，街道上有水渠穿过，街上种着高大的白桦树；房子为砖瓦木头混合结构，其中有的好几层高；路上穿梭着大量的车马，不仅有篷篷车和无篷车，还有双座四轮轿式马车和敞篷四轮马车。这里有在文明进步中跑在前列的居民，巴黎最时兴的东西对他们都不陌生。

总的来说，这里还是一个以欧洲风格为主的城市。

那个时期，伊尔库茨克成了该省西伯利亚人的避难所，十分拥挤。什么样的生活资源在那里都非常富足。这是那些数不胜数的中国、中亚和欧洲交流商品的集散地。因此，不用担心它吸引来了安加拉河谷地的农民、蒙古-柯尔克孜人、通古斯人和布莱人，也不怕在入侵者和城市之间留下一个无人区。

伊尔库茨克是东西伯利亚总督的驻跸地。在他手下有一个民事督办，负责全省的行政事务；还有一个警察局长，因为城里有许多流放者而十分繁忙；最后还有一个市长，商界领袖，此人富可敌国，在市民们中有很高的威望。

当时,伊尔库茨克的守卫部队由一个团的哥萨克步兵组成,约两千人,还有一个常驻的宪兵队,戴头盔,穿银饰带蓝色制服。

另外,我们知道,出于特殊情况,从入侵开始以来,沙皇的兄弟被围困在城里。

就此局势该作一下说明。

大公之所以来到东亚各远方省份,是为了作一次有政治意义的出巡。大公由他的军官们陪同,在一队哥萨克士兵的护卫下,做的是军务巡察,而不是王公寻访。他跑遍了西伯利亚各主要城镇,又跑到了横贯贝加尔湖的地区——尼古拉耶夫斯克。这座鄂霍茨克海海滨的最后一个俄罗斯城市有幸得到了他的来访。

到达广阔的莫斯科帝国边疆后,大公回到伊尔库茨克,他打算即从那里取道返回欧洲,就在此时,他接到突如其来的可怕的入侵消息。他急急回到这个首府城市。然而,就在他到达后不久,和莫斯科的全部联络便中断了。起初,他还能收到来自彼得堡和莫斯科的电报,甚至做了回复。接着,线路被切断,有关这方面的情况,我们都知道了。

伊尔库茨克与外面的世界隔绝了。

大公能做的也只有组织抵抗了,这也正是他坚定、沉着地做着的事情,他的坚定和沉着早已在其他时候做出过确凿的证明。

伊希姆、鄂木斯克、托木斯克先后陷落的消息传到伊尔库茨克。必须不惜一切代价从占领中拯救西伯利亚的这个首府。他们不能期待就近得到援兵。分散在阿穆尔地区各省和雅库茨克督区各省的少量军队构不成足够的兵力来抵挡鞑靼纵队。而既然伊尔库茨克不可能避免被围,那么,最最重要的便是使城市顶住一段时间的围困。

防御工程便从托木斯克落入鞑靼人手中的那天开始干起来。与这条消息同时,大公还获悉布卡拉的埃米尔和他的同盟者可汗们亲自指挥这次军事行动。可是,他不知道,这些野蛮人领袖的副手是伊凡·奥加莱夫,一名被他亲自革去军衔的俄罗斯军官,而且他还不认识这个人。

就像我们所看到的那样,伊尔库茨克省的居民们接到命令放弃城镇乡村。不能来首府避难的人必须后撤，撤到贝加尔湖的另一边，入侵者的烧杀掳掠很可能不会延伸到那里。小麦和草料收割后为城市所征调，莫斯科军事力量在远东的这道最后的防线必须能够抵御一段时间。

伊尔库茨克建于1611年，位置在安加拉河的右岸，安加拉河和伊尔库特河的交汇处。两座架在为通航需要按照主航道宽度设置的桩基上的木桥，连通城市和它在左岸的郊区。在这一边，防御比较容易。郊区放弃了，桥毁了。安加拉河这一段的河面很宽，在抵抗者的火力下过河不可能做到。

可这条河却可能在城市上游和下游被渡过，所以，伊尔库茨克很可能在它的东面部分遭到攻击，那部分还没有城墙防护。

因此，全体人员首先忙活的是修筑防御工事。大家夜以继日地干着。大公看到了热忱工作的民众，之后，他还将看到他们奋勇抗敌。士兵、商贾、流放人员、农民，全都在为共同的得救尽心尽力。鞑靼人出现在安加拉河上之前一星期，土城墙便建起来了。在护墙坡和壕沟外护墙之间挖了一条护城河，灌上了安加拉河的河水。城市不再是转眼之间就能拿下的了。

鞑靼人的第三纵队——刚从叶尼塞河谷地逆流而上的那支——于9月24日出现在伊尔库茨克城下。它当即占据了被抛弃的郊区，郊区的房屋早已被毁，免得有碍于大公的炮兵作业，遗憾的是他的炮兵力量不足。

这些鞑靼人便组织等候由埃米尔和他的同盟者们率领的另外两支军队到来。9月25日，这几路军队在安加拉河军营会师。全军，除了留守攻下的主要城市的部队外，便集中到了菲奥法尔可汗的麾下。

伊凡·奥加莱夫觉得在伊尔库茨克城正面强渡安加拉河是不可能的，于是，一支大部队被派去下游几俄里的地方，从为此架起的浮桥上过了河。大公并不竭力阻止他们过来。他也只能加以骚扰，阻止不了，因为他没有野战炮可用，而他紧紧地扼守在伊尔库茨克城里是对的。

就这样，鞑靼人占领了河右岸，然后，他们向城市进发，他们顺路烧掉了高踞安加拉河河畔林子中的总督的避暑山庄，把伊尔库茨克完全围住

后,修建围城工事。

伊凡·奥加莱夫是个精明的工程师,无疑,他能够领导这场正规的围城战,可他缺乏物资材料,无法迅速完成。所以,他希望偷袭攻取伊尔库茨克,这是他全部努力的终结目标。

我们看到,事情并没有按照他算计的那样发展。一方面,鞑靼军队的推进因为托木斯克战役而延迟,另一方面,大公迅速完成了防御工程:这两个原因便足以使他的计划落空。因此,他只好进行合乎常规的围城战了。

然而,在他的提议下,埃米尔还是作了两次以大量伤亡为代价的攻城尝试。他驱使士兵们扑向显现出几个薄弱点的泥土工事,然而,两次强攻都被大无畏的军民击退了。值此机会,大公和他的军官们不遗余力,身先士卒。他们带领老百姓登上城墙。市民和庄稼汉杰出地尽到了他们的义务。鞑靼人第二次攻城时曾攻破一个城门。在长达两俄里,一直通到安加拉河边的那条宽阔的伯尔恰亚路头上展开了一场恶战。哥萨克、宪兵和公民们殊死抵抗,鞑靼人不得不退回他们的阵地。

于是,伊凡·奥加莱夫便想求助于叛卖来取得武力得不到的东西。我们知道,他的计划是混进城去,一直混到大公身边,赢得他的信任,时机成熟的时候,向围城者打开一扇城门。在这件事情做成功后,他就可以痛痛快快地找沙皇的兄弟报仇雪恨了。

陪伴他来安加拉河军营的茨冈女人桑加尔催促他尽快实施这个计划。

确实,这事情不能拖延。雅库茨克督区的俄罗斯军队正向伊尔库茨克开来。他们在勒拿河上游集结后开赴这座城市。不用六天他们就该到达了。因此,必须在六天内以叛卖手段拿下伊尔库茨克。

伊凡·奥加莱夫不再犹豫。

10月2日晚上,在总督官邸的大厅里召开了一次军事会议。大公便在那里下榻。

这座官邸建造在伯尔恰亚大街的尽头,能俯瞰很长一段河道。从它的正面,隔着窗子,隐约可见鞑靼人的军营。围城者如果有比他们目前的大炮射程稍远一些的炮队,就能使它变得不能居住了。

大公、弗兰佐夫将军和城市督办、商界领袖,以及一定数量的高级军官刚达成几个决议。

"先生们,"大公说,"你们完全清楚我们的处境。我相信,我们一定能够坚守到雅库茨克援军的到来。到那时候,我们就能够把这些野蛮的游牧部落赶走了,他们将为入侵俄罗斯领土付出昂贵的代价,我想饶都饶不了他们。"

"殿下知道,可以寄希望于伊尔库茨克的全体民众。"弗兰佐夫将军答道。

"是的,将军,"大公说,"我向他们的爱国热情表示敬意。上帝保佑,他们还没有被可怕的传染病或者饥饿所压垮,我相信他们会摆脱疾病或饥饿的肆虐。我不得不对他们在城墙上的勇气表示钦佩。商界领袖先生,我请您向他们如实转达刚才我说的话。"

"我以全城民众的名义谢谢殿下,"商界领袖答道,"我冒昧地问一句,殿下认为援军最迟什么时候能够到达?"

"最多六天,先生,"大公答道,"一名机智勇敢的密使今天早上混进城里,他告诉我,有五万俄罗斯将士在基斯莱夫将军率领下正强行军赶往这里。两天前,他们到了勒拿河边的基棱斯克,现在,不管是寒冷,还是风雪都不能阻止他们到达。五万训练有素的将士从侧翼攻击鞑靼人,很快,他们就会把我们解救出去。"

"我补充一句,"商界领袖说,"我们准备好了,就等着殿下下令突围的时刻到来。"

"好啊,先生,"大公答道,"我们就等着各路大军出现在城外,粉碎入侵者。"

接着,他转身朝向弗兰佐夫将军:

"我们明天去巡视一下右岸的工事。安加拉河漂下来大量冰凌,不用多久它们就会凝结在一起。要是这样的话,鞑靼人也许就能过河了。"

"请殿下允许我提个醒儿。"商界领袖说道。

"说吧,先生。"

"我发现气温已不止一次地下降到零下三四十度,而安加拉河始终在排放冰凌,没有被完全冻结。其原因恐怕是它的流速很快。因此,如果说鞑靼人没有别的办法过河的话,那么,我可以向殿下担保,他们也不可能从冰上进入伊尔库茨克。"

大公赞同商界领袖的说法,"这是个有利情况,"大公答道,"不过,我们还是要做好应变的准备。"

说着,他转向警察局长:

"先生,您没有什么要跟我说的吗?"他问道。

"我要向殿下报告,"警察局长答道,"我的下属给了我一份转呈殿下的请愿书。"

"谁的请愿书……?"

"全西伯利亚的流放者。殿下知道,他们的人数在城里达到了五百之多。"

分散在全省各地的政治流放者,自入侵初期便已集中到了伊尔库茨克。他们奉命放弃他们操持各种职业的乡镇返回城里,他们有的是医生,有的是体育学校,或者日本学校,或者航海学校的老师。从一开始,大公就像沙皇一样,相信他们的爱国热情,把他们武装起来。在他们身上,他找到了勇敢的保卫者。

"流放人员有什么要求?"大公问道。

"他们向殿下请求,"警察局长答道,"允许他们组成一支特别的队伍,突围的时候让他们打先锋。"

"是啊,"大公答道,他并不隐藏自己的感动之情,"这些流放人员是俄罗斯人,为他们的国家而战是他们的权利啊!"

"我想,我能够向殿下确保,"总督说道,"殿下再也找不到比他们更好的战士了。"

"可他们需要一个领头的。"大公答道,"谁最合适?"

"他们想请殿下任命,"警察局长说道,"他们中有个人,已有过多次杰出的表现。"

"一个俄罗斯人吗?"

"是的,波罗的海沿海省份的俄罗斯人。"

"他的名字叫……?"

"华西里·菲道尔。"

这个流放者就是娜佳的父亲。

华西里·菲道尔,我们知道,在伊尔库茨克行医。他是个有教养的厚道人,也是个极其勇敢忠诚的爱国者。他全部的时间,不是用在病人身上,就是用来组织抵抗。是他把流放的难友们聚集在共同的行动中。这些流放人员,迄止此时分散在老百姓中间的流放人员,他们的表现最终赢得了大公的注意。在好几次突围战斗中,他们用鲜血偿还了欠下神圣的

这个流放者就是娜佳的父亲。

俄罗斯的债务——神圣的,确实,并且为她的儿女所热爱的俄罗斯!华西里·菲道尔表现得十分英勇。他的名字曾经被多次提起,然而,他却从未提出过要求赦免或者照顾。而当伊尔库茨克的流放者们想到要组成一支特别的队伍时,他甚至都不知道他们有意向请他当他们的头儿。

当警察局长在大公面前说出这个名字的时候,大公回答说这个名字对他不陌生。

"确实,"弗兰佐夫将军答道,"华西里·菲道尔是个勇敢的有才干的人。他在他的伙伴们中间历来有很高的威望。"

"他来伊尔库茨克多长时间了?"大公问道。

"两年了。"

"他的表现如何……?"

"他的表现,"警察局长答道,"他的表现符合所有管理他们的专门条例。"

"将军,"大公说道,"将军,请马上让他来见我。"

大公的命令当即就执行了,不到半个小时,华西里·菲道尔就被带到了他的面前。

这是个不到四十岁的男人,高个儿,神情严肃而忧郁。那样子给人的感觉是,他全部的生命便浓缩在一个词里:斗争。他曾斗争和经受苦难。他的容貌一看就让人想到他的女儿娜佳·菲道尔。

这次鞑靼人的入侵比什么都更伤及他最珍贵的亲情,它毁了这位被流放到离故乡八千俄里外的父亲最大的心愿。他收到过一封信,告诉他妻子亡故,女儿得到政府允许,已动身前来伊尔库茨克和他相聚。

娜佳估计在7月10日离开里加。入侵发生在7月15日。如果那时娜佳已经过了边界,处在入侵者们的包围中,她会变成什么样子?我们想象得出,这位不幸的父亲,他的心正经受着忧虑的噬啮,因为从那以后,他再没收到女儿的任何信息。

华西里·菲道尔站在大公面前,鞠了一躬后,等待询问。

"华西里·菲道尔,"大公对他说,"你流放的难友们请求组织一个敢死队。他们清楚,在这种队伍里,必须不惜牺牲,直至最后一个人吗?"

"他们很清楚。"华西里·菲道尔答道。

"他们想请你当队长。"

"我,殿下?"

"你答应当他们的领头人吗?"

"答应,如果这是俄罗斯的利益所要求的话。"

"菲道尔指挥官,"大公说,"你不再是流放者了。"

"谢殿下,但是,我能指挥仍然是流放者的人们吗?"

"他们也不再是流放者了!"

这是沙皇的兄弟给予他和他的流放难友们,也就是现在的战友们的赦免。

华西里·菲道尔激动地握了握大公向他伸出来的手,退了出去。

这时,大公转身向着他的军官们,微笑着说:

"沙皇不会拒绝接受我为他颁发的赦免书!我们需要英雄来捍卫西伯利亚的首府,我刚才就扶植了一个。"

如此宽大地给予伊尔库茨克的流放者们的赦免,确实是公正和良好政策的具体表现。

夜晚降临了。隔着这座府邸的窗户可以看见闪烁在安加拉河对岸鞑靼军营的篝火。河里冲下来大量的冰凌,有一部分被拆除木桥时留下的最前面的桩基所拦住。由水流维持在主航道上的冰块继续以极快的速度漂去。显然,正如商界领袖所提醒的,安加拉河整个河面要冻结起来显然十分困难。因此,在这一边遭到攻击并不为伊尔库茨克的捍卫者们所担心。

晚上十点钟刚刚敲响。大公正要辞退他的军官们,回房休息,官邸外面传来一片嘈杂声。

大厅门几乎当即被打开,一名副官出现在门口,他向大公走来:

"殿下,"他说,"沙皇的信使到了!"

第13章　沙皇的信使

军事会议的参加者们一下子全都朝半开的大门望去。沙皇的信使居然到了伊尔库茨克！如果这些军官们稍微凝神想一想这种事情的不确实性，他们肯定会认定这是不可能的。

大公已激动地走向他的副官。

"传这位信使！"他说。

一个人走进来。他看上去已是精疲力竭。他穿着西伯利亚农民的服装，陈旧，甚至破烂，上面还能看到子弹穿过的窟窿。他头戴一顶莫斯科人的无边软帽。一道没完全结好的伤疤横在脸上。这个人显然经过了艰苦的长途跋涉。他那双鞋的状况不佳，说明他曾不得不步行过一段路程。

"大公殿下呢？"他一进门就大声问道。

大公向他走去："你是沙皇的信使？"他问道。

"是的，殿下。"

"你从……哪儿来？"

"莫斯科。"

"你什么时候离开的莫斯科……？"

"7月15日。"

"你叫什么名字……？"

"米歇尔·斯特罗哥夫。"

这个人便是伊凡·奥加莱夫。他冒用了他以为已经被整得无可作为的人的姓名和身份。在伊尔库茨克，不管是大公，还是什么人，没一个认识他，他甚至都不用化装。鉴于他有办法证明他冒充的身份，没有人会怀

一个人走进来。他看上去已是精疲力竭。

疑他。因此,他便在顽强的意志力支持下前来,希望通过叛卖和暗杀,加快结束这场入侵的闹剧。

听完伊凡·奥加莱夫的回答,大公打了个手势,他的军官全都退了下去。

假米歇尔·斯特罗哥夫和大公单独留在大厅里。

大公极为仔细地打量了伊凡·奥加莱夫一会儿。然后问他道:

"你是7月15日离开的莫斯科吗?"

"是的,殿下,14日至15日夜间,我在新宫见到了沙皇陛下。"

"你有沙皇的信吗?"

"在这儿。"

说着,伊凡·奥加莱夫把叠成一点点大的皇帝的信交给大公。

"这封信在给你的时候就是这样子吗?"大公问道。

"不,殿下,可我不得不把信封撕掉,好躲过埃米尔的士兵们的搜查。"

"这么说,你当过鞑靼人的俘虏?"

"是的,殿下,当过几天,"伊凡·奥加莱夫答道,"从而导致我7月15日从莫斯科出发,就像信里所标明的日期那样,路上花了七十九天,10月2日才到达伊尔库茨克。"

大公拿起那封信,把它打开,认出了沙皇的签字和他手写的神圣的格式。因此,这封信的真实性便毋庸置疑了,对信使的身份也一样。如果说他那凶狠的外貌最初曾引起大公的怀疑,只是他不露声色而已,现在,这种怀疑一下子就烟消云散了。

大公有一时没有说话。他慢慢地读着那封信,以吃透字里行间的含义。

然后他问道:"米歇尔·斯特罗哥夫,你知道这封信的内容吗?"

"知道,殿下。在不得已的时候我将不得不毁掉这封信,以免让它落入鞑靼人的手中;而在这种情况下,我希望仍然能够把信里的内容正确地禀报殿下。"

"你知道,这封信命令我们宁死也不能交出伊尔库茨克吗?"

"我知道。"

"你还知道信里指出已有几支军队联合行动前来阻止入侵吗?"

"是的,殿下,可是,这些行动都没有成效。"

"你这话是什么意思?"

"我的意思是,单就东西两个西伯利亚的重要城市而言,伊希姆、鄂木斯克、托木斯克,先后被菲奥法尔可汗的军队占领了。"

"那是不战而陷落的吗?我们的哥萨克遭遇过鞑靼人吗?"

"有好多次呢,殿下。"

"他们被击垮了?"

"他们的兵力不足。"

"你说的这些遭遇发生在什么地方?"

"在考利文、托木斯克……"

至此，伊凡·奥加莱夫说的都是真实情况。然而，为了动摇伊尔库茨克捍卫者的军心，他夸大埃米尔军队取得的优势，补充道：

"还有第三次在克拉斯诺亚尔斯克前面。"

"那这最后一次接触？……"大公问道，这句话是从他抿紧的双唇间挤出来的。

"那何止是一次接触啊，殿下，"伊凡·奥加莱夫答道，"那是一场战役。"

"一场战役？"

"来自边境各省和托博尔斯克督区的两万俄罗斯军队，对抗十五万鞑靼人，尽管他们很勇敢，可还是被歼灭了。"

"你撒谎！"大公嚷道，他竭力想抑制自己的怒火，但没能抑制住。

"我说的是真实情况，殿下，"伊凡·奥加莱夫冷冷地答道，"发生克拉斯诺亚尔斯克战役时我在场，我就是在那儿被抓了俘虏的！"

大公平静下来，他打个手势，让伊凡·奥加莱夫明白他不怀疑他的诚实。

"这场克拉斯诺亚尔斯克战役是在哪一天打的？"他问道。

"9月2日。"

"而现在，鞑靼军队全部集中在伊尔库茨克周围了？"

"全部。"

"你估计他们有多少兵力……？"

"四十万人马。"

在估计鞑靼军人数的时候，伊凡·奥加莱夫再一次夸大事实，抱的始终是那个目的。

"我从西部各省也没有一兵一卒的救援可期待吗？"大公问道。

"没有，殿下，至少在冬天结束前没有。"

"呵，好啊，你听清楚了，米歇尔·斯特罗哥夫。即使西面也好，东面也好，都不会给我来援军，而这些野蛮人，哪怕有六十万，即使如此，我都不会交出伊尔库茨克！"

伊凡·奥加莱夫稍稍眯起他凶狠的目光。叛贼似乎是在说:"沙皇的兄弟,你还没有把叛卖算进去呢。"

大公生性容易激动,获悉这些灾难性的消息后不易保持冷静。他在大厅里,在伊凡·奥加莱夫的目光下,走来走去,伊凡·奥加莱夫就像看着留给他复仇用的猎物似的凝望着他。大公在窗前站住,望着鞑靼军营的篝火,竭力想听出些动静,然而,大多数声音都来自由安加拉河水流带动的冰凌的碰撞。

一刻钟过去了,大公没有提一个问题。然后,他又拿起那封信,读着其中一段,说:"你知道,米歇尔·斯特罗哥夫,信里提到一个叛徒,是我该提防的吗?"

"是的,殿下。"

"他恐怕会乔装混进城来,骗取我的信任,然后,时机成熟,把城市出卖给鞑靼人。"

"这我全知道,殿下,我还知道伊凡·奥加莱夫发誓要找沙皇的兄弟报私人怨仇。"

"为什么?"

"据说,这位军官曾被大公处以降职,丢了脸面。"

"是……我想起来了……可这浑蛋,他是罪有应得,他后来就叛卖了他的祖国,引狼入室了!"

"沙皇陛下,"伊凡·奥加莱夫答道,"首先要让您知道伊凡·奥加莱夫针对您个人的罪恶计划。"

"是的……信里告诉我了……"

"陛下亲口对我说过,并且警告我,在我穿过西伯利亚的旅途中,我尤其需要警惕这个叛贼。"

"你遇见过他吗?"

"见到过,殿下,就在克拉斯诺亚尔斯克战役之后。如果他怀疑我带有一封给殿下的信,信里道破了他的计划,那他是绝不会放过我的。"

"是的,那你就完了!"大公答道,"可你是怎么逃出来的呢?"

"我跳进了额尔齐斯河。"

"又怎么进了伊尔库茨克？"

"就今天晚上，趁着城里为驱赶鞑靼军队所做的出击。我混在城市捍卫者的队伍里，我让他们识别了我的身份，他们当即把我带到了殿下面前。"

"好的，米歇尔·斯特罗哥夫，"大公答道，"你为了完成这一艰巨的任务，表现出了勇敢和热情。我不会忘记你的。你想要我怎么赏赐你？"

"什么都不要，只要殿下让我战斗在您身边。"

"行，米歇尔·斯特罗哥夫。从今天起，我就让你留在我身边，你就住在这个官邸里吧。"

"而如果，伊凡·奥加莱夫按照传说中他的意图，用一个假名字来觐见殿下的话？……"

"我们就戳穿他，有你在，你认识他，我会让他死在鞭子下的。去吧。"

伊凡·奥加莱夫没忘记米歇尔还是沙皇信使队的上尉，他向大公行了个军礼，退下了。

就这样，伊凡·奥加莱夫成功地表演了他不配担当的角色。大公给了他完全的信任。他这就能够在合适的时候，合适的地点大肆利用了。他就住在这座官邸里。他将知道防御行动的秘密。因此，他把握着态势变化。伊尔库茨克城里谁都不认识他，没有人能撕下他的假面。因而，他决定马上着手行动。

确实，时间紧迫，必须在来自北方和东方的俄罗斯军队到达之前把城市交出去，这是几天内要完成的事情。鞑靼人一旦成了伊尔库茨克的主人，再要把它从他们手中夺回去就不容易了。不管怎样，如果以后他们不得不放弃它，也不会不先把它完全彻底地毁掉，大公的脑袋先得滚落在菲奥法尔可汗的脚下。

伊凡·奥加莱夫有了充分的视察、窥探、行动的方便，第二天便急急前去观看城墙防御工事。每到一处，他都得到军官、士兵和公民们的热烈祝贺。这个沙皇的信使对他们来说就像把他们与帝国联结起来的导

线。伊凡·奥加莱夫便恬不知耻地夸夸其谈他假造的旅途波折。然后,他巧妙地,似乎是在不经意间提起形势的严重性,就像在大公面前所做的那样,夸大鞑靼人的成就和这些野蛮人的军力。听他说来,期待中的援军兵力不足,即使他们到了,在伊尔库茨克城下打上一仗,其结果只怕会和考利文战役、托木斯克战役和克拉斯诺亚尔斯克战役一样的可悲。

这些令人烦恼的暗示,伊凡·奥加莱夫并不到处乱说。他略加小心地渐渐让它们渗入伊尔库茨克捍卫者们的心里。他仿佛是在诸多问题的追问下才做个答复,并且显得不无遗憾。在任何情况下,他总要加上一句,誓死抵抗,直至最后一个人,宁肯炸了城市,也不能把它交出去!

如果这些暗示能造成恶劣影响,那么有最后这句话说了也没用。然而,伊尔库茨克的守城部队和老百姓十分爱国,他们的决心不可动摇。虽然被围困在亚洲世界尽头的孤立的城市里,士兵和公民却没有一个想到

每到一处,他都得到军官、士兵和公民们的热烈祝贺。

过投降谈判。俄罗斯对那些野蛮人蔑视到了极点。

不过，再怎么说，也没人怀疑到伊凡·奥加莱夫扮演的可耻角色，谁都猜想不到，这个所谓沙皇的信使竟是个卖国贼。

一个完全符合情理的处境，使伊凡·奥加莱夫从一到伊尔库茨克，就和最英勇的城市保卫者之一华西里·菲道尔建立了关系，经常来往。

我们知道，这位不幸的父亲有多么担忧。倘若他的女儿娜佳·菲道尔从他收到的发自里加的信上签署的那个日子起就已经离开了俄罗斯，那么，她现在怎么样了？她还在试图穿过被入侵的省份吗？或者，她早已成了俘虏？华西里·菲道尔只有在对鞑靼人的战斗中才能获得对他的痛苦的某种安慰，而这种机会就他的心愿而言太少了。

当华西里·菲道尔得知，出乎意外地居然来了个沙皇的信使时，他仿佛预感到这位信使能给予他些许女儿的信息。很可能，这只是天马行空的希望，可他紧抓不放。这位信使不是曾经被俘吗，而娜佳当时或许也曾是俘虏呢？

华西里·菲道尔前去找到伊凡·奥加莱夫，伊凡·奥加莱夫抓住这个机会，和指挥官建立日常联系。这个败类难道想利用这种际遇？他是不是在按照自己的想法判断其他所有人了？他以为一个俄罗斯人，即便是政治流放者，会卑劣到出卖自己的祖国吗？

不管怎么样，伊凡·奥加莱夫对娜佳的父亲向他主动接近，做出了积极巧妙的回应。娜佳的父亲在所谓的信使到来第二天就去了总督官邸。在那里，他把他女儿大概在什么情况下离开了莫斯科告诉了伊凡·奥加莱夫，并且向他倾诉了他为女儿的担心。

伊凡·奥加莱夫不认识娜佳，尽管在伊希姆驿站遇见过她，那天，她就在米歇尔·斯特罗哥夫的身边。可那时，就像对同时也在驿站的两位记者一样，他对她，并没有多加注意。因此，他无法告诉华西里·菲道尔任何有关他女儿的消息。

"您女儿，"伊凡·奥加莱夫问道，"她大概是什么时候离开俄罗斯国土的？"

"和您差不多是同一时期吧。"华西里·菲道尔答道。

"我7月15离开的莫斯科。"

"娜佳恐怕也是这个时候离开的莫斯科。她的信上写得很明确。"

"她7月15在莫斯科?"伊凡·奥加莱夫问道。

"是的,肯定是这个日子。"

"那就!……"伊凡·奥加莱夫答道。

然后,他又说:"不对,我搞错了……我快把日期搞混了……"他补充道,"不幸的是,您女儿很可能已经过了边界,您现在只能抱定唯一的希望了,那就是希望她得知鞑靼入侵的消息后,不再往前走了!"

华西里·菲道尔低下头。他了解娜佳,他清楚什么都阻止不了女儿前来。

在这里,伊凡·奥加莱夫无缘无故地干下了一个十足残酷的行为。他只消用一句话就能让华西里·菲道尔放下心来。尽管娜佳在我们知道的情况下过了边界,对照华西里·菲道尔所说的那个时间,他女儿还在下诺夫哥罗德,那时正好下达了禁止出境的政令,从而也就能得出结论:娜佳不可能遭遇入侵的危险,她由不得自己,还待在帝国的欧洲领土上呢。

伊凡·奥加莱夫出于其本性,别人的痛苦已经引不起他的同情,他本来能够说出这种可能……可他不说。

华西里·菲道尔告辞退出,心如刀绞。这次谈话使他最后的一点希望都破灭了。

在接下来的那两天,10月3日和4日,大公好几次召见所谓的米歇尔·斯特罗哥夫,让他反复叙述在新宫皇帝的办公室里听到的一切。伊凡·奥加莱夫对这些问题早有预料,应答如流,毫不犹豫。他有意识地透露沙皇政府被入侵者打了个措手不及,骚乱是在十分秘密中酝酿起来的,当消息传到莫斯科的时候,鞑靼人已经控制了鄂毕河一线,最后,俄罗斯各省毫无准备,无法向西伯利亚派出必要的军队,抵御入侵者。

接着,完全能自由行动的伊凡·奥加莱夫,开始研究伊尔库茨克,它的防御工程情况,防御工程的薄弱环节,好在以后,如果出什么情况使他完成不了他的叛卖行为,还能用上他的观察结果。他特别在意观察他想要出卖的伯尔恰亚门。

有两次晚上,他来到这道城门的护城坡上。他在那里漫步,不怕围城者发现朝他开枪,围城者的前哨阵地离城墙还不到一俄里。他很清楚自己没有暴露,就算暴露也能被认出来。他隐隐约约看到一个影子溜到护墙的土堆下。

桑加尔冒着生命危险前来试着和伊凡·奥加莱夫接头。

其实,这两天以来,被围者们享受着自围城以来鞑靼人让他们已经不习惯了的安宁。

这是出于伊凡·奥加莱夫的命令。菲奥法尔可汗的副手要求暂停武力破城的任何尝试。所以,从他到达伊尔库茨克,火炮绝对噤声。也许——至少他这么希望——被围者的警戒会松弛下来?不管怎样,有好几千鞑靼军队在前哨阵地随时准备扑向城市保卫者们撤走的城门,就等伊凡·奥加莱夫告诉他们行动时间了。

这个时间也不可能迟迟不来。必须在伊尔库茨克看到俄罗斯援军到来之前解决问题。伊凡·奥加莱夫拿定了主意,那天晚上一张纸条便从城墙护墙土坡上飘落到桑加尔的手中。

伊凡·奥加莱夫已经决定,第二天,10月5日至6日晚间,深夜两点,叛卖伊尔库茨克。

第14章　十月五日至六日晚

伊凡·奥加莱夫的部署安排得十分周密，除非出现极不可能的变故，它必将成功无疑。关键是在他打开伯尔恰亚城门的时候，那里一定要无人守卫。因此，在这个时候，被围者们的注意力必须被城市的另一头所吸引。为此他和埃米尔商定要作牵制性攻击。

牵制性攻击的地点选在伊尔库茨克的郊区，河右岸，上游和下游。在这两个点上同时发起的攻击必须十分认真，而在左岸则装出试图强渡安加拉河的样子。这样，伯尔恰亚门便很可能被弃而不顾，更因为这一带的鞑靼军前哨后撤，仿佛已经拔营起寨。

这一天是10月5日。不用二十四小时，东西伯利亚的首府将落入埃米尔手中，而大公则将听由伊凡·奥加莱夫处理。

这一天的白天，安加拉军营出现不平常的活动。从右岸的官邸和房屋的窗口，可以清楚地看到对岸在做重要准备。大量鞑靼分队向军营集中，每时每刻都有埃米尔的部队前来增援。这是鞑靼人在为约定好的牵制性攻击做准备，而且做得十分明显。

伊凡·奥加莱夫还毫不掩饰地对大公说，他担心在那儿会有攻城行动。他说，他知道敌人将在城市上游和下游发起攻击，他建议大公增援这两个将直接遭到威胁的地点。

根据伊凡·奥加莱夫的提议，准备工作当即就开展起来。因此，在官邸开过军事会议后，大公便下令在城市两极的安加拉河右岸集中防御力量，那里的护城土墙就修筑在河边。

这些安排正中伊凡·奥加莱夫的下怀。他并不指望伯尔恰亚门无人把守,只要守军人数很少就行。况且,伊凡·奥加莱夫将让牵制性攻击的声势搞得很大,使大公不得不把能用的兵力全部用上。

实际上,还会出现一个特别严重的事件,这也是伊凡·奥加莱夫设计出来的,将为完成他的计划推波助澜。即便伊尔库茨克没有在远离伯尔恰亚门的那两个地点和河右岸遭到攻击,这个事件就足以吸引全体守军跑到伊凡·奥加莱夫想要把他们引去的地方。他将同时发起一场可怕的灾难。

万事俱备,就欠到约定时刻敞开城门,把等候在东面森林浓荫下的数千鞑靼军放进来了。

这一天,伊尔库茨克的守军和老百姓始终保持着高度警惕。迄今为止尚且安然无事的那两个地点即将遭到攻击,抵御攻击所必需的措施全都采取了。大公和弗兰佐夫将军视察了阵地,并且按照他们的命令做了加固。华西里·菲道尔的精锐团据守北面,奉命驰援危险紧迫的地方。

安加拉河右岸由少量能调拨的炮兵部队坚守。有了这些多亏伊凡·奥加莱夫如此及时提出的建议而当即采取的措施,就有希望让鞑靼人策划的进攻破产了。在这种情况下,一时灰心丧气的鞑靼人就可能把下一轮对城市的进犯延迟几天。而大公期待的援军则随时可能来到。伊尔库茨克的存亡千钧一发。

那一天,太阳六点二十分升起,五点四十分落下,在地平线上划了一道十一个小时的昼行弧线。黄昏和黑夜还得斗上两个小时。然后,天宇间才布满沉沉的黑暗,因为大块大块的云团在空中纹丝不动,而与此同步的月亮,就不会露脸了。

这种深沉的夜色为伊凡·奥加莱夫的计划补足了有利的一笔。

已经有几天了,刺骨的寒气奏起西伯利亚严冬的序曲,那晚,它似乎显得更冷。坚守在安加拉河右岸阵地上的士兵,不得不为了隐蔽没有燃起篝火。他们忍受着这可怕的严寒。在他们脚下几英尺的地方,冰凌顺流而下。整个白天,只见它们密密麻麻地在两岸之间迅速漂过。这种情

形,大公和他的军官们都看到了,被视作是好事。确实,很明显,如果安加拉河河面上障碍重重,渡河则将是不可能的事。鞑靼人操纵不了木筏或者小船。至于说,寒冷会把这些冰凌聚合到一起,就算他们能从冰块上过河,这也是不可能的。刚凝结起来的冰原不可能坚固得能承受整支攻城部队过去。

这种情况显得对伊尔库茨克的守卫者们有利,而伊凡·奥加莱夫仿佛该为出现的这种情况感到美中不足。可事情并非如此!这是因为叛贼清楚,鞑靼人并不想渡过河来,他们只是做个样子而已。

然而,晚上十点光景,河流情况发生了明显的变化,让被围者们极为吃惊的是,变得对他们不利了。迄止此时不可逾越的天堑,突然变得可通了。几天来大量漂移的冰凌,在下游消失不见,两岸之间的河面上这时只漂浮着五六块冰。甚至,它们所呈现的结构也与往日正常寒冷的气候下有所不同。它们就是一些普通的冰块,从冰原上卸下来的,冰块的断裂口,明显是切开的,不是凹凸不平的。

俄罗斯的军官们注意到河流状况的这种变化,向大公禀报。其实,它可以解释为安加拉河有一部分河面变窄,冰块在那里积聚,形成了冰坝。

我们知道事实就是这样。

因此,围城者们便能渡过安加拉河了。俄罗斯人必须空前地注意防守。

直至午夜十二点,没有发生任何事情。在东面,伯尔恰亚门的那头,完全寂静无声。与远处低压的云团混成一气的黑乎乎的森林里不见一点火光。

在安加拉军营,亮光的频繁移动说明那里动作颇大。

在护城坡落脚的河滩往下一俄里处,有一片沉闷的嗡嗡声,说明鞑靼军队已经做好了准备,等待着某个信号。

又过去了一个小时。没有出现任何新情况。

伊尔库茨克大教堂的钟楼即将敲响深夜两点的钟声,围城者们那里还没有显示有任何敌对意图的举动。

大公和他的军官们怀疑是不是被引入了歧路，鞑靼人是不是真的计划突袭城市。前几天晚上远远不是这样安静，前沿阵地上排枪齐鸣，炮弹划破长空。而今天，什么都没有。

因此，大公、弗兰佐夫将军和他们的副官们等待着，准备视情况变化下达命令。

我们知道伊凡·奥加莱夫在官邸里占用一个房间。这个房间很大，就在底楼，窗户朝向侧面的平台。他只要在平台上走出几步，就能来到安加拉河上面。

房间里漆黑一团。

伊凡·奥加莱夫站在窗前，等待着行动时刻的到来。显然，就等他的信号了。伊尔库茨克的大多数保卫者被叫往公开遭到攻击的地点去了，信号一旦发出，他便离开官邸，前去办他的事儿。

因此，他在黑暗中等着，就像猛兽准备扑向猎物。

然而，两点钟前几分钟，大公让人去叫米歇尔·斯特罗哥夫——他只知道伊凡·奥加莱夫叫这个名字。一名副官跑到他房间去找他，房门关着。他大声呼叫……

伊凡·奥加莱夫一动不动地站在窗前，隐身在黑暗中，不作回应。

副官只好回去报告说沙皇的信使这时不在官邸。

两点钟敲响了。这是和准备进攻的鞑靼人约定的发起牵制性攻击的时间。伊凡·奥加莱夫打开他房间的窗户，站在侧面平台朝北的角上。在他下面的阴影里，流淌着安加拉河，河水咆哮着拍击在支柱的棱边上。

伊凡·奥加莱夫从口袋里掏出一根导火线，用它点燃一团蘸满火药粉的废麻，扔进河里……

正是按照伊凡·奥加莱夫的命令，大量的矿物油倒进了安加拉河！

在伊尔库茨克的上面，这座城市和博世卡夫斯克镇之间，有几个石油矿已经开采。伊凡·奥加莱夫决定使用这种可怕的方式，酿成伊尔库茨克的大火。为此他占领了储藏这种易燃液体的庞大储油库。到时候，只要拆掉一堵墙，就能让它滚滚流出。

那便是这天晚上几小时前他做的事,所以,载着真正的沙皇的信使和逃亡者们的木筏便漂浮在矿物油上。这些储油库里储存着几百万立方的石油,石油从几个打开的缺口激流般喷涌出来,顺着地面自然的坡度流入河里,它的密度使它漂浮在水面上。

这便是伊凡·奥加莱夫所理解的战争啊!作为鞑靼人的同盟者,他的作为就像个鞑靼人,以此对付他的同胞!

废麻丢在安加拉河河面上。霎时间河水就像是酒精构成的一样,整条河迅速成了一条火龙,快得像闪电,上游下游火焰腾腾。蓝幽幽的火苗呈涡漩状流动在两岸之间。火焰上还翻卷着大团大团的蒸气。漂流中的那几块冰凌被燃烧的液体逮住,像炉火表面的白蜡般融化,变成蒸气的水发出震耳欲聋的呼啸逃逸空中。

与此同时,城市南北两头响起了排枪声。安加拉军营的大炮也使劲地放。好几千鞑靼士兵发起攻击冲向护城坡。河滩上的木制房屋四处起火。明亮的火光驱散了夜晚的阴影。

"终于成功了!"伊凡·奥加莱夫说。

他也有充分的理由为自己喝彩!他设计的牵制性攻击十分可怕。伊尔库茨克的捍卫者们发现自己遭到鞑靼人和大火灾的夹击。钟声齐鸣,老百姓中凡能上阵的全都去了遭到攻击的地方和被大火吞没的房屋,火势正威胁着即将蔓延全城。

伯尔恰亚门几乎通行无阻。那里只留了几个人看守。而且,还是在叛贼的提议下,这寥寥无几的看守者是从流放者的小部队中挑选出来的,好让这一事件的完成多一条在他之外的政治仇恨的理由。

伊凡·奥加莱夫返回他的房间,这时,安加拉河上高过平台护栏的烈焰已经把他的房间照得通明。接着,他准备出去。

就在他刚打开房门的时候,一个女人闯了进来,她衣衫透湿,头发散乱。

"桑加尔!"伊凡·奥加莱夫大声叫道,惊讶之下,他想不到这会是别人,而不是茨冈女人。

来者不是桑加尔,而是娜佳。

姑娘藏身在冰块上的时候,看到火势在安加拉河上蔓延开来,发出了一声惊叫。米歇尔·斯特罗哥夫把她抱住,和她一起潜入水里,以便在河水深处躲过火焰。我们知道,承载他们的冰块当时就在离伊尔库茨克上游最近的码头三十来寻的地方。

米歇尔·斯特罗哥夫和娜佳从水底下游过去,上了岸。

米歇尔·斯特罗哥夫终于到达了他的目的地!他在伊尔库茨克了!

"去总督府!"他对娜佳说。

十分钟不到,两个人就到了官邸门口,安加拉河上长长的火舌舔着大公官邸的基石,但却还烧不到它。

再过去一些,河滩上的房子全都烧着了。

米歇尔·斯特罗哥夫和娜佳毫无困难地走进这座向所有人敞开的官邸。在一片混乱中,谁都没有注意到他们,尽管他们浑身湿漉漉的。

一群军官前来请示,一些士兵跑着去执行命令,底楼的大厅熙熙攘攘。米歇尔·斯特罗哥夫和姑娘在一大群忙得发疯的人流突然拥挤下走散了。

娜佳慌了神,奔跑着穿过底楼的一个个房间,呼唤着她伙伴的名字,请人带她去见大公。

有一扇门在她面前打开,里面的房间十分明亮。她进去了,出乎意料地和那个她在伊希姆,然后在托木斯克见到过的人撞上了,这个人不一会儿就要用他罪恶的手出卖这座城市!

"伊凡·奥加莱夫!"她大声叫道。

那个卑劣小人听到叫他的名字,打了个激灵。他的真名一旦让人知道,他所有的计划就都泡汤了。他只有一件事可做:不管是谁,杀了这个刚说出他的名字的人。杀人灭口。

伊凡·奥加莱夫扑向娜佳。可是,姑娘背靠着墙,手里拿着尖刀,决心自卫。

"伊凡·奥加莱夫!"娜佳又大声喊道,她很清楚,这个人人厌恶的名字将招来她的救助。

"啊,你住口!"叛贼说。

"伊凡·奥加莱夫!"无畏的姑娘第三次大叫,仇恨使她叫喊的力量成十倍地增长。

气得发疯的伊凡·奥加莱夫从腰带上拔出匕首冲向娜佳,把她逼到墙角落里。

就在这紧急关头,突然,这个卑劣的家伙被一股不可抗拒的力量举了起来,摔在地上。

"米歇尔!"娜佳喊道。

正是米歇尔·斯特罗哥夫。

米歇尔·斯特罗哥夫听到了娜佳的叫喊声。在这个声音的引导下,他来到了伊凡·奥加莱夫的房间,他从一直开着的房门走了进来。

"别害怕,娜佳。"说着,他插到娜佳和伊凡·奥加莱夫之间。

就在这紧急关头,突然,这个卑劣的家伙被一股不可抗拒的力量举了起来,摔在地上。

"啊!"姑娘大声嚷道,"小心,哥!……叛贼有武器!……他可,看得见!……"

伊凡·奥加莱夫爬了起来,他以为对付一个瞎子十拿九稳,他朝米歇尔·斯特罗哥夫扑去。

然而,瞎子一只手抓住叛徒的手臂,另一只手扭转了他的武器,第二次把他摔在地上。

伊凡·奥加莱夫又羞又恼,他想起自己还带着长剑。他拔剑出鞘,再次攻击。

他也认出了米歇尔·斯特罗哥夫。一个瞎子!总之,他只是跟一个瞎子打交道!他的胜算很大!

娜佳看到她的同伴在这场力量悬殊的交锋中所处的险情,感到害怕,冲向门口,准备求救!

"娜佳,把门关上!"米歇尔·斯特罗哥夫说,"不要叫人,让我来了结这件事!今天,沙皇的信使一点都不怕这个浑蛋!让他过来,看他敢不敢!我等着!"

这时,伊凡·奥加莱夫像只老虎似的蜷缩成一团,一声不吭。他真想使自己的脚步声,甚至呼吸声都减弱到不让瞎子的耳朵听见。他想在瞎子感到他靠拢之前出击,稳稳地击中他。叛贼不想对打,只想暗杀这个被他冒名顶替的人。

娜佳既感到害怕,又充满信心,她带着某种赞赏的心情望着这可怕的场景。米歇尔·斯特罗哥夫的沉着冷静仿佛一下子感染了她。米歇尔·斯特罗哥夫的全部武器就只有一把西伯利亚宽刃短刀,他看不见他的手执长剑的对手,真的。可是,出于上天何等的恩泽,他仿佛压倒了对手,远远地高于他。他几乎没有移动,怎么始终能对付敌人的长剑?

伊凡·奥加莱夫显然忐忑不安地窥伺着这个奇怪的敌人。这种超乎常人的冷静扰乱了他的心境。他徒自呼唤着理智,对自己说,在这么一场力量悬殊的战斗中,全部优势都在自己方面!可是,瞎子的岿然不动使他胆战心寒。他两眼寻找着他的剑该刺向的部位……他找到了那个地

方!……谁能阻止他了结这件事情?

他终于一跃而起,向米歇尔·斯特罗哥夫当胸刺出一剑。

瞎子的短刀看不出用什么招数架开了这一剑。米歇尔·斯特罗哥夫没有被击中,他依然冷冷地,仿佛等待着第二次攻击,甚至连蔑视都没有。

伊凡·奥加莱夫的额头上冒出了冷汗。他后退一步,接着,再次进击。可是,结果不比第一次好些,第二剑还是没有刺中。宽刃刀随手一架便让叛贼的剑改变了方向,刺空了。

面对这活着的雕像,叛贼又气又怕,都快疯了,他用惊恐的目光凝望着瞎子圆睁着的双眼。这双看不见的眼睛,不可能看见的眼睛,却似乎能看到他的心灵深处。这双眼睛正对他产生某种可怕的震慑力。

突然,伊凡·奥加莱夫发出一声惊叫。他脑海里掠过一道突如其来的亮光。

"他能看见,"他嚷道,"他能看见!……"

说着,他吓坏了,一步步后退,就像野兽试图返回洞穴,一直退到墙角。

这时,雕像动了起来,瞎子笔直地向着伊凡·奥加莱夫走去,站在他面前:

"没错,我能看见!"他说,"我看见了我给你打上的鞭印。叛贼,懦夫!我看到了我将刺中你的地方!护着你的小命吧!这是我慷慨给予你的单打独斗的机会!我的刀就足以对付你的剑了!"

"他看得见啊!"娜佳心里想道,"救苦救难的上帝,这可能吗?"

伊凡·奥加莱夫感到自己完了,出于求生的愿望,他重新振作起来。他手把着剑,向不露声色的对手冲上去。两柄利刃相交,那把挥舞在西伯利亚的猎手、米歇尔·斯特罗哥夫手中的刀,把剑砍成了几段;卑劣的家伙被刺中心脏,倒地死去。

这时,房门被推开了。大公在几名军官陪同下,出现在门口。

大公用威慑的口吻问道:"谁杀死了这个人?"

"我!"米歇尔·斯特罗哥夫答道。

一名军官用左轮枪指着他的脑门,准备开枪。

"你的名字?"在下令击毙他之前,大公问道。

"殿下,"米歇尔·斯特罗哥夫答道,"您倒不如问我,躺在您脚下的这个人的名字!"

"这个人,我认得!他是我皇兄的侍者!他是沙皇的信使!"

"这个人,殿下,不是沙皇的信使!他是伊凡·奥加莱夫!"

"伊凡·奥加莱夫?"大公嚷道。

"是的,卖国贼伊凡!"

"可是你,你又是谁?"

"米歇尔·斯特罗哥夫!"

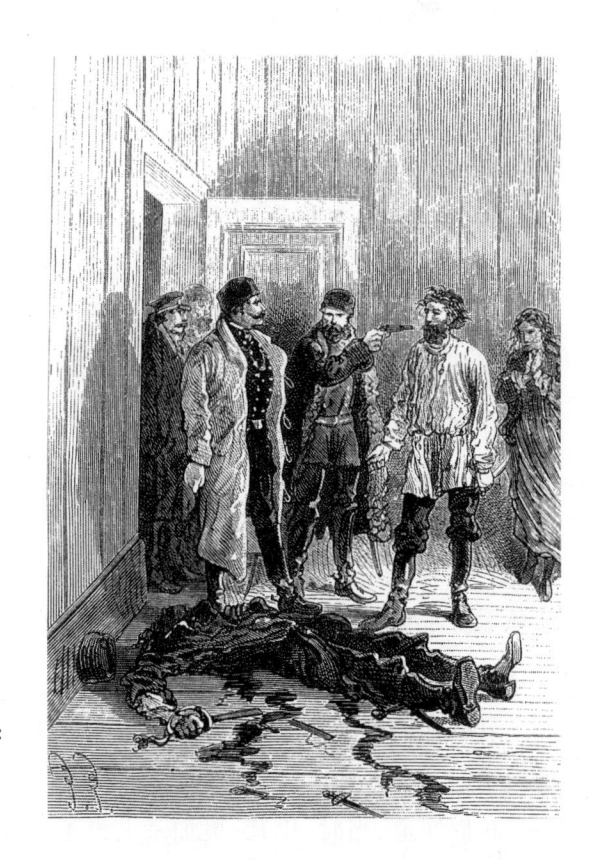

大公用威慑的口吻问道:"谁杀死了这个人?"

第15章 结局

米歇尔·斯特罗哥夫不是瞎子,而且从来都没有瞎过。一个纯属凡人的,同时是精神和肉体的现象,使菲奥法尔的刽子手在他眼前掠过的灼热的刀片失去了作用。

我们记得,在行刑的时候,玛尔法·斯特罗哥夫在场,她向儿子伸出了双手。米歇尔·斯特罗哥夫就像一个儿子最后一次能够看到母亲那样地望着她。他打从心底里泪如泉涌,而他的骄傲又竭力不想让泪水流出来。泪水饱含在眼眶里,在角膜上化成气体,拯救了他的视力。由他的泪水化成的气体隔在灼热的军刀和他的眼球之间,足以抵消热力的作用。这和一个铸铁工,把手浸在水里后能安然无恙地掠过融化的铸铁射流是一样的效果。

米歇尔·斯特罗哥夫当时就明白了。不管是让什么人知道了这个秘密都会导致危险。相反,他倒是感觉到自己能为完成计划得益于这种处境。由于别人以为他瞎了,就让他自由了。因此,他得做个瞎子,对所有的人他都得是个瞎子,甚至包括娜佳。一句话,跑到哪儿他都是个瞎子,不能有任何反应。任何时候,都不能让人怀疑到他这个角色的真实性。即使要冒生命危险,他都得向所有人证明他已经失明。我们知道,他是怎么冒生命危险的。

只有他的母亲知道真相,那是在托木斯克的那个广场上,在阴影里,他向她俯下身去,一次次吻着她,在她耳边告诉她的。

我们知道,当时,伊凡·奥加莱夫出于残酷的嘲弄目的,把皇帝的信放到他以为已经失明的眼睛前,米歇尔·斯特罗哥夫这才读到了这封揭露叛贼罪恶阴谋的信函。他在旅途第二部分中发挥出来的力量便来自于此。不到达伊尔库茨克誓不罢休,一定要亲口陈述信函内容,完成使命的不可摧毁的毅力也来自于此。他知道城市将被叛卖!他知道大公有生命危险!拯救沙皇的兄弟,拯救西伯利亚,这一切还在他的掌控之中。

米歇尔·斯特罗哥夫用寥寥数语向大公讲述了来龙去脉,他还以异常激动的心情讲到娜佳在这一个个变故中所承担的风险!

"这个姑娘是谁?"大公问道。

"流放者华西里·菲道尔的女儿。"米歇尔·斯特罗哥夫答道。

"菲道尔指挥官的女儿,"大公说,"她不再是流放者的女儿了。伊尔库茨克不再有流放者了!"

娜佳对欢乐的承受力远不如她对痛苦的忍受力,她跪倒在大公面前。大公一只手把她扶起来,另一只手伸向米歇尔·斯特罗哥夫。

一小时后,娜佳扑进了她父亲的怀抱。

米歇尔·斯特罗哥夫、娜佳、华西里·菲道尔团聚了。这就两个方面而言都是十分圆满的幸福。

从两个部位攻城的鞑靼人都被击退了。华西里·菲道尔率领他的小部队击垮了出现在伯尔恰亚门前、以为城门会为他们洞开的进攻者。出于本能的预感,他顽强地在那里留守。

在击溃鞑靼人的同时,被围者们也控制住了火势。安加拉河河面上的石油很快就烧尽了,大火集中在岸边的几栋房屋上,没蔓延到城里的其他地区。

天亮前,菲奥法尔可汗的军队在城墙外留下大量尸体,然后返回了营地。

死者中包括茨冈女人桑加尔,她枉费心机试图和伊凡·奥加莱夫会合。

两天里,围城者们没有再做攻城的尝试。伊凡·奥加莱夫的死使他们泄了气。这个人是入侵行动的灵魂,也只有他,以他策划已久的阴谋,对可汗们和他们的游牧部落具有相当的影响力,能率领他们攻取俄罗斯的

亚洲部分。

然而,伊尔库茨克的保卫者们仍在坚守,围城还在继续。

10月7日,天色刚刚放光,伊尔库茨克附近的高地上炮声隆隆。

援军到了,他们在基斯莱夫将军的指挥下,用这种方式向大公报到。

鞑靼人没有再等下去。他们不想在城墙下打一场没有把握的仗,安加拉军营当即便撤了。

伊尔库茨克终于得到了解救。

随着跑在最前面的俄罗斯士兵,米歇尔·斯特罗哥夫的两位朋友也进了城。他们便是形影不离的博伦特和约利伟。在安加拉河的大火烧到木筏之前,他们以及所有别的难民,从冰坝上逃走,到达了右岸。这件事,阿尔希德·约利伟在小本本上是这么记录的:

差点像潘趣酒碗里的柠檬玩儿完了!

见到娜佳和米歇尔·斯特罗哥夫平安到达,他俩乐不可支,尤其是得知他们英勇的朋友眼睛没有瞎的时候。这件事让哈利·博伦特拟定了这么一条观察结果:

烧红的铁不足以摧毁视觉神经的敏感性。待修订!

接着,两位通讯记者,在伊尔库茨克安置停当后,忙着整理他们的旅途印象。两篇与鞑靼入侵有关的有趣的专栏文章便由此发往伦敦和巴黎,很难得的是这两篇文章大同小异。

另外,战争对埃米尔和他的同盟者们大为不利。这次入侵像所有攻击俄罗斯巨人的入侵一样劳而无功,还让他们元气大伤。他们很快就被沙皇的军队切割包围,后者先后收复了所有被占领的城市。再者,冬天可怕,造成了大量士卒死亡,这些游牧部落中只有很少一部分人返回鞑靼草原。

从伊尔库茨克到乌拉尔山脉的公路畅通无阻了。大公急着要返回莫斯科。可是,为了参加一场即在俄罗斯军队入城后几天举行的感人的仪式,他推迟了行程。

米歇尔·斯特罗哥夫前去找了娜佳,并且,当着她父亲的面对她说:

"娜佳,依然是我妹妹的娜佳,你在离开里加来伊尔库茨克的时候,除了悼念你的母亲,还留下什么遗憾没有?"

"没有,"娜佳答道,"什么都没有。"

"这么说,你在那里毫无牵挂了?"

"毫无牵挂了,哥。"

"那么,娜佳,"米歇尔·斯特罗哥夫说,"我觉得,上帝让我们相遇,让我们一起经历那么艰苦的磨难,除了希望我们永久结合,再无别的了。"

"啊!"娜佳说着,倒在米歇尔·斯特罗哥夫的怀里。

然后,米歇尔朝华西里·菲道尔转过身来,满脸通红地叫了声:

"父亲!"

"娜佳,"华西里·菲道尔回应道,"我最大的快乐就是将你们俩都称作我的孩子!"

婚礼在伊尔库茨克大教堂举行。从细节上讲,这场婚礼非常简单,但是因为有全城军民的参加,它又显得非常美丽,人们想以此证明他们对这两个年轻人深深的感激之情,他俩离奇而惊险的经历早已成了传奇。

阿尔希德·约利伟和哈利·博伦特当然也参加了婚礼,这是他们想要向他们的读者报道的东西。

"瞧,您不想学学他们的样子?"阿尔希德·约利伟问他的同行。

"呸!"哈利·博伦特说,"我要是像您一样,有个堂姐就好了!……"

"我堂姐已经不能嫁娶了!"阿尔希德·约利伟笑着说。

"那太好了,"哈利·博伦特接着说,"因为,我听说伦敦和北京快有麻烦了。您就不想去那儿看看发生了什么事情?"

"真见鬼,我亲爱的博伦特,"阿尔希德·约利伟大声嚷道,"我正要向您提这个建议呢!"

"娜佳,"华西里·菲道尔回应道,"我最大的快乐就是将你们俩都称作我的孩子!"

这便是两个形影不离的人后来又去了中国的原因!

婚礼后几天,米歇尔和娜佳在华西里·菲道尔的陪同下走上了返回欧洲的道路。这条来时的痛苦之路,回去的时候成了幸福之路。他们坐着雪橇,滑行在冰封的西伯利亚大草原上,速度之快,赶得上火车中的快车。

只是在到达定卡河边的时候,在毕尔斯科耶前面停留了一天。

米歇尔·斯特罗哥夫找到了他埋葬可怜的尼古拉的地方。墓前竖起了一个十字架,娜佳在谦逊而英勇的朋友墓前作了最后一次祈祷。这个朋友是他们俩永远都不会忘记的。

在鄂木斯克,老玛尔法在斯特罗哥夫家的小屋里正等着他们。她动情地把心里千百次唤做女儿的娜佳紧紧抱在怀里。那一天,勇敢的西伯利亚老婆婆有权利认她的儿子了,并且,可以明说她为他感到骄傲。

在鄂木斯克过了几天后,米歇尔和娜佳·斯特罗哥夫返回欧洲,而华西里·菲道尔定居彼得堡,不管是他的女婿还是女儿再不会离开他,除非去看望他们的老母亲。

年轻的信使得到了沙皇的接见,沙皇专门把他留在自己身边,授予他圣乔治十字勋章。

后来,米歇尔·斯特罗哥夫在帝国身居高位。然而,值得讲述的是他艰苦卓绝的经历,而不是功成名就后的故事了。